有度文化

汝今能持否

叶舟 著

图书在版编目（CIP）数据

汝今能持否 / 叶舟著. — 太原：北岳文艺出版社，2019.5
ISBN 978-7-5378-5882-3

Ⅰ．①汝… Ⅱ．①叶… Ⅲ．①中篇小说－小说集－中国－当代
②短篇小说－小说集－中国－当代 Ⅳ．①I247.7

中国版本图书馆CIP数据核字（2019）第056881号

汝今能持否

叶舟 / 著

选题策划	出版发行：山西出版传媒集团·北岳文艺出版社
续小强　左树涛	地　址：山西省太原市并州南路57号　邮编：030012
	电　话：0351-5628696（发行部）　0351-5628688（总编室）
	传　真：0351-5628680
责任编辑	网　址：http://www.bywy.com　E-mail: bywycbs@163.com
左树涛	经 销 商：新华书店
	印刷装订：山西人民印刷有限责任公司
书籍设计	开　本：787mm×1092mm 1/32
张永文	字　数：250千字
	印　张：10.25
	版　次：2019年5月第1版
印装监制	印　次：2025年1月山西第2次印刷
巩璠	书　号：ISBN 978-7-5378-5882-3
	定　价：59.80元

本书版权为本社独家所有，未经本社同意不得转载、摘编或复制

目 录

姓黄的河流　/ 001
什么风把你吹来　/ 077
萨达姆之死　/ 191
汝今能持否　/ 223
在热烈的掌声中　/ 249
陈小垦的第二幕　/ 281
内陆高迥：在西部的叙述　/ 311

姓黄的河流

托马斯·曼也叫李敦白,艾吹明后来才知道的。

第一次看见这个鬼佬,在立秋日。那天,也是佛经上讲的一个"放生日",兰州城里的善男信女们,从庙里拈完香出来,一股脑地拥进了水产品市场,买下鲜活的鱼类,许了愿,站在岸边,默诵佛号,面目慈祥地往黄河里倾倒。一时间,水面上活色生香,兵荒马乱,惊动了东海龙王似的。

黄昏时,水面上布满了成群的水鸟,纷纷往下栽,叼上来可口的鱼食,细碎的鱼鳞在夕光下闪烁,搞乱了天色。夕光是一根根金色的羽毛,像极了德国人托马斯·曼的头发。

在对岸的滩涂上,艾吹明打开天窗,发现一只水鸟站在车顶,遗世独立。艾吹明和迟牧云刚做完。很新鲜的体验,女人的脸上尚挂着彤云,抿嘴笑,在认真地擦自己。一衣带水,这一壁是荒凉的北岸,长满了芦苇和灌木丛。迟牧云问,咋那么喧闹,市政府晚上放焰火吗?艾吹明回说,放生日,谁做了亏心事,造了孽,紧赶着在今天放生,把罪孽冲一冲。迟牧云说,可我放你的生,你还不乐意。

你别放我的生,还是肉身超度的好。

亵渎!

艾吹明揽过迟牧云的头,两个人齐了肩,望着大河上的琐碎光斑。

那一瞬，车顶上的水鸟也有灵犀，扑开翅膀，跳进了他们的视线中，灰白一团，好比一幅中国水墨画。艾吹明说，仙鹤！迟牧云说，不像，倒像是一只白天鹅。艾吹明不想冲突，说，天鹅！你也是我命里的一只天鹅。

斯巴鲁是前几天买的，性能佳，一轰油门，就驶上了堤岸边的公路。迟牧云望着那一片滩涂，芦荡深深，秋风染黄，表情也凝重了许多。迟牧云说，这是我第一次在户外，没承想，会在黄河边进行。艾吹明心里一毛，超了车，驶上大桥，往人群密集的地方去。迟牧云迷离地说，真的，一场梦似的，怎么会跟你疯狂至此。艾吹明有先见之明，从遮光板内取下来一摞证件，放在膝上，只将大红封皮的递给迟牧云，说，喏，碰上警察也不怕，咱们是合法的。结婚证是许多年前扯的，老式开本，很有些年成了。迟牧云不看，扔在仪表盘上。艾吹明说，等你消停下来，带你去河西走廊转转，找一片无人的性感的沙漠，咱再鸳梦重温。迟牧云忙喊，停车，我要下去，我自己打车走。艾吹明急了，咋还是那个坏脾气，说翻脸就翻了。迟牧云说，艾吹明，我警告你，今儿下午只当我犯了糊涂，跟你野合了一回。第一次，也是最后一回。

好在，此时车子驶近了黄河南岸的亲水平台，放生的人熙熙攘攘，无法停车。迟牧云摇下车窗，喘息了一阵子，放弃了想法。亲水平台在堤岸下，岸上却是小广场，有一组群雕。艾吹明慢吞吞地驾驶着，尽力流连，想把这一次见面的时间拉长，长到一生截止最好。岂料，迟牧云多云转晴，指着雕塑前的一个杂耍艺人说，瞧，蛮热闹的，还是个外国人，头发真漂亮。

头发漂亮者，乃德国人托马斯·曼。

曼是个人来疯，聚的人越多，手上的五个啤酒瓶玩得越好。——机会来了，艾吹明将车子停好，顺着迟牧云的目光盯过去。五个绿瓶子,有的满,有的空,在曼的手里忽上忽下,依次腾空、跃底、抛起、翻飞,仿佛它们都长着一双秘密的脚,踩着曼这一双大手变成的小跳板。路人散淡地欣赏着,地上扔着一些角子钱,纯属是国际义务。曼甩着一头漂亮长发,缭绕在颈项上,若一束金丝线,煞是干净。有一刻,曼竟然匹手玩起了四个瓶子,另一手抓紧一个,在往嘴里倒啤酒,潇洒得不成。收了手,瓶子们像一群孩子,偎在曼的脚下,规规矩矩的,曼也坐在群雕基座上,认真喝着酒。迟牧云说,太累!我真的太累了,方便的话,你送我回去吧。艾吹明忙问,回家去吧,晚上我好好展示一下厨艺,烧几个菜?迟牧云顿了顿,淡泊地说,不了!挽救不了这一场婚姻,我是绝不会回家里去的,我事先说过的。

刚买了车子,你不给我暖暖车吗?

心是凉的,还能顾得上暖一台机器?笑话。

下午不是挺好的嘛。

龌龊!我觉得挺恶心的,着了你的道儿,让你得逞了。迟牧云变回了以前。别张狂,你我还在危机中,如履薄冰呢。我是说我们的关系。

秋深了,夜里会落寒,比乌鸦的翅膀更凉。

亲水平台前的这一片洄水湾大有来头。相传,当年唐僧师徒西天取经,就是从这里渡过黄河,消失在大漠落日的漫漫烟尘之中,一去经年,修得正果。数年前,市政府开始打造四十里风情线,意欲将滨河大道改造成堪比上海外滩的观光走廊。于是,路也宽了,灯火璀璨,东西对开着两辆无轨电车,免票观光。这么晚了,车厢内空空荡荡,谁也懒得在秋夜里来看一条著名的河流。偏偏,艾吹明碰上了托马斯·曼。

曼坐在群雕前,喝着一瓶酒,衣衫破烂。

下午,艾吹明给单位告了假,又给迟牧云挂了电话,想想,今儿是什么日子，约你出来坐坐，吃顿饭。迟牧云不耐烦，能什么日子，度日如年，度年如日的。艾吹明诱导说，纪念日！你我在一个并不遥远的秋季里，呵呵，手挽手，跨进了这一座围城，耳鬓厮磨，义无反顾。迟牧云质问说，有没有事，没事的话我挂了。艾吹明说，下了班我去接你？回答得更干脆，有什么好纪念的，都这样子了，还是冷一冷好，别卷土重来。每次都如此，连我都腻味了。说完，迟牧云挂了。

约莫六点来钟，艾吹明去接迟牧云，跑了好几个地点，手下人都说迟牧云几天不照面了。——迟牧云开了几家连锁店，盘踞在高档写字楼和星级以上宾馆，代售机票，生意红火。再挂迟牧云的电话，却已关机，铁了心要爽约。夜黑得早。暮色苍茫时，艾吹明轰起油门，打开音响，在四十里风情线上疯跑，引擎与人一样暴躁。后来看见了落魄的托马斯·曼，艾吹明找见了一份同感，酸溜溜的，没有不停下来的理由。

其实，曼不是失神，也不沮丧。相反，曼精气神十足，一脸红光。

艾吹明将车停下，不开灯，隐下身，认真抽一支三五。广场上的群雕是取经图，唐僧坐在白龙马上，两手合十；肥硕的猪八戒居中，瞻前顾后；断后的是沙和尚，担了两筐子经书；水泥的孙悟空孤独地塑在高处，单腿鹤立，压下云头，正眺望着苦海茫茫的人世。

雕塑揭幕后，孙猴子的金箍棒被人窃取，一直徒手。有一回，一个民工在广场揽活，忘了摘牌，孙猴子脖子上竟然挂着"搬家、刷漆、蹲厕改坐便、换煤气"的广告，上了早报的头版。此刻，孙悟空手里举着一把彩伞，阔大，罩住了德国人托马斯·曼。伞身上印着一行文字：预防艾滋，从使用保险套做起。

曼喝完酒，将空瓶子塞进垃圾袋里收好，起了身。曼瘦刮刮的，头发也剪短了，穿一件T恤，牛仔裤开了洞，膝关节也露出来，脚蹬一双凉拖。艾吹明坐在车内，想看看这个鬼佬究竟搞什么名堂。

曼远兜近转了半天，似乎在等一个时刻。少顷，便从基座背后抱过来一摞板材，扔在地上。人也趴在板子上，开始斟酌、测量、画图、裁切。曼带了一只工具包，一应俱全，圆规、线锯、木匠铅笔、斧头、角尺等等的，拉开了阵势。橘色的灯光漂漂泊泊地流淌而来，不很亮，像一层背景光。曼沉浸其中，趴在木板上中规中矩地作业。——立秋日过后，艾吹明从早报上读到过曼的一则消息，说曼是一个留学生、洋雷锋，课余时间专在黄河两岸捡拾垃圾，环保分子。此刻的情形，显然不是做清洁之工。当曼开始在板材上画线时，艾吹明打开了车灯，白雪雪的光射过去，照着他，请他仔细。

曼做了个"OK"的手势，单腿跪地，开始锯一根木头。

艾吹明觉得灯光是一种引见，遂下了车，蹒跚过去。曼很投入，胳膊上的肌肉疙瘩鼓凸而起，线锯上下翻飞，沿着规划妥的线路，要解出一根像样的东西来。艾吹明挺客气，扔下一包三五。果然，曼受用地咂了一支，将烟雾吞进了胸腔，一副陶醉的模样，满脸喜悦。穷学生，艾吹明想。又问，黑灯瞎火的，你在鼓捣什么玩意儿？

曼耸了耸肩，见怪不怪的表情。

高鼻深目，金头发，脸颊上刀砍斧削的线条。艾吹明心说，娘的，真漂亮，竟有这么俊朗的男人呀。曼不吭声，抽得格外认真，连烟蒂都快烧着了。艾吹明想，洋鬼子，或许说不了中国话，遂打起手势，喂喂喂，你瞎鼓捣什么呢？曼做了一个划水的姿势，又指了指夜幕下湍急的河水，手里有一支桨叶似的。艾吹明明白过来，觉得罕见。——在这么一个荒天旱地的内陆城市，打造一条船，真算得上是一件奇迹事。蹲在地上，艾吹明想套近乎，又发了一支烟。曼别在耳后，趴在板子上，开始丈量和画线，只字不语。不远处，驶过了一辆无轨电车，辫子一晃，擦出来一蓬幽蓝的火花，刹那闪灭。

喂，你是叫托马斯什么吧？

托马斯全旋!

艾吹明笑了。幸好,他知道这个体操术语。看来,鬼佬并不简单,一口标准的普通话,也令艾吹明暗吃一惊。曼叼起一根铅笔,单眼吊睛,在测量一根线的曲直。完事,曼又开始解板,并热络地说,别喊我托马斯·曼,叫我李敦白吧。

你李太白他弟?

当然!"不敢高声语,恐惊天上人。"

叫李敦白的鬼佬指了指夜空,神秘一乐,嘴角上挂着铅笔的印迹子。艾吹明一下子喜欢上了李敦白。心想,无处可去,在这里陪一陪李敦白,瞧他的一双手怎么打造出一艘船,或许也是快乐。念想至此,艾吹明便也踏实下来,想给李敦白打打下手。——夜深了一截,寒也浓了一寸。李敦白索性扔了凉拖,赤脚在地上踱来踱去,一副成竹在胸的样子。艾吹明问,就这几块胶合板、几根破木头,烧火还差不多,你能做什么船?玩具吧。李敦白抿了抿笔尖,在板材上潦草几笔,就画出了一只小船来,漾荡在几根波浪形的铅笔线上。

独木舟!

艾吹明问,这玩意儿,做什么使?

从这里下水,沿着姓黄的河流,一直漂到山东,然后买一张机票,回巴伐利亚去。李敦白眸子晶亮,表情却羞赧,影痴痴地说,我妈妈快结婚了,我答应她,要赶回去参加她的婚礼,圣诞日。

几根腕子粗细的长条木头,依次被画上了斜角。李敦白换下线锯,提起长锯,开始裁切。艾吹明帮着稳住木头。没承想,李敦白的力气大,木头晃得凶。李敦白便将木头嵌在唐僧座下白龙马的腿缝间,卡牢后,恰好能使上劲。三两下,就能切下一个斜角来。艾吹明想,八成是木匠的儿子,自小有遗传。但脑子里仍疑问不断,这么一堆琐屑的零件,咋会装配起一只独木舟呢?李敦白好像有感应,很快就告诉了艾吹明。——将切下的斜角两两对接,在地上形成一条弯弧,犹如此刻天上的弦月。艾吹明想,对了,这是龙骨!

鬼佬果然厉害,先打制出一根独木舟的脊梁骨,剩下便好办多喽。艾吹明登时来了情绪,帮着对方砸钉子,抹胶水,暗中佩服。

其实,坐火车更方便。天冷了,黄河水也小,干嘛遭这份罪。艾吹明是个爱掏心窝子的人,又有国际主义热情。心说,穷学生,还靠玩杂耍挣过一些角子钱,兴许,我还可以送你一张硬卧票,单程。下游那一段我跑过,得信我,这样冷的天儿,内蒙和山西那一带怕是早就封河了,你不能不讲科学吧。

李敦白抿着一嘴皮的钉子,边砸边说,我发了愿!

什么愿?

我妈妈真不容易。我没什么礼物好送,就给克拉拉电话说,我想漂完这一条姓黄的河流,让她在婚礼上高高兴兴。李敦白拧身,眨了一眼,很调皮。对了,我妈妈叫克拉拉,属羊。话未完,咩咩一叫。

喂,你干嘛老说姓黄的河流。是黄河,不姓黄!

艾吹明的英语可怜,但 Yellow River 这个词还是明白的。孰料,李敦白问:

你们中国人,把黄河称作什么?

母亲河呀!

喊,这不得了! 李敦白用了卷舌音,诡秘地说,姓黄的河流,母亲河,我从头漂到尾,送给妈妈,岂不两全其美嘛。

死脑子,像核桃一样。艾吹明不好发火。——就算是姓黄的河流,那也是俺家里的,跟你个鬼佬扯不上干系。

胶水是特制的,粘合力强。一段段斜角的木头被钉子接合后,又抹上胶液,一瞬间便牢固了。李敦白举起弯月似的龙骨,在地上敲打了一番,很硬实,有点像曲棍球的杆颈。此乃一艘独木舟的脊骨,承重部位，马虎不得。李敦白扛在肩上，夸口说，以前在家里时，附近有几个湖泊，挺大，镇上的人都会做独木舟，然后漂进湖里，一整天都不上岸，可美了。我偷偷学了技术，也做过几只，还参加过校际比赛呢。"工欲善其利，必先利其器"，你们的话。

你常发愿吗？

喜欢这种生活，控制不了身体，痒。痒是一个人最美的动机，也叫理由。李敦白说"痒"时，学了学孙悟空抓耳挠腮的样子，很逗。

痒？！

艾吹明默念着。

歇了工，李敦白摸出两瓶啤酒来，牙一磕，递给艾吹明一瓶，自己也饮了一瓶。李敦白指指远处的斯巴鲁，谢谢你的灯光，真透！

引擎燃烧，将两个人拢在聚光里。新买的？艾吹明点点头。一提醒，艾吹明便想，迟牧云半年前送给自己一台斯巴鲁，交了钱，立秋前才提上车，挂了牌照。半年前，迟牧云还在家里住，出双入对。但此刻，却是车在人杳，时过境迁，彼此的关系冷到了这个份上。说不清谁是谁非，迟牧云神经一错，搬出去住了，连地址也不告诉艾吹明。——今天是结婚纪念日，却如一碗被泡久的方便面，寡寡淡淡地闲置着。艾吹明一腔的热情，沦丧到现在的五味杂陈，唏嘘不已。李敦白瞧出了他的孤单和落寞，笑说，你刚失恋？

也许！

李敦白伸过来，碰了一下瓶口，失恋也好，人会痛，但至少不痒！

我的婚姻快破产了。

呵，那你可以申请破产保护嘛。

——鬼子逻辑。艾吹明真的喜欢上了这个家伙，像是个占星术士，四两拨千斤，很轻易地将艾吹明一肚子的恼怒和阴霾，化解于无形。艾吹明问，明天还来吗？要不我帮你将一堆零件拉回去？李敦白耸耸肩,不!我在河边常捡垃圾,亲水平台的值班员认识我,可以保管在他这里。李敦白展了展手,起码,也得加快些速度,克拉拉快结婚了,圣诞日,我得践约。刚听到一半,艾吹明的手机响了,一阵轻音乐。李敦白问:

詹姆斯·拉斯特乐队的?

艾吹明不搭理他,径自接了,转身往亲水平台上踱去。李敦白撇撇嘴,一副洞悉一切的神情,接着趴在地上干活。亲水平台是堤岸延展向水面的一座辽阔建筑。此刻河水宁静,一弯弦月倒映其上。迟牧云略带了迟疑和哽咽,开门见山地说:

我怀孕了!

怎么?

迟牧云道,你忘了?立秋日,在黄河边跟你做了一次。

艾吹明在区上工作,清水衙门,意思不大。

中午时分,艾吹明猜,幼儿园快吃午饭了,便给老师挂了电话。囡囡好吧?抱歉,这一阵子太忙,老出公差,等得了空,我一定去看看囡囡。艾吹明见过樱桃班的女老师,刚从学校毕业,骄傲得像一只孔雀。据说一直在考中戏的表演系,命薄,数年未果。都挺好!不放心的话,就过来亲自看看。艾吹明顶头浇了一盆凉水,忙说,不是那意思,我人在秦皇岛。否则的话,我定会去跟您沟通一下的。——囡囡是艾吹明和迟牧云的女儿,四岁半,分到了樱桃班。学校双语教学,全托,收费不菲。艾吹明问,囡囡她妈去看过孩子吗?有多久没去过了?老师直脱脱地说,嘿,别瞎计较了,该忙什么,就去忙你们的吧。孩子在这儿,亏欠不了。

艾吹明说,请你给囡囡她妈挂个电话,就说孩子病了,嚷嚷着要回家。

什么意思?

哦,也没什么意思。艾吹明急出了一脑门子疙瘩,前不久,囡囡她妈也想孩子,结果给想病了。

喂,你什么家长?你可别拿孩子说事,更别发咒!

咔嚓挂了。

——昨晚上,接到迟牧云的电话时,艾吹明也吃过咒。我怀孕了!迟牧云的话,让艾吹明一凛,不可能吧,我那一梭子怎么会上靶呢。迟牧云像最后通牒,提醒说,立秋日,在黄河边跟你做了一次,着了你的道儿。

那天提了车,去车管所挂牌,艾吹明想用妻子的身份证登记。毕竟,斯巴鲁是迟牧云赠送的。艾吹明爱车爱疯了,拿了好几年的本儿了,但空怀一身屠龙术。当时,迟牧云还在家里住,便遂了丈夫的心愿,帮艾吹明挑了一款性能颇佳的斯巴鲁。迟牧云不应,车子是送给你的,用你的证件登记吧。艾吹明问,你都搬出去了,不吭不哈,对我冷若冰霜,我还有脸吗?迟牧云哀哀地说,但愿,但愿能挽回一点咱俩的感情,留住这场婚姻,值当!艾吹明从这句话里,看见了一点点稀薄的星光。心想,妻子的馈赠,或许是她迷途知返吧。

孰料,在试车的过程中,两个人在黄河北岸激情了一把,却落下了把柄。昨晚上,迟牧云哀戚地说,你弄的好事,今儿是纪念日,结果你送我这么一件礼物,叫我还怎么过?生不如死嘛。艾吹明只当是试探,大咧咧地说,大不了,你就生下来,给囡囡生个弟弟,也好做伴。迟牧云决绝地说:

我改天去医院。

干吗?

拿下来!

别穷折腾了,拜托!

迟牧云最后通牒道，这一次，真的不一样，不一样！

你这是幻觉，牧云。

艾吹明有了火，语气上强硬起来。艾吹明了解迟牧云的性格，无事生非，自尊，多疑，一点小小的口角，就能掀起十二级的大浪。艾吹明说，你那是幻觉，消极反应。你真的该去一次医院，不过应该去脑系科看看了。话音未落，迟牧云愤怒地挂了。

现在，樱桃班的老师也挂了，不容置辩。

家还是这个家。客厅的墙上，挂着结婚照，亘古不变，笑容凝固。一袭婚纱在时光中慢慢变旧，旧得像一张昨天的报纸，无人问津。玻璃上也覆了一层灰，让人有隔世之感。自从迟牧云搬离后，少了人气，四壁间煞是冷清，连厨房的灶火都没开过，艾吹明常在街上的鸡毛小店里打发饥饿。懒得收拾，连衣服也不愿去洗，经常在一堆衣物里，挑较为干净一点的穿。艾吹明刚躺在沙发上，忽然听见一阵急促的叩门声。未及应声，房门忽地打开。

左球进来了。

艾吹明的心先虚了一大截。左球进门，转身招呼后边的人，快进来，就当是自己家，千万别客气。来了客人，一个是大龅牙，另一个小瘦子。艾吹明眼生，去忙着烧水沏茶，递烟问候。左球手里还捏着房门钥匙，指着艾吹明介绍说，艾吹明，发小，跟我姐是两口子。艾吹明点了头，悻悻坐在一侧，听三个人在谈事。谈了一会子，左球忽然对艾吹明说，中午了，你去弄几个小菜，我跟朋友喝几盅。

敢情好！礼拜六，我也闲慌着。

就你一人？

艾吹明一怔，欲言又止地说，牧云忙她的事去了，你还不知道你姐呀，忙疯了，天上只要有飞机飞，她就不得闲。

难怪，你瞧你把家弄得像一个猪窝似的，不是说你，不像话嘛。

左球仿佛这个家的主人，指东说西，毫不客气。两位客人盯视着艾吹明，觉得他太蔫。艾吹明赔着笑脸，给足了左球面子。

在楼下叫菜的过程中，艾吹明心猜，左球这是来问罪的，还纠集了不三不四的朋友，想给自己来个下马威。此前亦有过先例啊。

左球、迟牧云和艾吹明是发小。左球叫迟大勇，自小就喜欢足球，入选过市上的中学生足球队，专司左前锋，脚法凶悍，落下个"左球"的绰号。左球与迟牧云是双胞胎，一母双生，本地人喜称"龙凤胎"。姐弟二人的关系腻得不一般。成年后，走在街上，人们大多以为他们是一对情侣，没大没小，不分场合你掐我捏，放肆得可以。左球踢了几年球，荒废了学业，连高中都没毕业，径自在社会上打秋风。迟牧云和艾吹明则考进了师范学院，很快就走在了一起。关系明朗后，左球有一次威胁艾吹明说，别欺负我姐，只要我在，你欺负一次，我就抽你一根脚筋。当时，艾吹明没往心里去，人家毕竟是姐弟，话在情理之中嘛。

新婚夜，喜客都散了，左球仍率着一帮子陌生人，带头吆喝着闹洞房。闹到后半夜，人困马乏，才算了事。临出门，左球将艾吹明喊到门外，摸着新郎的脑瓜，认真叮嘱说，吹明，你得听我姐的，轻一点，温柔一点，别吓着她。——艾吹明心绪败坏地躺在婚床上，一五一十地学给迟牧云听。孰料，迟牧云哈哈哈地大乐，不以为然地说，大勇关心我是正常的。这世上，我和大勇待的时间最长，比任何人都多十个月，大勇不惦记我，谁还牵心我呀。

次日一早，左球又来探视，眼神鬼兮兮的，让艾吹明觉得自己做了贼。整整一个蜜月，左球像个特工，在两口子的生活里卧了底，神出鬼没。

这还不算。待图图出生后，有天夜间，房门忽然被拧开了，吓得艾吹明赶忙去厨房抄菜刀，以为进了歹人。灯一亮，却见是醉眼蒙眬的左球，熟门熟路地躺在沙发上借宿，连声招呼也不打。那一回，艾吹明真的恼了，问迟牧云说，我是不是家里的男主人？迟牧云道，自己家的兄弟，我给他配了一把钥匙，让他方便些。艾吹明坐了一夜，听见隔壁的巨鼾，总觉得家里埋了一颗地雷似的，不能入眠。迟牧云嗔怒道，别那么小气，弟弟又不是陌生男性，我可对你忠贞不贰，你不能瞎想，伤了我和大勇的血亲。

也就近些年，左球来得比较稀，插手甚少。晃到了三十郎当多，左球娶了一个离过婚的女人，还带了一个半大小子。办完事，艾吹明方知道，居中牵线的竟然是迟牧云，愕然不少。艾吹明问，大勇条件蛮好的，干吗屈尊低就呢？迟牧云说，离过婚的女人好，有伤疤，有经验，知道该怎么去惜疼男人。大勇这样子的人，就该让女人收慑住心，不能再混了。原先，女人的父亲是一家国企的头头。

左球天生反骨，归降了半年，又辞了工，拿着一笔妻子的钱，忙着做生意。艾吹明很少过问左球的事，伸手不打笑脸人，左球既然带朋友上门来，也就另当别论。

菜很丰富，铺张地摆满了一桌。艾吹明拿出两瓶泸州老窖，请他们开喝。小瘦子对艾吹明客气了一番。左球道，别管他，他是个小公务员，一喝脸就红，最不济了。艾吹明照旧点点头，殷勤地斟酒沏茶，全然局外人。——记忆中，左球从没喊过艾吹明一声"姐夫"，不是直呼其名，就是喊他"小公务员"，语带轻薄。大龅牙也敬了一杯酒，艾吹明接在手上，左张右看。不承想，左球厉声道，别喝！你沾上酒，让我姐知道了，有你的好果子吃。艾吹明起了倔，怕自伤面子，夺回手里，遂一饮而尽，又借酒发力地说，你姐呀，你姐早就搬出去住了，想清静一段。可好，清静了几个月，上了瘾，就差削发为尼了。左球问，拌嘴了？艾吹明说，吵架倒好了，吵架还能练练口才。问题是结婚以来，我跟牧云一架也没吵过，更没红过一回脸，平平淡淡，结果牧云还是去外边躲清静去了,怪道。——这番话,类似于泄露机密,尤其当着外人的面。左球面呈不悦。艾吹明没嗅见危险,仍不依不饶地说,大勇,你得去劝劝你姐,对我有意见要提,别窝在心里自己个受罪。大勇你瞧瞧,我现在过的什么日子,老婆不着家,光棍一条,家里连个人气都没有,冰锅冷灶,够窝囊的了。左球说:

你们的婚姻出了问题,绝对!

艾吹明嗫嚅道,我看也是,开水不响,响水不开,牧云一定是有别的想法,才对我下这样的手段。但牧云又不说开,自己个闷着,别闷出病来。

多找找你的毛病,多反省自己。

艾吹明不以为然,你姐那人,唉,心比天高。兴许是嫌日子太平淡,没滋没味。可普天下的人家,过的都是这样不咸不淡的生活,又不是明星,还见天被闪光灯照着。

别太较真,吹明。

——每次都如此,说了也白说。艾吹明明白,人家姐弟二人比谁都亲,穿一条裤子,胳膊肘子始终往里拐,岂有向他艾吹明说话的道理。念想至此,艾吹明不打算诉苦了,满当当地灌了一大杯,像心中藏了无限的块垒,唯杜康可解。

半晌后,艾吹明觉得鼻子一湿,手一摸,摸出了一把热辣辣的血水来。越抹,鼻孔里流得越凶。两条长龙,挂在脸上。

艾吹明自语,太热,燥!

傍晚时,艾吹明走到李敦白跟前,喂,送你一件小礼物,打开看看。李敦白不解,又狐疑地拆开了报纸团,取出一件莫名其妙的东西。瞅不出底细,也不知究竟是什么稀罕物。李敦白道,艾,秘密武器?

墨斗!

——MO—DOU?

艾吹明纠正道,mò,墨水的墨,dǒu,斗笠的斗。

恰好,李敦白刚在板子上画线,用的是有机玻璃的尺子,臂长,铅笔线歪歪扭扭。艾吹明有备而来,拧开墨汁,倒进了墨斗坑里,让棉花浸了浸。差不多时,艾吹明扯出一根墨绳,交给李敦白,对峙而立,找准了距离。艾吹明心想,鬼佬,现在叫你开开眼,看看这个中国戏法。墨绳绷紧在木板上,艾吹明用指尖提悬,用了力,引弦不发,冲着李敦白笑。李敦白不明就里,却瞬时听见"嘣"的一声,墨绳落地,在板子上吻下一条端直的线,清晰无比。墨吃进了板子里,慢慢晕染开来。让李敦白一惊一乍,眼睛瞪成了牛铃一般。李敦白道,你干嘛送我这么一件贵重礼物,太神奇了。艾吹明淡泊地说,不值钱,才十几块,我下午去棺材铺子里买的。李敦白抱着墨斗,亲了几口,左端右详了一遍,道,这像一只独木舟,我坐在坑里,顺着姓黄的河流,一直这么漂下去。李敦白比画着,乐颠颠的。艾吹明心里有事,夜里来亲水平台,只为了排遣一下郁闷,顾不上闲扯。于是催促说,快干活吧,再迟的话,你妈妈的婚礼也会被你耽搁掉的。

李敦白表情一冷,默然不语。

艾吹明给李敦白打下手,一会子帮着切削木头,一会子扶住板材,看李敦白剖板下料。龙骨前夜已做妥,李敦白又在龙骨两端开了榫眼,将一根根肋骨样的木条嵌接进去。龙骨和左右两侧的肋骨条,像从X光机里抽出来的一张底片,瘦削削的。——这是独木舟的骨架,平底,中国式。

消停下来,李敦白又如以往那样,取出来两瓶啤酒,一一咬开,各自往肚子里灌。李敦白骑坐在猪八戒叉开的腿上,不吭不哈,心事重重。末了,李敦白拍拍艾吹明的肩:

艾,对不起,我昨天给你说了谎。

别说这话。

李敦白的眼眶湿了,努着嘴,艾,我的确是去参加一个婚礼,这没错,但不是我妈妈的。艾吹明不曾料到这个鬼佬会哭,也不知是什么缘故,竟勾起了他的伤怀。艾吹明出于礼貌,并未打断李敦白,静下心。李敦白忽然破涕为笑,艾,你不乐意听的话,我也不勉强。只是,在这么荒凉的秋夜里,我的心很疼,就想说一说。我这个洋鬼子,在这个陌生的城市里没一个朋友,恰好碰上了你,如果不浪费你时间的话。

老李!——艾吹明称呼鬼佬为"老李",觉得唯其如此,才不生分。老李,我真的没什么破事儿,你要难受,你就一吐为快吧。

你真的快破产了,跟一个女人?

闹不好,我会在她的称谓前加一个字,"前",前妻,从夫妻变成一对仇人。中国有句老话说,夫妻本是同林鸟,大难临头各自飞。

艾,有两件事不能强求,德国老话。

什么?

李敦白道,第一,倒向一边的墙,你无可奈何;第二,倒向另一个男人的女人,你也不能强求。

挺老练的呀。你呢?你结婚了吗?

李敦白孩子气的眨眼,慨然道,在这个世界上,有那么一个好女人,她因为没做我的妻子,至今仍然快乐万分,这就够了。我甚至不知她姓字名谁,芳龄多少,反正她只要幸福,这就够了。

鬼子逻辑。艾吹明想。

那你不去试试?说不定,做了你的妻子后,她会加倍快乐的。

我不这么想。

月光照着河流与夜鸟,一轮弦月,逐渐趋于饱满和晶莹,也一寸寸迈向深沉与广大。李敦白终于打开了话匣子,道:

艾，有一个老人死了，他叫沃森。我不知道他为什么叫这个名字，反正叫沃森、沃森、沃森。沃森是上半年死的，我向学校请了假，回了一趟巴伐利亚。我不想去送葬，虽然沃森是我的舅舅，唯一的舅舅。我回去，只为了亲眼看见这个沃森死了，沃森真的死彻底了，被埋葬，让上帝收回到了身边，我才踏实。

沃森是个浑蛋，他一个人偷偷死掉了。

这没错。

出殡那天，下着冻雨，墓地里到处都是泥浆。我妈妈哭了，哭得很伤心，比天空还哭得发抖，险些被送进了医院去抢救。但克拉拉活了过来。克拉拉对我说，曼，我的儿子，沃森现在死了，一切冤孽都可以忘记了，你别再去中国留学，乖乖待在家里，陪妈妈。妈妈已经老了。我随时会死的，而且会死很久，久到你会彻底忘了我。克拉拉很动容，插着氧气，气息衰弱，紧紧拽住我的手，有一种哀求。我不为所动。我问妈妈说：

你知道了？

克拉拉说，我早就知道了。

妈妈，你知道我一直保存着那张圣诞卡片吗？

克拉拉说，曼，你心里一直有仇恨，别当我不知道，知子莫如母。这么多年来，你去异乡他国漂泊，满世界浪迹，只因为你身体里埋着愤怒和仇怨，一刻也不愿消泯。那年冬天发生的事，我误以为当时你还小，你不知道呢。但后来一个偶然的机会，我才知道你洞悉一切。

妈妈，我什么都知道。我闭紧嘴巴，但不妨碍发表心灵。

你离开我的话，你姐姐也不会回来。

不！她很好，她会回来。

沃森死了，米兰达更不会回家了。

我对妈妈说，夫人，我得走了，我很抱歉。我非得去做一件事，做完了这件事,才能回来陪你。我很执拗。三天之后,我就背起行李,买了一张机票回到了上海。但我临走前,还是忍不住对克拉拉说,妈妈,有一条姓黄的河流,我要去漂,从头漂到尾。妈妈,我已经在心里对上帝发了愿,为了你,为了米兰达,我才去漂它的。在中国,这条河叫母亲河,我是替米兰达去赎罪,去忏悔的。

克拉拉哭了,也应允了我。

艾,你真的不知道,那三天时间里,我白昼为鬼,入夜做人。所以我现在害怕夜晚,不管是东方的,还是西方的。李敦白吐了吐猩红色的舌头,有点诡异,也有点骇人。那三天,巴伐利亚一直在下冻雨,人会冻僵,但每天晚餐后,我都会偷偷地溜出来,只身一人,跑进那一片林子里,去查看沃森的墓地。其实,也没什么结果,沃森被埋掉了,躺在黑暗的墓穴里,死得彻彻底底,成了一具僵尸。可我总有一丝不放心。我被雨浇湿了,但我不甘心。我就守在那一片吸血鬼和幽灵盘踞的墓地里,看看沃森会不会起死回生。如果是,我一定会掐住他的脖子,叫他死第二回。死是容易的,也是自私的。沃森这么轻易地占了便宜,把所有的秘密都带走了。我没理由不恨他。艾,你知道的,人到了愤怒的顶点时,会变成一只汽油桶,一点就着,——哗,爆炸,粉身碎骨。

按理说,我不该这样。许多年了,在我成年以后,我跟沃森连一句话也没讲过。他身上臭,他是个老浑蛋,我刚说过的。

第二天,我就要离开那个奢华空虚的家,一走了之。临走前夜,我又去了墓地,扛着一把铁锹,挖开了沃森的坟。我不想去看那个浑蛋发绿长毛的僵尸。我只想埋下一页纸,一张发黄的圣诞卡片,连同那些旧日子,一干二净,然后轻轻松松地来这里。我办到了,没什么后悔的。真的。

那张卡片很薄,薄得像一只小鸟的重量,飞走了。

艾吹明没咋听明白，觉得像一部恍惚的电影，没头没尾，乌烟瘴气。要么，就是鬼佬已经喝醉了，在自说自话。出于礼貌，艾吹明也没发问，耐心地做一个听众，含着胸。李敦白根本就不在乎艾吹明的反应，兀自沉浸在述说中，眼底里有一片云翳，冷，落寞，空寂，远远地漾荡在天边似的。顿了顿，李敦白醒过来，道：

讲个轻松的话题，给你说说一个女孩子吧，艾。

她叫米兰达，也可能叫特丽莎，随便叫她什么都行。但我喜欢米兰达这个名字。那个夏天，讲故事的人都喜欢偷懒，爱说那个夏天。这是个简便的方式。那年夏天，米兰达刚巧十四岁，风一吹，她几乎变了个人似的，不再是丑小鸭，是一只小白天鹅。巴伐利亚的俗语说，女孩子就像一枚卵，就看破壳的那一瞬，究竟是个什么精灵。女孩子的变，真的在一夕之间，由青涩、黑瘦、焦黄，变得滋润、饱满、发白，像一件中国瓷器那样。米兰达正是如此。当然，变的还有米兰达的骄傲心。她意识到了这一点，所以经常穿一条短裙子，露出一双白花花的长腿，在街上走来走去，惹得全镇子的少年趴在窗口上，吹口哨，献殷勤，要求和她约会。但米兰达谁也没答应。她扭着胯，拔长脖颈，傲慢得像一位公主，炫耀自己的美色。另一个原因，是她有一个讨厌的弟弟，鞍前马后地跟着她，坏了她的好事。

当时德国还分裂，东西两半。冷战没结束，柏林墙还在。

那个夏天，米兰达的弟弟才九岁，个儿矮，像一条小泥鳅，经常跟在米兰达的屁股后边，甩也甩不掉。米兰达为这件事，和弟弟谈过好几回。央求他，别再像个老鼠尾巴，煞风景，坏了姐姐的招摇和自信。但当弟弟的很窝囊，镇子上也没人乐意跟他玩，就哭鼻子，告饶。米兰达没了辙，送给弟弟一个银子的烛台。那是一座枝形烛台，有机关。蜡烛烧到末尾时，会从烛台里跳出来一个精灵，有时是妖怪，有时是动物，有时又是白雪公主什么的童话人物，一共十二枝，有点像慕尼黑市政厅上报时的组钟。米兰达上街去卖弄前,便给烛台上插满蜡烛,锁了门,留弟弟一个人去等,一等就是大半天哟。

可弟弟很快发现了蹊跷,烛台也不能诱惑他了,又缠在米兰达后边,寸步不离。弟弟在街上遭人耻笑,有时还莫名其妙地挨一拳头。米兰达不仅不护弟弟,还在一旁哈哈大笑,笑得花枝乱颤。那以后,米兰达想出了更古怪的招数。常常将弟弟哄骗进一间黑屋子,趁机挂上锁,溜之大吉,去野,去疯,去跟每个男孩子约会。艾,忘了告诉你,那不是一间普通的黑屋子,伸手不见,用中国话说,是十指,还是五指?反正漆黑一团,比洞穴还黑。

要命的是屋子里还躺着一位病人,瘫痪在床,屎尿不能自理。

那家伙是一个爵士的后裔。他爷爷曾花了一大笔钱,买过威廉皇帝的爵位。但家族破败了,人也患了风湿病和肌无力,瘫成了泥。但他仍有贵族的遗风,每天让家里的女佣洗漱干净,穿戴整齐,还在胸脯上挂满一大堆生锈的勋章,威风凛凛地陷入回忆。在黑黢黢的房间里,空气异常难闻,令人作呕。女佣也偷懒,傍晚前才收拾一下。那家伙躺在墙角里,经常在问,黑夜,还是白天?骨头一样白的白天,还是眼睛一样黑的黑夜?米兰达的弟弟就待在屋子里,跟一具活僵尸对峙,吓得丢了魂。那个夏天,小男孩用指甲抠,想把墙壁抠出一个洞来,吸上新鲜空气。指甲渗出了血水,那一座石头房子仍纹丝不动。

对了,米兰达还有一个妈妈,就是那个烂泥样的贵族的妻子。他们结婚时,那家伙已经坐在了轮椅上,一根朽坏的木头。平时,米兰达的妈妈和舅舅去城里打点生意,一周回来一次。米兰达和弟弟在镇上读书。米兰达就是那时候,出脱成了一个小妖精的。

艾吹明摸出一支烟,递给李敦白。李敦白眼底里的阴郁碎了,散了,退在眸子后边的远天远地里。艾吹明直突突地问:

米兰达是你姐!

当然！

老李，你在跟我忆苦思甜哦，真有你的。

什么？

没什么，你接着唠吧。酒不错，再来一瓶。

李敦白道，整个夏天，艾，我烦"夏天"这个词。夏天令我想到燠热，想到世上的一切都在不知不觉中腐烂，走向灭亡。还是秋季好，一个人能死在秋天，死在这么浩瀚的秋季的夜晚，无论如何也是件高兴的事。这想法，还是那个小子被关在黑屋子里产生的。屋子里飘满了病菌、咳嗽、阴湿，也盛满了太多的死亡气息。它们钻进了那小子的骨髓和血液里，使他长大后，恨不得插上一对翅膀，满世界流浪，去撒野，去喊，去叫。而那时，米兰达却优哉游哉，跟每一个可以上手的男孩子约会，引得他们争风吃醋，打架斗殴。米兰达的名声渐渐臭了。

长话短说吧。

年底很快到了，下过几场大雪，镇子上都被几英尺的雪覆盖。米兰达没了去处，便乖乖地待在家里，站在窗前咒天骂地，气恼坏天气毁了她的约会。街上有的人家，已经开始布置圣诞装饰。扫烟囱的人站在屋顶上，一身黑灰，只有牙齿是白的。弟弟一个人在发呆。那小子，总盯着家里的壁炉，想象圣诞老人会从烟囱里钻下来，提着口袋，来分发一些小礼物。妈妈也回来了，带着舅舅沃森，载了一车厢的东西。今年的买卖不坏。那时候，沃森还像个绅士，戴礼帽，系领带，领口发白，见天笑吟吟的，坐在寒天冷地的露台上饮酒。谁也不知道，沃森竟是个浑蛋。

我要说的是离圣诞节前三天的事，大事。

有一晚，米兰达喊了弟弟，钻进她的卧室。米兰达佯装神秘说，要是让你许一个圣诞愿望，你会许什么呢？弟弟想破了脑壳，才回说，许一个春天,全家人去森林里度一个长假,再吃一顿烧烤,最好是鱼。弟弟的回答令米兰达很失望。弟弟问,你呢,你许什么愿?米兰达这才从身后递出一张圣诞卡片,焦急地说,学校让我将圣诞许愿写在上面,再寄给圣诞老人,可我没想好。米兰达真的很焦急,从弟弟嘴里讨不来好主意,便独自熬了大半夜,写了很多草稿,写一遍,撕一遍,都不满意。

天亮时,米兰达终于写妥了,填在了卡片上,等着早晨来镇子上的邮车投寄出去。但米兰达人困马乏,趴在桌子上睡熟了。恰巧,弟弟进了米兰达的房间,偷窥了一眼姐姐的许愿。

弟弟认识那一行字,看见米兰达写道:

许愿:希望沃森舅舅,今后再也不要侵犯我,愿圣诞老人听见!

这是个机会。

弟弟念了一遍,遂心生恶念,想起怎样报复姐姐了。整个夏天,那个该死的夏天,弟弟被关在黑屋子里,感染了那些看不见的病菌、和太多的死亡气息。他没理由不怪罪米兰达。再说,弟弟也对"侵犯"这个词似懂非懂。那个年代,电视里充斥着这句话,在柏林墙两侧,华约和北约天天在相互指责对方侵犯,反正不是一个什么正经词。弟弟觉得,这是个机会。在邮车揿响第一遍铃声时,弟弟偷偷出了家门,连信皮都没封上,也没贴邮票,径直塞进了邮箱里。做完这些后,弟弟望着睡眼惺忪的米兰达,第一次有了快意。

当天,邮差报了警,警察找上了门。

李敦白展了展手,一副无可奈何的神情。他一停下,故事也停下了。艾吹明却不干,心猜,这鬼佬弟弟,不正是眼前的这家伙嘛,原先他在忏悔。酒光了,李敦白扔着瓶子玩。艾吹明说:

老李，醉了？

别忘了，我是从慕尼黑来的。

想喝的话，我再去买一捆来。咱俩是城里最落单的人，一醉方休？

不了！还要讲故事哪。为这个故事，我几乎喝遍了全世界的酒，但酒不是后悔药，治不了我的病。

李敦白死乞白赖地挤出一丝笑，问道：

还想听下去吗？

想！如果你信任我的话，我想知道接下来。

我不怀疑你忠诚的脸。艾，你送我一只MO-DOU，投桃报李，我只能给你讲讲为何造一只独木舟的故事。李敦白，或者说托马斯·曼，絮叨完后，又接道：

警察很快就逮捕了沃森舅舅，关进了拘押中心。也为了保护米兰达，将她送进了看护所，进行身体检查和心理辅导。事情传遍了全镇，邻居们像受到了传染病威胁一样，家家户户关门闭锁。圣诞日到了，女佣也辞工不干，家里空空荡荡的。除了那个僵尸般瘫痪的爵士外，唯有一脸愁苦的妈妈，守着烛光，对冥冥中的上帝祈祷不止，甚至忘了她的儿子。那个肇事的弟弟呢，他才九岁，还蒙在鼓里，并不知道这个被毁掉的节日，因他而起。

艾，你可能不明白，那是在巴伐利亚，一个保守的州，一个更为偏执的小镇。出了这样的丑闻，简直可以说掀掉了家里的屋顶，撕烂了一个家庭的面纱，成了众矢之的。耶稣说过，你只看见了别人手上的刺，却看不见自己眼里的梁木。那些和米兰达约会过的男孩们，都被家长送到了别处，怕引火烧身。但反过头来，他们又投书报纸，对这一桩丑闻剥洋葱。

终于，事情有了眉目。春天开始时，检验报告出来了，米兰达是个老手，处女膜陈旧性破裂，说明她很烂，从小就开始烂。警察也采了口供，聆讯说，那样的"侵犯"有多长时间？米兰达回答，从夏天开始的，足足有半年了。事实上，那个夏天，恰是米兰达刚和街上的地痞们开始交往的。弟弟记得，但弟弟还小，插不上嘴。

沃森舅舅进了监狱，一句话也没发表，认了罪。

米兰达的新闻铺天盖地，经久不绝。她是个不折不扣的受害者，未成年人，且是性侵犯的对象，当然博得了廉价的同情和眼泪。联邦有那么一个救助机构，结案之后，迅速取消了克拉拉的监护人资格，将米兰达转移到了别处，而且还改了名，换了姓，以另一种新身份成长。所以，我也不知道她实际上叫米兰达，还是特丽莎，反正记得有这么一个姐姐，陌生人。

家也搬到了更偏僻的地方，我开始叫托马斯·曼。

艾，你恐怕不明白，托马斯·曼，这其实是一个作家的名字。战争前，他就住在巴伐利亚，后来受不了纳粹迫害，举家逃到了苏黎世，又入籍美国。曼写过伟大的《魔山》《布登勃洛克一家》和《死于威尼斯之死》，获得过诺贝尔文学奖。我妈妈是他的粉丝。或许，正是克拉拉的个人原因，我被她叫作这个名字。

我成年后，入读于一家不起眼的大学。

有次，为了给一篇论文补充材料，我在图书馆里查阅老档案和旧报纸，忽然翻到了一篇消息，是巴伐利亚当地的一名记者撰写的，详细讲述了那一桩圣诞节案件的来龙去脉。在报纸右上角，是那一张报警的圣诞卡片。我在发黄陈旧的图片上，读到了米兰达歪歪扭扭的一行字迹。我知道，我再也不能佯装不知地去做一篇不疼不痒的论文了。

我告诉过你，艾，其实人生最大的动机和理由，只有一个字：痒！

那以后，我便退了学。我从旧货商店里，买到了同样的一张圣诞卡片，无论花纹、形制、纸张，都和那张报警的一模一样，像是同时从印刷机器上切下来的。我照猫画虎地复制了米兰达的那行文字，觉得握住了真相。有一次,我拿着它去问妈妈。克拉拉在一通鼻涕眼泪后,写下了米兰达的地址。

我找到了她,在邻近的一个州。

当米兰达走到我面前时,我一眼认出了她。音信断绝多年后,我从米兰达的五官上,看见了我自己。她胖了,也变得不漂亮,整个人都很臃肿,像一个邋遢的中年妇女。米兰达熬够了,从救助机构出来后,又做了几年的义工,也干过加油站的服务生,在各种酒吧打过短工,还在几家旅馆和超市里站过收银台。空闲时,米兰达就去教堂或医院,要么祷告,要么看护病人,一刻也没闲着。那一瞬,我知道米兰达也认出了我,这个没出息的小弟。我和姐姐,两个人满脸是泪,收也收不住。我抱住米兰达。我吻她。我把头埋在她的乳房间,号啕不已。很多年的辛酸,都被哭了出来。

艾,我抱着她时,觉得抱住的是妈妈,不是姐姐。别笑话我,在我心中,姐姐和妈妈该是同一个人,分不开。

我拿出了那张圣诞卡片,让米兰达过目。我向米兰达忏悔。我事无巨细,一五一十地告诉她,当初是我充当了刽子手和幽灵,才将那一张圣诞卡片投进邮车的。我讲了那一间黑房子带给我的阴霾和恐惧。我讲了对她的嫉妒和仇恨。我还讲了这桩案件发生后,对她的思念和挂怀。我请求米兰达原谅我,像一位妈妈原谅自己的儿子那样。但米兰达退后几步,很诧异地盯着我,头摇得像一只拨浪鼓,很确凿地说:

不!一切都不是你说的这样子。

我猜想,米兰达说的该是气话。她有理由坚持。她熬够了,比耶稣还煎熬。我还猜,她可能不愿意提及这一场丑闻。它毁了她的一生,让她有家不能回,有冤不能诉,内心还埋着畸形的阴影,所以才变得邋里邋遢,俗气不堪。但不能去申斥米兰达。我是专门去忏悔的,道出真相,乞求她的谅解。我想将罪孽都揽在自己身上,希望米兰达能

跟我回去,和妈妈一起,重建那个家。艾,我的希望彻底落空了。因为米兰达的话才是一声惊雷,炸醒了我。米兰达对我说:

曼,沃森舅舅没罪,沃森舅舅从没动过我一指头。

我愕然。

米兰达说,怪谁呢,撒旦,还是上帝?那时候我才十四岁,多么虚荣,又多么无知,以和镇子上的地痞们约会为荣,一天几场,一次一换。我清楚自己是怎么失身的。我滥交,我多么龌龊、多么肮脏,可这一切真的跟沃森舅舅毫无关系。他是被冤枉的,还坐进了大牢,背负骂名。

那,你干吗在卡片上写下那句话?

米兰达揪住头发,还用拳头擂自己的太阳穴。我扳住她的手,究问原因。闹腾了一会儿,米兰达才消停,啜嚅道,那只是黎明前做的一个噩梦,我梦见沃森舅舅戴着万圣节的面具,——哦,事发时,万圣节刚过完不久,——邀我去镇上最红火的酒吧跳舞。他搂着我,一直在高速旋转。我晕了,轻飘飘的,几乎快飞了起来。我哀求沃森舅舅,停下来,快让我下来,我的心快虚脱了。可沃森舅舅始终停不下,像一台失控的引擎。曼,那是噩梦。沃森舅舅的利牙上流出血水来,溅在我白色的裙子上。他笑得像个吸血鬼,要吃我。

见警察时,你醒了,干吗不说明呢?

我没勇气。

我说,你该对警察说实话的,说那仅仅是一场噩梦,一次误会,是你自编自导的,与沃森舅舅无关。只与那个夏天疯狂的你自己有关,与你被魔鬼控制了的灵魂有关。嘿,凭你一次指控,沃森成了浑蛋、淫棍、性恶魔,成了整个联邦共和国千夫所指的罪犯。米兰达,你这是害人害己,祸害了全家,连妈妈也抬不起头来。你知道吗?

米兰达撕心裂肺地哭,道,那时我还小,我害怕,我没勇气去面对。

我气炸了,拽住米兰达,往警察局里拽。我愤怒地说,那好,既然你对弟弟讲了,你也应该一字不漏,原原本本地讲给警察听,让他们做笔录,去复查,去纠正,让他们把该死的沃森,坐了许多年深牢大狱的沃森立即释放。

我怕,我害怕看见沃森舅舅。米兰达说。

为什么?

我是划时代的娼妓,我怕世人齿冷,怕揭起这一层旧疮疤,让我万劫不复,生不如死。我现在只想平静地独自生活,在心里请求宽恕。

多么自私,米兰达。你平静了,可另一个人在承担罪名,无处申冤。

艾,我当时苦口婆心,但怎么也劝说不了米兰达,令她回心转意,跟我去警察局,叫尘封的一切都大白于天下。孤苦的米兰达,一直隐姓埋名,只身一人地打发时光,不婚不育,恶毒地惩罚自己。我望着她沾满了泪水的脸,像妈妈一样的面孔,苍老,惨白,无助。我的心,像被塞进了绞肉机里,不疼,不哭,无知,无觉。我问米兰达,我能分担什么,为她。

米兰达道,弟弟,我以前在一家中国餐馆打过工。

那又怎样?

记得,餐馆老板是一个中国人,他有一句口头禅。米兰达沉吟一番,像在回忆,也似斟酌。那句口头禅是,干了错事的人,跳进河里也洗不清。

我问,什么样的河水,洗不清一个人的罪孽呢?我看见米兰达平静了下来,愿意对话,所以循循善诱地问。我说,请告诉我!

姐姐道,说不好,记得是一条姓黄的河流。

Yellow River? 我用英语问。

对!米兰达点点头,跳进黄河也洗不清,是这话。

姐姐,我想请这条河,重新成为你施洗的河,我发誓!临别前,我紧紧抱住了米兰达,立意已决。我要背上行囊,去东方,去中国,去黄河。我要亲眼见一见这条著名的河流,发愿,漂流,从头至尾,仔细洗刷掉一个曾经十四岁的女孩子,现在却像我妈妈一样衰老的米兰达的无心之过。但我没告诉米兰达。一个月后,我就得到了方块字的签证。

艾吹明入了迷,问,你姐姐现在呢?

李敦白耸了耸肩,似乎讲完了该讲的故事,等于卸下了心中压抑许久的块垒和甲胄,笑道,等米兰达知道我真的去了中国时,她的态度也转变了,知道了弟弟的爱,爱她。于是,妈妈陪着米兰达,去了警察局,供述了这一切。警察局也没有为难米兰达。毕竟,错误发生时,她才十四岁,无责任能力。三天后,沃森舅舅也从监狱里走了出来。

嗨!沃森一出监狱的铁门,大喊了一声,浑蛋!所以,后来我和米兰达、克拉拉,都喜欢喊他浑蛋沃森,好像一喊浑蛋,心里的憋屈就吐了出来。艾,假设我不来这里,我猜,米兰达是不会这么勇敢的。对不对?

对!

在中国象棋里,这一招叫什么来着?

要将!

两个人为这句话的默契,哈哈大笑。干杯,却是空瓶,有一丝清脆的玻璃声。李敦白一个前扑,趴倒在木板上,翻了个跟头,捡起墨斗和铅笔,又开始描画起来。一堆线条,弯成了更大的圆弧,两头尖翘,像月亮船。艾吹明帮不上手,猜想,现在该做船帮了吧。将一左一右的船帮上紧在龙骨上,刷上密封胶水,严丝合缝,则雏形初成。刚耐下性子观摩时,兜里的手机响了,又是那种彩铃。李敦白侧首,调皮地问:

《绿袖子》?

艾吹明不解,看了看号码,信步往一侧踱去,是左球。左球在电话里口齿不清,醉酒状态,问说:

吹明,你跟我姐在一起吗?

没!

左球哀叹道,我刚从区医院门口路过,看见我姐了,像从里头刚走出来,披头散发的。你快去,看看发生啥事了。

像是通报,更多的却是命令。

区医院有个熟人,叫钟宜津。

艾吹明奔上三楼,看见了妇产科的门楣,一掀门帘,果真瞧见了钟宜津,正背对自己,站在盥洗台前,清洗着一应器具。宜津姐,你值夜班呀,牧云人呢?钟宜津瞥了一眼,没给好脸色。艾吹明哀求半天,钟宜津这才歇了手,淡定地坐在椅子上,讽刺道:

你俩怎么了?

艾吹明哈了腰,羞赧地道,没咋呀!平时各忙各的,都是一脑门子的疙瘩。你还不清楚牧云嘛,心高、气傲,满天下就她这个女人最顶真了,恨不能占山为王,一呼百应。

小艾,少跟我嬉皮笑脸的。

钟宜津起身,将桌下的垃圾筐踢出来,指着一堆秽物,金刚怒目地说,牧云早上挂电话来,说要做流产,要我准备一个手术包。瞧瞧,一小时前做的,你的骨血可都在里头。小艾,你还是个男人嘛,老婆做手术,你却不照面。牧云咋想我不知道,但我也是女人,我明白她有苦难言。你还说什么说。

牧云真……

别问我。

艾吹明来之前，猛挂了迟牧云的电话，但无法接通。此刻一急，又拨了电话，也还是关机。钟宜津看在眼里，揶揄道，别打了，牧云的脾气你做丈夫的还不了解嘛。牧云刚才下楼就叫了出租车，回家去了。你也快滚，去买点益母草膏，或煮点红糖水，热性的，暖一暖她。

牧云没在家，很久了。

钟宜津脸一淡，端出一副老大姐的派头，质问道，小艾，你给我说实话，是不是跟牧云的婚姻出了问题？不是别扭，是麻烦！

我和牧云分居了。

多久？

半年前吧，天刚热那阵儿。

鬼才信你！

艾吹明的鼻梁上，溅了几颗唾沫星子。钟宜津的不悦，也表现在她的指头上，几乎戳进了艾吹明的眼底里。钟宜津道，牧云来做人流，可见你"欺负"了她。

一个月前，我和牧云有过一次。

小艾，你的口气像偷情。

插曲！

钟宜津不客气，伸手凿了艾吹明一个栗子。钟宜津语带恼怒，道，对姐姐还撒谎？你穿开裆裤时，姐姐还看见过你当街撒尿的小鸡鸡呢。现在出息了，会满嘴跑舌头了？好了，我也没资格训你，你快走吧，我还要去查房呢。

艾吹明不明白钟宜津何以动怒，忙拽住她，赔上笑脸说，宜津姐，我也是刚接到大勇电话，说看见牧云在医院，就忙赶过来了。千错万错，怪我，你别生气嘛。钟宜津展颜一笑道，撒谎是门学问，小艾你还嫩点儿，姐姐可是长了法眼的。艾吹明这才静下心来，如实坦白了家里的一些变故，包括迟牧云搬离了家，在外边赁房单过，以及鸡毛蒜皮的琐碎事。钟宜津听完，吁了口长气，小艾，按说我不该管你们两口子的事儿，但你俩都是我弟妹，不沾亲，还带故呢。我不好偏袒谁，我教你个办法，你静下心来，乖乖在家等。你们这是七年之痒，一个坎。过了这个坎，便是一马平川。婚姻嘛，就是一个字，熬！牧云我比较了解，等她醒悟了，恢复了，对你自然会心生愧疚。你是个男人，胸襟要开阔些。

说和的话。艾吹明体悟到了钟宜津的苦心，遂双手合十，谢了谢。另半边脑海里，却忽然忆起了李敦白。是啊，鬼佬也说过类似的话，痒，痒是一个人最大的动机和理由。一念至此，艾吹明就想告辞。

小艾，帮我把垃圾丢在楼下。

钟宜津递给他。

艾吹明提着一袋沉甸甸的垃圾，下了楼，站在阒寂的夜幕下，心思浩渺，无所依傍。打亮火机，艾吹明盯着塑料袋里的东西，胃里蓦地一酸，一股烧碱般的液体涌了上来。艾吹明慌忙扔远了，丢在一棵冬青树上。

三楼的窗口里，钟宜津拉开拉帘，望着艾吹明萧然远引的背影，心生不忍，拨了电话。钟宜津对迟牧云说：

小艾刚走！

宜津姐，他咋去了？他说什么没？

没说！

迟牧云声音有点湿，哽咽半天，才惶惶然地道，宜津姐，你千万别告诉他这个号码，让我安静待几天，谁也找不见才好。我需要自己个舔舔伤口。

牧云，你怎么还不对生活服帖呀。我觉得，小艾真的很无辜。

我不想屈服！

钟宜津揉开了窗户，夜风飒飒。钟宜津本不想说这句话，但迟牧云的强硬惹怒了她。钟宜津变色道,牧云,刚才这个胎儿是谁的?

问这干吗?

牧云,我只告诉你,你刚才是引产,不是人流那么简单。胎儿有四个月大了。我是医生,更是个女人,谁也骗不了我。

楼道里忽然传来了尖叫声,好像病人家属在喊,羊水破了。钟宜津知道另一个值班医生在查房,所以也不着急。迟牧云声含抽搐地说,宜津姐,我不甘心,我不想死水一潭地活完这辈子,我还年轻,不想就这么驯服、这么平庸。宜津姐,你肯定觉得我卑鄙、龌龊、下流。我不认识那个男的。他才十九岁,新手,第一次,随便在电影院里碰上的,领他去开了宾馆……钟宜津拖泥带水地听完,又伸手关紧窗户,方说:

牧云,你很危险。不走到悬崖边,你勒不住心里那一匹不羁的马。

又是黄昏,艾吹明走上亲水平台,却没看见李敦白。

下过雨,空气清冷,附近没什么路人。艾吹明是徒步走来的。昨晚上,斯巴鲁被花了,车身的左右两侧,被某种铁器画出了波浪状的线条。车尾的后窗上,居然还喷下了一道算术公式,437×61=?光滑的引擎盖上,写下一行毛毛糙糙的字,像是谶语:心休眠,人好住。艾吹明没了辙,丢在小区内。约莫五里地,艾吹明居然走出了一身汗。

要是鬼佬不来,这一对船桨,算是白糟蹋了。

艾吹明搂着一对船桨,深蓝色,硬塑料质地。桨身两翼内括,像一副铲形门牙,吃进水里,绝对能用上劲。方才走过探险者俱乐部门前时,艾吹明突发奇想,掏钱买了这一对桨,想送给李敦白。值不了几个小钱,心意却都在上头了。可现在连鬼佬的人影儿也不见,艾吹明略略带了失望。

暮色又矮下来一寸,沉沉下坠,快淹在了脚脖子上。艾吹明抽了几支烟，嘴里苦麻麻的，才思谋说，八成是个无功之夜，鬼佬兴许早就下了水，来不及告辞，已一帆远去。念想若此，艾吹明方有了打道回府的念头。

滨河大道的风情线上，一辆无轨电车悄无声息地驶过。过电缆铰接处时，一双辫子咯噔一下，擦出了一蓬幽蓝的火花，像一个哑孩子在说话，比弧光短，却比一声叹息长。电车停了停，车门打开，一个人跳将下来。

奇怪的家伙，两手高抬，举着一个莫名其妙的大东西，扣在头上，遮住了鼻眼，像一顶拿破仑戴的船形帽子。人走得很趔趄。看得出来，东西比较沉，像一桩俗气的行为艺术。走近了再一瞧，艾吹明差点儿失笑出来。恰是鬼佬。

艾！

李敦白喊一声，卸下头顶的大东西。原先是独木舟，平底，中国式，长约三米，宽有一个身位左右。艾吹明帮着放妥，讽刺道：

老李，你发神经呀？

李敦白影痴痴地乐开了怀，艾，船造好了，我已经刷了特制密封胶水和防渗漆，漆了三遍，白天不能晒，只能让河风慢慢吹干，否则会爆裂的。这不，月亮这么好，可以让它晒晒月光，阴干。嗨，等了你三天，你去申请破产了吗？

艾吹明反问，你呢？

艾，料到你要来和我聊天，我紧赶慢赶的，搭了车，刚才在学校开班会嘛。李敦白揩了揩汗，冷寂地说，我已经办完了请假手续，过几日，我就要离开兰州，从这里下水。

干吗这么急？

李敦白道，怕来不及。我说过的，我要去参加一个婚礼，圣诞日。

喏！这是我送给你的一对船桨，不知合不合你的心意。艾吹明将礼物递给李敦白。仅有的几次交谈，已让艾吹明将这个鬼佬当作了朋友，一提离别的话，免不了暗自神伤。李敦白接过船桨，心生喜悦，握在手里仔细摩挲，喜形于色。李敦白道，艾，谢谢你，总让你破费，我本来是石器时代的，靠了这一双桨，我又重回了工业社会。鬼佬，伶牙俐齿的，比中国人还会讲话。但人靠衣装，马靠鞍，这一只手工粗糙的独木舟，配上一双漂亮的船桨，一下子衬出了它的别致和韵味。

艾，我也送你一件礼物吧。

使不得。

李敦白摸出一页纸来，打开。天光暗淡，远处的路灯昏暝一片。李敦白说，艾，送你一首诗。

诗？

艾，还记得我讲过的那个故事吗？记得那个浑蛋沃森，沃森舅舅吗？这首诗是沃森舅舅写的，当时他才十三岁，在纳粹的戒护所里。

哦？！

艾吹明措手不及。心猜，或有一件事将会发生。

独木舟竖了起来，靠在群雕上，让清冽凄冷的月光照在船底上，寂寞吹凉。艾吹明嗅见了一股子油漆味儿，涩，但在余味中有一丝丝的蜜甜，让人一醒。李敦白忙完了，又变了戏法似的，从兜里掏出几听易拉罐啤酒，撕开，递给艾吹明一罐。

给你说说这首诗的来历吧！

李敦白，或者说托马斯·曼，诡谲地顿了顿，进入了说书者的角色中。李敦白说，艾，书接上回，话说我姐姐米兰达良心发现后，在妈妈的陪同下，去警察局做了供述，洗清了沃森的不实之罪。母女二人，专程去了联邦监狱接沃森。嘿，沃森老了，两鬓斑白，腰也佝偻下来，步入了晚景。但沃森的心没变老，依旧是个孩子，喜欢笑，笑起来没完没了的。

刚一出森严的监狱铁门,沃森就大吼一声,说浑蛋!他没说再见,谁愿意说再见呢,那个鬼地方,快耗光了他的生命,见鬼去吧。

浑蛋沃森像这样子,张开他的臂,箍住了克拉拉。李敦白做了个狗熊扑食的动作,抱了抱艾吹明,以示说明。接着道,妈妈哭了,妈妈此前也申诉过许多次,为沃森的名誉担保,但每一次都无功而返。妈妈以为沃森会老死在监狱里,此生不会再有重逢的机会,但上帝有一双翻云覆雨手,谁也瞒不过上帝的眼睛。妈妈尽力掩住着激动,从沃森的怀里挣脱出来,请求沃森抱抱米兰达,原谅一个孩子当初的错误。艾,你猜猜,沃森他怎么了?

沃森吻了一下米兰达的面颊,居然趁米兰达不注意时,一把抱起了米兰达,扛在肩膀上,雄赳赳地回了家。任凭米兰达怎么哀告,沃森不肯丢手,唱着歌,将米兰达扛进了家里。

那时候的米兰达,已经是个大人了。

但沃森舅舅仍当她是十四岁的小姑娘,停在那年夏天没长大,逗她,笑她。米兰达一直在哭,乞求沃森的谅解,想得到沃森的宽恕。沃森舅舅却说,心肝儿,我早就猜出来了,那是你做的一场噩梦,不怪你。

怪我!一切都是我引起的。

沃森舅舅道,要怪,也只能怪那个凄凉的梦,米兰达,我的宝贝。沃森的话,似乎是一句中国诗词的翻译版,艾,是谁说过的,"梦里不知身是客"?

李后主,跟你一个姓儿。艾吹明恰好读过。

哦!沃森舅舅或许也是这个意思吧。沃森说,米兰达,这一切都是上帝在试探我,试试我的勇气和承受,所以,我一直没去辩解,我始终闭上嘴巴,看看上帝的耐心和苦役有多强,有多久。瞧,上帝现在败了,向我认输,于是让你来拯救我,接我回家。

米兰达哭着说,但为什么是我?混账上帝,为什么派我去试探?

呵呵,因为你是上帝身边的人。他信任你。

那时,米兰达想起了我,想起弟弟曾说过的话。所以,米兰达对沃森说,一定是曼,在东方姓黄的河流边,重新为我做了洗礼,才有今天。那条姓黄的河流,现在是我施洗的河。

曼?那小子,他也是上帝身边的人。艾,你听听,这就是沃森的高明。

沃森舅舅天生欢乐。那么多年的牢狱之苦,并没打磨掉他的光辉,性格喜人。艾,那是家里少有的一个节日,真相大白后,街坊邻居们闻讯赶来了,开怀畅饮,还跳了舞。自始至终,沃森不丢手,一直搂着米兰达跳,跳得米兰达的脚也肿了。我在后半夜时,接到了米兰达挂来的电话,我有点吃惊。我嗔怪说,也不看看几点了,这里是北京时间呀。

沃森接了电话,他已经醉了,醉得像一根兰州拉面。沃森道,嗨,小子,我真想捏住地球,咔嚓一下掰开一条小缝,让你小子立即钻过来,陪我喝一杯。艾,听听,这就是沃森的风格。克拉拉也忙疯了,招呼客人,做了许多美食。接沃森之前,妈妈就刷了房子,换上了新窗帘,给沃森准备了一间大卧室。遭到变故的那些年里,瘫痪在床的爵士的孙子,不治身亡。但因为沃森的到来,家里又有了一种男人味,雨过天晴呀。闹到了黄昏时,沃森忽然拽住克拉拉,当着街坊邻居们的面,宣布了一个重大决定。

我要和克拉拉结婚,我爱她,爱了几十年了。

沃森发疯地说。

是的!我爱克拉拉,现在终于可以娶她了。

艾,你现在知道的,沃森,浑蛋沃森一直是我的舅舅,克拉拉的弟弟。但那一刻,沃森却鬼迷心窍,说出如此大逆不道的话来,叫大家觉得他旧病复萌。米兰达也觉得沃森醉了,说了不该说的话,得意忘形吧。米兰达想拖沃森回去睡觉,但沃森一把搂住米兰达,也搂住了克拉拉,大言不惭地说:

克拉拉是我的妻子,在纳粹时期,我就认识她。

街坊们都缄默不语,却又隐隐觉得这可能是一桩重大事件。但妈妈不是。克拉拉听见沃森的决定后,竟清泪长流,一下子扑到沃森的怀里,哭得彻心彻肺。哭完了,克拉拉才哽咽地解释道:

是的,我也爱沃森,一直爱他,从战争时就开始了。

沃森说,因为,米兰达是我们的女儿。

曼是儿子。

妈妈附和道。

沃森没醉。他在说这一秘密时,比一只狐狸还清醒。也许那几瓶酒,真的对一个坐过牢的人来说,算不了什么,更何况他想一吐为快呢。沃森牵着克拉拉的手,对所有鸦雀无声的来宾说:

请祝福我和克拉拉吧,还有我们的女儿米兰达、远在东方的儿子曼。是的,我们要准备一下。三天后,我和克拉拉要补办一次婚礼,邀请大家来。

克拉拉也说,三天后,欢迎大家来做客。

艾,这就是我那个奇怪的家,总像罩着一层迷雾似的。剥洋葱,也剥不到最后一层,却总是辛辣呛人,令人生疑。克拉拉在那一刻也是大胆的,如同有预谋。克拉拉拥吻着沃森,很贪婪,很自私,不像是一对姐弟,更像一对恋人,比好莱坞的烂片还出人意料。艾,我说过,那是一个保守的州,人们的心被很多的清规戒律控制着。听了沃森和克拉拉的奇谈怪论,大家觉得被冒犯了,于是推脱着,三三两两地借故走人。剩下米兰达一个,呆若木鸡地站在那里。那个家对她而言是陌生的,此刻尤其陌生。

不!

米兰达嘶哑地拒绝道。

不是你们说的那样子,一切都不是。她说。

那天傍晚,任凭沃森和克拉拉怎么解释,如何安慰,米兰达都不肯跨进家门一步,宁愿待在草坪上,望着夕阳,整理自己的情绪。刚接回了沃森,米兰达还以为过去的罪孽和错误,已被轻轻抹去,像海浪擦掉了沙滩上的脚印。岂料,更大的打击突然降临在了她头上,令她不堪承受,泪眼迷离。

深夜时,米兰达给我挂了电话,质问说,曼,我的弟弟,沃森怎么可能是你我的生身父亲?沃森应该是舅舅才对呀。米兰达还说,我承受得了一个舅舅的宽恕,却无论如何不能接受一个父亲的包容。曼,我乞求你一句话,我们以前没有过父亲,现在没有,将来也不会再有。我们的父亲只有一个,我们从没见过他,他早进了天堂,坐在了上帝一旁,这个人却不是浑蛋沃森。米兰达说,我恨沃森,他毁了我刚刚治愈的一个梦。梦又破了,分崩离析,也许这是我的报应。米兰达的语气,和巴伐利亚的冬天一样阴森恐怖,冷到了骨头里去。我尽力劝慰她,可压不下她的怒火。米兰达说,曼,我真的是划时代的妓女,我诬陷了舅舅沃森,他现在又从魔瓶里跑了出来,变作了一个冒牌父亲,来向我追讨欠下的这笔债。我要反击了,我不能认沃森,如果他一意孤行,有一场野蛮的婚礼的话。

接完米兰达的电话,我快爆炸了,一口气跑出了学校,跑到了黄河边。我跳进了河水里,游了几个来回,想冷静下来。

我猜得出米兰达的心理。米兰达不愿面对的,只是"父亲"这个称谓。我和米兰达没见过父亲,从懂事的第一天起,我的父亲就缺席。现在忽然出现了这么一尊偶像,自称父亲,那米兰达先前所做的一切,包括诬陷和谎言,都将重新开庭审理。艾,多可怕!推倒重来的话,那将不再是一个曾经十四岁女孩子的噩梦，是别的，是谁也不敢面对的深渊与审判。

所以，次日一早，米兰达便失踪了，连个字条也没留。

在这上面，米兰达的确是个老手。她像一把盐撒进了水里，杳然无迹，又一次隐姓埋名了。沃森和克拉拉发现后，为时已晚，只能恨自己的唐突莽撞。没辙了，他们先在警察局报了失踪案，又挨家挨户地去通知，说三天后的婚礼取消了，抱歉的废话说了一箩筐。人们客客气气地答应了。但我猜，关了门后，镇子上的人都会笑掉大牙的。浑蛋沃森，让我的家再次蒙受了耻辱，比一条狗还不如。

妈妈却不这么想。妈妈一准是被沃森的无罪释放冲昏了头脑，却不明白那一层糖衣下，包着毒药。接下来的几个月，克拉拉和沃森出双入对，表面上还以姐弟称呼，事实上却像夫妻一样生活。那一年暑假，我回到巴伐利亚，想找沃森谈谈，却被克拉拉阻止了。妈妈说，曼，你要相信一位母亲，等米兰达回来，一切都会水落石出的。艾，我得不到应有的答案，很失落，一发狠回来了。况且，我还没践约，没让这一条姓黄的河流，成为米兰达再次跨进的施洗之河。有时候，我也恼怒自己，是不是我的怠慢，产生了那一场戏剧性的突变？或者，真的像老练的中国人讲的那样，跳进去，也终究洗不清？

我相信过妈妈的话。我怎么可能疑心自己的母亲呢？隐隐的，我料想其中或许有不为人所知的难堪，只是没有契机，也没有机缘罢了。但我不能停下自己，我老大不小的了，该有个人的道路。

可谁也没想到，沃森做了一个惊人的选择。他成了圣诞老人，浑蛋沃森。

克拉拉本来想将几家工厂交给沃森打理，可他扔下了生意，跑去柏林的"海因策尔小人"圣诞老人办公室报了名。艾，那是一家大名鼎鼎的圣诞老人介绍所，从一九四九年开始，它就面向全国，提供出租圣诞老人的服务。别以为圣诞老人只是派发礼物那么简单，它对候选人的要求极为严格。首先，参选人要乐观开朗，能给人带来欢乐；还要反应敏捷，能机智地回答孩子们提出的各种稀奇古怪的问题；再就是声线要温和厚重，身材要圆胖，最好有胡子，还必须通晓圣诞诗，并有唱圣诞歌等等的表演天分。最重要的是，这些入选的圣诞老人必须有一颗真挚的爱心。

沃森不知用什么方法，进了圣诞老人培训班，很快就脱颖而出，成了其中的佼佼者，并拿到了"圣诞老人上岗证"。

艾，这是一桩苦差事。沃森穿上了正宗的圣诞老人服饰，一顶红色绒球帽，白色的大胡子和假发，还有一件过膝的长袍、一件外套、一条宽腿裤和一双皮靴，腰上系一条黑色宽皮带，系一个铃铛，还要背一只大麻袋。对这个角色的要求也很多，不能戴任何首饰，最多戴一个老花镜，也不能穿牛仔裤和运动鞋。同时，圣诞老人身上不能喷香水，也不能有烟味儿和酒味儿。另外，他们还得应付小朋友们的古怪问题。比如，有人问，你的雪橇在哪里呀。沃森就得回答说，啊，我让我的驯鹿在城外的草地上吃草，省得它们受汽车司机的欺负。又比如，树上七只猴，地上一只猴，一共是几只猴？你就得幽默地说，九只猴，有一只怀了孕。呵呵，这是赵本山老师的小品。

那些年，德国经济发展比较快。节日前，圣诞老人就成了抢手货，上万个家庭、学校、购物中心、餐馆酒店等着提供服务。沃森却奇怪，他放弃了一天三百马克的城区服务，专捡一些乡下偏僻的犄角旮旯，开车行驶上百公里，去给孩子们送礼物。在这一点上，沃森有嗅觉，比猎豹还敏锐。

事实上，沃森是有备而去的。

事先，沃森和提出预定的家庭进行了不少沟通，或是电话，或是书信。沃森问清了每个家庭的人员构成、喜好、职业和性格，并索要一张全家福。孩子的父母当然很配合,给沃森讲解自己的孩子在这一年里的优缺点,有哪些好朋友,需要什么样的节日礼物。家长会提前寄来各式各样的礼物,分门别类的,希望届时给孩子一个惊喜。沃森怕忘词,他将这些要点都记在书上,因为圣诞老人每人会手持一本金色的书,上面有内容。

沃森一共接手了十二个孩子,马不停蹄地跑在了那一年的风雪之夜。

忙到了午夜时分,沃森累得够呛,只剩下了最后一家人,必须在零点钟声敲响时,送出那一件礼包。在镇子外,沃森停下车,装扮停当后,就按着门牌号码摸上了门。艾,这叫踏破铁鞋无觅处,得来全不费工夫。沃森刚要摇响铃铛,呼唤孩子出来时,却见一个女佣正站在门口,向沃森招手,嘴里喊,快一些,快一些,孩子快睡了。

不用说,女佣正是米兰达。

沃森流了泪,走上前,胳膊被米兰达攥紧,往屋子里领。那一刻,角色所限,沃森并没喊出米兰达的名字。但他掩饰不住内心的激动,跟跟跄跄的,一身的雪花,帽子、白胡子和宽大的外套,恰好成了他的伪装。沃森进了门,那是一个富庶人家,正围坐在壁炉前,静静守夜。孩子被抱了过来,沃森替她做了祝福,画了十字,代表上帝赞许了她的美丽和这一年的学习,又送上了礼物,亲吻了她的面颊。小女孩终于遂了愿,抱着礼物睡着了,被女佣送进了卧室。

能请您喝一杯吗,圣诞老人?男主人问。

敢情好!

女主人道,您随便,孩子既然已经满足了,会有好梦,也请您脱下身上的湿衣服,烤一烤,别感冒着凉。

不!这样子挺好。

沃森真的有一手好演技,变了声,七老八十的样子。房间里缭绕着巴赫的曲子,那一首《羊儿可以安静地吃草了》。气氛融洽,像上帝特意安排的一个临时家庭。沃森喝了酒。酒鬼沃森一旦喝上酒，就能打开他的话匣子，滔滔不绝地演说。主人很客气，频频劝酒。后来，女主人拿出报酬给沃森时，被沃森粗暴地拒绝了。沃森说，我是免费的，我想给这个小女孩免费派送一次，因为我喜欢她。

女佣忙完了，或者说，米兰达姐姐消停后，也坐在了壁炉前，啜着饮料，听他们唠起了家常。圣诞夜，不分贵贱，无论男女和长幼，在上帝面前，大家都是平等的。沃森觉得时机到了，便很冒昧地说：

我想给你们讲个故事，可以吗？

当然！圣诞老人的故事，必是从上帝那里听取的，我们会沾吉的，会幸福整整一年。您尽情讲吧，我们深感荣幸。

艾吹明已经被吸引了，支起下巴，盘起腿，一副聆听状。李敦白换了声音，发出一种苍老粗糙、锈迹斑斑的口音。艾吹明猜，或许，这正是沃森。

故事开始了，浑蛋沃森这时清了清喉咙，用一种过来人的口气说，我是个犹太种，大卫星是我的护身符，我本不该叫沃森这个鬼名字的，可我的真名字已经搞丢了。小时候，我还像其他孩子一样，去过动物园，去郊外野餐，去教堂做礼拜，穿过学校的漂亮制服。但纳粹开始"驱犹"，尤其是战争爆发后，我的父母就在一天夜里再也没能回来。听邻居们说，他们不是进了奥斯威辛，就是被撵进了克拉科夫集中营，死了，然后被丢进焚尸炉，化为了一捧骨灰。整个街区空空荡荡的，小镇已变成了一片废墟。我藏在卧室的橱柜里，白天不敢出门，和老鼠、跳蚤、蚊子做伴，屎尿也拉在橱柜里。一到晚间，我才敢溜出来，去附近找一些食物，烂菜叶子，萝卜，比铁还硬的面包块。有一回，我被一条狗给拖住了，它把我看成了一根香肠，呵呵。

结果，狗叫声引来了纳粹的巡逻队，将我装进一只黑黢黢的笼子里，带进了儿童戒护所。另一种形式的集中营，专抓未成年人，却起了个耐听的名字，给红十字会使的障眼法。

我还记得，那是三间废弃的教室，里面码满了架子床，塞进了六七百名儿童，像沙丁鱼罐头。一周洒一遍灭虱粉，一月洗一次澡，剃一次头发。那时候，还有红十字会的人来调查，纳粹没撕破脸皮，还给戒护所的孩子们发衣服，衣服上绣有纳粹的标志，洗脑，成立希特勒儿童团，给希特勒唱赞美诗。戒护所维持了一年多，虽说环境恶劣，却无安全之虞，给纳粹的疯狂暴行充当门面，装饰兽行。但战争全面开始后，纳粹也就忘了粉饰，露出了狰狞的牙齿。戒护所成了可有可无的部门，只留下一个连的士兵守卫，其他的都被调上了前线作战。就是在这时候，我认识了一个女孩儿，比我大两岁，我一直叫她姐姐，终身不改。

她很美，比圣母还美。

在壁炉的烘烤下，沃森有点得意扬扬，也有点微醺，沉浸在回忆里。沃森说，有一次，戒护所的儿童被分批分次地揉进了洗澡房。按规定，还必须脱得精光，由卫生员洒灭虱粉，头发、腋窝、裤裆和脊背，不能留一处死角。说是洒，其实是一只喷雾器，将干粉喷在身上，起化学反应。我已经被喷过好几次了，那滋味不好受，喷进嘴里刺喉，喷在眼睛里会害上红眼病，一周左右流泪不止。我吓得躲在了墙角里，捂住脸，但还是够呛，喘不过气来。这时，我看见一个女孩儿递给我一样东西，叫我堵在口鼻上。她还示范了一下，我照办了。

洒完粉出门后，我将东西还给她，才发觉是一只乳罩。她撕开了自己的乳罩，用了一只，我用了剩下的一只，当口罩。我就这样认识了她。

后来的情况越变越糟。隔三岔五，夜里会来一辆大卡车，将二三十个孩子撵上车，悄悄带走。大家都睡不着，睁眼熬到天亮，不知下一次是否会轮到自己。恰巧，我和她住在同一间教室里。她旁边的孩子病死了，空下床位。我摸黑跑过去，佯装睡觉，便偷偷问她，那些孩子被拉到了哪里？她告诉我，他们都是犹太种，拉到集中营的焚尸炉里，统统被烧成了灰。那一刻，我害怕了，我猜想下一次一定会轮到我。我会死的，像我父母那样，这个世界上谁也不会知道我存在过，一阵风似的。一害怕，我就冷，浑身发抖，让那一只架子床咯吱咯吱地呻吟，跟耗子一样。她挪了过来，钻进我的被窝，抱住我，用她纯洁的处女体温焐我，才能使我安静下来。

我们像被随意丢弃的两只玩具，在茫茫黑夜里抱着，互相取暖。

可我真的害怕，怕到了骨髓里。半夜里，教室的门扣一响，风刮一下窗户，或者，有一只夜鸟停在了屋顶上，我都会吓得尿尿。我一害怕，就惊醒了她。她睁开眸子，盯住我，还抚摸我的后背，好让我放松下来。终于，我忍不住了，我藏在被子下，告诉她说：

姐姐，我是个犹太种，我会死的。

我也会死的。她态度冷静，漠然，无动于衷，这大大出乎我的意料。她还说，谁都会死，天下所有的人都会找见这个结局。这结局，其实也不错。

我不信。我说，姐姐，你不会死。因为你是天使。

嘿，我还记得那一阵疼，疼得像一枚钉子掉了，画框从墙上滑下来。她在我屁股上掐了一下，指甲皮嵌进肉里。我老实了。姐姐说，死并不可怕，其实，死就是在上帝身旁找见了一个座位，自己的座位。我反复咂摸她的话，似懂非懂，却觉得她可能在理。因为她是姐姐，读过那么多的书，人也老练。

你是怎么进来的？

她告诉我，她的父母是大学教授，原先都是纳粹党员，可后来叛变了，被捕后，被枪杀在了一个操场上。当时，学生在集会，尸体被当场做成了标本。

你是犹太人吗？

不！姐姐截铁地说，我是德国人，纯种的。

前线的战事越来越吃紧，纳粹加紧了灭绝计划。三天两头，戒护所里会关进一批儿童，再接着拉出去一批犹太人的子女，进了焚尸炉。我记得，戒护所的卫生员发现了我头发里的一只虱子，将我揪出来，单独关了禁闭，等着下一次送走。我隔着窗户上的钢筋条，看见姐姐对我竖了一下大拇指，悄声说：

别害怕，有我在。

上帝，我不知道她使了什么魔法。卡车到来的前夜，我被释放了，又被塞进了那间冷酷阴森的教室里，躺在姐姐旁边。我说过，她是一位天使，上帝指派的。我有福了，就躺在一位天使的旁边，能时时感受得到她的呼吸、体温和体香。那是一种槐花的气息，德国槐，只在五月的季节里绽开。但慢慢地，我察觉出，姐姐再也没有了往日的快乐，不言不语，闷得像一根得了病的木头。半夜时，我偶尔翻身醒来，看见姐姐睁大眼睛，一动不动地盯着天花板，遍体冰凉。我问她，怎么了。姐姐却是一问三不知，让我滚一边去，别打扰她。

但我很快就发现了端倪，在一次洒灭虱粉时。

我挤在了墙角里，姐姐再也没能递给我那一只"口罩"。她被当众拉出去，呆若木鸡地站在中央，赤条条的，任由一群女纳粹戏弄她，摔打她，一遍遍地往她身上喷洒药粉，喷得灰头土脸。卫生员们个个五大三粗的，身体凶悍，恶作剧一般地调戏她。喷完后，再用水龙头冲一下，再喷，再冲。这还不算。女纳粹们用鞭子抽她，骂她是娼妓，婊子，叛徒的杂种，说她被戒护所的所长搞了，还是自己送上门去的，十足的垃圾。女纳粹们开心极了，将她当作了马戏团里的小兽。直到她们打累了，骂累了，才歇了手。

哦，姐姐像一个快走上十字架的女基督，遍体鳞伤，气息奄奄。

最长的是夜晚，但最好的也是那些个漫漫无涯的夜晚。我抱着姐姐，换了角色，开始由我来给她取暖。所以，为了增加力气，用更热的体温去抱姐姐，我什么都吃，连别人扔掉的面包渣也吃，烂菜叶子也吃，还舔别人的碗，跟老鼠和狗抢食。没有药，如果有的话，也是我嘴里的唾沫，替姐姐舔舐伤疤，看着它愈合。一周后，又到了洒灭虱粉的课程，他妈的课程，他们居然把这种酷刑说成是一门课程！姐姐又会被拉出来，当众受辱，伤疤再一次被揭起来，流血，呻吟，痉挛得像一条离了岸的鱼。后来才明白，女纳粹们吃姐姐的醋。那帮母狗想给戒护所的所长投怀送抱，被拒绝后，都将怨气和愤怒发泄在姐姐身上。

怨谁呀，是姐姐自己送上门去，献的身。

我发现那件事时，是在凌晨。戒护所的门开了，所长的小汽车开了进来，灯光刺眼。所长并没回他的办公室。那杂种喝了酒，很嚣张，站在教室的门口，大呼小叫地喊姐姐出去。我亲眼见到的。姐姐瑟缩着，被一个卫兵揉进了洗澡间，冲完后，又被一张床单裹严，抬进了所长的卧室。我趴在窗台上，小心翼翼地，听见了姐姐的惨叫。灯光将卧室的一切映现在窗户上，默片似的。姐姐的声音却是从地狱里发出来一般，逐渐气馁了，变得奄奄一息。所长是个五十多岁的老头，上校军衔，日耳曼猪，亢奋的脸上布满了一层猪血，用靴子踢姐姐，用绳子捆姐姐，还用枪管往姐姐的下体里塞。狗杂种。

天亮时，姐姐被扔回了床上，那么瘦，蜷缩得仿佛一捆烂劈柴。当夜，戒护所的女卫生员站在院子里，叽叽喳喳地议论长官的施虐和暴行，却将怨恨记在了受害者的头上。我也开始仇视姐姐。我不理解她为什么那么下贱、那么龌龊，跟一个老得像她祖父一样的家伙上床，干那种事儿。我不理她。姐姐独自藏在被窝里，哭了一天一宿，哭得更瘦了。所长批了假，姐姐可以不出操，不给元首唱赞美歌。

每次,卫生员一发现我头发里有一只虱子,就会把我揪出来,单独关我的禁闭,等着下一趟卡车来,送我进焚尸炉。但每一回,姐姐提出申请,在夜里去陪所长,我就会被扣下来,目送别的儿童被扔进车厢里,扬长而去。这样的状况维持了大半年,情况就有了改变。

浑蛋沃森,干吗要在那么美好的日子,讲一件久远而凄凉的故事呢?只能说,沃森郁积在心里的苦楚太多了,比一座水库还压抑。可怕的是,沃森讲起往事时,还会垂下大把大把的泪。哈,沃森当然也会掩饰。他对那个女佣说,小姐,可否带我去一下茅房?

米兰达姐姐沉浸在沃森的诉说里,边抹眼泪,边带沃森去了卫生间。

在回廊的灯光下,沃森再次确认了米兰达,熟悉的五官,蕴藏着无助与慌张的眼神。沃森差不多控制不住自己了,想喊一声她的名字,拥抱一下她,给她一个节日的吻。米兰达自然不会瞧出破绽来。因为一位圣诞老人的心里,准定会揣着一颗慈悲的心。世上的圣诞老人大多千篇一律,是来降吉的,来送一些稀罕的礼物和祝福,怎么会有漏洞可寻呢。

艾,你在听吗?

李敦白见艾吹明有点儿走神,直突突地问。艾吹明自愣怔里醒转过来,抱歉一笑,老李,我在听呢,你接着说吧。此时,陡峭的夜空绷紧在大河两岸,月亮恢复了满盘,如一块巨大的冰片,慢慢融化,月光洒满了石阶。艾吹明唏嘘道:

天落泪了。

骗我,这是夜露。

我觉得是泪,反正。

接着说吧,这也是一份功课。呵呵,在姓黄的河流旁,我本来快忘了,却不知为何,又勾起了这个记忆。李敦白自语一番。

……那一家的壁炉,因了沃森的故事,渐渐烧到了末尾。女佣抱了劈柴来，扔进去，火再次升起，家里一下子暖了。沃森的酒，喝得也更勤。男女主人在那个空隙里啜泣了一番，紧紧拥抱，很不愿意地分开，继续听沃森唠叨。

沃森说，战争进入了胶着阶段，德国士兵死伤惨重，每天都会有坏消息传来。虽然戈培尔公鸡一样地在电台里聒噪，宣扬战果丰硕，但戒护所里的气氛一天比一天糟，人人都朝不保夕，前途未卜。终于，戒护所要关门了，开来了一个车队的卡车，要将所里的上百个孩子，统统送进集中营去。

狗娘养的，纳粹把战死的士兵也称作"烈士"，是为帝国和元首献身的。讣闻登在报纸上，画了黑框，好比是耻辱台。为掩盖他们的心虚，也为了招募更多的炮灰上前线，纳粹将戒护所改建成了少年培训所，用来抚养所谓"烈士"的孤儿。关门那天，下着瓢泼大雨，我和姐姐挤在队伍当中，眼神在道别，不知该说什么，打什么手势才好。周围是纳粹士兵，枪顶在我们头上，狼狗四处嗅着，猩红色的舌头能吞下一个人的心脏。我上了车，扒在车帮上，在雨幕里找姐姐。这时，我看见那个杂种所长走过来，一把拽住了姐姐，命令说：

她留下来，可以做个用人。

姐姐扭打着，往卡车上扑。我猜，姐姐宁愿去死，也不想待在戒护所里，继续被凌辱。但我错了。我听见姐姐声嘶力竭地说，我留下来可以，但我弟弟也必须留下来，否则我撞死在车轮下。那个狗杂种，被姐姐的气势给慑住了，摆了摆手，让士兵从人群中揪出我来，拽下了车，摔在泥水中。

是这个小老鼠吗？所长叱问。

是的！

姐姐扑过来，一把抱住我，烂泥裹满了她全身，眼睛却是白的，比牙粉还白。我跟姐姐拥抱在一起，仿佛猎手发了善心，一不小心漏失的两只小兽。姐姐在哭,我也在哭。一瞬间,我才明白先前发生的一切,是姐姐用她的肉体,换来了我的命,让我苟活了许多日子。

车队轰隆隆地开拔了,我和姐姐也成了纳粹少年培训所里的小用人,洗马桶、铲垃圾、当玩物,给纳粹熨烫衣服,拖地板,掸灰尘。稍一犯错,就会挨打,身上常常青一块、紫一块的。又被医生当作了活体试验的对象,胳膊上扎满了针头,有时发寒疾,有时却高烧不退。纵然如此,姐姐也没能逃脱那个杂种的魔爪,随叫随到,充当他的性奴。

哦,上帝,幸免于难,其实是有罪的。

在那座阴森冷酷的院子后头,有一间搁置杂物的房间,没有床,没有炉子,没有玻璃窗。夏天像锅上的蒸笼,冬天却变成了一座寒窟,滴水成冰。天热时,还能将就。一入冬,我和姐姐就在大理石地上铺上破毛毡,晚上用拾来的标语纸和废报纸盖在身上,抵挡一下寒潮。那时,在我心底里,姐姐已成了世上唯一的亲人,我不能失去她。我想,我是个男子汉了,该为姐姐做点什么。比如,替她多干一点儿活,把她红肿的手脚焐暖。再比如,替她去女纳粹的房间里,偷一盒冻伤膏。但有一件事我爱莫能助。姐姐每次从那个杂种的办公室回来后,都会拉下脸,不吃不喝,遍体鳞伤。我能猜出什么,但我闭紧了嘴巴。

夏夜的一天,我和姐姐爬上屋顶,睡在了晒烫的瓦片上。

一银河的星星渗流下来,有一种黑夜的透蓝,空气里也有植物的香气。没有枪声,没有轰炸机的轰鸣,也没有纳粹狼狗的狂吠,一切都那么静谧与和平。姐姐枕着双臂,凝望着夜空,似乎听见了上帝对她一个人的耳语。她忽然十分开心地问我:

喂,得找个法子,活到战争结束才是。

什么法子?

我想破了脑壳,竟也回答不了姐姐。姐姐忽然俯过身来,对我悄悄说,前几天,我去收拾卫生员的房间时,看见床头上摆着一本诗集,很漂亮。

诗？

是的！是诗歌。

我很沮丧。因为我对诗一窍不通。我觉得那该是《圣经》里才有的事迹，比如所罗门王，但离我太远。我摇了摇头，对此不以为然。我想，诗歌不可能比一个面包强，我需要的是热量。但姐姐瞧不出我的私心，依然揪住不放。姐姐说：

咱俩来写诗吧？

嗯！

我勉强应允了。为了顾及姐姐的情绪，我是有点口是心非。

或许，诗歌可以帮助我们活到战争结束。姐姐口气笃定，有一种不容置喙的决绝。她说，诗歌虽不是面包和奶油，至少，它也会是一丸药，镇静我们。

一谈到诗，沃森这家伙眼睛亮了，好像他是个天生的诗人。幸好，那家的男主人觑了妻子一眼，妻子也点了点头，首肯了什么。两个人的手在暗中握在一起，有力，默契。倒是女佣抽泣着，被沃森的故事伤到了心，不可自拔。沃森继续伪装着，不想让米兰达识破，嗓子很困了，但还是捏紧了发声。沃森饮了酒，胡子上洒满了酒液，又回到了从前。

哦，是这样，人不能有秘密，一有秘密的话，人就心生念想，会活出滋味来。诗歌，此后就像我和姐姐饭里的盐，一顿没有，口中寡淡。

那以后，我和姐姐捡了很多的铅笔头、橡皮，还把培训所里定期发下的手纸存下来，用于写诗歌。姐姐是个仔细人，每个月的月信来临时，也舍不得用卫生纸，省下来去抄写诗歌。前头说了，女纳粹的房间里有一本诗集，姐姐去打扫房间时，我会在门口掩护。姐姐趴在床边抄诗。短点的，一根烟的工夫就完了；长诗费工夫，姐姐需要分段分页,很多天才能抄录完整。然后拿回到杂物间里,一誊写,整理清晰。

夜晚是美好的,不再寒冷,也不再恐怖漫长。

我和姐姐凑在蜡烛下,借着昏暗的烛光,一个字一个字地朗读,背诵。然后比赛谁的记忆力更好,谁的表情更生动。姐姐爱歌德和莎士比亚,我就偏爱席勒和普希金,谁也不服谁,压低了嗓门,吵得脸红脖子粗,气得姐姐常常想咬我一口。白天时,我们盼着早点儿天黑,盼着纳粹分子赶紧熄灯,好让我们待在潮湿的墙角里,温习功课。呵呵,我们捡了太多的蜡烛头,抄了太多的诗,肚子也不再饿了,口也不渴了,就那么不知疲倦地诵读。

有一回,姐姐拿来了针线包,编好页码,将散乱的诗歌装订成册,还包上了牛皮纸的封皮,太漂亮了。搂着牛皮纸的诗集睡觉时,我会偷偷地抚摸一下,觉得它像一本羊皮书,光滑,柔软,熨帖,仿佛一座纸造的教堂。

为以防万一,诵读完的诗集,会被姐姐藏在一尊耶稣的石膏像里。房间里横七竖八地丢着很多石膏像,耶稣的、圣母玛利亚的。希特勒什么都不信,除了他自己。真的!因为他的弑神灭圣,纳粹们也对那一堆石膏像不感兴趣,所以藏得很严密。白天藏,晚上会被取出来,做我和姐姐的课本。没料到,等我和姐姐快把那本诗集烂熟于心时,竟然又在其他女纳粹的床头,发现了另一本诗集。于是,她又如法炮制,装订了第二本、第三本,让更多的耶稣像里装满了这种精神的食粮。

有一回,院子里枪杀了一个女孩儿。

她才十三岁,是一个通敌的德军上尉的女儿,老鼠一样瘦弱。她同寝室的人告发说,女孩儿曾私下里说,希特勒是癞蛤蟆变的,因为他在冬天会打喷嚏;天一热,又在电台上发神经。结果,女孩儿的心脏上挨了一枪。那年头,人的命和一只蚂蚁没区别。

行刑时，纳粹让所有的孩子列队，陪法场，杀一儆百。妄议领袖和元首属死罪，写在那一部疯狂的法典里。我和姐姐也不例外，亲眼看见那一缕芳魂飘上了天空。枪响时，姐姐便晕倒在地，很多孩子也在那一刻神经崩溃。我将姐姐扛进了家里——如果那个鬼地方算家的话。她一直发高烧，呓语不断。我用凉水敷她，敷了一夜，姐姐才捡回了一条命。醒来时，姐姐攥住我的手，说，我们自己写诗吧。也许写了诗，我们就能扛到战争结束的那一天。

好主意！

我不假思索就答应了。如果诗是一丸毒药，能让姐姐开开心心地活下去、坚强漂亮起来的话，我敢发誓，我会第一个吞服它。丢了这条不值钱的命，我也甘心。它是姐姐捡回来的，没了姐姐，我要这身体做什么。

于是，在那些秘密的夜晚，我和姐姐开始了各自的诗歌生涯。

蜡烛头可以做证，我们忍受臭虫、蚊子和苍蝇的袭扰，把心里话写在草纸上，不成样子。刚开始也不是什么诗，只是想说的话，分了行，一行一行地往下码。冬天时，我和姐姐趴在拾来的破毡毯下，压低嗓音，我念我的，她念她的，有一丝竞赛的味道。我不懂什么技巧，姐姐也不懂什么韵律，反正想写就写了，留下满意的，被姐姐装订成册，有了我们自己的第一本著作。姐姐还在牛皮纸封面上，用一根彩色铅笔头，描粗，美术体，画下了书名，叫《练习曲》。呵呵，诗歌让我们变得知足，忘了天上的轰炸机，也忘了狼狗的舌头和纳粹的皮鞭。有一次，姐姐去那个老杂种的卧室陪完夜，顺便偷回来一本字典。于是，遇上不会写的字词，我们就有了可以请教的先生。

哦，沃森说到这里，不能只说不练吧。况且，一对主人和女佣眼巴巴地盼着故事的高潮呢。沃森用酒润了润喉咙，说，我试着背一首姐姐写的诗吧，假如我的脑子还没被暴风雪吹坏的话。

壁炉的火光映在沃森的脸颊上。他摇头晃脑，似在回忆，也似在斟酌。于是，沃森声情并茂地朗诵了下面的这首诗：

这些天里我一定要节省。
我没有钱可节省；
我一定要节省健康和力量，足够支持我很长时间。
我一定要节省我的神经、我的思想、我的心灵
和我的精神的火。
我一定要节省流下的泪水。
我需要它们很长、很长时间。
我一定要节省忍耐，在这些风暴肆虐的日子。
在我的生命里我有那么多需要的：
情感的温暖和一颗善良的心。
这些东西我都缺少。
这些我一定要节省。
这一切，上帝的礼物，我希望保存。
我将多么悲伤倘若我很快就失去了它们。

沃森念完了，胡须上洒满了泪水，浑身在发抖。

那家的男女主人吻了吻各自的面颊，松开了拥抱。沃森知道女佣也哭了，因为她的手帕湿淋淋的，能攥出咸涩的泪来。沃森不敢去瞧，去安慰米兰达，他的故事才到了中途。

这时，男主人打破了僵局。他搬了一只凳子，踩上去，从壁炉一侧的墙上摘下一幅陈旧的肖像画，递给沃森看。女主人泪盈盈地说，圣诞使者，这是我的公婆，他们死在了战争中，被一颗炮弹击碎了，尸骨无存。男主人亦是泣不成声，握住沃森的手说，你送来了最好的

圣诞礼物，你的故事是上帝的恩赐。是的，我们都该节省，节省下悲伤和忍耐。或许，好日子都在明天。

瞧瞧，角色混乱了，本该是送新年祝愿的浑蛋沃森，却被别人劝慰着。这是个诡谲神秘的圣诞夜，比但丁的笔还难以逆料。

不！我的故事才开始。沃森大言不惭地说。他上了瘾。

十分乐意洗耳恭听！

主人们有一份意外之喜，下了邀请。

浑蛋沃森，不，应该是圣诞老人沃森，又一次摆开了架势，滔滔不绝起来。长话短说吧，沃森说，在那座戒护所里，我和姐姐以一种诗人的身份，保持着忍耐和力量，熬，在坩埚上熬，熬时间，熬身上的膏油，熬一个又一个苍白的黎明和日落时分。但我们在熬煎的过程中，渐渐有了实质性的变化，脱胎换骨，终于出落成了真正的诗人。

诗人是什么？他得有一丝蔑视的情绪，太骄傲了，不属于去死，而是去做一个见证者，去当一段证词。哪怕鲜血淋淋，哪怕污秽缠身，他也得去用分行的文字，去做那一个丑陋时代的供词。我和姐姐安静下来，怀揣着一份光芒和勇敢，淡定应对。甚至觉得纳粹的皮鞭，乃是上帝的一种试探，觉得大狼狗猩红色的长舌头，其实是一朵罂粟，即便有毒，但妖冶。

可有一点始终没变，我很难为情去请姐姐读我的诗。我想，这缘于一个诗人的羞涩吧。另一个原因，我想我爱上了她，爱上了姐姐。在做诗人的那一段日子，姐姐只表扬过我的一首小诗。

这是后话。

那年春天，密集的枪声响了整整一夜，轰炸机在头上盘旋，周边火光冲天。因为戒护所一带有红十字会，才幸免于难。

天麻麻亮时，我和姐姐战战兢兢地走出了杂物室，却发现戒护所早就空了，纳粹士兵不知去向，孩子们也走得一个不剩。姐姐料想到战争要结束了,同盟国的军队打进了德国,占领了城市。万岁希特勒,这该死的杂种再也不能绑架整个国家了。于是,姐姐拉着我,离开了戒护所,一直往郊外跑去。下午时,美国大兵的旗子挂在了城里最高的建筑上,解放了。

战后的情况更糟糕,糟得像一块中世纪的牛排,恶心人。没有秩序,没有充足的食物,没有干净的饮用水。地上都是废墟和创痕,到处都是埋人的坟坑,脚下跑着成群的老鼠。可怕的是,冷战开始了,东西方的铁幕落下来,人人自危,个个提心吊胆。谁也说不上,第三次世界大战会不会爆发。反正斯大林的态度很强硬,他的名字本意就是钢铁嘛。

我和姐姐被招进了一家工厂,生产瓶胆和茶壶,租住在一家摇摇欲坠的公寓里。可有一天,姐姐去楼下买面包,就再也没能回来。一周过去了,我失去了耐心,便买了一摞纸,写了上百页的寻人启事,提着糨糊,贴遍了城里的每一根电线杆和每一座公共厕所。我的绝望日复一日。因为那时候,姐姐已不再是姐姐。她在我的心目中,就是一位恋人,一个我心仪的女人。

走掉了,再也没了消息,生死不闻,如同人间蒸发了似的。

世上的事情,或许就是这样。天命如水,只能顺水推舟,寸心自知,冷暖在己。经济好起来后,国家也逐渐恢复了正常。我离开了那家工厂,靠着一点儿积蓄,开始做小买卖。我喜欢游逛每一座城市、每一条大街小巷,无论它多么偏僻,我都要去踏访一遍。我只期盼一个女人,冷不丁从街角上拐出来,让我一下子认出她,去拥抱她,去吻她的舌头,即便,她已不再年轻。我做好了最坏的打算。

那时候,我也老了,心比身更老。毕竟,十多年又过去了。

沃森感觉到了热,身上的湿衣服快干了。女佣递给他一条毛巾,沃森感激地笑了笑,女佣也笑了。似乎一场遥远的战争,真的在谈话中结束了，烟消云散。男女主人不知怎么招待这位圣人，问他饿吗，问他想睡一会儿吗，也请求他将外套脱下来，轻松一些。沃森拒绝了。他想伪装到底，将这个故事讲述完。

沃森真有一套，将三位听众又拉回到了那个年代，继续听他一个人絮絮叨叨的命运之说，似乎他本身是一张磨损不坏的唱片，周而复始。巴赫的音乐早停了，羊儿吃完了草，睡在空气里。

沃森说，十多年了，我找姐姐，找自己的心上人。渐渐的，寻找已不再是一种动机，而成了一种习惯，我生而有之的义务。我见过好姑娘，向我卖弄风骚，但我心已枯槁，离她们很远。我只知道，我和姐姐是一同度过苦日子的，唯有她才是我真正想要的女人。我在人们眼里是个怪物，身体健康，却举止诡异，不娶，不育，老光棍，有点儿变态。呵呵，随他们怎么瞎议论吧。

转机出现了。

有一次，我上了出租车，捡到了一本乘客丢失的诗集，跟战前我和姐姐念的是同一个版本。上帝，感谢上帝给了我灵感。我疯了，拔脚跑回了家里，拿出纸和蘸水笔，想写一首诗。

于是，我默写了以前在戒护所时，姐姐表扬过的那首小诗。修改好，誊抄完整，花了一笔数目很大的钱，去发行量最大的报社，买了一块版面。我要求他们刊登，字号要大，署我的名字。编辑觉得我想出风头，呵呵，狗娘养的。

次日一大早，当我拿着油墨飘香的第一份报纸时，我流下了泪。我光着脚，边念边走，穿过了七八个街区，转遍了半座城。我宁愿相信，在一个不知名的角落里，姐姐也在看。她一准明白，有一个小伙子在想念她，为她牵肠挂肚。

我的诗这样说：

从明天开始，我将悲伤。

　　从明天开始。

　　今天我将快乐。

　　悲伤有什么用？

　　告诉我吧。

　　就因为开始吹起了这些邪恶的风？

　　我为什么要为明天悲痛，在今天？

　　明天也许还那么好，

　　那么阳光明媚。

　　明天太阳也许会再一次为我们照耀。

　　我们再也不用悲伤。

　　从明天开始，不是今天，不是。

　　今天我将愉快。

　　而每一天

　　无论它多么痛苦，

　　我都会说：从明天开始，

　　我将悲伤，

　　不是今天。

　　呵呵，谁说诗不是通灵的。谁要否认，我敢拧断他的脖子，现身说法。

　　报纸发表一周后，有一封读者来信寄到了报社，央求转交给作者。其实，我也接到了很多信，能装几麻袋，反响热烈。但那封信不同，一看字迹，我就认出了姐姐。她留下了电话号码和地址，请求我和她联系。那是一个陌生的地址，在乡下，靠近一片黑森林。我按着号码，拨通了电话。

是的，诗是一种信物，在一个贫乏和寡情的年代。

姐姐的声音未变，但我猜，她的容颜已改。我故作镇定，喊了她的名字，她开始没反应过来。后来，我喊她姐姐。我以为她会哭得一塌糊涂的，我得提防她这一手。孰料，姐姐根本没哭，甚至连一点点阴郁的感觉都不见，哈哈哈地大笑起来。这出乎我的意料。姐姐的笑，有一种阳光的滋味，令我发甜。我知道她活着，而且活得不错。我略略有些丧气。我本来以为自己可以做一名骑士，像摩西，将姐姐领出苦日子，靠着我的机灵和收入，给她一份相当裕如的生活。但我忍下了，听她尽情地开怀大笑，把一辈子的欢乐都笑完，笑个够。姐姐说：

小子，你挺聪明的。

我玩笑说，我把全德国像一条床单一样抖了几遍，连虱子、臭虫和跳蚤都抖搂出来了，可没见到你。后来一想，还是用一首诗为妙，诱饵，圈套，捕鼠夹，知道你会上钩的。

这首诗不错，你改了？

坏日子已经过去了。我安慰姐姐。

姐姐夸完我，很严肃地说，你能来一趟黑森林吗？我哪儿也不能去，去不了。因为，我在乡下有一个家，有丈夫。我得照顾他，尽一名妻子的义务。

我明白我完了。

我输得一干二净，不仅丢掉了姐姐，还毁了那首诗。姐姐与我时空遥远，但从电流声里，我听出了她的无奈和歉疚，她也想补偿我。握着电话机，我感觉握着一颗手榴弹。我克制着，明白那一瞬间，我是自私的、贪婪的、利己主义的。我一直将姐姐视作我的私有财产，不容旁人染指，但姐姐却蒙在鼓里。那好吧，我的一生快破产了，我还要这身子做什么？我还要一首诗做什么？我想过死，但我没那么做，我不愚蠢，我该替姐姐的好日子幸福。就像现在，上帝时刻坐在我们身旁这样幸福。

是的，只有上帝离开了，我们才会感到可怕，可那时候已经来不及了。但平素里，我们不会去珍惜，不知道自己活在上帝的国土上。

姐姐像一个妇人那么唠叨，问我的境况，问我的婚姻和家庭，又问了我这么多年来的颠沛之苦。我的答案让姐姐大吃一惊。得知我是个风里来、浪里去的老光棍时，姐姐不由分说，下了命令：

快去买一张车票，现在动身。

我想，我得搞清楚其间的转折，才好踏上那一段叵测的旅途，去跟她会合。我已经被姐姐抛出了命运的车外，鼻青脸肿，但这一切是为什么。我问她，当初你干吗不辞而别？是我惹你生气了，还是我是个累赘？

不！不是你说的那样子，不是！

告诉我！

姐姐终于像一个姐姐了，嘤嘤地哭起来，哭得压抑。姐姐问：

还记得戒护所的那个所长吗？

狗杂种！我一直记着他。

姐姐说，那天，我去楼下买面包，你还在睡觉。战后，面包太紧俏，店门前排了很长的队，下着雪。我忽然看见前头的一个背影很熟悉，像那个人。但我没敢喊叫，去当众指认他，揭开他的画皮。沃森，你是知道的，政府对纳粹头目的通缉令一直没撤销，他也在其中。满大街贴着那帮刽子手的相片，有赏金。可我不想挣那笔恶心钱，虽然我和你都很穷，只能靠干面包度日。那家伙伪装得很好，化了装，粘上了胡须，戴上了眼镜。但我嗅到了这个人渣的气息，死也忘不掉。他买了面包，搂在怀里，边吃边上了火车，去乡下亡命。我盯了梢，尾随着他，坐几站车，再步行十几里地，如此反复。他故意在兜圈子，用各种假证件，一路无阻。就那样左兜右转了好些日子，他才回到这一片黑森林。

他的家在这里。这里曾经是威廉皇帝的一座行宫。冬季里狩猎时，这里可热闹了。他的父亲获得过一个爵位，世袭的，所以他也被当地人称为爵士。他谎称他在外边被困住了，与第三帝国的血腥无染，手上不曾沾上无辜者的鲜血。百姓们也善良，不了解这家伙在战争期间的暴行，还尽可能地替他打埋伏，阻挡政府人员的调查。我伺伏了大半个月，等他像鼹鼠一样藏好后，我才找上门去。

我不想清算他，我只想找回那些诗。既然我们受了罪，但诗歌必须幸免。

其实，在瓶胆厂工作时，我就去过几回戒护所一带，想找见那间杂物室，找见那一堆耶稣和圣母玛利亚的塑像，取出以前写的诗集来。但盟军的轰炸机早将那里夷为了平地，面目全非。可我笃信，这家伙一直记得，我想叫他当向导，带我去完成这一桩夙愿。

他看见我时，吓了一跳，几乎瘫倒在地。

可我的身后没有政府来缉拿他的人，也不曾报官。我冷冷地盯着他，威胁说，只有他帮我取回诗，看到诗集安然无恙后，我和他的仇恨才会一笔勾销。否则……我将"否则"这个词拉得很长，一副咬牙切齿的样子。他其实没别的选择，除了去死。他的家族在那一带有不错的口碑，似乎他看重这个。于是，他的情绪恢复了过来，跪在我脚下，哀求我，并痛快地答应了。他想自己去找，不想被我牵制。他给我安排了最好的卧室，还让一个仆人鞍前马后地侍候我。弄完了这些，他才上路，去城里找我们的诗。在这一点上，他还不失为一个男人。

我在黑森林里待了三年，结局变了。

姐姐说，沃森，你不明白这里有多美。一望无际的大森林，黝黑的树冠、成群的野兽，春季时繁花密布，鸟语花香；一入秋，到处都是金箔一般的黄叶，和书上描述的伊甸园没什么两样，让人忘了战争，忘了轰炸，也忘了狞厉的噩梦和身上的疤痕。我无所事事，天天坐在廊檐下，看夕阳落下，又望着朝阳升起。但这家伙一去经年，音信皆无，生死难料。我也不急不恼，我手上有人质。

人质是他的儿子，比我大许多岁，已经有了发病的朕兆。先是指尖麻木，渐渐蔓延到了四肢，肌无力，加上遗传的风湿病。据医生说，他的病还会蔓延，一直扩散到心脏，将来也会死于心肌无力。这小伙子人不错，乐观、阳光、积极。他有了病，所以因祸得福，免除了兵役。虽说他躺在椅子上不敢动弹，但和我成了无话不谈的朋友。他曾问我，你是做什么的？你一来，我父亲为什么慌里慌张地出了远门？我撒了谎。对一个沉病中的人来说，或许这不是谎，只能是安慰和一套说辞吧。我告诉他，我是个诗人。

他笑了，很单纯。

他说，可千万别像浮士德博士那样，将灵魂典押给魔鬼，一败涂地。

凭着这句话，我对他生出了一点点怜悯和好感，所以会抽空照顾一下他，在仆人告假，后来又干脆辞工后。沃森，其实病中的人更像一位诗人，那一具肉体，才是雅典娜手里的竖琴。渐渐的，他离不开我了，除了换衣吃药，擦脸洗身，我还每天定时给他朗读一段小说，诵读一首诗。否则，他就会在夜里发病，咳个不停。方圆十几里地，可没有持照的医生啊。

我握着电话，快炸了。沃森说。

那一瞬，嫉妒和委屈控制了我。我不恨姐姐的无情，她是个吃尽苦头的人，无辜、艰辛、寂寞，一时慈悲为怀也说不上。我只恨那个纳粹杂种的儿子，凭什么由他窃取了我的爱，代替我，让姐姐去嘘寒问暖，把屎把尿呢。小白脸，臭德国佬，分文不值的破烂爵位。听完姐姐的絮叨，我打了退堂鼓。距离会令我心死的，我不能去赴那个伤心之约，自取其辱。我是自私的，我说过。我看不得姐姐现在幸福，当这种幸福不是我个人给她时，我尤其怒火中烧。

找了你许久，我一直没放弃，到现在。姐姐说。

我也在找你，结果用诗找到了。

姐姐说，我落稳脚后，就给那家瓶胆厂写信，可写一封，被退回来一封。后来，我给一个认识的小姐妹写了信，央她见到你后，把我的地址捎给你。她回信说，你早就辞工不干了，也退了那间公寓。我去教堂做过忏悔。我一日不停地祷告，盼望上帝能将沃森送到我跟前。我坦白，我曾经恨过上帝，在这一点上，我怪怨他不眷顾我，不怜惜我。沃森，事实证明，上帝并不曾远离我，一秒钟也没有。他一直都在我身旁，守护我、照亮我。这不，你来了吧。

姐姐在笑。我却在哭，像一个觅见了母亲的孩子。

别哭！快去买车票，等你！

沃森说，但我还有一丝疑问。这疑问像一团沥青般的狗屎，粘紧了我的鞋跟。姐姐冰雪聪明，听到我吞吞吐吐时，继续说，别怕！那个狗纳粹早死了，死踏实了，去他的元首那里报到了。

姐姐说，三年后，呵呵，老纳粹衣衫褴褛地归了家，两手空空，人瘦得脱了形。他见了我，扑通一下跪在我眼前，抱住我的腿，请求我的宽恕。原来，他在从城里返回的路上，被昔日戒护所的同僚给发现了，赏金诱人，于是报了官，抓他进了监狱。审查进行得很慢，三年了，还不给定论。狗杂种明白自己恶贯满盈，不是被监禁终身，瘐死在狱中，就是被枪决。于是，他越狱了。

他告诉我，当年的戒护所已是一大片公共草坪，找不见一页诗。

那你为什么回来？我问。

他回答说，我是来给你和你的诗歌谢罪的。

果然，老纳粹说到做到。半夜时，他用一根绳子吊了自己，吊在了密林里。他的惨状比但丁的炼狱强不了多少，他死得很踏实。那以后,我就想离开这一片黑森林,去城里找你,再和你一起工作,一起生活。但上帝又给我出了一道难题。我走了,他那个病儿子咋办?总不能看着他一寸寸僵硬下去,变成化石,变成一堆嶙峋的白骨吧。我去了教堂,表示我愿意照顾他,像上帝曾经垂怜过我的那样,即便疾病、贫困、挣扎,我想献上一颗回报心,用爱。神父却说,你说的是婚誓,这是一个妻子的义务,但你不是。

我慨然说,那就让我成为一个妻子吧。

姐姐道。

沃森顿了顿,给三位听众介绍道,开弓没有回头箭,姐姐是个义无反顾的女人。这一点,从她在戒护所里救我的那一天开始,我就领教了。

于是,姐姐成了一个瘫子的老婆,自觉自愿。自愿的事情未必是福音,但这对我而言,却不啻是一声霹雳,击中了我。我强忍着委屈——如果委屈还管用的话。我昏头涨脑地想,也许,我永远地失去了姐姐,好姐姐,唯一的姐姐。我喃喃地喊着她的名字,冥冥中,盼着她是一根木头,让快要溺死的我,抓住她的手,给我一口气。我的吁请被上帝听见了,感谢上帝。我听见姐姐说:

来吧!快买一张车票。

姐姐说,我需要你当个帮手,几个厂子快忙死我了。

那你丈夫呢?

沃森,他只是一个病人,我也是名义上的。姐姐回答。

李敦白,或者说托马斯·曼讲到这里时,长舒一口气。李敦白说,艾,稍等一下沃森舅舅吧,他现在需要去小解一下。女佣,不,应该是米兰达带着他,拉亮了回廊下的灯。故事暂停。

艾,我们也借机去方便一下吧,啤酒太胀。

站在那里,周围的冷杉阔大,很有些年成了。在兰州,冷杉是最优美的树种，金字塔形的树冠，黝黑、油光，像上天的杰作，荫庇着这一场秋夜的秘密谈话。李敦白拍打了几下树身，说，真漂亮，巴伐利亚的黑森林里，也长满了这种冷杉。每当圣诞来临时，人们就会伐下来一棵巨型冷杉，装饰一新，竖立在市中心，让它照亮来年。

递了烟，李敦白抽起来。点上火时，艾吹明的心款款一热。

……好了，沃森小解回来了，又坐在壁炉前的沙发上。艾，我在陈述这一段情景时，总觉得那一座壁炉里的火，其实是有思想的。它由蓬勃的火红色，转向了黑，成了一堆发白的灰烬。这或许就是人世上，所有爱恨情仇的轨迹，无所谓大小，无所谓贵贱高低。李敦白以这样的方式进入了角色。

沃森说，我去了乡下，不是买的火车票，自己驾车去的。我没有行李，也没多少积蓄，没朋友。我只有唯一的一个姐姐，我是去投靠她的。我找到了姐姐，抱紧了她，我的眼泪根本不值钱。

姐姐却不这样。姐姐开怀大笑，未经世故地笑，一尘不染。

沃森说，简短一些吧，天快要亮了。外边的风雪又会给世界一张白纸，让人们去写去画，开始新的一季。我不能太叨扰你们，我已经够奢侈的了。过分的人是要遭报应的，我得谨守这一戒律。来到那片乡下的黑森林后，我以弟弟的身份，和姐姐团聚了。姐姐将我介绍给了那个瘫子。他的病已然蔓延到了肩胛，连脖颈都不能转动了，窝在那一只躺椅上，只有笑是生动的。我喊他爵士。私心说，是在规避一个更棘手的称呼，但他没反对。姐姐还把我引见给了周围的街坊邻居。得知了我和姐姐失散又团圆的细节后，街坊邻居施舍了不少的同情。我落了脚。

我的心扎下了根，就在姐姐身上。

我帮姐姐打理生意。那年头，只要人肯干，饿是饿不死的。别说姐姐嫁给那个爵士的孙子是贪图富贵，不！不是这样。那几家小厂，在战争中早已风雨飘摇，入不敷出，申请了破产，也得不到保护。但犹太人的脑壳是够用的，有了我的帮衬，姐姐的日子好多了，手头很宽裕。我抽了空，雇了工人，用一个夏天翻修了那座老宅子，刷了鲜艳的涂料，又在周围砌了花坛，开挖了游泳池。渐渐的，我主外，姐姐主内，昔日的贵族之家有了别样的气象。

说了你们不信，浑蛋瘫子，竟然自杀过几回。

头一次，我和姐姐推着他，去了森林里的一片湖畔野餐。姐姐去拾柴火，我忙着收拾营地。趁人不在意，小爵士居然使出吃奶的劲，松开了轮椅车的手闸。车子沿着下坡，一头栽进了湖水里，差点儿给淹死。另一次，小爵士躺在屋里，用了什么魔法，掰下了台灯灯罩上的一块玻璃，割开了腕子。最危险的还在后头。小爵士平时睡眠不佳，每一顿进食时，都要给他一片安眠药。谁料想，浑蛋瘫子居然花了几个月的工夫，积攒了六七十片，趁人外出时，一口气吞服了，死意决绝，不留后路。待发现时，他已经命悬一线。抢救了三天四夜，才把他从死神的手里夺回来。

他的身体状况越发差了，比一只猴子还轻。

我愤怒，摔东西，也问不出原因。姐姐趴在小爵士身上，一遍遍地哭，究问为什么。战争走了，好日子才来，纵然他身上有疾，但太阳对谁都是平等的呀。那年，到小爵士的生日时，姐姐和我给他过了一个隆重的节日，破例允许他喝了一杯葡萄酒。酒有神力，酒也是魔鬼。小爵士忽然开口说话了，他说，我要修改遗嘱。

干吗修改？姐姐问。

小爵士说，修改了我的遗嘱，我才会歇手，不哭，不闹，不自杀，一直活到上帝愿意收回我的那一天。否则，我总会有得手的那一刻，你们盯不住我。

修改什么？

我想让你们结婚。

瘫子说完这句话后,我和姐姐顿时僵住了,互相生疑地觑望一眼。姐姐伸出手,朝向虚无的天空,只字未语,似乎想请上帝评评理,做个裁断。可我自私,我在小爵士揭开这一层面纱后,血管偾张,神昏目眩,好像一个中了彩的流浪汉,头重脚轻。那一刻,我真的爱上了这个残废的爵士,他比谁都明白后果与前因,比谁都更了解我的企图。姐姐比黄金还宝贵,比全世界的教堂加起来都令我崇拜。哦,我这个糟糕透顶的人,我这个别扭的人,"我真的是给黄金镀色,给百合添香"——莎士比亚的诗句。小爵士接下来的话,更让人吃惊:

别当我是一块废料,也别隐瞒我。沃森,你来家里的第一天起,我就看出来了,你和我妻子没有血缘上的联系,一点联系也没有。上帝知道。上帝有一种秘密的意志,让你碰上了我妻子。战争其实是一种奇异的胶水,戒护所里的磨难更使你们两小无猜,贴心贴肺,比亲人还亲。沃森,你爱上了我妻子,这没错,你不能否认。为了这一点,我感激你,上帝也会成全你的。我明白,她之所以嫁给我,是可怜我的弱小,同情我的缺失。我的病是上帝的一次试问,现在来考验我,请我给出答案。沃森,我替上帝为你保存了她一段时间,现在时候到了,我该还给你了,纯洁无瑕地还给你。

不!我当初是自愿的。

姐姐狡辩道。

小爵士说,亲爱的,我修改遗嘱,只是为了澄清这一点。你和沃森,本该是一对恩爱的夫妻,可阴差阳错,我沾了一段吉。我已经很知足了,愿上帝明鉴,知晓我心。太怀奢欲的人,会破坏此生已经获取的,我想安静,更不想让你们一对恋人为此煎熬不堪,浪费时光。我的遗嘱这样修改,我请求你们结为夫妻,容我逗留在家,度过余生,好见证你们的和美姻缘。我这个业已被幸福撞破了脑袋的人,将心生欢喜，不离左右。等我百年之后，这里的一切始于你们的劳作，也终将归于你们所有。呵呵，其实在你们外出的时候，我已经电话告知了律师。律师来了，当着我的面，改定了，生效了。那一刻，我比耶稣还清醒，没喝半口酒。

你为什么这样？我在教堂里盟过誓的。姐姐问。

教堂里的事情也可以更改，一旦有错的话。小爵士伸开手，艰难地捂在胸口上说，我这里也有一座教堂，我听见了，它在说话。

我和沃森是干净的，并不龌龊。

小爵士的脸上闪过了一层阴霾，立意已决地说：

亲爱的，我心里还有一座十字架。自从你上门来找我父亲，十字架就从没在我心上离开过。我偷看过父亲在战争期间写的日记。我猜，那个爱写诗的女孩子就是你。

姐姐点头。

所以，我在看过那几本罪恶的日记后，让仆人全都焚毁了，烧了过去的一切，包括肮脏和罪恶。我不能不替我的父亲，哀求你们的宽恕，别让这一段错误再继续下去。小爵士自负满满地说，喏！我的心就是一座教堂，我需要听见你们的婚誓。虽然简朴一些，虽然仅有我们三个人参与，但我想，这会胜过全世界的神父和僧侣在场。不是吗？

我沃森也是个汉子，我也想有所表示。我趴在了小爵士的腿上，贴着他。我说，我爱姐姐不假，但如果是从他这个好心人手里夺来的，我也宁愿不要婚姻。就在一步之遥中，爱着姐姐，爱着这个美丽的女人，终了此生。但小爵士有备而来，他用了全部的力气，将指根上的戒指摘下来，递到我手心里，又催促我戴给姐姐。

他像个圣人，替我们画了十字，说了祝福。

……我跟姐姐拥抱在一起时，姐姐哭痕满面地说，我会遭天谴的，难道这就是我要的结果嘛。小爵士说，亲爱的，我不能再浪费你，你的爱还驻扎在我心里,生了根、开了花,慈祥、光辉、悠久,不曾离开过我一寸的距离。在这个世界上,有你这么一个女人,因为离开了我,而获得了天大的幸福,我凭什么不快乐呢,我没理由呀。

我沃森,我也像姐姐,不!像妻子一样哭起来,抱着小爵士的腿,情不自禁。小爵士对我说,沃森,你的妻子是一位纯洁的处女,比天使还要纯洁的是她的心,你有福了。

在他的祝福声中,我和姐姐接吻了,很甜的吻。

各位!

浑蛋沃森喝光了杯中的残酒,扑打一下外套,整理好白胡子,站起身来。那家的男女主人沉浸在往事的伤感里,不可自拔,又再三挽留,不想让圣诞老人就这么口干舌燥地离开。沃森拒绝他们说,新的一天快开始了,瞧,窗外有了天光,我的驯鹿还在郊外,一定饿得饥肠辘辘了,我得去给它们喂一把青草,然后回到我该去的地方。依依不舍中,沃森道了早安,跨出了那一个温馨的家。临别前,沃森谦卑地请求说:

可不可以请这位公主送我一程。我好像迷了路。

沃森指了指女佣。

主人没有拒绝,赶紧唤女佣,不!该是米兰达去换好衣服。米兰达依然泪水涟涟的,抽泣着,偎依在沃森身旁,往城外走去。两个人一语不发,唯有脚下一尺厚的积雪,嘎吱嘎吱地叫。下了整整一夜,北风呼啸,道路两侧的冷杉都倒伏了下来。到了城外,米兰达再也不能送了,要和沃森说再见。但在握手的一刹,米兰达发问说:

圣诞老人,你和故事里的姐姐幸福吗?

沃森攥住米兰达的手。她的手是凉的,但能感觉出她的骨骼很脆、很轻盈,比一只鸽子的骨骼大不了多少。沃森吹了吹棉花做的白胡子,大言不惭地拍了拍胸脯,吹牛说,公主,我和姐姐真的很幸福。这一场婚姻很秘密,上帝做证,这一场结婚是幸福的,虽然我们还以姐弟相称。

我很感动。这是最好的圣诞礼物。

沃森说,我也感动。这是我第一次给别人讲起自己的故事。我脸皮薄、心虚,刚开始没信心。但现在讲完了,我觉得自己真的是一名诗人了。

为什么?

因为,沃森舅舅抹了一下眼泪,将帽子抬高,露出了他的眉目。因为,婚后一年多,我和妻子克拉拉就有了一个女儿。后来,我们又生下了儿子,叫托马斯·曼。嘿嘿,这两个小捣蛋鬼,可让我吃了不少的苦头呀,害得我在圣诞夜里,跑遍了德国,找他们,想给他们送一件心爱的礼物。

稀薄的天光下,米兰达怔住了。

沃森舅舅揽住米兰达,将她的脸贴到自己的胸脯上,又用宽大的外套包裹了她。沃森俯在米兰达耳畔,贴住她,细声细语地说,公主,我的女儿叫米兰达,就是你,我是专程来,给你道一声圣诞快乐的。

沃森舅舅。

米兰达哭了,用了旧称呼,忽然之间也改不了口。她偎得很紧,像偎着一簇寒夜的篝火。

好了,不许哭!在这个日子里哭,会冻掉一年的鼻头的。沃森松开了米兰达,扳住她的肩膀,替她揩完泪说,米兰达,我的女儿,先前发生的一切只是一场误会。我知道不能怪你。你是上帝派来的使徒,只为了试探我一下,测测我的信力,试试我的忍耐。现在一切都过去了,我想告诉你,我还爱你。

对不起你,沃森。

米兰达,我知道你的心结还没有完全解开。是的,我不能现在就带你走,离开这里。沃森自嘲说,我的女儿,我很抱歉这么不期而至,唐突而来,险些吓着了你。不过,我有的是耐心。我会一直等你解开这个心结,然后接你回家,看你快活地爱上一个小伙子,披上婚纱,走进教堂,给我生下一大堆小崽子,让我和克拉拉做爷爷奶奶。

不!我只想一个人,陪你和妈妈一辈子。

要试着去爱!

米兰达云开雾散地说,是爱!但我爱上的是沃森舅舅和克拉拉妈妈,我不想去爱上一个陌生人。我想用这样的方式,陪你一辈子。

打个赌,米兰达。

赌什么?

沃森说,你会改变主意,爱上一个男人的。我沃森,什么都缺,却不缺少耐心和勇敢。我会在黑森林边一直等你,等你输掉这一场赌局的,哈哈。

笑声渐渐弱了,从沃森的嘴里,退到了李敦白,或者说托马斯·曼的口中,或者说,从遥远的异国的雪天里,奔向了眼前这个漫漫的秋夜中,从巴伐利亚的一个街角上,来到了姓黄的河流一侧。

瞧,油漆干了!李敦白说。

不早了,老李!

李敦白抬起双手,将那只小船倒扣起来,举在头顶。他又像早年间的拿破仑似的,戴上了一顶船形的帽子,趔趔然。不用问,他还想这样徒步走回去,顺便让月光晒一晒船身。李敦白起步前,瓮声瓮气地说:

艾,谢谢你,听我这个老掉牙的故事。

别客气,谢的该是你。

我明天就走了,从亲水平台下水,一路往下漂。我说过,我发了愿的，为米兰达，也为了妈妈，有时候，我分不清她们谁是谁，都像妈妈一样。我会办到的，艾。李敦白靠过来，蹭了蹭艾吹明说，要是我参加完米兰达的婚礼，还想回兰州的话，一定会请你吃喜酒的。

远处的风情线上，驶过了一辆无轨电车。

在驶过电缆铰接盘时，电车辫子忽然擦出了一蓬火花，蓝幽幽的，比弧光短，却比一则故事更为漫长，仿佛一个哑孩子在说话。艾吹明站在马路牙子上，目送李敦白穿过橘红色的街面，心里说了声，拜拜。李敦白忽然在街对过掀起了"帽子"，冲艾吹明说：

艾，你不问问，米兰达嫁给了谁吗？

这边微一愣怔。

李敦白爆出了一阵大笑，扯起嗓子说，姐姐嫁给了一个不错的小伙子。上帝，他竟然也叫沃森。沃森沃森沃森，是的，浑蛋沃森。

仿佛有默契，鬼佬李敦白在黄河边放舟时，艾吹明及时赶到了。

这天下午，人们又麇集在水边，集体放生。亲水平台上人满为患，连一只脚也插不进去。李敦白单肩扛着那只油漆光亮的独木舟，悻悻然，踅到了远处，站在一片烂泥里试水。

水和舟子本是生分的，相互有抗力和排拒感，隔膜得很。至软如水，总对一切濒临其上的事物敏感，尤其是一只平底的船，其貌不扬。流水颤巍巍的，用它的深不可测咆哮着、威吓着，带着一腔空虚的怒火。而一只简易的独木舟仿若少年，懵懂、亢奋、激昂，以一副跃跃欲试的架势，欲凌波微步，如履平地。李敦白有经验。试水，就是让它们这两种怪物互生情愫，肌肤相亲，进而变得难以离舍起来，才好驾驭。在学校时，李敦白读过一部经，一个叫老子的家伙说，上善若水。李敦白想，或许没错，他老人家当年骑一匹青牛，跟我一样漂泊时，一定经过了这条姓黄的河流。这么一想，他老人家几乎就是上帝本人。

上游的雨停了，黄河又瘦刮刮的，一线弱水流在河床底部。

艾吹明赶来了，拎着两瓶啤酒，塞给鬼佬一瓶。李敦白在寒风中有点瑟缩。牛仔裤上的破洞能看见肉，上身只穿了一件防水衣，戴着一顶尼龙布的帽子。李敦白脚上仍是拖鞋，光着脚趾，带了一团污泥。艾吹明瞧了一眼荒凉的河岸。大河阒寂，人们在遥远的平台上拈香许愿，有一份很鬼祟的仪式感。天空蓝得像一块瓦，地倾东南，逝水无声。艾吹明心里禁不住一阵伤感，但很快掩饰住了，磕开瓶嘴，饮了告别的酒。

艾，找到你妻子了吗？

谈这干嘛。

李敦白狡黠地笑笑，我想让上帝祝福她。她还不知道，世上有你这么一个男人怀想她、疼爱她。无论如何，这是一件不错的事情。我说过，痒是一种动机和理由，也可能是爱。爱也会使人发痒，充满慈悲。

她叫牧云，放牧云朵的人，心比天高。

李敦白说，哦！不错的名字，放牧云朵的女人，那她和上帝最接近。或许，她也是对的。

老李，我们这里不叫上帝。艾吹明略感烦恼，阻止道，老李，我们这里没上帝，我们这里叫玉皇大帝、太上老君、观世音、老天爷、胡大、土地爷什么的。

呵呵，大概是同一人！

艾吹明不愿纠缠这个话题，说，老李，我忽然想送你一程。从这里下水，不出意外的话，等黄昏时，你会漂到八十公里外的桑园峡。我去过那地方，很熟。看见左侧是猩红色的悬崖，右岸是一片葵花地时，你就上岸，歇息在那里。可以从容过一夜，休整休整。我这就去家里，开上车，我会在葵花地里等你，咱俩可以再喝一杯，聊聊。

干吗？你十送红军？

艾吹明笑了，鬼佬！但依旧情深意浓地说，没别的意思，我得谢谢你这几天的故事，让我明白了一些事。酒向知己饮，诗向会人吟嘛。节骨眼上，艾吹明的手机响了，熟悉的彩铃声。李敦白问：

《绿袖子》？

什么？

艾吹明莫名地问了一句，背转过身去。

詹姆斯·拉斯特乐队的！

李敦白答。

艾吹明没顾上细究鬼佬的话。电话里，单位领导的口气渐渐不悦，像极了一座危险的火山，先是问了艾吹明的方位，又拐弯抹角地问他妻子迟牧云的近况。领导忽然暴怒地说：

你的斯巴鲁呢？

在小区里，前几天给人花了，停着。

你干的好事！艾吹明同志，现在，我以组织的名义，命令你立即到单位来报到，限半个钟头，这是纪律。领导的声音有点亢奋，不容置疑地说，艾吹明，警察就在我这里，你快来说清楚你的车的问题。电话挂了，很干脆。

艾吹明木然地站在岸上，被风吹凉。

那一厢，李敦白已将一只简易的行李塞进了船舱，蓝色的船桨分置两侧，抓住了水。水现在驯服了，用了它柔软的力量，抬举着独木舟，准备往下游里送去。水媚态，水也妖娆，孵出一条条波纹，在日光下闪烁不停。在没有降雨的日子里，黄河水其实是青色的，犹如一块深蓝色的钢板，倒映着天空。李敦白含着手指，打了一声呼哨，又给艾吹明摆一摆手，该走了。艾吹明无动于衷，拨了妻子的电话。谢天谢地，有了回应。

牧云，你在车上？

是呀！我在飙车，多棒的斯巴鲁呀，现在已经一百八十迈了，特刺激。迟牧云的语气轻佻，夹杂着呼啸的风声。迟牧云说，吹明，我从没这么舒畅过、痛快过。我快飞起来了，我要起飞了。

你刚做完手术，当心身体。

艾吹明道。

呵呵，我掉了一块肉，所以现在轻了，轻得想飞，快起飞了。迟牧云夸张地惊吼着，一路按响了喇叭。艾吹明能想象出那些被抢超的车辆，发出了刺耳的刹车声，挤作一团。迟牧云哈哈大笑，狂呼道，这不是幻觉，不是好莱坞的警匪片，这叫疯狂进行曲。

牧云，警察在找我。

我知道的。迟牧云处变不惊地说，警察先会找你，接着再找我，然后顺藤摸瓜地逮住大勇。这是警察的老套路，我不稀罕。我现在只想飞，飞啊飞！

左球也在车上？

对！大勇也在车上，还有他的两个哥们儿，外加一个混账。迟牧云切齿地说，这混账欠了大勇的债，好几十万，拖了这么久，一直不肯还。没辙儿，大勇他们今天绑了他，逼他吐出来。人在江湖混，迟早是要还的。

这是犯法的事，赶紧停下来。

不！

迟牧云忽然不再咆哮，而是隐隐啜泣起来，边哭，边对丈夫絮叨地说，你知道嘛，大勇是我弟弟，就这么一个弟弟，我不去接应他，帮他，还有谁去疼他？我接上他，跑到天边，我也乐意。

艾吹明冷若凝铁，麻木地觑了一眼河面。

在遥迢的彼岸，寒风掠过了瑟瑟的芦苇荡。秋季的金黄，业已转成了一层肃穆的铁灰色。北岸的高速公路上，忽然闪出了几辆警笛嘶鸣的车子，追逐着，惊起了芦苇丛里的一大群水鸟，黑压压地站在天空，仿若沉重的铅云。

艾吹明挂了线，踩着烂泥，跌跌撞撞地奔到了水畔。李敦白刚坐进了逼仄的船舱里，腼腆地笑了笑，做了个"V"字手势，算是道别。

艾吹明蹲下身，把住船舷，委婉地说：

老李，商量个事儿？

手势收回了。

艾吹明说，是这！我有点紧急的事，事关我妻子。我来不及给你讲这个故事。老李，我只想借你的船使一下，去对岸。

需要帮忙吗？

什么风把你吹来

一蓬火花,在秋夜的上空闪烁,刹那一亮,又漫灭在天幕里,像一个哑孩子在说话。火花,该是蓝色的,比弧光长,却比一声叹息要短。

在桥头,一辆无轨电车扭身一别,挂了线,慢慢驶过。

现在,兰州城里只剩下了两辆无轨电车,东西对开,仅供黄河岸边观光之用,免票。但在落寒的秋夜里,很少有人兴致勃发,去看一条暗夜下的河流。

姐姐说奇了怪了,每次驶过桥头时,就掉线。听说那一座桥,当初就是为了辟邪,才建在金城关下的。那一段水,肯定是妖气太重。

说着话,姐姐将碗里的蛋炒饭,喂给橡皮吃。橡皮才六岁,人小鬼大,挑三拣四的,不吃葱花,只喜欢一粒粒的白米。姐姐凿他一个栗子,厉声说:"饿死鬼投的胎,前八辈子一定是南方扁头,让米饭糊住了心眼。"杜怀丁吃吃地笑说:"姐,乔如山是扁头,橡皮可不是,别骂他。"姐姐筷头一挑,将一坨米溅在杜怀丁脸上:"少废话,我教训我儿子,关你什么屁事。"杜怀丁不甘心,伸手说:"橡皮,快到舅舅怀里来,老子给你喂。"姐姐丢了碗,支起下巴,淡下脸来。一整个下午了,王幸男都摔碟子碰碗的,心绪不佳。

"真的奇了怪,桥头那里邪行,刚一到,就会掉线。太费劲。"

母亲坐在马扎上，揉着她的风湿腿，在看蒋雯丽和张国立的《金婚》。母亲大咧咧了一辈子，吃的盐，比王幸男吃的饭还多，什么阵仗没见识过。母亲随嘴说："那些车真老掉牙了，该进博物馆去的。五九年，我来兰州时，无轨电车刚开通，坐不起。那时候才遭罪，电压不足，车上的乘客老下车，帮着司机往前推呢，风气好，比现在强。"王幸男受了冷遇，抢白说："市上的领导太多事，要禁就禁干净，别留下一半辆观光车，丢人现眼的。老古董！谁吃饱了撑的，半夜三更地去黄河边闲逛呀。"母亲斜觑一眼，猜想王幸男是不是在指桑骂槐。

"关键是，姐，你要做好那份工。"

姐姐剜他一眼，不稀罕搭理。

"这山望着那山高，照你那样子说，司机都要被飞行员气死，飞行员得让杨利伟活活气死呀。人比人，气死人。"杜怀丁揩去脸上的米粒，噙在嘴里，含糊地说："橡皮，快吃完最后一嘴，我再教你背口诀。"

姐姐说："问题是，另外的司机们都去培训了，改开烧气的新车。我过了这个村，就没这个店的。哼，他们还说我盘子靓，能审美，适合开那辆老爷车呢。"

"你的确是仙女！"

"不稀罕跟你费唾沫星子了，杜怀丁，你见过一身油腥味、满手脏兮兮的仙女吗？我就是。"姐姐说着话，扔过来一枚牙签，扎在杜怀丁的发丛间，"别太损！你老大不小的了，活该找不上媳妇。"

姐姐抱了毛巾被，去里屋补觉了。晚上七点半，姐姐要在始发站接车，一直运行到午夜时分，才能收车回家。橡皮吃完后，从姥姥手里夺过遥控器，调到了动画节目。母亲展了展腿，像生锈的弹簧一样，慢吞吞地站起。母亲说："怀丁，你也去睡一觉吧。后半夜，你还要早起呢。"

杜怀丁读着一页报纸:"看看,日本人又在滥捕鲸鱼了,吃死鬼子们。"

"以后,别再对你姐那样子说话,她心里愁苦,别占她便宜。"

杜怀丁回说:"哦。"

"你俩呀,针尖和麦芒,自小就尿不在一个壶里。"

杜怀丁不想听唠叨,伸出脚,磕了磕橡皮:"我吧,人微言轻,也就在橡皮这里吃得开。橡皮,口诀怎么背?"六岁的橡皮刚掉完门牙,漏了风,抢答说:"乔如山,不如猪。"

每次走过白马浪时,陈亭妃就失笑起来。

她觉得,那一组雕塑,其实就是她跟李释堪的写照,惟妙惟肖。陈亭妃甚至以为,太阳底下过家家,日光底下真的没什么新鲜事,一本《西游记》,早就在八辈子以前,将她和李释堪之间的恩恩怨怨交代完毕了。只不过,她自己没觉悟罢了。唐僧坐在白龙马上,每次走过时,陈亭妃都要拍一下石马肥硕的屁股,再失笑一声。

白马浪是一个古渡口,嵌在黄河南岸。

河流在上游拐了弯,封住了西去的路。传说,唐僧师徒四人,就是由白马浪渡河,踏上河西走廊,去往天竺取经的。本来,一入秋,白马浪一带芦荻瑟瑟,天地澄澈,南下的雁雀会在此处逗留一阵子,再吹响集结号,驰越北地的。不知怎的,市上为了开辟风情线,将这一带铲除干净,安置了一座金粉色的雕塑。

唐僧照旧坐在马上,双手合十,慈眉善目。猪八戒断后,一副气喘吁吁的神色,洞开的嘴巴,似乎骂骂咧咧的,牢骚满腹。孙猴子在前挑头,手持金箍棒,杂耍似的压下云头,引颈眺望,寻望着来路。陈亭妃觉得自己跟沙和尚最亲,沙僧其实是自己的一帧写真像,吃苦受气,还挑着担子——担了一路的经(惊)。

虽说心里哀戚，悲云密布，陈亭妃还是忍不住要失笑，缘故是孙悟空作怪。

孙猴子仿佛被师父喊了"定"，一直石身石脑石衣石袖地腾空，金鸡独立。雕塑却出了问题。孙猴子手里本来握着金箍棒，丈长，是一根刷了金黄色油漆的铁棍，可拆卸。好事之徒往往乘黑而来，缴了齐天大圣的械，将定海神针据为己有，留下孙猴子在师父面前丢人现眼，做光杆司令。有一段时间，居民们中间盛传，说那一根铁棍太神奇，当它表层上敷出一层水珠时，一定会刮风下雨，比天气预报还准。于是，园林部门给孙猴子配一根，丢一根，循环往复，永远有蠢蠢欲动的小蟊贼惦记着。索性，园林部门死了心，干脆让孙大圣徒手表演，一直在云头里站着，两手空空，下不了台。

这倒也罢了，更滑稽的事却层出不穷。那以后，孙猴子的手里握过树枝、竹竿、铁丝绳、电线、冰棍棒、破雨伞、小广告、三陪小姐名片、风筝线等等，有人还用河泥，给孙猴子捏一只大哥大，举在半空。更恼的是，从水里爬上来的野泳者，往往将各式各色的裤头，挂在孙猴子的脖子和手上，在日光下晾晒。有一个女子，脑子进了水，将身上的比基尼扒下来，慷慨送给孙猴子。三块布，遮在悟空先生的胸前裆下，似乎被白骨精拿下时的样子，一副衰样。第二天，这幅玉照上了报纸，呼吁市民提高素质，加强精神文明建设，成效不大。

比如现在，陈亭妃又瞧见，悟空先生的手里，举着一把破笤帚，扇形，枯干干的，接近于一把蒲扇的形状，握在济公手里更恰当，猴子却不适宜。

夜里十点整。

海关大楼上的报时钟声，像一层层青铜碎屑，从夜空里飘飘洒洒地落下，使秋夜的空气更凉更寒，萧索深深，陈亭妃不由得一凛。失笑归失笑，陈亭妃却见不得别人落难，停下脚，踩在雕塑的基座上，伸手够了够,够不着。孙猴子站在一片凝固的石头云彩里,耸肩敛身,故意躲闪着她似的。陈亭妃才不服输呢,将肩上的挎包,挂在沙僧的扁担头上,抓住猪八戒的钉耙,身子荡起一个秋千,悠上空中,一下子跳到了疙里疙瘩的群雕上。猴子再也奈何不了,服服帖帖地单腿独立,任人宰割。陈亭妃俯下身,扶住他的肩,终于取到了那一把破笤帚。想都没想,陈亭妃一甩手,扔在了河堤下。刚使了劲,有点儿气虚,陈亭妃蹲在基座上,准备跳,却不知往哪里跳。应了那句老话,上墙揭瓦易,下树做人难。

犹疑时,群雕小广场外的一棵大树后,闪出来一个人。老人白飘飘的,须发皆雪,身上是一件练功的白府绸衫子,手里握着两枚健身铁球,铿然作响,脚不沾尘地飘到了陈亭妃跟前。老人伸了手,想接一下陈亭妃,手还未够到陈亭妃时,人便跳了下来。小菜!心想,这个老爷爷,怕是走了眼,不知道我就是本专业的。陈亭妃的腿柔软,跳下来时,一点声息都没有,亭亭而立。老人手一抛,一对铁球,好比他膝下的一双儿女,乖乖地跳进了另一只手里,滚来滚去,铁舌铮鸣。"女娃子,小心你的关节,摔了就心疼死人了。"土话,陈亭妃听得懂,汗颜地指了指孙猴子,刚想解释时,老人说:"你瞧,你把四个神仙给吵醒了,觉也睡不成啦,他们在骂我照顾不周呢。"夜很薄,树丛里的各色灯火斜过来,虚虚的,勾勒出他的轮廓,让老人有一股子衣袂飘然的仙风道骨之气。

"你刚才是佛面剥金呀,丫头。"

陈亭妃吐了吐舌头,狐疑地盯视着他。心想,管天管地,还管得了一堆石头塑像嘛,嘴里却说:"我错了,爷爷,他们师徒不近女色嘛。"

老人闻听,咯咯咯地喷出笑来,边笑边说:"歹女子,你说这样的话,唐僧再想取经得道,也修不成金刚之身呀。"还伸了手,抚了抚陈亭妃的脑袋，扬了扬臂，意思让她快走。沿着河堤走了好远，陈亭妃仍能听见那种咳嗽般的笑，颤巍巍的。她扭身望去，却见小广场上早已阒无人迹，一片笑声，仍丝丝缕缕地浮在夜幕中，经久不绝。陈亭妃本来就有一点点小迷信，现在猜度说，莫非，他是唐僧胯下的白龙马变的，欺生，不让女人近身？

这么一想，陈亭妃便有点儿云开雾散，心绪爽朗。陈亭妃告诫自己说，在这一条神秘兮兮的河边，没有什么是不可能的，连李释堪也是，即便他失踪了许久，仍逃不出如来佛的手掌心。等着瞧！

站在桥中央，陈亭妃茫然四顾一番，觉得李释堪真的玩不起，太矫情。在这样的寒夜里，桥上和岸边皆萧条寂寞，连一个路人都不见。两岸的灯火，像忽然炸开的一锅爆米花，溅得满目狼藉，无人问津。

风很大，仿佛一张张镶铁皮，被剪子剖开了，擦擦刮刮的，历历逼人。桥顶是五座拱形的弯梁，绷在了两岸，密密匝匝的星灯，波浪翻卷似的点缀其上。北岸的山顶，矗立着一座白塔，传说是玄奘抄经的地方，赳赳然，撑起了一顶陡峭的星空。陈亭妃顶着风，握住栏杆，往桥下的水面上望。

不久前，李释堪跳了下去，连人带魂地失了踪，陈亭妃断定。

深秋了，上游里雨水频密，流到兰州城时，河水裹挟着泥浆和沙石，稀稠不一地滚滚而下。在陈亭妃的眼中，这条河其实是一只巨兽，缄默地踞伏着，伺机而动。河面上斑斑点点的花纹，也犹若一匹猎豹身上的图案，恍惚地顺流而去，再逆流而来，在陈亭妃眼前说话。当初，妈妈化成了一捧灰烬，被陈亭妃撒下去时，这些斑纹就开始了，像一盏盏绽开的鲜花，时隐时现。

"李释堪，你出来！"

陈亭妃喊："别藏着自己了，我知道你在听，在躲着我。求求你，出来一趟，我真的没计较你，跟我赶快回家吧，李释堪。"

"最后一声,你再不现身的话,我真的不会再来了。"

停了嘴,陈亭妃怔怔地等了三分钟,却不见效果。河水一如既往地流淌,波澜不兴,有点儿生涩,又有点儿打滑。那一匹巨兽,也如鳄鱼般埋下了身子,对着陈亭妃打哑谜。陈亭妃想,可惜我不是男的,否则,掏出裆里的家什,浇你一泡童子尿,非叫你现出臭嘴脸不可。但陈亭妃不是来斗气的,每天晚上来桥上做这一门功课,似乎是本能使然。现在,陈亭妃讲完了内容,该下课了,遂打开了肩上的挎包,掏出一副眼镜来,冲着深沉如渊的桥下喊:

"李释堪,这次来,还你的眼镜,让你做鬼也能看得清。我发誓,你要再不出来,我会把你丢得一干二净的,说到,做到。"陈亭妃扔下东西。风斜签起身子,将一副黑框眼镜送进了水底。"李释堪,拿到了吧?"

出了桥头,陈亭妃不素心,仍有一点隐隐的期待,巴望着李释堪跳出来。陈亭妃坐在"天下第一桥"的石碑旁,左顾右盼,空虚得像一座灾年里的粮仓。前几年,这座百年老桥禁了机动车,改成了步行桥,实际上是一座露天的桥梁博物馆。谁会在夜里,来参观一座冷冰冰的博物馆?就像不会有人,半夜去庙里打卦一样,太瘆人。陈亭妃这么想时,忽然看见一辆蜗牛般的无轨电车,默下声,从远处驶来。刚到桥头时,两条辫子哗啦一抖,一蓬火花砰地闪烁一下,蓝光划过,打了一个趔趄似的。

半空中的电缆线,嗡嗡嘤嘤的,牵拽着车身,往西驶去。透过灯光,陈亭妃看见,车厢里此刻空空荡荡,除了一位女司机,便越发印证了此刻的荒凉。

今天的功课报废了,挺干脆,彻底没了戏。陈亭妃起身,蹒跚着往另一个街区走去,那里出租车多,很方便。刚走到桥的右首边,陈亭妃瞧见一个小伙子,正木然地坐在栏杆上,表情也清汤寡水的。陈亭妃说：

"兄弟，借个火。"

对方回说："哦，我不抽烟。"

"咦，什么风把你吹来的呀？"

其实，杜怀丁并不像他表现的那样，爱在嘴上逞能。

夜越凿越深，黄河岸边却如一座发电厂那样，逶迤地亮起了灯火，将两岸的花草树木，撩拨得璀璨如昼。市上花费巨资，搞了水边的四十里风情线，准备打造成上海外滩一般的景区，用心良苦。在市区其他线路的无轨电车禁行后（主要考虑耗电量大，速度慢，容易塞车，加之设备老化，等等），王幸男被挑了出来，在滨河大道的风情线上服务。

杜怀丁握着半瓶啤酒，坐在岸边的桥栏上，静候那一辆无轨观光车驶过。

姐姐唠叨了多次，目的不明，却在杜怀丁的心里生了根。杜怀丁想，姐姐一定是胆小，才暗示什么，所以他想来看个究竟。连着七八天了，杜怀丁夜里十来点钟，给母亲撒谎说："要出去散散心。"一散，就散到了桥头边，远远地看着姐姐坐在驾驶楼里，开着空无一人的电车，寂寞地驶过。

桥头的半空，架设着一座圆弧形的电缆罗盘，让东西对开的车辆，在这里交互错车。车子驶过时，铰接处咯噔一跳，两根集电杆擦出了一蓬火花来，在秋夜的天幕上，刹那一闪，迅即熄灭。

像弧光一样蓝，也像一个哑孩子在说话，小嘴嗫嚅着。

杜怀丁会听见那一蓬火花的说话声。弧光闪灭时，姐姐也会在后视镜里望一眼，知道平安，再加足马力，电车遂扭身一别，挂着线，慢吞吞地驶远。杜怀丁从没见过那两根辫子掉下线来，更没见过姐姐从驾驶楼里跳下来，拽着两条牵引绳，将集电杆再挂上去。

杜怀丁想，姐姐一准是受了刺激，才疑神疑鬼的。但他不打算挑明。

姐姐太愁苦，一个人将委屈和悔恨窝在心底，从不开口诉说，像秋末，这里的居民腌冬菜，一水缸的甜酸苦辣，唯有自知自受。先前，姐姐可不是这样子，在从小到大的那条街上，街坊们提起王幸男的名字，谁都知道是一枝牡丹花，娇小玲珑，长相出彩。在姐姐夺人的背景下，杜怀丁却惨淡不堪，不招人待见，自小落下了一点点小儿麻痹症，不严重，人却变得自闭自卑，寡言少语。他们是一母所生，各自随了父母的姓，心里却不隔。少年时，杜怀丁对姐姐充满崇拜，总爱跟在王幸男的屁股后边，狐假虎威，在街上招摇。在姐姐的荫庇下，那条街上的人从不敢给杜怀丁眼色看，更不敢喊他跛子。及至成年，姐姐被招进了公交公司，做了一名电车司机，又做主把自己嫁掉后，杜怀丁才和姐姐疏远了一些。

姐姐今年是本命年，三十有六。

在这个年龄上的女人，不免会带上些神经兮兮的小病，爱尖叫，喜伤感，又揣上了一肚子的虚荣，见风是风，见雨是雨的。姐姐倒霉在了一个男人身上，那以后，她就再也没能翻过身，一直在无轨电车上当一把手。用姐姐的话说，这叫心比天高，命比纸薄。把姐姐的命擀成一张纸的男人，叫乔如山。本地人嘴恶，带了偏见和鄙视，将南方人一律称为"扁头"，乔如山就是个扁头。乔如山第一次进门来，杜怀丁就不喜欢。乔如山说着一口鸟语，比画半天，杜怀丁和母亲连蒙带猜，也只能明白个大概，将就着对付，主要是给王幸男一点面子罢了。

那时，乔如山陆续开过两家小店，一家卖打口CD，另一家是洗脚屋，生意红火过一阵子。乔如山认识王幸男时，一下子就黏糊上了，声称自己认识公交公司的头头脑脑，可以给王幸男调个工种，比如坐坐办公室，搞搞工会或妇联的零碎活儿。乔如山经常自负地夸口说，毛毛雨啦，洒洒水啦。手腕和脖颈里粗大的金链子抖来抖去，煞是牛气。乔如山一来，杜怀丁就出门，一个人去街上看下象棋的，避而不见。姐姐私下里给杜怀丁告过饶，说你看在我的分上，别脸不是脸，鼻子不是鼻子的。为此，杜怀丁还跟姐姐交恶过一段时间，互相不给脖子，路人一般。结果，杜怀丁不幸而言中，姐姐像掉了线的无轨电车，瘫痪下来。

王幸男的婚姻生活熄了火，拉了缸，引擎坏死。

事发后，杜怀丁真理在握地说，从看见乔如山那扁头的第一面开始，我就知道，他身上有一股子邪气，绝不是饶爷爷的孙子，现在应验了吧，不到黄河心不死！母亲只知道陪着姐姐哭，一个劲地说，你少说一些，你姐姐肚子里还怀着娃娃呢，千万不敢动了胎气，有个残缺呀。母亲说到这里，明白自己口误了，又自责地扇自己的脸，一巴掌一巴掌地扇在杜怀丁的心里，让他知道，姐姐也是一个苦主，红颜自古多薄命。等到橡皮六岁了，杜怀丁开始教他背诵一首顺口溜：乔如山，贼骨头；乔如山，不如猪。

橡皮从没见过生父，一家人都瞒着他，不告诉他乔如山是何许人也。在橡皮的记忆里，乔如山三个字，似乎和花仙子、变形金刚、蜡笔小新没什么差别。姐姐去探监时，乔如山屡次三番地求情下话，让王幸男下次来带上橡皮，见上一面，认认儿子。杜怀丁和母亲都断然拒绝，说监狱那地方比较霉气，怕孩子触上妖魔鬼怪，再来作祟。有一次，杜怀丁委婉地对姐姐说："你实际上在守活寡，为那个扁头不值当，你赶紧办了手续离掉，别指望那个贼骨头，再改嫁也不冤。"姐姐反感杜怀丁的话："你把我当什么了，嫁鸡嫁狗，我自己乐意，哪像你，连个女孩子都不正眼瞧你一下，五十步笑百步。"这是杜怀丁的隐痛，自此而后，嘴巴上了锁，贴了封条，绝口不提此事，但内心深处，仍为姐姐捏着一把汗。

乔如山的确不是个善茬儿，在小店表面的生意外，一直在倒腾古董。先前，在王幸男自己家，犄角旮旯里，常常塞满了和政的化石、青海互助的彩陶、刘家峡一带的恐龙蛋，以及一些锈迹斑斑的金银器，往港台一带倒卖。后来，乔如山已经不满足吃这种过水钱，纠集了一帮子人，踩好点，将北山白塔寺附近的一座魏晋古墓盗掘开，出土了一堆珍贵的器皿和画像砖，迅速出手，挣了一笔不菲的不义之财。作完案，乔如山带着王幸男，去了杭州、苏州和太湖一带，名义上游山玩水，让王幸男逍遥一下。那时，王幸男的妊娠反应严重，走一路，吐一程，后来乖乖地待在酒店里，辗转反侧，思乡心切。孰料，警察在南方海关截获了这一批文物，顺藤摸瓜，在一个后半夜里，一脚踹开了房门，将乔如山压在了床上。或许，当时赤身裸体的姐姐，就是在那一刻里受了刺激，至今未愈。

姐姐笃信，乔如山将古墓里的鬼魅之气，传染在了她身上，是一种病。

二审结束后，乔如山被判了八年。从看守所往客车厂监狱转押的那天，姐姐在区人民医院里，生下了一子。杜怀丁第一次去探视小外甥时，隔着窗玻璃，见他一脸一身的褶皱，好比一团脏兮兮的橡皮泥，随口命了名。母亲也说，名字贱，人的命才能贵，就叫他橡皮吧。姐姐在月子里得了褥疮，治了一年多，才有起色，第一次去探监时，已是很久后的事情。杜怀丁陪着姐姐去客车厂监狱，看见乔如山时，杜怀丁视为路人，听见姐姐在安慰说："乔如山，你要听政府的话，好好改造，彻底悔罪，我跟橡皮会一直等着你的。"乔如山举起十根指头，惨兮兮地说："老婆，你看看，这就是报应啊，即便政府抓不住我，那座古墓里的冤魂，这一世里也不会放过我的。"姐姐抱着乔如山的手，一个劲地号哭。杜怀丁有点儿好奇，蹿过去瞥了瞥，见乔如山的十根指头上，指甲脱落，变成了十个肉球，圆鼓楞登的。乔如山自己说，他在监狱的厨房里做小工，每天要剥十来斤大蒜，蒜汁极具腐蚀性,将指甲皮一一啃净了。那以后,姐姐总往监狱里送塑胶手套,还送新鞋子,让乔如山做干净事,走干净路,尽早脱胎换骨。

乔如山被判刑后,家里的大部分财产也被罚没,只剩下了空空荡荡的四壁。因为王幸男还在哺乳期,出于人道的考虑,房子仍寄在名下。姐姐却不敢去住,她觉得连玻璃里头,都藏着透明鬼,在跟自己作对。姐姐抱着橡皮,径自回了娘家,一来躲祸;二者,母亲和杜怀丁还能帮她带一带橡皮。那时,市内的无轨电车尚未禁行,杜怀丁抱着橡皮,站在街边,向驾驶楼里的姐姐招手。姐姐看见橡皮后,往往会打几声喇叭,以示响应。

后来发生的事,恰如母亲所说,是孽罐子一满,祸水就淌出来。乔如山坐满了一半的刑期,表现还算可以,再立上一个功的话,八成会被提前释放。岂料,乔如山听了狱头的指使,将同一个监号里的犯人殴打致瘫,变成了植物人,又连夜越狱。狱头被当场击毙,乔如山也被擒获,重新羁押。罪加一等,数罪并罚,乔如山的刑期累计达到了十五年,又不在同城关押,直接转移到了千里之外的青海格尔木,在荒天远地里去打发下半辈子,等于是一个被遗忘的家伙。姐姐接到判决书后,并无想象中的悲伤,买了一张中国地图,终于找见了格尔木,蹊跷地对杜怀丁说,让他挖,让他盗,他是自己的掘墓人。

刚开始,乔如山还写信来,姐姐根本不拆,也不回复,全丢在了家里的杂物柜里。渐渐的,信开始稀了,音信断绝,仿佛世上并不存在那么一个人。在家里,乔如山这三个字,只出现在橡皮的顺口溜里,与六畜为伍,和妖魔同庚。

嘴上发狠,但姐姐的愁苦埋在心里。姐姐自小就骄傲惯了,尤其在长相上,当仁不让。刚找上乔如山这样的小老板时,更是尾巴翘上了天。现在可好,公司里的人都知道姐姐的那口子被判了,不是男人打架,也不是喝酒逞狂,居然是一个白骨森森的盗墓贼哟,晦气得紧,口碑也极差,让大家觉得真不是个男子汉所为,乃宵小之徒。姐姐一直抬不起头来。其实,杜怀丁心知肚明,并不是公司的头头为难姐姐,将她发派到这一条线上跑车,实在是姐姐自己,想避开同事们的指指戳戳和口水,想找个清净角落,才自我发配,时至今日的。

其实,姐姐刚开始是欢喜这份工的,尤其在夏夜,河边麇集了许多来乘凉的人,搭上无轨电车,往远里跑。人一多,姐姐就有成就感,觉得自己是河上的舵手,与一条大河平行而跑,自由自在。那时,天黑得迟,就算车上没有了乘客,姐姐也会大敞车窗,吹着晚风,一直到后半夜才收工,权当自己去散步。姐姐的变化是在立秋后的某一天,心性突变,让杜怀丁觉得陌生。

那天是阴历的七月十五,是民间的"鬼节"。按本地的风俗,人们在天擦黑后,端上吃食和酒水,在街边祭奠亡灵。但更多的人愿意去黄河岸边,相信河谷里的风,会将人间的思念和缅怀,一马平川地吹往天堂,与故去的亲人有一份冥冥之中的牵连。那一晚,阴阳相通,黑白莫辨,大地上的气息似乎也颠倒了过来,拆除了藩篱,畅行无阻。于是,人们在河边焚化冥钞和纸符,引得半边天空都是红彤彤的,诵念声声,纸灰漾荡,仿佛一群群黑色的大鸟,从青冥长天上飞翔而至。姐姐害怕这个场景,尤其是空空荡荡的车厢内阒寂无人,车轮擦刮着,发出一种沉郁的响动,犹如一群隐身者,在身前身后唧唧喳喳。姐姐跑到午夜时,赶紧收了车,一路跟跄地还家。姐姐捣醒了酣睡的杜怀丁,上气不接下气地说:"弟弟,吓死我了,你看看,我的魂还在不在?"

杜怀丁摸了摸姐姐的额,不烫,但眼神散了光,鼻翼上沁出了一层密密麻麻的汗珠。杜怀丁问:"咋了,是不是撞车了?"姐姐说:"弟弟,我碰上鬼了。"

姐姐在发抖,又不想吵醒内屋的母亲和橡皮,连喝了三杯凉白开,慌不择词地说："弟弟,你猜咋的,我把车开到西站附近,刚过铁路桥涵时,看见洞口的马路牙子上,站着一个白衣白裤的女人,举着一把白雨伞,她脸上还扑了白粉,冲着人吃吃地笑,瘆死人了;迎面开来一辆水泥车,我一打方向盘,开进了路边花坛,才才才没撞上。"杜怀丁觉得好笑,姐姐的某一根神经,一定是搭错了线,短路了,遂安慰说:"也许是个女疯子吧,半夜出来撒疯呢。"姐姐说:"问题是,我之后,她那么一笑,从桥涵里驶过的七八辆长途货车,稀里哗啦都撞在了一起,成了一堆废铜烂铁,我我我被堵在洞口外,一堵就是一个钟头。"姐姐又说:"听跑长途的司机们讲,连着一个礼拜了,那白衣白裤的女人,每晚上都准时出来,一出来就惹事端,天天车祸。奇怪的是,一撞完车,那个女人就消失了,谁也没看清是怎怎怎么蒸发掉的,比一阵烟还快。"杜怀丁摸了一下姐姐的脸蛋,冷,像刚从冰箱里取出来的一样。姐姐最后神秘地说:"交警来处理事故时,也相信了司机们讲的肇事原因。交警说,怨怪呢,不久前,那里就轧死过一个白衣服的女人,阴魂不散嘛。"

"迷信!一定是司机们疲劳驾驶,幻觉罢了。"杜怀丁蔑视道。

姐姐纠正说:"弟弟,我可没幻觉呀。"

"当然,我信你。"

望着王幸男惊魂未定的神情,杜怀丁就想给她下一副猛药,以毒攻毒,破除迷障。杜怀丁索性起了床,拉灭了灯,陷进了浓黑里。姐姐吓得拽住了杜怀丁的手:"弟弟,你要做什么?"杜怀丁习惯对外人讷言敛声,但在王幸男跟前,却是一把好手,口才一流,绘声绘色。杜怀丁还有一个优点,记忆力强,说起事来,喜欢拿自己当主角,仿佛他亲历亲为的那样子。橡皮就热爱舅舅的这种吹嘘劲,一忽儿变成黑猩猩,一忽儿又是宇宙战士,上天入地,无所不能似的。杜怀丁说:"姐,你那个不算什么,真的,不邪行。"

"你也邪行过?"

杜怀丁慨然说:"嘘,去年冬天,那时候我还在北山下的那一片辖区送报纸,凌晨五点多,刚下过大雪,地很滑,到处都是冰溜子。送完头几份报纸后,我骑车刚转过山脚,迎面遇上了几个劫匪,不由分说,用匕首顶在了我的腰里,叫我掏钱掏手机。我那个小灵通刚买的,好几百,奶奶的,凭什么给他们去挥霍一顿。我一急,扔下自行车就跑了(手机重要,车子是公家的,特征明显,丢不了),往山脚下跑。天太黑,像掉进了一个煤井,伸手不见十指,路也滑,我穿着军大衣,累赘死了,几乎是寸步难行。几个劫匪不肯罢休,把我当成了一块肥肉,呼呼呼地撵了上来。到了山脚下,迎面碰壁,无路可逃,我想,我可能这次完了,遭抢不说,还得挨一顿老拳伺候,说不定还会被放血。我要是在那里遇了难,绝对会被冻成一具僵尸,十天半月不会被发现的。腿脚不利索,我跑到山根里时,忽然摔了一个大马趴。我趴在地上,劫匪们拿着手电筒围过来后,我才发现,自己原来躺在一堆乱坟岗子上,周围都是黑泱泱的墓碑。人到了危急时,才会有灵感来光临,我可以算是证明。手电光照过来,匕首顶过来时,我忽然在雪地上翻了个身,很惬意地说咿呀,终于到家了。"

"我说了三遍,还扯起了鼾声,好像我睡得有多香似的。幸好,我躺的旁边,有一个刚挖好的坟坑,或是谁家刚迁了坟,留下了一个空位置。劫匪们听完我的话,吓得头发竖了起来,一个个屁滚尿流,连滚带爬地跑光了。呵呵,我让他们见了鬼,从此以后也不敢再吃这碗饭了,放下屠刀,立地成佛嘛。"

姐姐问:"那你有没有去报案?"

"没!"

姐姐攥紧了杜怀丁的手,抖里抖擞的,心绪不宁。杜怀丁说:"可见,一个人心里没鬼,怕个鸟,所谓的鬼,大多是吓唬你这样子的人的，骗不过我的眼睛。"姐姐拉开了灯，将一床被子扔在沙发上，哀求说："弟弟，今晚我睡你的床，你在沙发上将就一下，陪陪我，我太害怕了，汗毛都冷飕飕的，脊背也凉。"整整一夜，杜怀丁窝在沙发上，不踏实，听见姐姐在说梦话，一会子笑，一会子哭，词不达意地絮叨着。第二天收车回家，姐又开始埋怨起了桥头的那一段路，像祥林嫂一般喋喋说："奇了怪了，每次驶过桥头时，就掉线，那里是不是太邪？"

话说三遍是大粪，臭人。杜怀丁听多了，就在晚上来桥头，起了意，想暗中帮衬一下姐姐，让她有个解脱的机会。可连续七八天了，杜怀丁并没看见无轨电车掉下线来，一次也没有。电车行驶得很平稳，老马识途一般，只是每次路经桥头前的电缆铰接处时，咯噔一跳，擦出一蓬蓝幽幽的火花，嘟起小嘴。

真的，火花闪过的一瞬，像一个哑孩子在说话。

今天亦是，杜怀丁坐在桥栏上，半瓶冰镇的啤酒都快焐热了，也没发现东西双向的两辆车子出些许的事故，集电杆仿佛一双长臂，攀在电缆上，默然地滑行而去。一刻钟前，姐姐的那辆刚开过去，杜怀丁看见姐姐一手把持着方向盘，一手拿起水杯，喝了几口。杜怀丁远远地举了举酒瓶，心说，干杯！但姐姐心神专注，笔直地盯着前方，并没察觉弟弟在附近站岗放哨。自东往西，单程一趟，一般是四十分钟，也就是说姐姐再循环过来的话，约莫在半小时以后。杜怀丁想，再等一圈，等姐姐开过去后，回家也不迟。

"兄弟，借个火？"

杜怀丁冷不丁侧身，见一个女孩子，往嘴角戳了一支烟，做了个打打火机的手势。杜怀丁下意识地摸了摸口袋，愣怔地说："哦，我不抽烟。"

"咦，什么风把你吹来的呀？"

女孩子讶异地问。

连说了两遍，杜怀丁赶忙跳下桥栏，站在一米开外，摸着脑袋，心里打起了鼓。杜怀丁还不知道，这女孩叫陈亭妃。陈亭妃长发，圆脸，浓眉大眼，一副标标致致的身板，在女孩子中间也会很出挑。"你认识我吗？"杜怀丁忐忑地问，退后一点，不想显得自己太矮小，又在暗中撑住了那条残腿。陈亭妃大咧咧的，甩掉了烟，凑近一点，喜滋滋地说："你，属什么的？"杜怀丁见过假小子，但陈亭妃似乎更胜一筹，一身红黄相间的运动衣，阿迪达斯鞋，凛凛冽冽地催问不止，见面熟似的。"我？"杜怀丁指着自己鼻子，狐疑地说，"我属蛇。"陈亭妃坏坏地笑了，笑得没天没地，说："哎哟，我还当你是属蝙蝠的呢。刚才，我在对天上的蝙蝠发问，什么风把你吹来的呀？"

杜怀丁仰望了几眼夜空，果真有几只蝙蝠，像轻骑兵一般翻飞着。

讨了没趣，杜怀丁一口喝光了啤酒，推起靠在桥栏边的单车，拔腿欲走。陈亭妃一把拽住车身："怎么样，带我一截路，打上出租你再走？"杜怀丁不言语，却以实际行动应允了。杜怀丁趔了几步，跳上单车，扭身望了望陈亭妃，下巴一扬。陈亭妃一个弹跳，偏跨在了后座上，伸出臂，揽在了杜怀丁的腰际。

夜风浩荡，车子往人烟稠密的西关一带跑。落了寒，人们像企鹅一样，宁肯窝在家里打发光阴，也不愿出门。街上干干净净的，显得杜怀丁胯下的这一辆猩红色的自行车分外扎眼。陈亭妃说："兄弟，你是做什么的？"杜怀丁回说："我是送报纸的，早报的发行员。""哦，那你是邮差了？"杜怀丁认真地纠正说："不是邮差，只是一个小小的送报员，送早报。"陈亭妃揽紧了杜怀丁，能感觉出，杜怀丁的身上早已孵出了一层汗，不是热，也不是运动所致，而是一股子浓烈的荷尔蒙的汗腥气。陈亭妃想，再叫你腼腆一些，再羞赧一些，再汗津津一些才好，于是揽得更紧了，将头贴在了杜怀丁的脊心里，摩挲了几下。一边走，陈亭妃一边发问，口气像巡警似的。

"我在看我姐姐呢，她是无轨电车的司机。"

陈亭妃说："哦，刚才我也看见那一蓬火花了，蓝莹莹的。可惜，不是一只打火机，点不了我的烟，我的瘾犯了，懒得走路。"

"你呢？三更半夜的，你在桥上。"

"我天天晚上来桥上，在做功课。"陈亭妃系紧了脖颈下的拉链，再次贴了上去，悄然自语说："他妈的，李释堪那狗东西，在跟我玩失踪哪。"

事实上，李释堪是陈亭妃的继父。

用陈亭妃现在的话来讲，生活一团糟，比一团麻还乱，难以理清。糟糕的另一层含义，就是生活停顿了，犹如一列坏掉的火车，搁浅在路轨上，任风吹雨打，寸步难移。礼拜六早上，陈亭妃晨练回来，在楼下买了早点，钥匙刚一捅进锁眼，门忽然开了，咯噔一下。陈亭妃跑进家，冲着几个门大喊："李叔，你在吗？李叔。"阿姨却从卫生间里出来，蓬头垢面的，手里拿着洁厕粉和一把脏兮兮的刷子。阿姨说："吓死我了。亭妃，就我一人呀。"阿姨其实才比陈亭妃大一轮半，娃娃脸，半年前刚生了二胎，还在哺乳期，突起的胸襟上，带着奶渍，像两枚骄傲的勋章似的。阿姨多年前下了岗，每周两次来家里做钟点工，勤勉得很。陈亭妃闻听此话，心里一懈怠，便将早点扔在了茶几上，顺便也扔掉了鞋子。

阿姨见陈亭妃的脸上带了气，乖巧地敛了声，并不多言，继续去做刚才的事。陈亭妃迈着外八字步，在客厅里转悠一圈，忽然拧开了李释堪的卧室。卧室的窗帘大敞，晨风飒飒，荡起了两扇轻薄的白纱帘，仿佛一群刚刚沐浴完的鸽子，在眼前唧喳而舞。再看时，床上的一应卧具都被撤换了，铺上了秋冬的绵厚之物，夏天时的痕迹，已被收拢得一干二净。陈亭妃跑进厨房，见洗衣机正搅着那些东西，漾起一大堆泡沫，心里蓦地火了。陈亭妃厉声说："给你交代了好几次，别动李叔的卧室，保持原样，你一点也听不进去。手太闲，多事，谁叫你去换去洗的？"阿姨争红了脸，辩解说："都入秋了，夜里那么凉，早就该把夏天的卧具洗洗晒晒，放在衣橱里了。你卧室的，不是也早换了嘛。"陈亭妃说："我是我，李叔是李叔。他人不在，你就该听我的呀。"阿姨急出了一脑门子的疙瘩，也不知陈亭妃吃了什么枪药，大清早的，没来由地冲自己发一顿无明火，嘴上却不输："亭妃，李叔那人那么爱干净，平时都一周一换的，我当然不敢撒懒不是。李叔冷不丁回来，还不得骂我呀。亭妃，你别为难我，我这碗饭不好吃。"话软，口气哀哀的，陈亭妃不再争执，脚下生风地钻进自己的卧室，门哐啷一响，如同表明了态度。阿姨吓得吐了吐舌头，在自己胳膊上掐了一下肉，以示自警。

　　事情还不算完，静了半晌，陈亭妃又夺身出门，从卫生间里拽出了阿姨，揉进了小卧室，指着桌上的一幅遗像说："你告诉我，你刚才用什么东西擦我妈的，脏抹布，还是破手巾？"阿姨终于委屈地哭了出来，抱起遗像，在窗口的日光下一亮，闪了闪："亭妃，我知道你最爱你妈妈了，你嘱咐过的，我一直记得，我是用自己买的干净手绢，细细揩拭的，一点灰、一根毛都不会落上去的。你怎么这样子对付我呢？"阿姨哽咽着，一副不依不饶的样子。

　　遗像是彩色的。妈妈明眸皓齿，一脸粲然地绽笑着，大头像，特写。妈妈发病前，去黄河边的亲水平台，和她的无伴奏合唱团最后一次演出，参加市上组织的庆祝兰州解放日的庆典。陈亭妃记得很清晰，那一天是八月二十六日。当年，彭德怀率领的部队，就是从兰山顶峰上攻进兰州，打垮了马步芳的部队，凯旋入城的。排练时，陈亭妃去给妈妈站台打气，顺便在水车博览园里照了相。那时，恰值秋天，博览园里草木葱茏，百花婉转，妈妈站在一株河州的大牡丹树下，笑容盈盈，势压群花，富态，灿烂，心宽体胖。孰料，半年后家里突生变故，妈妈从发病到身逝，仅仅不到三个月的时间。葬礼时，李释堪从家里成堆的相片中，择出了一幅证件照，想作为遗像，但被陈亭妃否决了。陈亭妃从数码相机里调出了这一幅，放大，成片，装框，义无反顾地挂在了灵堂上。用陈亭妃的话讲，效果真的棒极了，妈妈做了一回焦点人物，众星捧月似的。

葬礼是组织上操办的，公事公办，像一条专业的流水线，按部就班。陈亭妃别的插不上手，可在遗像的选择上，却是一言九鼎，根本不容旁人置喙。前来悼念的亲朋好友，无一人不夸陈亭妃用心良苦，孝心昭然。妈妈花团锦簇地站在墙上，仿如生前，接受着大家的追思和祭奠，了无牵挂地升了天。事情完毕后，陈亭妃小心翼翼地抱着遗像，将妈妈供奉在了自己的小卧室里，刚开始还焚香祭拜，一日三哭，泪水涟涟的。百日后，一切都回复到了往常，陈亭妃撤掉了香炉和供果，将妈妈干干净净地挂在了梳妆台上方，一丈之内，环目便可亲近。烦心时，陈亭妃会给妈妈唠叨一阵子；欣喜了，也可以亲妈妈几嘴，似乎须臾不曾离开。李释堪也不再另置一幅黑白像，遂了陈亭妃的愿，说，就让你妈妈停留在她最煊赫的一瞬吧。家里是二人天地，李释堪有时候给陈亭妃打报告，说要见一见妻子，汇报一番思念之意。陈亭妃视态度而定，一般会"租借"三两日，契约一到，立马请回来，照旧凛冽地挂在梳妆台上方，收为己有。阿姨有一次用擦餐桌的抹布，擦拭了一遍妈妈的笑脸，惹得陈亭妃大怒，说好下不为例的。现在再犯，陈亭妃便有些挂不住了，咆哮起来，仙鹤似的脚，还在地板上跺了几跺。

似乎是为了验证清白，阿姨从兜里掏出一个塑料袋，拎出来一块湿巾，递在陈亭妃眼前。"你看看，白得跟雪一样，就是用这个擦的，亭妃。"鹅黄色，塑料袋外写着几行字：请保持洁净，一次性湿巾，用毕请妥善处理。陈亭妃怀疑刚才眼花了，阿姨手上的湿巾，白雪雪的，纯棉，不起球。心说，阿姨一定是从哪里捡来的，这么珍惜，还带着一股子花露水的异香，浓得扑鼻。陈亭妃一时不知该说什么才好，明摆着，自己公然制造了一起冤案，下不了台，表情僵得像一条带鱼。"亭妃，我明白你一直舍不得妈妈离去，天天陪着她说话，你是我见过的大孝子。可我也是，你妈妈在世时，把我领进这个家门做工，我挺珍惜的，生怕有个三长两短，被你说话。这块手巾，我专门是擦遗像的，擦完后，还用清水淘洗几遍，装在贴身的口袋里，不做他用。"陈亭妃明知错了，但性格使然，又不好悔罪道歉，便接过遗像，眼睛里婆娑起来。陈亭妃嗅出了阿姨身上的奶香气，缭绕不绝，淡淡的，若擦身而过的一枝夜来香，徒留下一份似有还无的念想。阿姨哽咽不止，沉浸在憋屈中，乳房也上下跳突，又渗出来两片钱币大小的奶渍，湿湿地挂在胸前。陈亭妃问："儿子怎么样，挺胖的吧？改天抱来让我瞧瞧，我还没给他见面礼呢。"阿姨嘴角抽了抽，终于破涕为笑了，摇头说："挺好的，就是身上的黄疸还没褪净，皮肤黄蜡蜡的。"陈亭妃哄着说："可好！这下子遂了你的意，生下了一个儿子，公婆也不给你眼色看了吧？"阿姨捏着抹布，转身去做工，边走边说："唉，父母的心在儿女上，儿女的心在石头上。"

或许，恰是这句不轻不重的话，让陈亭妃在卧室里遍体冰凉，生硬地坐了半晌，想不出个头绪来。大小卧室门对门，但对面的主人却杳无踪迹，业已失踪了许久。这是一桩天字第一号的秘密，唯有陈亭妃内心了然，却又猜想不透其间的后果与前因。这些时日，陈亭妃一再地想，这桩事情掉了链子，首尾失衡，自己也陷在一盘凄迷的困局里，遁逃不得。洗衣机嗡嗡嗡地运转着，仿佛一台卷扬机，将陈亭妃的心事慢慢高举，再重重地抛下。陈亭妃的眉头拧成了一个问号，一声声长吁短叹，从那个符号中释放出来，心情愈加沉重。陈亭妃起身，打开衣橱，将乱七八糟的各色时装掏出来，很顺利地择出了一件米黄色的运动衣。衣服尚未开封，是半年前的一次比赛中发的，不衬自己，陈亭妃就想送给阿姨，补偿一下刚才的无礼和莽撞。

阿姨很高兴，云开雾散，话自然也多了起来。

陈亭妃想帮她，阿姨却将陈亭妃一把揉进了阳台上的摇椅里，自己在升降架上晾湿物。阿姨一抖湿物，水汽在窗外雪崩似的日光中，漂泊地化成了一圈圈虹霓，赤橙黄绿地罩在头顶，看得陈亭妃有一些痴迷。早起，陈亭妃是去五泉山公园晨练的，那里树木茂盛，鸟雀稠密，露水和树汁也重，免不了在衣服上留下一星半点的痕迹。陈亭妃又喜穿齐肩的白色T恤衫，下身是紧绷绷的练功裤，额上箍着头带，手上是护腕，那些污渍更显夺目。阿姨说："亭妃，你换下来，我给你搓搓。"陈亭妃双手支颐，影痴痴地说："阿姨，你身上有一把家里的钥匙，对不对？"阿姨怔了怔，不明白所问何来，只说："是呀。刚来家里时，你妈妈给我一把，怕我不方便。"陈亭妃说："加上我的这一把，家里就这两把钥匙了。"阿姨狐疑地望望陈亭妃，又不像发烧的样子，订正说："你呀，心太大，还有一把，在李叔屁股上挂着呢。"陈亭妃冷冷一笑："哦，看我这死脑子。"

"亭妃，李叔出差还不回来？"

"游山玩水，一般都会乐不思蜀的，谁还稀罕回来呀。"

阿姨说："走了快一个月吧？"

"喊，整四十一天喽。"

阿姨兴致浓，又抖出了层层叠叠的虹霓来，贴在日光中，空气里漾荡着一股子洗衣粉的滑腥味。阿姨说："李叔心里闷，没了老伴儿，让他多逛逛也好。"陈亭妃不想逗留在这个话题上，慵懒地说：

"以后，你换个时间来做工，别三六了。"

阿姨讶异地盯视着陈亭妃，等着吩咐。

"二五吧。我不在家，你做起来也比较方便一些，我不打搅你。"

约莫十点来钟，阿姨带着一身的疲惫，谄笑似的离开了。陈亭妃将早点动了动，却丧失了进食的欲念，一点胃口都没有。干酒酿，冲上凉白开，平时即是早点。糯米性温，温胃健脾，益气止泻，生津生汗，做成酒酿后，还增加了活气补血的功效，而活气补血的直接效果就是丰胸。妈妈说过，酒酿是一味可以防止患上乳腺疾病的食物，药补不如食补，颠扑不破。妈妈在世时，家里绝不在街上乱买，一般都由她亲自动手。陈亭妃仍记得，妈妈做酒酿时，脸色红扑扑的，像先自喝醉了一样，面露羞涩。妈妈前一夜里，就将糯米浸泡好，早上起来，先放在炉子上蒸熟，待到半温半凉时，款款盛出来放在碗里，跟酒曲一起搅拌。搅拌完毕，妈妈的动作便越来越轻，小心翼翼地，犹如照顾一个婴儿似的，在碗中央挖一个小洞，用凉开水再拌一点点酒曲，轻轻浇盖上去，然后用保鲜膜裹好，与空气隔离。等第二天吃时，加上一些凉开水即可。妈妈说，酒酿是一种挺娇气的吃食，自始至终，讲求的是细节，器皿务必要洁净，否则会发酵成一碗隔夜的剩饭，馊臭不堪。变了花样，妈妈偶尔还会在酒酿里加入芡实、薏米、茯苓、山药等等。但陈亭妃并不爱吃，觉得味道晦涩，不如一清二白的好。

妈妈知道女儿是搞舞蹈的，自小就一直对陈亭妃的饮食严防死守，须臾不肯马虎，比如酒酿即是一例。为了专业，陈亭妃裹过胸，瘦过身，还参加过所谓的"脂肪燃烧狂欢派对"。后来，胸部变节，若抽刀断水一般，停滞了波澜汹涌，妈妈却又着了急，用过各种偏方，还采纳过杂志上的小贴士，一一无告而返。及至后来，陈亭妃年龄长了，离专业的黄金阶段渐行渐远，妈妈缘于对女儿婚姻的考虑，焦急起来，天天都要陈亭妃在临睡前，吃下一碗酒酿，寄托不少。

但讽刺的是，妈妈就是死于乳腺癌的。

妈妈心气太强，无论在自己的身体状况和心理年龄上都自恃过高，一直天高云淡的，当自己是一只草原上飞来的小红雁，莺歌燕舞，疏忽得要命。待发病时，却早已是晚期了，在病床上逗留了短短一季，便撒手人寰，一命归西。妈妈有点儿执迷不悟，临咽气前，还拉住陈亭妃的手，让她坚持这一份食谱，还笃信无疑地寄望于铁树开花，女儿的胸前会双峰突起，蜂飞蝶乱，一派春色。

晨练时，陈亭妃出了一身的汗，秋汗不同于春汗，油腥气少，以盐居多，消停下来后，如穿了一件铠甲似的，比较邋遢腻歪。打了一浴缸的水，陈亭妃坐在里头，静静地泡了一会儿。身体在水中略略带了些变形，影影绰绰地晃动，但仍标标致致的，呈现出少女特有的一种韵味。像所有从事舞蹈的女孩子一样，陈亭妃对自己的身材是相当自信的，这是长期锻炼的结果，像挂在枝头的果实，开始由青涩，慢慢地发育出了一层酡红，但在外表上，还包裹着一层秘密的蜡质，等着一双手剥开。有一次，那个叫米小挥的家伙，在公共场合里，强行吻了陈亭妃。吻的过程中，一双毛糙糙的手便不老实了，从衣领口里伸进来，握住了乳房。陈亭妃登时恼怒了，打掉了几次，但手仍然顽固，像一只章鱼似的，伸出无数的爪子来，在身上游走。这还不算，章鱼狂妄地游走无定，一直往下探寻，差不多快要找见那个寄居的洞穴了。陈亭妃被箍死了，动弹不得，却咬住了他的舌头，呵斥他停下。但米小挥似乎被点着了，像一台疯狂的引擎一般，将陈亭妃碾轧在身下。但米小挥忘了一点，陈亭妃是搞舞蹈的，身体的柔韧性超好，束了身，敛了肩，硬是从八爪章鱼的手里，如一条鳗鱼般滑走，还浇了他一头的洗手液。为这桩小小的暴力事件，米小挥打了无数个电话，赔情道歉，把世上的好言好语都说完了。陈亭妃也没给他脖子，晾在了一边。

陈亭妃想，幸运啊，自己身上的那一层蜡质，险些被米小挥给剥烂了。只差一点点，果实内的蜜汁就会挤破，流得一塌糊涂的，再难保全。

一忆想起来，陈亭妃就有些后怕。望着耻骨间，那一层若水草般的毛发，漾来荡去的，陈亭妃的思绪也和一团乱麻那样了，难以理清。心想，男人恐怕都是属寄居蟹的，总想在一眼洞穴中占山为王，落草为寇，划定自己的势力范围。似乎唯有如此，才能显示他们身上的荷尔蒙迥异于别人，带了一种鲜明的动物性，不容染指。再想，男人大多是贪心的，总巴望着那样的洞穴越多越好，有一丝炫耀，也有一种变态的收藏癖。陈亭妃想，连李释堪亦不例外。

一念若此，陈亭妃先是闪过一阵子肉跳，接着是心惊，密密匝匝地覆满了身体。鸡皮疙瘩从皮肤里拱破了头，蚂蚁大军似的冲锋而来，带了一层磨砂般的质感，又冲决而来了一种落寞。迄今为止，李释堪已经失踪了四十多天，按陈亭妃的想法，假如"七七"过后，李释堪还不现身的话，陈亭妃就要去报案，让警察去解决这桩离奇的事，要么注销他的户口，要么去顺藤摸瓜地查找，活要见人，死要见尸。本来，这是一桩两人之间的秘密，牵系在陈亭妃和李释堪身上，若一座桥的东西两端，绷紧了河岸，才能畅行无阻，也像一副担子，在忐忑和微妙中，才能保持住平衡。但现在，一个人转身离去了，走得不明不白的，陈亭妃快被压垮了，一念想起，脑袋也有爆炸的危险。

李释堪曾扬言，他要去跳河，他要当着妈妈的面，去赎罪，去悔过，去被千夫所指。许多天了，陈亭妃觉得自己一个人在给李释堪守丧，掐算着他的丧期，在内心搭建起了一座灵棚，哀乐声声，情难自禁。但陈亭妃顽固地秘不发丧，她一直笃信，李释堪不会去死，不会跳河。虽说这份念想稀薄得如一张纸，陈亭妃也不愿意被自己率先捅破，将自己沦落到一个刽子手的角色中。

刚开始，李释堪一忏悔，陈亭妃就劝慰，而当陈亭妃涕泪滂沱时，李释堪却又来狡辩,针尖对麦芒,一山难容二虎的架势。这样拉锯了一夜,李释堪在第二天,留下一张诈宽的字条,扬言去赎罪,结果就消失无迹了。要不是有天早上,陈亭妃从早报上读到一则消息,她宁肯相信李释堪去削发为僧,或是沿街乞讨,也断然难以猜想他真的会去跳河,从高高的黄河铁桥上,一跃而下。

刚洗了一半,电话忽然响了,是彭绍荷的。

陈亭妃水淋淋地接听起,彭绍荷在里头火急火燎地说:"亭妃,你得赶紧来救场才是,人手不够,你可不能癞蛤蟆避端午呀。"陈亭妃说:"真的,病还没痊愈,身上一点儿劲都没有。"彭绍荷吃吃地笑,笑声鬼祟,仿佛她洞悉了一切端倪似的,抢白说:"火得不成了,舞蹈学校现在十分爆棚,来报名的家长和学生人山人海的,姐妹们快招架不了了。你快来,帮着开开发票,或者来分分班。"陈亭妃不松口,但心存好奇地问:"我那个班如何,报名的人也多吗?""喊,就属你的芭蕾舞班人最多,人家都是冲着你的名头才来的,还嚷嚷着要亲自见你哪。你以为你广告牌上的那幅明星大头照,就能糊弄住人呀,家长是上帝,傻瓜。"陈亭妃有了点小小的得意,虚荣心跳跳的,心说,往年也一样,古典舞、现代舞、民间舞,几个班统统超不过芭蕾舞的班,并无什么稀奇的呀。日光从气窗上渗流而下,<u>丝丝如弦</u>,陈亭妃一手弹拨着,故意发嗲说:

"彭姐,拜托,真的去不了,你先帮我对付着,我有点儿困难。"

彭绍荷讥诮说:"听你那吊丧声气,没吃饭似的,到底咋了?"

"女人的麻烦。"陈亭妃敷衍道。

"哦,那就不说了,也怨怪不了你。忙完了,我一准去看看你。"彭绍荷的周围嘈杂不堪,市声沸腾,仍意犹未尽地说,"亭妃,米小挥那边你咋考虑的,总不能推三宕四的,你给个痛快话,看不上的话就扔了,别叫我坐蜡。"

"咦，那个白皮鞋嘛，你问问他去。"

"办了你？"

陈亭妃反攻倒算地说："彭姐，别以为你是红娘，我就会面情软。实话告你，统共才见了两面，一点儿感觉都没有，狗东西还穿着白皮鞋，人模狗样的。我认识的男人里，也没那样子的笑星，比范伟演得还蠢。"

"求求你，你再见一面，快刀斩乱麻，叫他死了心。"彭绍荷挂了。

其实，现在每天早上顶顶重要的一件事，是陈亭妃去楼下取早报。晨练回来时，陈亭妃见单元门口的报箱里空荡荡的，除了信口里插着一丛丛非法广告单。和阿姨有了点儿误会后，陈亭妃居然给忘了。现在取了早报，陈亭妃忙不迭地打开，一股子失望和沮丧的情绪，迅速攫住了她。原先忘了，双休日的早报只有八个版，含四个页码的学生作文，另外是伊拉克人体炸弹和明星八卦，本埠的新闻寥寥无几。封面图片是一个僧人中了彩票，六十万，正在阿弥陀佛地兑取。

日光太亮，陈亭妃觉得，日光是有重量的，一毫克，或是几两几钱的，自弧形的天幕上洒落下来，照在身上，有一丝灼热。扭身往小区的大门口望去，一个穿黑马甲、骑红色单车的送报员，载着左右两大袋报纸，萧然自远。

一只鸟停在电线上，有没有生命之虞？

杜怀丁盯着窗外，一直狐疑地望着几根高压线，为一只小鸟揪心不已。不是麻雀，是一种叫不出名字的鸟，有两根彩色的尾羽，仿佛舞台上指挥家手里的银棒，上下翻飞。杜怀丁猜，一准是南下越冬的小鸟，在黄河边暂作逗留，吃饱喝足后，再加大马力离开的。或者，它落了单，不小心失神中，丢了另外的一群伙伴，只好在这里哀哀凄鸣，心怀忐忑。那几根高压线是裸线，挂着一只撕裂的风筝，比小鸟还无助。杜怀丁知道，前头不远，就是一座变电站，将刘家峡的电流源源不断地输往大河两岸。可一只鸟停在电线上，却自由自在，了无牵挂，一点儿也没有遭受电击的样子，杜怀丁始终想不通这一点。

站长念完了文件，续了一杯茶，让大家表态。

谁都怕发言，嘴拙口笨的，陆续低下了头，生怕站长会点名。会议室里静了下来，小鸟却像一位不期而至的客人，唧啾不已，越发闹得人烦心。有人借口去茅厕，被站长喝退回来。也有人一直在梦周公，歪歪地靠在墙上，嘴角上淌下了涎水，站长扔过去一只打火机，给敲醒了。站长就有这个本事，独臂将军，但每一次扔东西时，一定百发百中，也多半是心里置了气。

本埠有三家都市类报纸，同城竞争，像英超的德比大战，明里暗里的，厮杀得血雨腥风，你死我活，谁也不给谁留活口。前几年，为了适应变化，第一时间抢占市场，早报将发行渠道从邮局剥离开来，自己成立了速递公司，招兵买马，自成体系，一时间搞得风生水起，发行量节节攀升，一枝独秀。但类似的招数很快就被克隆走了，早报的优势跌落成了一种自然，市民们见怪不怪，乐享其成。年底征订时，你送大米清油，我就赠白酒面粉；你割肉送冰箱洗衣机，我也吐血赠液晶电视机和数码相机。于是，在类似的胶着状态下，就开始比谁家的服务质量好，花样翻新快，报纸的内容扎实，信息量庞杂，等等。

站长脑子灵，打了报告，老总很快就批示下来，开辟了新的业务。

比如，今早上，杜怀丁刚从这一片区领完报纸，准备投递时，站长专门喊杜怀丁停下，交给他几张业务单，叫他按时按点去完成。客户都在杜怀丁的辖区内，分内的事，他自然当仁不让。送完报纸后，时间尚早，杜怀丁从煤气站里领到了一罐煤气，送给了对岸的一位孤寡老人。再去了超市，买了四箱牛奶，送到了一家民办幼儿园。八点来钟，上班的人开始走出家门时，杜怀丁又按时去了"四季讴歌鲜花店",交了订单,取回来两束鲜花,昂扬地在街上骑行。

花朵灼灼灿烂,姹紫嫣红,被杜怀丁小心翼翼地装在帆布信袋里,挂在车龙头上。鲜花上插着卡片,杜怀丁猜,一束肯定是情侣之间的,上面有一行小楷:去年今日,我从火星来,你从土星来,在宇宙中划过寂寞的轨迹,是命运让我们相知相遇,绽放爱情的光亮。另外一束鲜花比较素,不招摇,也不泛滥,有一股子宜于眼前这个季节的漠漠气质,卡片上端庄地写下:老伴儿,这个世上最动听的一句话,不是"我爱你",而是"你的肿瘤,是良性的",祝你康复!骑行在路上,顶着沸反盈天的喧闹,杜怀丁一直在背诵这两句话,直到滚瓜烂熟了,心底里开始觉得有一片温润的水,将自己慢慢地浸泡,每一个细胞都酥软落泪,化成了灿烂朝阳下的一块块光斑。

按图索骥地敲了门,一个惺忪无比的女孩儿来应门,身上还带着夜晚的陈旧锈迹。杜怀丁将鲜花递过去时,女孩儿惊讶地尖喊了一声,一把搂住了花,贴了脸,焕然一新。再跑了几个街区,接收的是一位老太太,瘦刮刮的,有一口雪白漂亮的牙齿,淡定安详,荣辱不惊似的,只将鲜花箍在臂弯里,非要拽杜怀丁进家,去喝一杯茶水。拗不过,但主要是因为要她签字,杜怀丁进了门,嗅见了一股子浓烈的煎药味,热腾腾的。临走前,老太太死磨硬缠,硬是将一盒高档香烟,塞进了杜怀丁的兜里,以示谢意。

杜怀丁望了望站长,看见站长的眼神四下里逡巡着,从乌泱泱的脑袋上捋过一遍,准备点名。杜怀丁知道,站长是不会拿自己说话的,站长了解他的脾性,知道他讷言内向。在心里,杜怀丁是感激站长的,年头节下,母亲总会备上一份薄礼,催促杜怀丁去看看站长,还个人情。站长是退伍军人,当年打越南时,站长是侦察兵的排长,不幸丢了一只胳膊。杜怀丁是在区里组织的残疾人联谊会上,有幸结识他的,一来二去,站长招揽了他,去早报的速递公司当了一名二级发行员。

虽说一个月仅有八百来块的收入，但总比蹲在家里，虚度岁月的好。以前，杜怀丁也去招聘市场蹚摸过几次，但人家一瞧他的腿，便噤声不语，草草打发掉了。杜怀丁从兜里摸出了那盒香烟，极品兰州，算是比较高档的了。杜怀丁虽不抽烟，却在回来开会的路上，专门在烟摊上打问过，一盒卖三十二块，吓得杜怀丁吐了舌头。杜怀丁想，站长是抽烟的，烟瘾还大，牙都起了黑黄斑。

那只小鸟，荒荒凉凉地停在电线上，默了声，在啄吃胸前的羽毛。

对鸟的担心，并非始自今日。刚开始的那天夜里，杜怀丁去了桥头，想看看姐姐的情况。等待中，杜怀丁骇然地发现，有两只夜鸟，正停在视野中的无轨电车的那盘电缆上，纹丝不动。鸟像一件件旧衣服，挂在夜空下，在慢慢晾晒。但它们惹火了在底下窥视的杜怀丁。起先，杜怀丁以为是乌鸦，带了邪气来。因为在本地人的观念里，乌鸦乃是一种不祥之鸟，早见乌鸦伤身，晚见乌鸦丢魂。杜怀丁跑过去，哟哟哟地吆喊了几声，快把嗓子喊破了，但半空上的鸟充耳不闻。杜怀丁急了，跳着脚乱骂一气，怕它们捣乱，万一电缆线出现短路的话，姐姐还不知会搁浅在哪里。一发狠，杜怀丁扔飞了手里的啤酒瓶，瓶子在鸟的附近擦了擦空气，不曾中的，又重重地栽下来，摔出了一声爆响。或许，鸟被惊醒了，踩着电线，斜跳了起，宽阔的翅膀在灯光下闪了闪，又款款地停稳了，吓了杜怀丁一跳。杜怀丁盯得很清楚，不是乌鸦，乌鸦的翼展不会达到一米左右。杜怀丁想了想从报章上读过的奇闻逸事，竟也想不出来，它们究竟是鹰隼？还是西伯利亚迁徙来的候鸟？

后来，鸟真的像一件件太旧的衣服，被两个无形的人，悄悄地穿上了身，蜷缩一团，蹲在电线上，沉默地喘息。似乎他们打定了主意，要在电线上过夜。徒唤奈何，杜怀丁坐了回去，又心疼那一瓶啤酒。恰在那时，另一条线上的无轨电车驶来，在通过电缆铰接处时，咯噔一跳,擦出来了一蓬闪烁的火花,犹如一只银项圈,飞向了那两个沉寂的人。火花灭处,他们忽然现出了原形,变成了一对鸟,亮出宽阔乌黑的翅膀,一飞冲天。此后的好几天,杜怀丁再也不曾见过它们。

岂料,后来碰上了陈亭妃,一副大不咧咧的样子,口气太冲,非要说杜怀丁是属蝙蝠的。在黄河岸边的夜里,蝙蝠是俗物,比沙子还繁、还密,一般也不受人待见。好比那个假小子,在杜怀丁的眼里,只是一个路人罢了,擦肩而去。杜怀丁之所以还骑车送一程,多半是在速递公司养成的习惯,对顾客,投递员法则上清清楚楚地写着:第一要微笑,有求必应;第二,如果你不会笑,再请参考第一条规定……谁知道,那个假小子是不是一个潜在的订户呢。况且,年尾的大发行即将开始了,指标明确。杜怀丁思维玄虚,有一点却笃信不疑,蝙蝠停下来时,应该是倒挂的,像一把伞,挂在谁家的屋檐下,随风飘摆,赵忠祥的《人与自然》里也介绍过,概莫能外。杜怀丁相信,那两只旧衣服一般的飞禽,一准是稀世之鸟,在那晚辽阔的静谧中,对自己说了什么。

打了出租,临上车前,陈亭妃也对杜怀丁说了话:"我叫陈亭妃,耳东陈,亭亭玉立的亭,庄妃的妃。"陈亭妃还拍了拍杜怀丁的车龙头:"谢了,兄弟,有机会的话,咱们还会见面的。"出租车绝尘而去后,杜怀丁怔了半天,才缓过神来,断句说:"是陈亭其人的妃子?还是本来就叫亭妃?"

"就你了,讲几句。"站长咳嗽一声,终于点了吃螃蟹的第一人。

那家伙有个口吃病,痴痴呆呆的,不是在表决心,而是对站长歌功颂德,惹得上百号人窝着笑,不好意思拆他的台。杜怀丁从隔壁一人的手里,取来一份当日的产品——他们喜欢这样子称呼报纸,省略了"精神"二字——藏在肘腋下,有一搭、没一搭地翻看。投递员唯一的便利之处,或许在于能第一时间读到最新的消息,尤其是本埠的新闻,哪一条高速路临时关闭,哪一片街区的自来水管道将开挖修复,阴晴雨雪、防蚊灭蟑、列车时刻、物流信息,都会及时装进肚子里。不像别的同事,杜怀丁有个窍门,遇上辖区内的民生动态后,他在送出报纸时,都会给订户口头传达一下,广而告之,以备大家不时之需。母亲说过,人跟人的关系,就是"维"出来的,本来是一根细线,光阴久了,便像一只梭子,能"维"出来一匹绚烂的织锦,再也分不开。今早上因为送花送煤气,落了这一课,没有不补课的道理。杜怀丁做贼似的偷觑着,四开的版,一对折,成了书本大小,不显山露水,宜于藏匿。

华盛顿,一个银发政客在妻子和儿女的陪同下,坦率承认曾经化名和国际卖淫集团做过交易,在五星级酒店内,发生过嫖娼行为,并痛心疾首地请求家人和公众的谅解。杜怀丁批:这老家伙,恐怕现在惨了,会被唾沫星子淹死。以色列,在一个边境检查站,哨兵查获了一个小孩,竟然身上捆绑了自杀式背心,一脸的稚气,才刚刚七岁。杜怀丁批:呀,比我家橡皮仅仅大一岁,真为他捏了一把汗,幸亏没爆炸。又是美国,在科罗拉多州,半月前,两个年轻人激动地宣布,他们发掘出了一具ET外星人的遗体;但现在经过科学家的考证,揭露出他们的造假行为,那个丑八怪,实则是用橡皮和弹簧组装而成,又被埋在冰天雪地下,雪藏了一段儿,事后起获的。杜怀丁批:橡皮,我家橡皮就是这么丑相,还不如宣布他是ET呢。这下好了,杜怀丁乐滋滋地想,晚上回家,又有说头了,省得橡皮一天到晚追在自己屁股后边,央着听故事。下面这一则消息,杜怀丁看得最认真,以至于窗外的鸟鸣,也被忘在了脑后。

【本报讯】对于一个拥有六十六亿人的世界来说,"六度分离"理论是一个令人难以置信的理论。所谓"六度分离"是说,世界上的任何两人之间，最多通过六个人就能联系起来。这看起来非常奇怪，但科学研究发现，这的确是事实。

据英国《卫报》报道说，微软的研究人员通过检查一点八亿人之间的三百亿个电子信息后宣布，这个理论是成立的，因为我们都是被一个熟人联系在一起的，只需六个人介绍，你就可以与地球上的任何一个人联系上。微软的研究人员发现，实际上应该是"六点六度分离"，就是平均通过六点六个人就能把世界上任何两个人联系起来。换言之，你最多只需七人相互介绍，就能跟麦当娜或英国女王扯上关系。

微软公司的研究人员称，如果两人直接发即时通信，那他们两人就算是熟人，他们的分离度就是一，如果通过另一个人才能有联系，那么分离度就是二，以此类推。研究人员试图找出这一点八亿人中间任何两个人的最小链接距离，发现平均六点六个人的信息就能将两个人联系起来。当然，一些个别的例子则需要二十九个人。

杜怀丁看报时喜欢批注，少则一字，多则一篇腹稿。这和杜怀丁的性格有关，内里自有乾坤。姐姐就数落过杜怀丁多次，说，这叫蔫人干大事，你一天到晚蔫了吧唧的，也没见你干出什么惊天动地的事来，蔫黄瓜、蔫茄子，一蔫到底，云云。姐姐的话不值一驳，杜怀丁总觉得姐姐头发长，见识短，骂就骂了，等于是一柄"老头乐"在脊背上抓痒。但现在，杜怀丁对这条消息批不下去，卡了壳。

朝窗外望时，那只鸟不见了，连声招呼都不打，一走了之。

那么，按着比尔·盖茨手下的说法，杜怀丁想，我和这一只小鸟之间，从没发过什么信息，但该算是熟人了，分离度是几？再想下去，杜怀丁忆念起那天晚上，一个叫陈亭妃的女孩子冷不丁跑来，一惊一乍地要打火机，比熟人还熟似的，自己又捎了陈亭妃一截路，分离度又该是几？杜怀丁暗暗一失笑，想不起自己和陈亭妃发没发什么即时信息，如果发了，那也只是陈亭妃那句懒洋洋的话——哦，什么风把你吹来？

　　站长从凳子上起身，一只袖管是空的，瘪瘪地攥进了口袋里。站长仍有侦察兵的那种气概，不拖泥带水，说话掷地有声。站长说："你们学学杜怀丁，一个残疾小伙子，腿坏了，却比你们跑得快，跑得准时。这个季度上，人家杜怀丁的投诉率是零，零蛋！说明人家投递的那片辖区里的四百多户人，都是认可杜怀丁的。"杯子里的茶败了，大叶茶，从刚开始浓酽的酱油色，喝到了现在的清汤寡水色。杜怀丁想，站长的牙齿不光是烟害的，一定还有茶叶的功劳。一想，杜怀丁就将手里的烟，重又装回了口袋里，另有所愿。站长这么表扬，再去塞他一盒烟，明摆着是阿谀，是奉承，杜怀丁做不出来。站长声音洪亮，想伸出双手，箍出一个"0"来，强调杜怀丁的投诉率是零，却没找见另一只胳膊，抱歉地笑了笑，引得满场都嘻嘻然。站长匹手端了水杯，去台下的饮水机上接满，叫全场肃静下来。末了，站长才说明今天会议的主题。

　　"是这！"

　　杜怀丁被表扬，前后左右，就有人踢他一脚，捣他脊背一拳，拧拧他的耳朵，说几句怪话。对此，杜怀丁习以为常，一般不争执。杜怀丁将报纸装在兜里，拔长颈子，开始听站长的发言。站长说：

　　"……现在起，三天内，站上所有的投递员，忙完早上的任务后，一律取消休息，白天要上班。你们都是封疆大吏，各有各的地盘，好比是山大王，将兰州城瓜分完了，没你们不熟悉的犄角旮旯。报社的老总挂来电话，亲自下达了指示，让投递员全力配合一下新闻中心的策划，去黄河边，找见一个英雄。"

会场里乱了，像一锅煮沸的稀粥，咕嘟咕嘟的，怨声四起。

投递员们都是夜猫子，后半夜起了床，披星戴月地集合，接到墨香浓郁的产品后，又将分版印刷的 A 叠 B 叠 C 叠挨个儿捋顺，一份也不能出错。再作鸟兽散，一个萝卜一个坑地递进每家每户。等最后一份产品交接完毕后，大多在十点来钟，饿得前心贴后背，只想抓紧时间回去补觉，心淡得要死。再说了，分工有序，一条流水线，投递员是最末梢的一环，凭什么要去配合记者呢？即便配合，参差不齐的素质，没几个有高中文凭，老虎吃天，还没处下爪呢。

"什么英雄呀？"

站长举起一份报纸，对着头版封面上的相片说："瞧见没，就是这个人。他正站在桥栏上，准备往下跳，是一个游客用手机拍的，抓了这个镜头，有点虚，也模糊，只照出了他的侧影。"

隔壁的一人嘟囔说："黄河又没盖子，随便跳。"杜怀丁剜他一眼，却无效。那家伙又阴阳怪气地说："黄河里扔石头，多少是个够，何况人呢，跳呗。"杜怀丁想，狗东西，一定是横路敬二。

"当时，在河边玩耍的一个女娃娃，忽然被水给冲进了旋涡，往下游跑。"站长抖了抖产品，哗啦哗啦地说，"哦，四十多天前的事了，还不算太迟。女娃娃挣扎时，她妈妈就在岸上哭，喊人去救。幸好有几个会水的人，连衣服都来不及脱，就扑进了黄河里。夏天呀，上游里下雨，刘家峡也开闸放水，水快漫上了河堤。节骨眼上，桥上的这位同志，也闻风而动，径直跳了下去……"

杜怀丁记得细节。那天的报纸上街后，一下子轰动了，连零售摊上都早早告罄，又紧急加印了几万份，投放到了大街小巷。那个人跳下去的瞬间，恰巧被一个外地游客抓拍了，刚开始并没在意，继续去各处景点玩耍。落水的女娃娃，很快被捞了上来，控完水，抢回了一条命。家长在岸上磕头祷告，一一谢过了入水援手的恩人。此时，岸上观望的群众才吵嚷说，从桥上也跳下去了一个救援的男人，现在并没发现他上岸，在水里闪了闪，就没了人影儿。家长忙报了案，十分钟后，水上派出所的快艇就赶来了，往下游里寻找，一直无果。

游荡在街上的采访车，几乎在同一时间接到了线索，也紧急赶到了现场，又是录音，又是拍照。从白塔山上尽兴而归的那个外地游客，见了乱糟糟的场面后，第一时间提供了照片，被刊载于次日的头版头条上。报纸用了超粗黑的大标题，重磅出击，动员市民寻找英雄！

可惜的是，该死的手机像素太低，成像质量也差，毛糙糙的，仿佛印在了一块磨砂玻璃上。按杜怀丁的说法，像一张印刷错误的报纸。

时间是一把怪异的柳叶刀，它渐渐地消磨了城市的热情，抛别了那个惺惺相惜的夏日，又将人们大脑皮层里的记忆慢慢淡化。但它揭不起黄河水上的那一层面纱，剥不掉一个重情重义的家长的心。女孩儿的全家人都出动了，求告政府，申诉管理部门，还自费雇请了下游岸边的几个职业捞尸人，一段一段地勘察。他们不放弃，也不抛弃，深信那个男人一定会出现在青冥长天下，活活泼泼，眉清目秀，寄托住大家的思念之情。当然，报纸也紧盯着这一揪扯人心的线索，觉得是一条"大鱼"，加上同城竞争，各家媒体都在连篇累牍地跟踪追进，寻访当天的目击者，口述实录，一次次地推波助澜。

早报却另辟蹊径，现在使出了一招绝技，撒开大网，让上百名熟稔路径的投递员全体出动，沿着河道两岸，细细篦梳，配合新闻中心的选题策划，以期将这一主题进行到底。说白了，这就是一种炒作，而炒作是媒体功率最大的一台引擎。杜怀丁虽说只是一名编外人员，养成了习惯，也便不知不觉中演化成了一个行家里手，熟谙此道。

站长说："现在分发相片，人手一张，大家按着你的辖区去寻找，活人死尸都可以。即便能找见他的同事或街坊，能说出他子丑寅卯的一点儿背景来，就算告捷。再者，有一笔内部奖金，挺大的一笔，会让你们过个肥肥的新年。行动吧。"散了会，几个人在按小组发相片，发到杜怀丁跟前时，那人给杜怀丁凿了一个栗子，悄悄说："瘸子不瘸了会上天，就你能。"杜怀丁疼得晕了几秒钟，捂住了额际，想问问为何动粗。不承想，隔壁的"横路敬二"咯咯咯地笑，笑得像一只刚踩完蛋的公鸡，揶揄说："杜瘸子，你牛×呀，每次开会都受一把手的表扬。这下，你要是能在黄河水里捞出这个男人，老子请你一碗加工的牛肉拉面，添三份酱牛肉，外加两个茶叶蛋。"说完，人群哗地散了。

杜怀丁捏着那张纸，揉巴揉巴，扔出了窗外。

不用问，哪里都有拉帮结派的事儿，但投递员队伍里更甚，你多订出去一份产品，多送一两束鲜花或煤气罐，等于分了人家手上的半碗饭，看在眼里，仇却记在了别人心中，时时伺机报复。杜怀丁势弱，身上带了残缺，经常被大家当成了笑料，一枝枝乱箭射在靶子上，千疮百孔的。杜怀丁不争执，不一定是他心不烈、血不烫，杜怀丁只是不想给站长添乱。另外，刚发下来的相片是复印的，比起报纸头版上的四色印刷来，显得更灰暗、更粗糙，几乎认不出轮廓来。杜怀丁不需要它，也不想去找，再出一次风头，让人家凿栗子。在他辖区的那段黄河岸边，要是水冲出来一具莫名男人的尸体，一准会有人拨通他的小灵通，及时爆料给他的。在这一点上，杜怀丁自信满满。

刚推起单车，感觉带了些滞涩，杜怀丁弯下腰去，才发轮子上的气门芯被拔走了，轮胎瘪瘪地塌陷下。杜怀丁怅然地仰天一叹，心里枯涩得如一只唐朝的墨盒，再也挤不出一丝温润的水分来，锈迹横生。

那只鸟又来了，缭绕在上。杜怀丁埋下头，有一阵楚楚的鼻酸。

姐姐太妖精，打扮得像一个狼外婆。

无轨电车驶过时，驾驶楼里灯光如昼，姐姐起赳然地握着方向盘，模样怪异。杜怀丁差一点失笑出声。姐姐的头上裹着一块红丝绸，沿腮而下，下巴里绾了一个旗花样的扣。杜怀丁认得，那是家里盖茶杯的一块丝绸，菱形，也不知姐姐起的什么意，装扮成了这副德行。往深里一想，杜怀丁恍然觉悟，姐姐自小是个迷信罐子，说风就是雨的，一准是听了母亲的唠叨，红色避邪，才将丝绸覆在了头顶。可桥头上干干净净的，即便有不祥之气，北山上玄奘驻锡过的那尊白塔，也会辟邪镇妖，何以让她一个小女子慌里慌张的。杜怀丁真觉得姐姐太妖精。

秋夜里，万籁俱寂，河堤下的草丛里，鸣虫做着最后一季的合唱。那一块红色的丝绸在长街上驶过时，太跳，也太突兀了。杜怀丁记得在一本旧书上读过，世上有四大红，杀猪的盆、庙里的门、天边的火烧云，——剩下了一样，杜怀丁想破了脑筋，却想不起来。索性，杜怀丁自作主张，擅自批改为：杀猪的盆、庙里的门、天边的火烧云、王幸男的头巾。杜怀丁想，回去后，一定要给橡皮念这个顺口溜，再叫他当着姐姐的面，坏一坏。

看得久了，杜怀丁慢慢发觉，无轨电车并不是一台安静的机器。

离得有几十米远，还瞭看不见车身，但在杜怀丁视野中的那两条电缆线，却先自动了起来。电线含着一股子黑色的光，若挂在半空中的琴弦，一跳一跳，嗡嗡嗡地弹拨着空气。杜怀丁屡试不爽，望见琴弦抖动时，不出四五分钟，无轨电车准保会滑行过来，再悄然而逝，顶多在空中擦出一蓬弧光似的火花，灼灼闪烁，仿佛一个哑孩子在说话。要么，杜怀丁想，其实那两条悠长的琴弦，就是电车头顶上的一对触须，在试探着什么。

一定是鸟！

心说，无轨电车好比是一只钢铁做的昆虫，伸了触须，一路驶来，在试探前头有没有鸟。夜鸟，差不多是一种危险，连无轨电车都暗自害怕。坐了这么久，看了姐姐几个来回了，杜怀丁没望见哪怕一只夜鸟,曾停在过电缆线上。仰头问天,漆漆黑的夜空,像一座黑绸子的巢。或许,以前和以后的鸟,大多归了家。

今晚,却出了点小小的意外。

姐姐驶过桥头,刚要擦过电缆的铰接处时,车子忽然砰地停了下来。头顶的一对集电杆,上下翘了翘,若古典戏曲里演员头上的一对翎子,蓦地一振。杜怀丁纳闷,刚想起身去问问时,却见姐姐开门下车,走到了车鼻子前,捡起地上的几个破酒瓶,扔在了马路牙子边的垃圾箱里,拍了拍手,空洞洞地响。借着漂泊的灯光,杜怀丁看见了地上的一层玻璃碴,琐碎地闪烁着,心脏不由得缩了缩。或许,那一地惊心的玻璃片,恰是自己不久前扔掉的那一个啤酒瓶吧。念想起,杜怀丁便有些悔,悔得直砸腔子。

姐姐上了车,启动后,车身滑过了桥头的电缆圆盘,两根辫子扬了扬,寂寂地消失掉了。杜怀丁惊讶地望见,刚才的夜空里,并没擦出一蓬弧光般的火花来,也不曾有过一个哑孩子,在离地三尺的昏暝里说话。类似的情景,好比是一根濡湿的火柴头,划不着擦皮。

"兄弟,借个火!"

一扭身,杜怀丁机械地说:"哦,我不会抽烟,给你说过的。"圆脸,浓眉大眼,只不过今夜里,陈亭妃的长发绾成了一只发髻,横销着一根红蓝铅,翘在脑后。陈亭妃笑了笑,将一支烟戳在嘴角上,掌心一亮,变戏法似的握着一只打火机。擦燃了,一蓬黑红的火喂上去,烟雾透迤地淌了出来,很辛辣。"故意逗你的。见你在这里痴迷迷的,像落了单的恋人,挺可怜。"陈亭妃将一条腿支在桥栏上,头往上压,几乎成了一个"T"字形,随时随地可以练功,体轻如燕,仿佛一只玩偶。杜怀丁不再陌生,心想,假小子,来我面前充大,也不知道我能吃几碗干饭嘛。想归想,杜怀丁态度谦和,鹦鹉学舌地问:

"咦,什么风把你吹来?"

陈亭妃收了势，烟已烧到了尾巴上。"没什么风吹我！我天天晚上来黄河边做功课，夜课，就在那边的桥上。"

"你是演员，在练功吧？"

"以前是，跳芭蕾的。后来跳不动了，没人捧场，现在只管教一教。"陈亭妃语气萧索，手上却很老练，指尖一弹，一颗猩红色的烟头射飞了，划出一道抛物线，掉在了河堤下。"你呢，兄弟，你还在这里看你姐姐开无轨电车吗？"

"哦，王幸男不知道我在看她。对了，王幸男是我姐。"

"你没恋爱？"

杜怀丁红了脸，摇摇头，暗中用一条腿，支稳了另一条。或许，陈亭妃练功累了，斜靠在桥栏上，不打算即刻就走，兴致很浓的样子。

"那你偷看姐姐干吗？你喜欢她，又碍于情面？"

"她怕鬼。"

陈亭妃伸出手来，拍了拍杜怀丁的头，很聊赖地说："编瞎话！你以为你这么讲，我就害怕呀？你真是个毛孩子，没见过马王爷长几只眼睛吗？"

"真的！王幸男说，这桥头上邪行，电车老掉线。"

"嗯，这下我信你了。看你一张诚实的脸，也说不出谎来。"陈亭妃紧了紧肩上的披巾，有一瞬，杜怀丁看见了陈亭妃瘦削的锁骨，青刮刮的，嵌在两翼。"兄弟，你不光诚实，还有一点点羞涩。告诉我，你是不是没跟漂亮女人说过话，一说就害羞，比如现在跟我？"

"和你？"

陈亭妃咯咯笑："是我！当然是我，半夜撞鬼了吧？"

"比王幸男差点儿。"

"呵呵，你信吗？"

"什么？"

"半夜三更,撞见一个我这么漂亮的女鬼?"

本来,杜怀丁是一个拘谨人,寡言少语,除了母亲和姐姐外,对异性尤其如此。现在,也不知是一阵什么风,吹来了陈亭妃,口无遮拦,嘻嘻哈哈的,杜怀丁就有了一枚引信,点燃了他。秋风起,夜深沉,从上游峡口里刮来的寒气,若一张网,罩在两岸之上。陈亭妃拽紧披巾,眼皮眨动不停,努力做出一副倾听的姿势,让杜怀丁登时有了说话的欲望。杜怀丁说:"本来不信,但见得多了,也就慢慢信上了,好比一个信徒。"

"说说看!"

杜怀丁吭了吭舌头,想起吓唬姐姐的那个故事,迅速钩沉了出来,变了声。"……去年冬天,我还在北山脚下的那一片辖区内送报纸。大约凌晨五点来钟,送完头几份报纸后,我骑车刚转过山脚,迎面遇上了几个劫匪,不由分说,用匕首顶在了我的腰里,抢劫我。我一急,扔下自行车就跑了,往山脚下跑。

"天太黑,像掉进了一个煤井里,伸手不见十指。下了雪,路也滑,我穿着军大衣,几乎是寸步难行。几个劫匪不肯罢休,把我当成了一块肥肉,呼呼呼地撵了上来。到了山脚下,迎面是一座悬崖,无路可逃。当时我想,我可能这次完了,遭抢不说,还得挨一顿拳打脚踢,说不定还会被放血。我腿脚不利索,跑到山根里时,忽然摔了一个大马趴,磕晕了,摔了个半死。我趴在地上,劫匪们拿着手电筒围过来后,我才发现,自己原来躺在了一堆乱坟岗子上,周围都是黑压压的墓碑。人真是个奇怪的东西,一到了危急时,才会有灵感光临。不瞒你说,那是个危急关头,我命悬一线。手电光追过来,匕首顶在我脖根子下时,我忽然在雪地上打了个滚儿,五迷三道地说:

"'咿呀,终于到家了。'

"我还说:'家里真好,家里暖气真热,比外边暖和。'这话我说了三遍,好像热得我还想脱军大衣来着。幸好,我躺下的旁边,有一个刚挖好的坟坑,或是谁家刚迁了坟,留下了一个空位置,黑乎乎的。我向坟坑里喊:'妈,给我来一杯凉茶,冰镇的西瓜也行。'劫匪们听完我的话,一个个呆死了,吓得头发竖了起来,然后屁滚尿流、连滚带爬地跑光了。呵呵,见鬼说鬼话,我替一帮劫匪超度了,胜造七级浮屠,让他们放下屠刀,立地成佛嘛。"

陈亭妃的表情很素,鄙夷地说:"真是一箩的鬼话。"

"还不算完,下面的更精彩呢。"杜怀丁略感失望,绘声绘色地说了一堆,嗓子都干哑了,却没得到响应。于是,继续侃侃而来:"那以后,劫匪们都撒丫子跑光了,我觉得安全,才从乱坟岗上爬起来,准备去找我的自行车。天太黑,预报说有大雪,寒风能把人刮跑。我一下子迷了方向,深一脚、浅一脚地往远处走。忽然,我听见了一阵阵敲打声。

"我这人,你也许不知道,腿上有些小小的麻烦,但绝不是一个熊包。那晚上,我可能也吃了豹子胆,天不怕,地不怕,就顺着敲打声的方向走过去。凑近一瞧,你猜猜咋了?原先是一男一女,老头和巫婆,手里正拿着錾子和铁锤,在敲凿墓碑上的字。墓碑花了脸,錾子下冒着火星星。我很好奇,呼着一嘴的热气,问他们说:'干吗呢?深更半夜的,太吵人。'

"老头回答:'娘的!龟儿子,把老子的名字写错了,得修改过来。'

"说实话,我看不清字,也不知他们是何方神圣。突然,老巫婆捶了一拳老头,斥责说:'别给那个兔崽子护短,不光名字写错了,连爹妈的性别也搞反了,你是爹,我才是娘呢。'我差一点笑出了声,捂住嘴,看他们一对老夫妻忙乎。过了一会儿,巫婆问我说:'小子,你是干什么的?'

"我回说:'哦,我是来给二老送当天的报纸的。'说完,我递上一份。"

杜怀丁细盯着陈亭妃的表情,动作很夸张地继续。"猜猜看,咋的了?老巫婆扔下錾子,接过报纸,又戴上老花镜说:'哎呀,离开很久了,让我仔细读读,看看人世上又发生了什么乱七八糟的事情。'趁他们高兴,我掉头就跑了,一发狠跑回了城里,挺安全的。"

陈亭妃抿了抿嘴,手往挎包里掏,似乎是在摸烟。披巾滑落了半截,露出一双对称的锁骨来,仿佛两条细长的青鱼,在凛凛的皮肤下摆着尾,一左一右地游动。杜怀丁赶忙抄进兜,取出那盒尚未开封的极品兰州烟,递给陈亭妃:

"给你抽!"

陈亭妃被烟一熏,眯缝着眼,轻蔑地说:"小儿科!"

"我是证人呀。"

"哦,你就是这么骗女孩子的呀,也给你改个名,你不叫杜怀丁,你干脆叫杜坏蛋得了。"陈亭妃扬手,象征性地扇了杜怀丁一巴掌,蹙住鼻子说:"吓别人可以,你要想拿这套鬼话吓唬我,你可真失算了。"

"宁信其有。"

"瞎掰!"

杜怀丁委顿下来,又不甘心落下风,便讳莫如深地说:"比如,通过你,我说不定还可以结识英国女王、贝克汉姆、布什总统、麦当娜更是不在话下,况且一两个小鬼呢。这叫'六度分离'理论。"

桥头的那两根电缆线,又开始嗡嗡嗡地颤动起来,一股子黑色的光,从里头点滴渗了出来。抬抬腕子,杜怀丁想,姐姐差不多循环完一圈,现在该开过来了。一激动,杜怀丁就暗暗打定主意,想等无轨电车驶来时,给陈亭妃指一指戴红丝绸的姐姐。孰料,陈亭妃更干脆,拍了拍杜怀丁说：

"兄弟，帮个忙。"

杜怀丁落寞地一望，用眼睛询问。

"捎我一程，送我去打车。"

彭绍荷见陈亭妃上了楼，一身灰土地站起，眼泪唰地淌下来，一把抱住了陈亭妃。陈亭妃见她狼狈不堪，嘴角与眉骨上一片青肿，知道发生了事，忙让进了家里。喝完一杯开水，彭绍荷觉出了暖意，便哭得更放肆了，比这个季节的秋雨更无辜似的。哭够了，陈亭妃放了一浴缸水，叫彭绍荷先去洗洗，回暖一下，又将自己的一件睡衣挂在门端里，自便。

不用问，又是内战。

拾起彭绍荷的几件旧衣服，陈亭妃在楼道里拍干净，晾在阳台的衣架上，又匆匆刷了牙，净了面，一任彭绍荷在里边啜泣。陈亭妃和彭绍荷算得上姐妹，原先都在一家艺校里做同事，后来艺校改制，一帮子情投意合的姐妹办了手续离职，双眼一抹黑地往市场上闯。好在，领头的那个姐姐关系硬，公公在省上做大官，于是租了某家倒闭的厂矿企业的几座车间，将其改造为舞蹈场地，挂了牌，红红火火地办起了"红舞鞋学校"。刚开始，学校有点儿举步维艰，生源颇少，知名度也欠，但随着几支舞蹈队在各类大赛中频获金奖，又几次三番地参与到了省卫视的"春晚"，也就渐渐打开了局面，成了业界的一只领头羊，口碑甚佳。这年头，办学、修庙、筑路，基本上都是稳赚不赔的行业。妈妈活着时，一直揪心陈亭妃的冒险之举，不死心，还四处找门路，想让陈亭妃再进事业单位，哪怕做一个打杂的也好。后来情况好了，妈妈还自愿做了宣传员，小喇叭一样，对"红舞鞋"广而告之，慷慨得仿佛她是幕后老板一般。

其实说白了,"红舞鞋"也是应运而生,号准了家长们的脉搏,给点儿寄托,让独生子女有一技之长或爱好即可,至于能否培养得出伊莎朵拉·邓肯那样子的舞蹈家,还得看孩子的天分与未来。秋季招生刚结束,虽说陈亭妃告了假,人不在场,但陈亭妃仍能想象得出,"红舞鞋"校门前人头攒动、车辆堵塞、音乐狂鸣的波澜景象。照以往的规律,这一阶段托门子的电话不少,大多都是远远近近的朋友,答应录取吧,又没实际看看孩子的条件;不答应,又怕伤了脸,所以陈亭妃一直关了电话,连短信都不回复。况且,家里又出了事,陈亭妃始终隐隐作痛,心里难以平复下来。

在"红舞鞋",陈亭妃主教的是芭蕾舞,打开孩子们身体的开度和软度。彭绍荷则在民间舞组,主要培养孩子们的节奏感。虽说不在同一个组,但上课时总有交集互动,打头碰脸的,在一口锅里乱烩。在那间高耸阔大的车间里,当学生们分散开后,对着镜子,把上把下地练功时,陈亭妃和彭绍荷总会站在一起,说些糟七糟八的闲话。"红舞鞋"规模扩大后,进了几批应届毕业生,又引进了某些专业团体的演员,但学校的班底和骨干,仍旧是刚创业时的那一帮子姐妹,知根知底,一个个都是死硬分子,牵一发而动全局。

对彭绍荷,陈亭妃最清楚不过了,心里有一本她的细账,历历在目。

按眼下流行的说法,彭绍荷算得上熟女,比一只桃子还熟,还软,还芬芳欲滴,包裹着一团过分的蜜汁。这团蜜,养她自己,对男人却是致命的毒药,一旦沾染毫厘,勾魂摄魄,七步倒,天下难觅解药。这样讲,其实对彭绍荷不公平,缘故是彭绍荷只是挂在枝头上的一颗果实,不招人惹人,怪只怪那些淫蜂浪蝶心里作祟。彭绍荷有一半少数民族的血统,混血儿,头发带了点自然黄,高鼻深目,眼珠子透出一层青瓷色。或许是随了另一半血统,彭绍荷的舞蹈天分是先天带来的,一听见音乐节拍,脚就闲不住,能拧出几个即兴的花儿来。从民族学院毕业后,彭绍荷本可以留校任教,板上钉钉的事,却在临门一脚时出了变故,后来直接去了艺校,又随大流进了"红舞鞋"。在"红舞鞋",彭绍荷和陈亭妃最说得来,好得能穿同一条裤子,也的确穿过,一样的款式、一样的颜色,下了课拽起就走,等回了家,掏出来的却是对方家里的钥匙。

妈妈生前喜欢彭绍荷的性格,当她是一个干女儿对待,时不时地邀彭绍荷来家里吃饭。那时候,彭绍荷还未成家,也乐得在陈亭妃家里打秋风,东吃一口,西吃一嘴,像在草原上跑马一样。妈妈最拿手的是烧黄河鲤鱼和本地的荷叶饼、宝塔肉。妈妈故去这么久了,彭绍荷仍记挂着,唏嘘的表情里,埋着一种贴心贴肺的怀念。及至彭绍荷风风光光地出嫁时,妈妈还充当了女方家长,郑重地将彭绍荷交了出去。彭绍荷长陈亭妃九岁,已是一个五岁男孩的母亲。过了这一关,彭绍荷的身材迅速出鞘了,锋芒毕露,凸凹有致,饱满盈枝,沉沉地挂在男人们的想象中,含着一包诱人的蜜汁,令人垂涎,再也不是以前那个瘦刮刮的女生了,但她的业务能力并未受损。

刚开始还风平浪静,当老莫得知妻子办了手续,下海到民办学校时,登时雷霆暴怒,觉得伤了脸,动了第一次手。老莫在一家国企的办公室做小吏,副主任,当初联系艺校举办联谊会时,偶然认下的彭绍荷,讷讷地交往了几次,并无过分之举。其时,彭绍荷的宿舍门前不乏登徒子,毛遂自荐者更是如过江之鲫,但老莫从中脱颖而出,不显山,不露水,搞得彭绍荷心潮起伏,以为漫步在人间四月芳菲天。老莫喜舞文弄墨,尤擅打油诗,以为利器。那一阶段,老莫在晚报上发表了很多东西,一会子赞美会跳舞的水晶鞋,一会子讴歌民族大团结,彭绍荷大多都剪贴下来,还能用肢体语言再现一番。一来二去,彭绍荷入了彀,老莫也抱得美人归。头一次挨了揍,彭绍荷负气出走,在办公室里将就了几夜,夏天也不难。人问她脸上的瘀紫是怎么回事儿,彭绍荷大而化之地说,磕的!

渐渐的,老莫的手上了瘾,像他嗜酒一样,一日不饮,就坐卧不宁。

彭绍荷便常常挂彩,五官囫囵无恙,一般伤在身上,掐、打、揪、拧、钳、扇、烫,暴力的痕迹都被衣服遮护了,无人知晓。有一度,彭绍荷悔恨得要死,疼急了,跳到窗台上,扑出半截身子,提出离婚,各走各路。老莫软硬两可,也会给彭绍荷下跪求饶,遂能消停一季,又旧病复发,变本加厉地对付彭绍荷。老莫疑心太重,总觉得妻子在外边有什么花案,给他戴了一顶绿帽,于是用拳头来过堂,逼问个三四。彭绍荷坐完月子,又休产假的那一段,是婚后最美好的时光。老莫的手也像度了一次长假,闭关自养,渐渐肥胖了起来,连油瓶倒了也不扶。今晚,彭绍荷鼻青脸肿地跑来,陈亭妃猜想,老莫狗东西,又开始犯了邪,继续操练了。

彭绍荷洗完,热腾腾地站在陈亭妃眼前,张口结舌,不知该说什么才好,清泪长流不止。或许,淤血被水激了,发了出来,明晃晃地肿胀。陈亭妃忙从冰箱里取出一只土豆,切成片,敷在了彭绍荷的伤口上。妈妈以前教下的土办法,屡试不爽。彭绍荷嗫嚅着,试问:"亭妃,我没处可去了,来投奔你,你让我住下吧。""小气鬼,谁也没拿鞭子赶你走,想住就住呗。快躺下,让我替你敷好。"彭绍荷的伤不光在脸颊,脱了衣服,身上更是斑斑点点,会发现老莫的杂乱手印,好像狗东西在玩铁砂掌。敷毕,陈亭妃又去泡了一杯茶,玫瑰、陈皮、茉莉,统统烩在一起,又是妈妈的法子,一味理气、清肝、安神的药。彭绍荷终于止息了,像一支桨,落在了沉沉的梦里。

曾经也这样落过,还在彭绍荷待字闺中时,晚了,便也留宿不归。

彭绍荷侧了侧身,望着那一帧遗像,沉默寡言的灵魂犹存,便觉得阿姨尚在,家里依旧布满了旧日里的那种静静的温馨,由着她和陈亭妃飞短流长地说话,一直乱扯,不知天之将明。一念想,彭绍荷眼角的泪滴收不住了,亮晶晶地挂着,像一只被锉扁的面具。陈亭妃岔开了,嘻嘻然:"彭姐,天上下雨地下流,两口子打架不记仇。吃亏是福,你都伤在了肉里,没伤着骨头,睡一觉,明儿就好了。"彭绍荷说:"亭妃,你可是变色龙呀。以前你咋说的,家庭暴力,你让我去妇联告他,去老莫单位告他,现在你叛变了。"陈亭妃被戗了一下,灰败地说:"家好!还是有一个囫囵的家最好,骂了,打了,总归是内部矛盾嘛,犯不着兴师动众。以前那些话,算黄口小儿说的。"入秋了,离送暖气还早,陈亭妃从衣橱里取出一床棉被来,覆在彭绍荷身上,怕她着凉。陈亭妃将彭绍荷的手刚塞进去,彭绍荷却猛地伸出来,捏着拳头说:"亭妃,我这次不会饶过老莫,我真的要报复他一下。"

"咋报复?"

"还能咋的,你个鬼丫头。"

"愿闻其详!"

往日的闺中亲密再次出现了,仿若窗外的长秋,将一滴滴夜露,洒布在天上人间,滋养、沉浸,且润物无声。陈亭妃扒光自己,只穿了星点内衣,一骨碌钻进了被窝,碰得彭绍荷龇牙咧嘴半天,回扇了几巴掌。在排练厅时,陈亭妃每当在把上练立位时,脚尖一起,彭绍荷就过来,帮她稳肩固腿,一旁帮衬。一练就是三十分钟,不得中断。陈亭妃实在坚持不了了,彭绍荷便拿起抽子,抽在陈亭妃的屁股上,呵斥她控住,保持一只独脚仙鹤的优雅姿势,态度也凶巴巴的,不认人。收了势,疲倦和疼痛会从陈亭妃的脚尖席卷而上,一直蔓延到头顶,人便如一座棉花垛,坍塌在彭绍荷的怀里,老半天也缓不过神来,窒息似的。现在可好,换了角色,彭绍荷伸出臂,搂住了陈亭妃,脸贴脸,犹如一只母体里的双生子,鼻息可闻。目的其实很简单,陈亭妃不想让彭绍荷徒增伤感,也将自己拖下水,陷入怨妇的苦愁中。自己已是黄连树下的卖唱人,唱给自己听,不足与外人道,何苦再增添悲苦，让自己做一个殉葬品，到万劫不复的境地呢。何况，在陈亭妃看来，彭绍荷的皮肉之痛算得了什么，李释堪的失踪才是天字第一号的难题，秘而不宣，唯有天知地知罢了。一念及这个名字，彭绍荷似乎也有感觉，捂住被角悄声道："喂喂喂，李叔看见了，我会讨嫌的，我都是做人妻的了，还没大没小。"陈亭妃淡薄地说："他不在，去外地旅游去了。"

"真的？李叔不抄他的佛经了，千里走单骑，去周游列国了？"

陈亭妃顿了顿，有一股子秘不发丧的决绝劲，四肢冰凉。

"太好了，咱俩无法无天吧！"

一旦转移了注意力，彭绍荷就像岸上的鱼，又放归了水里，即刻活泛开来。彭绍荷侧身，匹手支起身子，撩拨着陈亭妃的下巴，逗她乐。"你乖一点儿，好不好？别毛手毛脚的，让我觉得你是那个。"彭绍荷鄙夷地说："就那个，咋了？我对男人们失望透顶了，回头再睡一下妹妹，才觉安全。亭妃，假正经，你以前又不是没跟我钻过被窝，要那样，早就那样子了，还等到现在我残花败柳嘛。""那样是哪样？你别往歪里想，下流！"彭绍荷不但不恼，反而色眯眯的，挠了陈亭妃的胳肢窝，笑说："瞌睡装死呀，那样是哪样，你难道还不明白，没吃过猪肉，还没见过猪跑嘛。"陈亭妃杏眼圆睁，精光四射地说："以前是以前，你身上还干干净净，有草芽和花枝的香，我还能收容你，贴你睡。瞧瞧，你现在的身材，臃肿、皮肤松弛，既有你家老莫的烟酒味，又有你儿子的奶水气，还有一肚子来路不明的东西，总之没得救了。"往往如此，一般都是从嘴仗打起，争个你短我长，此消彼长的。说者无心，听者有意，彭绍荷跌倒在枕头上，懒怠地叹上一口："你嫌弃我，亭妃，我知道自己是五谷杂粮的身子，一包草。不像你，你是金屁股，等着凤求凰呢。"口气落寞，陈亭妃便猜惹了彭绍荷的伤心事，遂一骨碌翻了身，骑在彭绍荷的身上，驾住她，拧住她的脸蛋说:"我当然是金屁股,你是屎屁股。你都快开败了,可男人们都往你身上瞄,用眼睛大卸八块,谁还来扫我一眼呀。"双胯使了劲,彭绍荷旧伤复发,腮帮子变了形,做投降状。陈亭妃不依不饶,一览无余地骑着彭绍荷,觉得这匹想象中的母马,真的不是先前记忆中的那一个旧伴了。她现在丰腴、滋润、性感,却也迟钝、恍惚、空虚,不似从前,在微风中,一块儿跑上山冈的那匹儿马。不用问,现在的彭绍荷,身体里装了太多的故事,长夜漫漫,陈亭妃有了一探究竟的念想。

陈亭妃跳下来,搂紧彭绍荷,像搂住了马匹的脖颈。

伤是这样一种东西,当你怜惜时,它就是伤;当你诋毁它时,伤会变作一种理由。傍晚时,彭绍荷刚从暴力的阴影下走出来,像一个落难的公主,被人接纳,受人款待。于是,伤不再是一副盾牌,迅即变作了一副标靶,被彭绍荷牢牢盯死,切齿不已。恍惚中,彭绍荷不觉得陈亭妃的呼吸变得急促,脸也渐次赤红,只记挂着那一副冥想中的标靶,慢慢开弓引箭。陈亭妃也不去问她,自顾自地,一只手滑过了彭绍荷的腰肢,暗中,有一线优美的弧度,绷住了她的髋部。再继续深入,彭绍荷的翘臀、丰乳、圆润的肩胛、滑脱脱的脊沟,都被陈亭妃的手依次读了出来。以前亦如此过,仅是戏谑、打闹和调皮时,但此刻陈亭妃的手,带了一丝欣赏的角度、一番艳羡的心情。冷不丁,彭绍荷问:

"姐还有救吗?"

停了手,陈亭妃狐疑的眼神一问。

"亭妃,姐是不是春光残存,到了无人问津的地步?"

"当然!"陈亭妃掐了一下彭绍荷腰肢上的肉,绵绵的,如敷了一层羊脂,"姐,你插上一根草标的话,保准,满城的男人们都疯了,女人们也会破产。"

彭绍荷恨恨地说:"老莫,等着瞧!"

老莫的手重新武装起来时，事先没一点兆头，彭绍荷更是无从发现端倪。办公室的主任退了，老莫的任职公示刚贴上墙，举报电话就排山倒海而至。大部分意见都是星点的琐事，也不乏泄私愤，趁机报复的。但在公示结束的前一日，一封具名信件寄达了上级部门，揭发某次全国性会议在兰召开时，作为具体经办人的老莫，采取多支出的手段，从一家宾馆获得近三万元的回扣。举报信还寄来了一沓发票的复印件，不是个人，是团体揭发，都按了手印。老莫被纪检部门叫去谈话，谈了一天一夜，煮熟的鸭子，眼睁睁地飞了。

好在顶头上司一贯赏识老莫，也念他鞍前马后地服侍多年，家丑不再外扬，护了短，并没移交检察机关，免了老莫的牢狱之灾。关了门，顶头上司醍醐灌顶地申斥了老莫，说："你并不是头一次湿了鞋，你老在河边走，我早就察觉了，只不过总想给你一次改正的机会，可好，现在大家都知道你手脚不干净了，去下属的服务公司做副职吧。"又说："男人在这上面犯糊涂，一般有两种原因可诘，一是赌博，二是有外室，你呢？"老莫把嘴唇都咬破了，抵死不承认。顶头上司说："你老婆那么漂亮，你还在外边拈花惹草，你真的对不住彭绍荷啊。"

彭绍荷也知道，那个人是老莫的初恋情人，后来离了婚，只身拉扯着一个痴呆儿，加上单位不景气，绝境中碰上了老莫，旧情复萌。老莫胆大，昏了头，截流过好几笔公款，给女人按揭了一套房，抽空去过夜，还让女人堕过三次胎。彭绍荷察觉此事后，闹过半年，给老莫的父母亲也控诉了。老莫表面上的确中断了来往，但仍暗通款曲，定期往对方的户头上打款，供着房。现在顶头上司撕破了脸，直接将他打入另册，流放到了一个不靠谱的部门，等于一条咸鱼，永无翻身之日。老莫憋屈了数日，心犹不甘，一双手渐渐如地主武装一般，不宣而战，朝彭绍荷攻城略地而去。

今晚上，老莫在外喝了一斤多白酒，头重脚轻地进了门，一把将彭绍荷压倒在地板上，欲行房事。彭绍荷正在烧菜，戴了护袖、头套和围裙，老莫不管不顾地撕扯掉，粗暴野蛮，急急地想入港。彭绍荷颓丧极了，拦挡中，抓破了老莫的脸。老莫登时变作了一头野兽，扑在彭绍荷身上，将抓在手里的任何物器，尽兴砸在了彭绍荷身上。彭绍荷只是抱住了脑袋，身如鱼肉一般，被无辜地摔打着。老莫好比发情的公牛，闯进了瓷器店那样，毁了电视机、音响、玄关上的落地玻璃等等。后来，厨房里浓烟四起，坐在火上的一锅油燃烧起来，老莫才去灭火。趁这一空隙，彭绍荷仓皇出门，逃命而来。

有时，世上最美的去处，就是一席寒夜里的被窝，温暖、贪享、慵懒，比如现在。陈亭妃觉得彭绍荷有些孩子气，捏着拳头，宣誓似的。"你咋报复？你以为你黄飞鸿呀？"彭绍荷也不客气，直脱脱地说："死丫头！打不过他，难道不会剑走偏锋，让他生不如死，戴上一顶西瓜皮一样的帽子，窝囊死嘛。"

"彭姐，你意思是说？"

"娘的！一无所有了，女人的身体就是一种武器，得用在刀刃上才是。人家伊拉克还有人肉炸弹呢，大不了，谁跟谁都同归于尽。"

"姐，你想红杏出墙？"

彭绍荷掐了陈亭妃肚子一把，笑而不答。此刻，隐隐作痛的部位，已不复是伤口，似一枚枚闪烁的勋章，让彭绍荷觉得心安理得。"你想叛变，做叛徒？"彭绍荷终于觉得可以讲讲了，不委屈自己，整装待发，才能反攻倒算嘛，于是呵呵呵地笑出来，诡秘地说："亭妃，我忍不住了，我给你坦白交代，我真的有过一次外遇。"陈亭妃惊了惊，一抬腿，钳住了彭绍荷的身体，又有了驾驭的感觉。

"那家伙太帅，一见面，我就有了湿漉漉的那个感觉，真的控制不了自己哟。"彭绍荷微眯了眼，畅想似的，唇红齿白地说，"上半年的事儿，跟昨天一样明白。那家伙是学生家长，女儿在我的班，来接女儿的那天中午，迟了半小时。我带着孩子，站在门口一直等，见他从马路对面避着车，踱过来。那家伙很抱歉地握了我的手，连声说对不起。原先是爷爷奶奶接女儿的，他回国半个月来探亲，想跟女儿亲近一下，才讨了这份差。那家伙还说，他出国太早，太太也去了澳洲，他跟女儿很生。我交了几次，他女儿都不肯跟他回家，当街就哭了。那家伙就说，恰好，他订了一桌饭，想给女儿过个生日，邀请彭老师一起去。小孩子哭得厉害，抱着我的腿，不撒手。没辙儿，我心一软就跟去了。或许，那一刻我本来就走火入魔了，身体湿漉漉的，被谁给拿掉了魂。亭妃，你真的不知道，那家伙太帅，长长的头发，很干爽，丝丝缕缕地飘拂着，脖颈很长，一件漂白的牛仔裤绷在腿上，健硕得像一匹种马，我有一种被俘虏的归顺感。"彭绍荷的喉咙里也湿漉漉的，不停地咽唾沫。陈亭妃像在过一部电影，每一格画面，栩栩地映现在脑子里，饱满且疯狂。"那家伙"，陈亭妃喜欢这样的称呼，显见是有一份贴心贴肉的感觉，才这么亲昵地喊出的，有一份娇嗔，又有一丝嗔怪。陈亭妃急迫地问："然后呢？那家伙就对你放了电，电死你了？"

彭绍荷刹不住车了，眉角一挑，生动地说："够奢侈！那家伙用美金买的单，订了一间大包厢，四个侍应生，就我们两个半人，像在宫殿里，挥霍得爽快，跟阿拉伯的石油酋长们差不多，一掷千金。唱了生日快乐歌，切了蛋糕，又吃了一通海鲜，还喝了一瓶洋酒。小孩子很快犯瞌睡了，我抱上她，送回了那家伙家里。临别时，那家伙握住我的手，说很感谢我，说我扮演了一回孩子妈妈的角色，让他女儿挺满足。亭妃，你别笑话我，那时候我真有点儿燥，真没喝过那么多的洋酒，上了头。我忍不住摸了摸那家伙的长头发，干爽爽的，好清洁呀，还带了一份男人的荷尔蒙的味道。心燥，身上却湿得不得了，我摸了几遍，可能让那家伙觉得我发骚，一下子将我扛在肩头，扔在了卧室的床上。我想了想,既然自己都下雨了,就让暴风雨来得更猛烈些吧。"戛然而止。

"就办了你?"

"呵呵,那一阵子,不由我不投降嘛。亭妃,那家伙真是一个西部牛仔,挺冲,花样太多。那家伙说我也像一个吉卜赛女人,我怎好意思服输。要命的是,那家伙居然连个保险措施都没有,害得我担心了好久呢。哼,那家伙后来走了,接他女儿走的,没打照面,只给我挂了个电话,拜拜了。"彭绍荷的口气半是留恋,半是唏嘘,仿佛答完了一份试卷,含着淡淡的空虚,等待批阅。"那家伙,跟你私通了多长时间?"彭绍荷拧了陈亭妃一把,斥道:"瞎讲!话不能这么难听,什么叫私通?那只是姐的一个花絮,你别八卦我。我跟那家伙一礼拜,天天做,连课都上得没劲儿,腿发软,眼发黑。恰好,老莫去北京出差,大后方空虚。"陈亭妃听得舌下生津,狐疑满腹地说:"那你后来见了老莫,啥感觉,是不是觉得做了一回贼?"彭绍荷哑了一声,慨然说:

"老莫回家后,我才发现,他早就在掉头发,快秃了。"

陈亭妃说:"跟老莫再做,你觉得别扭嘛,是不是当叛徒的那样子,心特虚?"

"喊,你咋这么幼稚呀。"

彭绍荷撇开一米远,生疑地望了望陈亭妃,不像是在讽刺自己,遂以一副讳莫如深的口吻说:"这种事,就好比带电操作,在高压线附近把上把下地练小跳,不到万不得已……算了,姐说得太多了,话痨似的,姐怕你对我有负面印象,扯别的。"良辰悠长,秋夜仿佛一座巨大的谷仓,陈亭妃才不乐意她的突兀中断,让彭绍荷一个人吝啬地独享。陈亭妃复又骑在了彭绍荷身上,蹙起鼻子,一寸寸地嗅。像她早已熟悉的那样,彭绍荷是一枚成熟的果子,吹弹可破,盈盈欲滴,还含着一包毒药似的蜜汁。嗅完了,陈亭妃直起身子,将彭绍荷骑在胯下,又嗅了嗅自己。自己是一碗清淡的杏皮水,涩涩的,少了三分丰腴,亦缺了七分的沧桑。念想至此,陈亭妃对自己很是失望,心脏如一枚坚果,披戴着厚厚的铠甲,挂在秋天的树上,举步维艰。陈亭妃埋下头去,嗅着说:

"彭姐,我闻见了那家伙的味道。"

"幺蛾子!"

"我还闻见了你家老莫的气息,用的是章光101,不是韩国的生发剂。"

翻身下了马,两个人又拢在了被窝里,暖意漾荡。陈亭妃被一股隐秘的幻想驱策着,试探说:"彭姐,你第一次时,心里害怕不?"彭绍荷眯缝了眼,一包危险的蜜汁波来晃去,犹如她胸前的双乳,沉醉不醒地酣睡开来,渐至无语。彭绍荷有一搭、没一搭地说:"老莫狗东西,那时候,心太急。老莫没技术,也是新手一个,老虎吃天。我,其实挺害怕的,一见老莫的那个,我就关门跑了。十天半月后,才有了第一次。"陈亭妃说:"第一次后,你什么感觉,除了疼?"彭绍荷眨了眨:"傻瓜!就跟打牌一样,和牌和顺了,手气好,把把会赢。"陈亭妃不喜好牌戏,似懂非懂,于是又说:"那,见红了吗?"彭绍荷一撇嘴:"当然!在一块白床单上,挺大,像一片河州牡丹花的花瓣。妈的,便宜了老莫狗东西,现在被他装在一个塑料袋里,压箱底子珍藏。那是什么?那玩意儿,就是女人的投降书,一辈子攥在别人手里。"陈亭妃平躺下,抱住胸,木然地盯视着天花板。一侧的墙边,妈妈在镜框里灿烂地笑,身后是一株硕大蓬勃的牡丹花树。隔了一秋,往年的绚烂色彩未曾减下一分一厘,引人注目。陈亭妃的四肢冰凉起来,一畔的彭绍荷却似炭火,还扯起了轻轻的鼾声。突地,彭绍荷支起半截身体,捏住陈亭妃的鼻子,审视地说:"妹子,你还没那个?"

"哪个？"

彭绍荷诧异地问："给你介绍的米小挥呀，你跟他还没和牌吗？"

"彭姐，不跟你说了。"

"你呀，就嫌人家头一次见面时，穿了一双白皮鞋。怪癖。"

"你不是一见那家伙的长头发，就溃不成军嘛。你回米小挥的话，叫他别再给我电话，别再约我了，没空。也不是心里不喜欢，是生理上讨厌他；否则，米小挥穿一双草鞋来，光脚板来，我也不会含糊的。"陈亭妃怅然道。

"他不主动？"

"告你吧，就接了一回吻，在卫生间里，被逼的。"

"你呀，怪骨头！"

"我是有病！"

彭绍荷刮了刮陈亭妃的鼻梁，以过来人的口吻说："亭妃，世上有两样子事，千万莫错过，一个爱你的男人，和最后一辆接你回家的车。"

其实，陈亭妃一直没睡，内心里双目炯炯，睁到了后半夜。彭绍荷带着业已泛红泛青的大小伤痕，低沉地呼噜不止，仿佛她是一架清朝年间的古琴，拭净了灰尘，试唱着嗓音。起了身，陈亭妃蹑手蹑脚地出了小卧室，掩上门，踅进了大卧室。一盏幽微的台灯下，李释堪的床铺整洁平顺，棱角分明。阿姨心细如发，前几天已换上了秋冬的卧具。细茸茸的毡毯，毫发上带了一层羊脂色的星点光亮，给人一种密密渗流而来的温净感，目光生烟。李释堪依旧杳然无踪，扬言去跳河，抬脚走了。走了也就走了，可每一步迈出去，脚窝里都有一株花朵，开败在这个家里，犹如毡毯上编织的那一丛化学质地的花草图案，僵硬、夸张、生冷，不曾被羊脂色的光亮融化过。

悄然开了衣橱，陈亭妃取下一件呢子夹克，折叠好，款款放在床头。

即便真的去寻死了，潞深露重，天地寒凉，李释堪也一定会冷的，冷到了骨缝里去。不像妈妈，妈妈被推进了火化炉子里时，被人世上的想念和恩情烧成了灰。灰是烫的，或可以裕如地度过对岸的那些冥冥之季，因此妈妈算是得了福，不再会瞻前顾后。李释堪不同。李释堪几乎是净身出门的，还穿着夏天时的薄衫，泪水满面地碰了门，等于一根心烛，被突如其来的一阵孽风给打灭了。

即便已经寻死了，李释堪和妈妈在那个世界里会了合，可他筚路蓝缕，走得那样子的仓皇不堪，妈妈也一定会怨怪自己的。陈亭妃心想，等改天晚上，再去白塔山下的那座黄河第一桥上，将这件呢子夹克，悄悄扔下去，李释堪一准会接收到的。

此前，陈亭妃基本上扔完了李释堪的一应琐碎：一本《金刚经》和他抄录已毕的十几册抄件，几盒墨汁墨水，几根小楷笔，蘸水笔，镇纸，老花镜，一摞城隍庙里买来的空白册页，一双人字拖，一把蒲扇，一枚指甲剪，几个月的水电费收缴单。其间，陈亭妃还中了魔，鬼使神差地扔过一束鲜花，洒过一瓶葡萄酒、一碟点心。当然，顶顶重要的是，陈亭妃扔过一份早报，点了火，化成灰，扬在了夜半的河水里，似是审问李释堪，也似是给妈妈一声汇报而已。

一见早报封面上的相片，陈亭妃便笃信，那个跨在桥栏上，侧了肩膀，想抬腿跳将下去救人的中年男人，八成是李释堪。他用了这样夸张迫切的方式，一走了之，还博得了一整个城市居民的怀念。许多日子来，陈亭妃始终觉得自己真是一个歹毒的女子，青面獠牙，凡事不堪与人语，只在心里顽固地守着李释堪之亡，拒不发丧。但，这些点点滴滴的后果昭然眼前，前因是甚？

陈亭妃记不得前因了。或者说，事发的那一时节里，陈亭妃失去了知觉。

妈妈走后，陈亭妃将她的所有衣物都焚化了。在黄河边，那些灰烬随着湍湍逝水，又去追了妈妈一程。陈亭妃这么干，是怕李释堪睹物伤怀，毕竟，他们夫妻了一场，有后半辈子的些许温存。住院时，妈妈还在病床上，笑谈过她和李释堪的婚姻，说世上有四件美事：粉蒸的肉、回笼的觉、半路的夫妻、中彩的票。妈妈说，李释堪就是她后来摸的一次奖，居然摸中了，得意之情溢于言表。烧衣服时，李释堪也在场，陈亭妃找了个借口，告诉李释堪说，妈妈爱臭美，老来俏，就请她穿上人间的所有衣服，一起升天吧，一件都不许留。边烧边哭，还是李释堪替她揩了决堤似的泪水，哄她开心呢。

于是，衣橱里只剩下了一排李释堪的服装，非白即灰，单调地挂在衣架上。陈亭妃将这件呢子夹克叠好，款款放在床头，扭身出门。陈亭妃不想睡在这张床上，即使困顿布满了全身，哈欠连连，陈亭妃也不想再触碰它。况且，幽微的台灯下，依旧有一种李释堪的游移之气，似乎未曾离去过一分一秒。

鸠占鹊巢的彭绍荷，终于放松了下来，疯狂而甜蜜地打呼噜，抱起陈亭妃的枕头，仿佛一截沉疴良久的木头，被伐倒在夜里。陈亭妃略略心惊，遂将客厅里的大小灯头一一打开了，放肆地坐在藤椅上，抱膝四望，心事浩渺。藤椅像一个怪物，咯吱乱响，许是干旱太久了，筋骨在承重中慢慢断折。当初妈妈买来一对藤椅时，还笑嘻嘻地说，这是印度尼西亚的藤条，软，柔，韧劲好，适宜西北的干燥气候。妈妈活着时，常给藤椅喷水，伺候得若一株盆栽。这么久了，陈亭妃也忘了喷水，屁股坐上这一头怪兽，无头无脸无肢，蹊跷地叫个不停。

升降架上，阿姨洗完的东西，肃穆地挂着，不曾收起。

当间的一根杆子上，是从李释堪的床上取下的一件床单，晾干了，门帘似的垂顺而下，淡粉色，四角上印着对称的花边，像几根漫卷的藤萝丝，又似宫灯上的吉祥符码，瞧不太清晰。单子年深日久了，早被身体翻滚摩擦了无数遍，褪了浆，毛茸茸地起了小球。捏上一捏的话，手感一定温顺绵软，仿佛自身的肌肤一样。唯有这一点上，妈妈才是吝啬的。她说过，挨肉的布料，绝对要百分百的纯棉，否则伤身。妈妈霸道，也给陈亭妃买过一些内裤内衣，当着陈亭妃的面揉来搓去，看看，新疆的彩棉，一点儿化学味没有。往往，陈亭妃心里哎哟几声，什么古董呀，老式得像从慈禧太后的身上剥下来的，嘴上不言，私下里送给了阿姨，让她保密。这件床单亦是如此，用了多久了，竟无从计数。

这件床单上头，有妈妈的气息、李释堪的体味，一定。

抬望着那一挂物件，陈亭妃的内心，涌过了一股子脉脉的酸楚。酸楚有岩浆似的灼热，也含了一层刀锋般的锐利，仿佛将夤夜剖开了，掏出一副滚烫的心肝，端给人看。直到眼花了，陈亭妃也没看明白，这一件衰弱不堪、旧貌初现的单子上，是否残留了自己的气息，或者说，有自己曾经留下的体液或痕迹？竟无从自答。

昏沉地枯坐着，约莫凌晨时分，阳台外的天际上，露出了一层蛋青色。楼外的大椿树上，几只山鹊子，唧唧喳喳地开始说话。客厅茶几上的电话，忽然蜂鸣起来，陈亭妃从愣怔里惊起，忙接听起来，原来是老莫。老莫没事儿人一样，粗粗鲁鲁地说："亭妃，我媳妇呢？找了好几个地方，才想起你这里。谢谢你。"陈亭妃没说什么，便挂了。

送彭绍荷下了楼，老莫的车子果然停在楼下。一见彭绍荷，老莫冲上前来，搂住老婆，美美地咂了一嘴。彭绍荷惺忪地回了一拳，往车里钻。老莫匹手护拦，怕彭绍荷给磕了头，再对陈亭妃抱了抱拳，江湖气十足。夜色褪得更快了，好比一件旧衣服，谁也不愿上身。陈亭妃麻木地望着，觉得天太凉，骨骼抱成一团，麻缠一样。车子启动的刹那，玻璃落了下来，彭绍荷淡泊地说：

"每次都这样，没办法，我就是贱骨头，天生的宋江。"

陈亭妃扬了扬手，催促赶快走，别废话。

"亭妃，保密哦！"

刚踱到了单元门口，陈亭妃远远望见对过的花坛外，一个黑马甲、红单车的投递员，刚消逝在一排街树后面。脚下生了风，陈亭妃摸出钥匙，打开了信箱，果然是一份早报。展开一阅，见头版的标题是：百千员工出动，寻访救人英雄。旧事重提。一侧的通栏图片上，还是影影绰绰地印着那帧手机定格的画面，好像更虚一点儿、更忧悒一些。

陈亭妃笑了笑，很凉。

做完工，杜怀丁一般补不了多长的觉。

一阵秋雨一阵凉，拉开窗帘，杜怀丁瞧见兰山顶上云雾缭绕，山色是湿的。早上落了一层雨，不太大，但足够催寒。楼下的市场上人声鼎沸，各种声调的叫卖声此起彼伏。家是二室一厅。当初拆迁还建时，杜怀丁主张拿拆迁款，在郊外买一套更大的便宜房，但王幸男比较精明，坚决反对。或许，那时候王幸男就猜到了今天，说郊外的学校太差，为橡皮的未来计，还是就地安置吧。过渡了一年有余，住进这么个鸽笼里，显得真憋屈。小客厅是专属杜怀丁的，一张钢丝床，就可以将就。要命的是楼下的喧哗声，从凌晨五点来钟，三县六区的农民开着三马子，将一条街搞成了露水菜蔬市场。刚结束，整条街又变成了禽蛋鱼市场，河南帮、安徽帮、四川帮各守一方，行业垄断，势不两立。夏天时，街上天天发生行武门事件，警车出更的频率，像一个人吃坏了肚子，时时跑来。一来，警报声便撕心裂肺，杜怀丁也就肝肠寸断，干脆睡不踏实。

这也倒罢了。头痛的是家里的窗户根本不敢启开，一开，血腥气冲进来，在房间内，萦绕不散，会恶心死人。摊贩杀鸡宰鱼，剖肚挖腹，又支了一口口开水锅，当场褪鸡毛，鸡屎味像去年夏天的一大锅剩饭。偶尔，杜怀丁下班回家，会看见摊贩将一只只土狗，捆绑在电线杆子上，往鼻孔里灌醋，半死不活时，现场剥皮，猿猿之声仿佛阴曹地府里在PK一般。相对来讲，屠一只羊、刮几条鱼还比较文明。鸽子就更简单了，往水缸里一闷，便气绝身亡。每次看见鸽子尸体时，杜怀丁想，哎呀，那可是和平的化身呀。

今天亦不例外。

不喜睡沙发，但钢丝床也硬不到哪里去，杜怀丁感觉骨头痛，不解乏。潦草地穿衣起身，见母亲坐在门端里，在剪一块肉，便知道时候不早了，该去接橡皮回家了。早上临上楼，杜怀丁买了一捆韭黄，刚上市的头一茬儿，嫩得能弹出水来，已被母亲择干净，浸在了水盆里。"嫩，鲜，中午做锅贴吃。橡皮最爱吃锅贴了。"母亲唠叨。有一句话母亲没说，其实母亲知道，杜怀丁是最爱吃韭黄锅贴的。鹅黄色的韭黄，在秋深时才出现，贵得要命，再拌上炒鸡蛋末，可以大快朵颐。但杜怀丁买了一条瘦肉，来荤的。瘦肉富含铁，橡皮正在发育，缺失不得。母亲没在砧板上剁肉馅，怕吵了杜怀丁，惹他烦。于是捏着一把剪子，一记一记地剪着肉。肉粒像大米一般，比剁的效果还好，正腌在调料水里，入味。不用问，母亲也已和好了面，醒在盆子里，等一会子就可以上锅了。杜怀丁洗漱毕，喝了半杯茶水，一拐一跛地要出门，去接橡皮。

"王幸男呢？"

母亲回说："你姐呀，一早就出了门。原先这里的一个老街坊嫁姑娘，非要你姐去帮衬，说她细心。唉，老街坊还不知道你姐家出的事，其实现在也不讲究嘛，守活寡不算啥。"

"哼！癞蛤蟆避端午，王幸男。"

这是俗语，本地人常说，拈轻怕重，好吃懒做之意。有好几年，杜怀丁不信母亲的话，专在这一天晚上，跑到黄河边的汊湾或水塘里，去听癞蛤蟆的叫声。偏偏怪了，端午节的晚上，癞蛤蟆集体噤了声，连影子也不见，似乎它们还有一处别室，公社里开大会去了。或许，也是自然的一个轨制，不得细考。说归说，接橡皮的事，杜怀丁还是乐于承担的。

姐姐的境况一糟，本来爱出头露脸的她，收敛不少，生怕碰上熟人。家就成了王幸男的螺蛳壳，天天做道场，除了晚上去无轨电车上放风外。橡皮在几个街区外的一家小学，一年级，刚掉了门牙。杜怀丁骑在车上，风一般穿过禽蛋鱼市场，憋了一路的气，终于吐出来，放缓了速度。此时，云坼裂，慢慢往两侧的山峦后挤去，空气如洗，可以听得见学校的下课铃声了。

橡皮是最后一个出来的，快快的，书包拖在地上，擦刮了满身的泥水。

杜怀丁没太注意，将橡皮抱在前梁上，溜了一段儿，跨在了座子上。单车是早报派发的，加重式，锰钢的结构，稳当得像一辆轻型坦克。杜怀丁问："没牙佬，舅舅给你昨天教的顺口溜呢，你现在背一背看。"橡皮不吱声。又催了几遍，橡皮忽地折转过身，在杜怀丁的脸上扇了一巴掌。杜怀丁懵了，靠了边，踩在路牙上，变了色说："小东西，三天不打，上房揭瓦。"说着话，手往橡皮的腰里一卡，钳了一把。谁料想，橡皮哇哇哇地号啕起来，哭声若一簸箕碎玻璃碴，带了心惊肉跳的音效，惹得路人纷纷侧目，对杜怀丁充满了鄙夷和驳斥。支了车，抱橡皮下来，杜怀丁揩了橡皮的眼泪，问他："脑子搭错了哪一根筋。"

"我被撤了组长。"

杜怀丁想笑，屁大的一点儿人，还这么虚荣，哄着说："撤了就撤了。芝麻大的组长，孙猴子当年就是小组长，他就挺看不上弼马温这个职务的。"

"下午,老师请家长去。"

"你咋了?"

橡皮未语先泣,抱住车龙头说:"我不是故意的,反正。我轻轻推了一下,他们两个就从讲台上掉下去,摔在地上,能怪我嘛。"

"摔得严重吗?"

"进医院了。"

母亲煎的锅贴猫耳朵大小,金黄薄脆,有一股子奇香。母亲给橡皮的料碟里搛了好几个,橡皮都不乖乖吃,沉下脸,拘谨得像上了发条似的。杜怀丁当然也胃口恶劣,敷衍着吃了几个,说口腔里长了溃疡,太烫,等下午再吃。母亲瞧不出端倪,继续忙碌着,将捏好的都过了油,下次热一热,就可以下嘴。杜怀丁哄着橡皮睡了午觉,两点左右,载着橡皮去了学校。在门口,橡皮忐忑难安,恐惧地说:"我妈没来,老师会让我退学的。"杜怀丁摸摸橡皮的脑袋,安慰说:"你去上课,我去找你班主任,舅舅也是家长嘛。"

"就你?"

杜怀丁愣怔说:"就我呀,橡皮打灯笼——照旧(舅)。"

"你不能去,你是个瘸子,会笑话我的。"

"你说什么?"

"瘸子!"橡皮对杜怀丁一向不客气,软硬兼施。

"呵呵,瘸子怎么了?"杜怀丁压抑着怒火,不好在大庭广众之下施暴,嗓子眼却哽咽死了,胃里的一团酸水漾上来,喉咙里发涩发黏,仍劝慰说:"橡皮乖,舅舅不去便是了。学校是橡皮的,舅舅应该去马戏团。"

"老师问了咋办?"

"乖!你妈会来的,中午我挂了电话,放心。"

橡皮一绽笑,念顺口溜说:"杜怀丁,小兔丁,一跛一跛到天明。"

"娘的,谁教你的?"

"橡皮编的。"

杜怀丁其实没走,铃响后,直接去了班主任跟前,说明了来由。班主任年岁小,面孔毛茸茸的,稚声嫩气,展了展手说:"橡皮家长,实在没办法的事儿,摔了的那两个孩子的爸妈不依不饶,非要去做CT和核磁共振,检查一下有没有后遗症,只能请你来了。"杜怀丁料想事大,咯噔一惊:"摔得严重吗?怎么还要作核磁共振呢?""有什么办法,现在都是独生子,家里的小皇帝,全家人捧在手心里,怕碎了,怕化了,怕闪了。"杜怀丁嗓眼里塞了一块乱麻,慌不择词地说:"孩子身体都软,柔韧性好,咋能摔那么重呢。橡皮只不过推搡了一下,也不能这样子讹我家吧。"班主任耸耸肩,仿佛授课似的,无奈地说:

"是讹,é,讹诈的é!"

"岂有此理,这不是一棍子打死橡皮吗?"

"我也没办法。大家都看见了,是你家橡皮推的,还故意。"

"要我咋办?"

班主任盯了盯杜怀丁的残腿,杜怀丁正激动地蹒跚前后,语无伦次起来,搞得教研室里乱哄哄一片,有几个老师跑过来,帮着班主任说话。"咋办,花钱免灾嘛,钱可以擦掉橡皮的这一个屁屁股。"班主任很有点儿嫌贫爱富地说,"人家家长送孩子去了医院,做CT和核磁共振,你得先交押金,两千块。等完事后,再给你看治疗发票,兑一兑账,多退少补。"

当初橡皮上这家小学,王幸男伤透了脑筋,求爷爷,告奶奶,把该认识的人都找遍了,好歹才报上名。再说,被摔的孩子进了医院,橡皮先输了理,杜怀丁再怎么狡辩,也是无可奈何的事。出了门,杜怀丁从家里取了银行卡,忙不迭地取了钱,交给了班主任,连押金条子都忘了打。"给他们家长，让他们全家都去吃药算了，吃死他们。"杜怀丁恼怒道。两千块整，等于杜怀丁三个月的收入，现在卡空了，杜怀丁的心也空了，只觉得将那两千块钱扎成捆，扔进黄河里还能听个响声。现在倒好，钱成了润滑油，去交给核磁共振的机器，基本上肉包子打狗，有去无回。站在街上，杜怀丁觉得中午吃下去的几个锅贴，化成了酸水，在五脏六腑间波涌泛滥，冲上脑门。杜怀丁扶住一棵树，哇哇哇地狂呕一通，竟没呕出一点儿内容，眼泪却不可遏止，挂在双颊上。

杜怀丁不想家里去，怕母亲察觉了，连累了她的心情。杜怀丁骑上车，在附近的几个街区里疯行，链条咔嚓咔嚓响，若坦克车的履带，横冲直撞，将眼前的一切都踏成了齑粉，弃之不顾。天上的云朵也碎了，泥浆般翻卷，被杜怀丁的举止一震慑，停在头顶。街上游走的老街坊们，大多认识杜怀丁，指指戳戳的，私议说，呵呵，瘸子不瘸了会上天，真应了那句老话。疯转了几个街区，待杜怀丁握住刹车，哧溜一声，才想起自己老马识途，回到了家的楼下。人比老马更甚，更孽障，更狼抗。人会认得家，家是一眼洞穴，人却是洞穴里的猪。杜怀丁怅然时，眼睛里薄薄地生凉，敷着一层泪，心里恓惶得可以。刚抬腕子揩掉泪时，从楼洞里暨出一个人，脚声急遽，掩面惶然，顺着楼角一拐，不见了。杜怀丁吸住鼻涕，觉得那个人很熟悉，步态、高矮、大模样，有点儿似曾相识。那个人的最后几步，基本上是跑，鞋底板子下的声音，像一枝枝黑暗里的残花，瞬时开败了。杜怀丁真的没认出来，那个人其实是乔如山，该喊一声姐夫才是。

杜怀丁觉得今天真失败。失败是自己的，不好意思牵连母亲和王幸男。

于是，杜怀丁的单车隆重驶上了黄河边的风情线，吹吹风、发发汗，或许会好一些吧。不承想，类似的愿望，很快就破了产。天一放晴，有几段河岸边麇集了更多的人，像一锅煮坏了的稀饭，鼎沸不堪。天天在岸边跑，却没空去观察人们在做什么，杜怀丁便有点儿好奇，支起车，走下了河堤。

在兰州，很有一些走火入魔的善男信女，平时做了亏欠事，心里有阴影，就常去庙里拈香，也常常会在市场上买来几箱水产品，雇了快艇在河里放生，寄望于日后继续心冷手黑，得道成仙。俗话说，道高一尺，魔高一丈。刚被放了生的活物人地生疏，水土不服，便纷纷往岸上拢来，挤作一堆，结果挤进了"奥斯威辛集中营"里。岸上散步的居民眼尖，随手一抓，就能捕到三四斤重的大鱼。消息传开后，就有更火暴的人提着渔网赶来，冲着天空一撒，兜住了黄河水。杜怀丁凑进去后，刚开始收网清点。妈哟，七八只镔铁桶子里装满了黄河鲤鱼，活色生香，上蹿下跳的。本地的居民大都是旱鸭子，眼拙，不认识南方的水产，就有人指点说，鲫鱼、鳗鱼、鳝鱼、泥鳅、王八、黑皮乌龟，等等。大多数更眼生。另有一样最惹眼，五彩斑斓的锦鲤，属于观赏鱼类。捕鱼人拾掇停当，就亮开嗓子就地叫卖，一条五元，锦鲤十块。心说，家里已经很久没吃过鱼了，橡皮嚷了几次，王幸男只从悦宾楼里买过巴掌大小的干煎带鱼，堵了橡皮的嘴。于是，杜怀丁摸出零钱，买了一条四斤一两的黄河红鲤鱼，找了绳，挂在了车龙头上。

捕鱼者犹不甘心，重重地撒了一网。

待收网时，却发现渔网被吃住了，像水里钉有一根马桩似的。看热闹的人纷纷去帮衬，小时候拔河的样子，硬是将河水拖垮了，将大网一截一截地收了回来。杜怀丁也出了力，脚下趔趄，脸憋红，心里踌躇满志。一见，渔网里竟然裹着一具尸体，混杂在枯枝烂叶和泥鳅、王八中间，辨不明晰。胆大的撒了网，控净水，翻动了尸体，原来是个年纪轻轻的女人，披头散发，浮肿青紫。日光太亮，女人坦坦荡荡地裸陈在沙滩上，白花花一片，无一丝一毫的羞赧和抱歉，仿佛她死得很有理一般。快报警，喊水上派出所的来！人群惊乍开来，还差一点撞翻了杜怀丁。杜怀丁强忍着恶心，先前的一股酸液堵在喉咙上，火烧般疼。

  黄河的确没盖子，寻死的人只需一跨腿，就可以和这个恩恩怨怨的阳世说声拜拜。早报上隔三岔五，就有类似的消息，人们见怪不怪的。杜怀丁是头一次见到溺亡之人，魂飞魄散。心想，比起这些想不开的亡灵，给橡皮推人事件交纳的两千块钱，真的不算什么。人在，阵地就在，什么也都在。世上的钱像黄河里的沙子，流过去了，还会再来，只要肯踏实，愿意花力气，人民币跟谁都不会有仇。

  这么一想，杜怀丁便亮堂了，推了车，散淡地在河堤上走。

  不巧，顶头看见了一群乌泱泱的人马，呈扇形分布，直冲着杜怀丁走来。这个画面，杜怀丁在电视上见过，纳粹的党卫军，一寸一寸地搜索目标。迥异的是，眼前的这帮子人一律是黑马甲，手里捏着一张张揉皱的画像，在河边逡巡，欲拔头功。杜怀丁的脸暗自红了，比挂在车龙头上的鲤鱼的鳞甲还红，耸了耸肩，也将身上的黑马甲穿戴整齐，一副找见了大部队的架势。站上的人都面熟，见杜怀丁一瘸一拐的，像居家男人那样采买，真便宜了他，于是纷纷拢过来，说些不咸不淡的风凉话。杜瘸子，红烧？还是糖醋？杜怀丁嘿嘿笑，我外甥想咋吃，就咋吃，他是家里的小皇帝嘛。杜瘸子，你没去你的辖区找找看吗？杜怀丁说，黄河水里摸石头，咋能找见呢，等他浮肿泡涨了，会自动浮上来的。一帮子黑衣人呵呵呵地笑，有人戳了杜怀丁的额头，嗔怪说，你个瘸子，人小鬼大，吃独食吃惯了，不信你不馋这笔奖金。杜怀丁回说，从死人身上挣钱，花起来也瘆，还是你们挣吧。正说着话，车龙头上的红鲤鱼不忍弃世，扭了扭，挂在腮上的线断了，掉在了河堤上，跃龙门似的板起身子，如一枚硕大的跳棋。杜怀丁拾了几次，滑腻腻地脱了手，鱼鳞在日光犹如一把散落的硬币，闪烁不停。

这当口，一帮子黑衣人围上来，用脚来帮忙。

黑皮鞋、白胶鞋、蓝布鞋，从鲤鱼身上踩过，踩了不算，还像一台脱粒机，将鲤鱼轧成了一块臭鞋底，鳞片横飞。鲤鱼也不愿受胯下之辱，喘息着，从东跳向西，在一堆大腿之间狼奔豕突。杜怀丁苦笑说："哥哥们，别踩了，再踩，就踩成陈水扁那小子喽。"这是一句幽默话。大家都停下了蹂躏，指着杜怀丁骂："真的是鬼大，贼尖溜滑，这家伙，要是腿还囫囵着，准保能干上站长。"

说曹操，曹操就到。

杜怀丁刚拾起鱼，重挂在车龙头上时，站长别着一根空袖管，从对面赶过来。早报的投递员们哄地散了，顺着河堤再寻下去。一条大河摊开了身体，铺展在河谷地带，冬天瘦，夏季汹，将上游里的故事和光阴，泻向了长天尽头。河上的事情，谁又能说得准呢。站长不吱声，从兜里摸出一支烟，杜怀丁紧着掏出打火机，喂上火。站长贪婪地吸上一口，问天打卦地说："小杜，如果下一辈子人能转世的话，你想做什么？"杜怀丁愣怔一番，嗫嚅说："我没想过，真的。"站长揪掉了过滤嘴："实话说，我也没想过，才这么问你的。"杜怀丁觉得站长今天有些反常，话太冷，让杜怀丁的脊骨里孵出了一股子冷气。一念想，杜怀丁就有了抛砖引玉的心。"要是能转世，下辈子我不想再做人了。"站长的眼神"咦"了一声。"下辈子，我做一只鸟，不需要腿，就用翅膀一直飞，不停下来。"站长将烟蒂扔在地上，踩了一只脚，骂咧咧地说："熊人！你长翅膀飞了，叫我咋办？我就一只膀子，单翅鸟，你还不服我管教了，能得你。"杜怀丁知道说错了话，含了含胸，算是抱歉。"你想做什么，我也做什么，好歹能是一伙的，不撂单。"站长望着河面上白色的雾，唏嘘地说："还没想好。我得想想这个问题，再抽空告诉你。"

"用泥糊住，鱼就保鲜。"站长道。

杜怀丁回说："真是晒鱼干了。"

"想再挣钱吗？河对岸的白塔山后，有新的订户。"

"太远。"

"是这！你先去摸摸地形，你是下辈子的一只鸟嘛，先去试试翅膀。"

"先别开口要，我早给你准备好了打火机。"杜怀丁道。

陈亭妃接过打火机，却忘了挎包里没烟，嘴角上萧索一撇，摁来摁去地玩。一根火苗变戏法似的，在陈亭妃的每一个指缝里喷出，犹如空气里的舌头，在跟人玩捉迷藏。"鬼机灵！我现在是三等烟民，没火没烟，等你施舍。"

"今晚，又什么风把你吹来的？"

陈亭妃说："鹦鹉学舌。你能不能说点儿新鲜的？"

"是你的话呀！"

"其实，也没什么风。瞅瞅，今晚上是个无风之夜，连黄河水都快流不动了，停在了河道里。瞧，打火机的火苗，站在我手上，也没被风吹斜。"

杜怀丁一盯，果然瞧见一蓬暗火，从陈亭妃的三条指缝里渗出来，稳稳地站着。黑红色，冷焰，似乎并不曾烧灼了陈亭妃的皮肤。陈亭妃反倒影痴痴地咧开嘴笑，一副魔术师的坦然和淡定。呼！火熄了，陈亭妃掌心向上，却不见了打火机。杜怀丁将空酒瓶杵在桥栏上，知道明早上，拾荒人会赚得一毛钱。杜怀丁抓住陈亭妃的手，想究问一下，陈亭妃突地攥住拳，拳眼里"嗒"地一响，又跳出一簇火苗来，说明打火机并未走失。杜怀丁呵呵地笑，心花绽放。这样的把戏，最适合给橡皮去表演了，也不知陈亭妃会不会礼贤下士，教自己这招儿。

146

一问，陈亭妃说："可以！不过有一个条件先。"

"先什么？"

"陪我去桥上一趟，我还要做夜课呢。"

"那你就在这里拔腿练筋骨吧。咱俩呀，两不耽搁嘛。"

陈亭妃坏笑起来，摸了一下杜怀丁的头，说："傻瓜！我刚从孙悟空和唐僧那里过来，老远就见你坐在这里，像根烂木头桩子。你是不是还在偷看你姐姐开电车呀，小变态。"杜怀丁顿了顿下巴，首肯了她。陈亭妃说："想想，你坐了这么久，今晚看见过一辆无轨电车驶过吗？"杜怀丁往记忆里打捞了几番，恍然觉悟。千真万确，近一个钟头内，不曾有一辆无轨电车驶过去。就连横亘于半空上的两条线缆，也不曾惊颤过。更不曾有过一只夜鸟飞来，蹲在线缆上，抱住自己，度过这个寒凉之夜。陈亭妃叉开指头，支在耳畔，说："刚才，我也觉得挺蹊跷，就给公交公司挂了电话。他们说，今晚上拉了闸，无轨电车的线路全面检修，观光车不服务了。"杜怀丁怔怔地说："王幸男去接班了呀，没说检修线路的事儿。"

"你姐姐凭啥凡事都告诉你，小变态。"

杜怀丁笃定说："她今晚接班早。要是停工，我没出门，她就该回家了的。"

"喂，你有恋母情结吗？"

"什么？"

"这么说吧。在家里时，你是不是偷看过你姐姐换衣服？或者说，你姐姐洗澡时，你偷窥过她的裸体？"陈亭妃显得很老到。在杜怀丁面前，陈亭妃一直掌控着局面，由不得杜怀丁做主发言。"说不定，你也不是故意的。你，你可能假装不经意，就那么瞄了一眼姐姐的裸体，心里酥酥地痒，情不自禁。"杜怀丁尴尬地埋下头去，但鞋带没开，就故意挽起袖子。"兄弟，是不是让我给你说破了？没关系的，男孩们都那样子,差不多都会有恋母情结的。等见过了世面,也就算长大了。"此刻,杜怀丁真想说,王幸男虽是姐姐,但更是一个有着苦愁的女人,自己半夜来河边枯坐,参禅打坐,其实只想给王幸男打个气,别无其他。但陈亭妃世事洞明,以一副讳莫如深的口气说:"我喜欢你这样子,兄弟。世上有两件事情千万别错过,一个是爱你的人;另一个嘛,是深夜接你回家的最后一趟班车。"杜怀丁心里湿湿的,犹如含了一口蜂蜜水,尾随在陈亭妃屁股后边,往灯火阑珊的铁桥上走去。

刚到了桥中央,陈亭妃忽然丢下挎包,一个鹞子翻身,来了个漂亮的空翻。

杜怀丁携着一条残腿,靠在桥栏上,想欣赏一下陈亭妃做夜课。刚才,陈亭妃的空翻又高又飘又炫,比一只大鸟的起飞更抖擞,仿佛空气里藏着一根猴皮筋。类似的矫捷,杜怀丁只在电视的体操比赛中见过。孰料,陈亭妃停下脚,迅速收了势,略带着一丝丝娇喘,拍净了手掌,不再做功了。陈亭妃趋前,也靠在了桥栏上,打开挎包,取出一只小电器来,举在空中。杜怀丁侧望而去,不明就里地猜疑,手却不由自主地摸了摸下巴。早起太忙,忘了拾掇,胡楂像一把大头针,密密地钉在肉里。陈亭妃拧动了开关,一只飞利浦剃须刀嗡嗡嘤嘤地作响,马力十足。想象中,杜怀丁觉得下巴被陈亭妃的手抚摩了一遍,变得发白发青,轮廓分明,像一道逼真的弧线。陈亭妃不为所动,嘴里念念有词地说:"李释堪,找见了你的剃须刀,充了电,你把自己整理干净,再去见我妈妈吧。"说完,手一甩,陈亭妃将其抛进了如渊的桥下。

河水如一卷深蓝色的钢板,被两岸的灯光淬了火,熔化一切。

末了,陈亭妃又取出一塑料包的玫瑰干花,打开,往桥下倾倒。杜怀丁家里也有,知道是永登苦水的玫瑰,价格不菲,行销全世界。王幸男臭美,每次只买半两三钱的,舍不得泡水,只蘸了药酒,往脸上搽，消灭异军突起的皱纹和疙瘩。干花轻盈，洋洋洒洒地落了下去，天女散花一般。陈亭妃兀自沉浸在夜课里，嘟囔说："妈妈，过几天就是我的生日了。生日那天，我就不来河上看你了，你自己去喝一杯花茶吧。"这一空隙，杜怀丁见陈亭妃的肩胛抖瑟瑟的，又想起曾见过的那两片瘦刮刮的锁骨，心想，它们会是一对青鱼，正在陈亭妃的肌肤下秘密游动。一念若此，杜怀丁便有些激动，似乎洞穿了天大的机密，嘴上却不说什么。原来，这就是假小子的夜课呀？哼，哼哼！

"我妈妈死了，我把她的骨灰撒进了黄河。黄河嘛，现在等于我妈妈。"

杜怀丁摸着桥栏，降了夜露。

"她是老年合唱团的，可疯了，天天在河边的水车园里练声。"陈亭妃重新挎起了包，拢着手，带了略略的寒战，"我妈留下的遗嘱，说她喝了一辈子的黄河水，死了，就丢进黄河里，还说是返璞归真呢。"

"哦，你妈还用剃须刀吗？"

陈亭妃距离三米远，象征性地扇了一巴掌，叫杜怀丁住嘴。

"真怪！"

"跟你没关系。"

杜怀丁说："可惜喽，你还不如送给我哪。以后河里的鱼，肯定是无鳞无须的怪物。咦，河边的事情，谁又说得准呢。"

"会送你的。"

"你的生日快到了？"

"兄弟，帮个忙。"

杜怀丁说："算了，你也别打车了，我骑车送你回家去。"

白塔山后的订户，其实只有一家而已。杜怀丁从站上取票据时，私下里听说，站长当年对越南作战时，身上还埋着几块弹片，一直未能取出来。其中一块，居然还在身体里下滑，前几天复查结果出来，说已经危及了肝脏，随时都有不测。心想，难怪见面时，站长会有轮回转世的疑惑之问，人之将难，其言也哀哟。下午，杜怀丁骑单车，跑得大汗淋漓，始终也没找见那一家订户，便蹲在战备公路边，伺机问人。总算过来了一个老叟，沿街叫卖冰糖梨，指着山后的坡地，土话说："那达！"

"那达"太远了，唇齿一噱，就让杜怀丁跑断了腿。

依了老叟的说法，他和村里的几百口子人，原先就住在那块坡地上，属黄河洄水湾一带的公社。山是焦渴的旱山，土是黄土高原的扬风土，抓一把，连一丝湿气也攥不出来。此前，吃喝用度的水，都是用毛驴驮上去的，星散的禾谷田，也是省吃俭用下的眼泪巴巴点苗种下的，收成可怜，勉强维持个饥饱。后来政策放宽了，坡地上的人陆续搬迁下来，在郊外的河边野地里盖了土坯房，子女们入城打工，鲜有人再去务农活。但山坡上的一片片地，却并没有撂荒，而是租给了一些眼疾手快的生意人。合同是霸王条款，一签几十年，租金微薄，又不能讨价还价。生意人财大气粗，在山顶上砌了天池，将黄河水虹吸过来，用于灌溉和经营。不出几年，生意人将一座座凋敝的农庄，变成了仙风浩荡的世外桃源，果木林立，郁郁葱葱，掩藏在游龙盘蟒般的山峦深处，令人流连。先是经营农家菜，烤全羊、靖远羊羔肉、大盘鸡、手抓肉等等的特色。后来胆子更大了，菜单上出现了黄羊、岩羊、梅花鹿、野猪、野驴、禽鸟和野鸡肉，大多是珍稀野生动物，价格死贵，明目张胆地坐地分赃。这些年，城里人的嘴也渐渐脱离了低级趣味，公车私车赶集似的往山谷里开，比清明节扫墓时还隆重，又没有了羌笛，更无纷飞的细雨叫人断魂。一入夜，坡地上的各家各院，大都是灯笼高悬，少数民族的酒歌艳舞直排云霄，空气里弥漫着一股子酒精和肾上腺素的气味,挥之不去。生意人从今年夏天开始集资做广告,舞文弄墨地称之为:兰州的后花园,一步之遥。云云。

当然,这里的热闹,与大河两岸的平头百姓无染,亦与杜怀丁无关。

甄进了战备公路旁的一条沥青路,山色陡地一变,四下里阒寂无涯。不入夜,不开席,此时的大路上杳无人迹。杜怀丁似乎能听见高空上的几只土麻雀,扇动空气的擦刮声,像一本坏掉的书,无人问津。路起伏无定,一忽儿骑行,一忽儿推车吭哧,杜怀丁早已是满头大汗。订户单上没有具体的门牌号码,落款是洄水湾的"徐心香"。依了杜怀丁积攒的投递经验,心想,这个订户可真够意思,大老远的,还牵心着世上的动静,报纸又不是吃食,一顿不吃饿得慌。一份五毛钱的报纸,费的人工却远远不止这些,唯有投递员的脚掌,才明白其中的艰辛。

拐过一处山脚,杜怀丁终于看见了洄水湾。

像老话里讲的那样,凤凰台上无凤凰,洄水湾里不见水。但深嵌在梁峁沟壑间的这一大块坡地,却因了虹吸来的黄河水的灌溉滋养,呈现出一派林木深深、曲径通幽的静谧气象。杜怀丁骑上车,挨家挨户地打问,有没有一个叫"徐心香"的人。各式造型的院落,青砖砌就,白水泥勾勒出细密的墙缝,归整有序,仿佛橡皮算术作业本上的线条和暗格。门端里还镶嵌着一幅幅地方特色的砖雕,连环画,有孟母三迁,有秦叔宝和尉迟敬德,也有舍身饲虎、割肉贸鸽等等的佛教故事。门头上,挂着各式各样的幌子,名字都起得怪,什么野猪林、深海酒肆、陇上一盏茶、新龙门客栈,不一而足。转了几遭,杜怀丁停在了一家餐厅门口,似乎有一点点预感。

这家的匾额上,堂而皇之地镌着几个镏金大字:心香狗肉店。

杜怀丁刚支好车,头顶的树上,掉下来几枚熟透的核桃。核桃是青绿色的,掉下来,磕破了果衣,流出星点的汁液来。杜怀丁拣起一枚,剥开,刚往嘴里喂时,店门里走出了一个伙计,悻悻地望着他。

伙计穿了一身草绿色的军装，领章帽徽俱全，腰里扎着武装带，臂上缠着一根红卫兵的红箍，手执一杆红缨枪，趔趔然的。核桃是苦的，啐了半天，也没啐干净，杜怀丁觉得舌头都麻痹了，中了毒似的。杜怀丁跟伙计对视着，几分钟的时间里，目光都很警惕，有一股子雄性间的挑衅。结果，伙计先绷不住了，兀自喷出笑来，引得杜怀丁也哈哈哈地狂笑，莫名所以。伙计笑得更厉害了，露出鸡血色的牙床，笑声像一台坏掉的引擎，又蓦地刹住车，虎视着杜怀丁说：

"笑什么？"

"哦，看看你店里挂没挂羊头呀。"

伙计是个有意思的家伙，腰板也戳成了一杆红缨枪，挺拔地说："革命不是请客吃饭，不是做文章，不是绘画绣花，不能那样雅致，那样从容不迫，文质彬彬……"

"……革命就是暴动，就是一个阶级，推翻另一个阶级的暴烈的行动。"杜怀丁恰巧记过这一段语录，滴水不漏地回了话。早报上曾经报道过类似风格的餐厅，申斥说有"文革"遗风，几个老干部进食时，被这样的阵仗吓住了，险些中了风。但人家证照完备，合法经营，却也是无可奈何的事。杜怀丁感觉自己露了一手，不露怯，身陷戏剧里一般，十分过瘾。

"同志哥！"

伙计冲过来，紧握住杜怀丁的手。

"你好，同志。"杜怀丁就坡下驴地说。

"你从苏区来？"

杜怀丁也神经兮兮地说："是呀！我是来送情报的。"

"见司令，还是政委？"

"我找徐心香同志。"

"哦，你找心香呀。心香就是政委。"伙计拍腔子，慷慨道。

"你站岗？"

"是！司令员在抄佛经，也可能在陪政委睡大觉。"

伙计凛然作答，又露出鸡血般的牙床，忽地抄起红缨枪，对准了杜怀丁的腰眼，仿佛要押解他上路。杜怀丁身陷敌占区，登时没了游戏的心情，还时刻提防着身后尖锐的梭镖。心猜，这家伙老大不小的了，还这么喧闹捣蛋，一准是脑子里搭错了线，才变得如此疯疯癫癫的。没奈何，杜怀丁只得乖乖地进了院门。伙计在屁股后头喊着口令："一，二，三，往右，往左，朝前。"

院子里一派忙碌，服务员们却很整齐，素色头巾，蜡染的衣裤，土布围裙，一副副农家女孩的打扮。阔大浓密的树荫下，摆放着十几张餐台，碗筷早已安顿停当，只待傍晚的吃客们纷至沓来，一一入座，点灯开席。杜怀丁蹙了蹙鼻子，闻见了一股子异香。想象中，狗肉已经炖烂煲透，婉转流长，真能馋出嘴里的一种病来。一恍惚，杜怀丁就走得有点儿趔趄，一跛一跛的，跟不上口令，腰眼里的红缨枪几乎顶在了肉里，有一丝麻辣辣的烧痛。伙计依然沉浸在自己的欢乐中，口令声一丝不苟。"三，二，一，往前，右拐，上台阶。"附近的农家女孩爱凑热闹，捂住嘴角发笑，远远地问：

"老大，抓了一个舌头？"

伙计回说："送鸡毛信的。"

"拉到后山用刑，还是去枪毙呀？"

伙计吐了吐唾沫，慨然说："政委的客人，快上茶。"

一句话封了口，女孩们再也不吱声了，作鸟兽散，纷纷拿起了抹布和笤帚，各忙各的去了。杜怀丁的脊梁里漾起了一阵惊惧，沿着尾骨上升，慢慢地蔓延到了四肢，寒冰一般。但伙计押解得极认真，容不得杜怀丁辩解一半句。穿过几排屋子和一条游廊，杜怀丁觉得眼前一亮，原来站在了院落后部的一大片坡地上。

坡地上辟出了几畦菜田，一些耐寒的菜蔬坐了一地，有几株竟然开出了指甲皮大小的碎花。土埂上还植了一排排玉米，叶子逆着风，重若沉枪。稍远处，一棵葵花树低下头，掩着脸，害羞似的。杜怀丁路过时一瞥，发现葵花盘子里干干净净的，早被人偷了嘴。伙计越接近目标，越撒起了疯，嘴里的口令声高亢入云。坡地深处，是一座白色的塑料大棚，在下午的天光下映射着光斑。恰在此时，大棚里奔出来一个女人，急簌簌地喊叫说：

"哥，你又犯病了嘛，不能对客人无礼呀。"

伙计立定，脚后跟咔嚓一磕，朝女人敬了一礼，说："政委同志，这是苏区来的情报员，要找徐心香同志你。"

"哥，你真是的，叫我操碎了心，心都快烂完了。"

杜怀丁猜，这女人一定是徐心香，早报的一位新订户，忙掏出兜里的单据，得到了肯定的答复。徐心香却不理睬杜怀丁，冲上前来，缴了伙计手里的红缨枪，推搡着，死拉硬拽地将伙计哄进了一间屋子。伙计刚进去，徐心香砰地碰上门，抓起窗台上的一把大锁头，气愤地落了锁。杜怀丁侧立一旁，知道戏该收场了。伙计被关了禁闭，小丑一样地嘟囔不停。徐心香站在屋檐下，胸脯一起一伏，两坨硕大的奶子，波来荡去，仿佛充满了激愤和委屈的眼泪。窗子上焊着网格状的铁条，堪比监狱，伙计伸出一只手来，乞怜地叫嚷着。徐心香想起什么，从裤兜里摸出几粒奶糖，递在伙计的手里。末了，徐心香换了语气，哀哀地说：

"哥，客人们都快来了，你别再闹了，乖乖吃糖吧。"

伙计说："还要看小人书。"

"给，看吧！"

窗台上搁着几本连环画，卷心菜的样子。徐心香不耐烦地扔进去，又闭上了窗户，插上了插销。徐心香站了许久，目中无人，始终也没多看杜怀丁一眼,好像他根本不存在似的。杜怀丁有点儿歉疚,觉得错在自己,搅扰了人家的清静,脸腾地红了红。徐心香瞧出了杜怀丁的忐忑,长吁一口气说:"没关系!每天都这样子,闹得鸡飞狗跳的。不过快营业前,就会把他锁起来,眼不见为净。"

"该去看看医生的。"杜怀丁道。

"看了,不起作用,拖累了家里二十几年,我现在都疲了,心也乏了。"徐心香像是偶遇了知音,话也多,"只当他是一条狗,比藏獒还凶,狗都怕了他。"

念及自身的疾患,杜怀丁感同身受,便不再多言。

"天作的孽呀。他是我亲哥,叫徐心伯,'文革'大闹大乱的时候,没被组织上吸收,所以他现在天天做红卫兵,脑子彻底坏掉了。"徐心香脸色寡淡,赔情地说,"刚才让你受惊了,实在过意不去。走,去喝杯热茶吧。"

"不了!认了门,明天投递报纸就方便了。"

"咦,上了门来就是客,咋能说走就走呢。"徐心香盯着杜怀丁的残腿,以一种女人特有的体恤说,"来一趟不容易。离市区虽说不太远,但毕竟有一截山路,看你,头上都冒了汗。"说着话,徐心香拽住杜怀丁的胳膊,往另一间屋子里送。杜怀丁不由自主,脚也跟了去,闻见了女人身上飘散的一股子淡淡的奶香,真如她的名字一般。徐心香边送,边朝屋子里喊:"老李,快出来,你抄了大半天的佛经了,也该歇缓一下眼睛才是。"

这是杜怀丁第一次看见老李,觉得眼熟,却不明白在哪里见过。

"在下李释堪!"老李将右手的蘸水笔换在左手,握了握杜怀丁。李释堪的脖颈上挂着一副老花镜,人笑眯眯的,腮帮子上的赘肉一颤一颤,显得很富态,跟弥勒佛那样子。徐心香拉了灯绳,屋檐下霍然灿烂,又抓过来一只马扎,搁在杜怀丁屁股下。杜怀丁知道那句话,好狗不咬上门的客,即便这是狗肉店,既来之,则安之,遑论其他。平时投递时,订户们拉他进门吃一盏茶,唠几句家常话,亦是经见不怪的事儿。杜怀丁坐下来,回报给"弥勒佛"一番笑,心猜,这个男人或许就是伙计嘴里讲的司令员吧,心下好奇。徐心香介绍完了投递员,又说了几句闲话,抻了抻衣角,理了理头发,然后去前院里忙乎了。徐心香边走边说:"这小弟太敬业了,大老远地来,只为了一份报纸。这样好了,我去弄几个凉菜,老李你陪小弟多饮几杯。你不是见天喊着闲慌,没人跟你说话嘛。"李释堪含胸揖了揖,相敬如宾地说:"心香,那敢情好。谁说不是呢,山中方一日,世上已千年。小弟是一位信使,贵客临门,当浮一大白。"

李释堪文绉绉的,说话咬文嚼字,一派古意。尤其他的装束,一双方口布鞋,束腰的裤子,白色的襟子上,盘着两行麻花状的纽襻,立领,袖口宽阔,有气吞山河之概。母亲会结这种古典的纽襻。原先的老街坊们亡故后,要依当地的风俗入殓,寿衣上的纽襻,一般都是丧主的儿女们央求母亲来结的。近几年,满大街都挂着中国结,但编织粗糙,根本不会入母亲的法眼。李释堪的文雅和热情,让杜怀丁顿时有了一丝敬畏和亲近,谁说人家的店里没挂羊头,只卖狗肉呢。原来,店里头还藏着一位仙风道骨的高人。杜怀丁注意到,李释堪的右手上沾了一团墨汁,显见是刚才用功的结果,抄经所致。

兰州城里很有一批类似的人,在庙堂里拈香发愿,居家礼佛,又在白桦纸和簿册纸上抄写佛经。待抄满册数后,放在寺院里供养,以寄愿景。早报上登过消息,现在墨水抄写的经册都不算稀奇,有的人还会洒上纯金粉;有的更甚,见天扎破手指,挤出鲜血来,一笔一画地誊写,其心可鉴。

菜很快就上来了,没理由不快。

酒过三巡,互相自我介绍了一番后,杜怀丁和李释堪便像一对忘年交，巴兮兮地忘却了各自的年龄和阶层，没了生疏，熟稔得可以，还拍拍打打的。李释堪是性情中人，除了话痨，眼角眉梢里且带了一份炫耀劲，撅起屁股，哼哧哼哧地从屋里搬出了几只木函，款款地码在灯光下。杜怀丁一瞅，竟是一〇八册抄经。李释堪打开一册，簿册连绵不断，若一只手风琴那样，密密匝匝地趴满了蝇头小楷，娟秀细致，字字如钉。李释堪介绍说："用小楷字体抄的《金刚经》，费时不少。现在，我正用隶书再抄写一遍，差不多已完成了一半多。等录毕后，我也装订成册，去玛尼寺里请大德高僧开了光，加持完，捐献给寺里，让信徒们礼拜。"杜怀丁心生敬佩，接过一册，目光如篦地读了读。字很生僻，意思也不大懂，但知道是抄经者花了心血的，态度蓦地恭顺了许多。杜怀丁说："我母亲也念过经，家里摆过香炉和供案，母亲还请过一幅唐卡，挂在墙上。"李释堪眼睛一亮，一时欣喜，问："真的？"

"以前家里不顺，就那么念一念，临时抱抱佛脚。"

李释堪忽然说："那可不行。这么着，我借你一册，你拿回家里去，让令堂供养起来。经世致用嘛，否则抄来抄去，没有功用的话，也是枉费心血。"

"使不得。这么金贵，万一坏损了。"

话虽如此，但杜怀丁仍心里一热，有一股湍急的热流涌荡而逝。人家非亲非故，一闻听家里不顺，就慷慨出让，侠义心肠，真是一个厚道之人。再瞧李释堪，印堂发亮，皮肤红润，双目炯炯有神，一排牙齿光洁如许，说话也截铁斩钉，手势断然有力。要不是李释堪头上的些许白发，杜怀丁真的辨不出他的实际年龄。心想，从大模样上看，顶多也是五十出头罢了，又不好去打问。李释堪见面熟，鄙夷地蹙了蹙鼻子，大惊小怪地说：

"你和我谁跟谁呀。以后你天天来，还怕你丢了不成？"

杜怀丁坚辞："不了！我母亲最近爱看电视。"

"一定拿去！"李释堪不由分说，取出一只明黄色的布袋，上印一枚吉祥的右旋海螺，双手合十地请了进去，又在额顶上膜拜一番，郑重交给了投递员，说："不是借，是送给你老母亲的。我可以用小楷再抄一册，补齐便是嘛。"

"那，恭敬不如从命，我替母亲谢谢你。"杜怀丁接过。

李释堪喜悦，觉得自己为世人结筏筑桥，超度与人，终于有了一份善功，遂兴奋地搓着手，又和杜怀丁连干了数杯。"不瞒兄弟说，等隶书的《金刚经》抄毕，我还要用楷隶二体，再抄写一遍拉卜楞寺里的《柱间史》，起码得花掉几个寒暑，掉一身肉，把头发都写白的。"

"你是居士？"

"不！"

"那你开着餐厅，生意不做，就紧着忙礼佛，抄经文呀？"杜怀丁狐疑道。

"我在赎罪。"

"赎罪？"

"哦，我是有业障的人，负罪在身。"

杜怀丁瞧见，李释堪的眼底里，有一簇暗红的火苗，腾起，又倏忽灭下。杜怀丁嗫嚅，不知该讲些什么，意欲换了话题，免得让人家不堪，勾起落魄心事。恰好，杜怀丁忆起了站长的疑难，像一道猜不破的谜语，始终鲠在嗓眼里，现在遇了高人，不妨请教一番，也好传达给站长，别让站长那么忧心忡忡。杜怀丁嘴甜，乖巧地抹了蜜，影痴痴地说：

"李老师，你相信灵魂转世吗？"

"信！"

"那下一世里，你想做个什么？"杜怀丁想不出，一个抄经人，除了墨水和笔,还能变出什么花样来。唯一能肯定的是,他做不了一只鸟。佛在高处,鸟在天上飞的话,鸟就是一本摊开的经书,最接近佛。一念想,杜怀丁觉得自己挺哲学的,酒便劝得更快,一点儿也不怵李释堪,气魄非凡。

"信!但我弃权。"

"咋说?"

"我就留在这一世的岸上吧。我是个没有来世的人,抄经也不图修来世。我还有事情要做,一个人孤零零留下来,你们走。"

"你是硬骨头。"

李释堪眼一红,酒液挂在下颌上,惊颤颤地说:"不为什么。这,可能是我的业报。我现在抄经,其实就是为了赎罪,还报。"

"你这人真没意思。"烈火烹油的话,杜怀丁被酒精控制住了。

"是没意思。"

"你好像有一肚子的委屈,苦大仇深似的。"杜怀丁堂皇地搛起菜,与其对饮,一点儿也不生分,慨然得若一位东家,说,"你们这些有钱人呀,刚开始挖光阴(土话:钱)时,个个都是些狼狐之辈,啥也不信,牙齿磨得尖利,只认钞票,只信金钱为上。现在腰包鼓了,返过头来,又假惺惺地信教礼佛,生怕有个一灾半病的,让你享不了钱的福。说白了,你们太功利,是为自己的钱信的教、装的势。资本都是血腥的,万恶之极,充满了看不见的刀光剑影,呵呵。"一席话,说得李释堪瞠目结舌,不错眼珠子,盯视着小小的投递员,心里七上八下的,停箸不食。杜怀丁舌绽莲花,自负满满,觉得平时的那些个杂碎报章真的没白念,都沉淀在了肚腹里。此刻,它们打通了任督二脉,挥洒出来,百炼钢化为绕指柔,灭敌于无形。肉是好肉,边吃边说,带了犬科类的猞猁咆哮,杜怀丁浑身火烫。酒亦是佳酿,酒标上标明是自家产的。杜怀丁醉里挑灯,李释堪几成齑粉,且战且退。果

然,李释堪汗颜地说:

"兄弟,你误会我了,我哪是什么有钱的主。"

杜怀丁跷了跷大拇指,意指这座餐厅。

"咳,我也是来避难的。"

杜怀丁说:"你是司令,你老婆是政委;你是幕后的金主,你老婆是店前吆喝的阿庆嫂。垒起七星灶,铜壶煮三江,摆开八仙桌,招待十六方,来的都是客,全凭嘴一张,相逢开口笑,过后不思量……对不对?"

"她不是内人。"李释堪纠正。

"呀,我还以为开的是夫妻店呢,真走眼了,抱歉。李老师,我自罚三盅。"杜怀丁搂了搂李释堪的肩,连扬带洒,灌进了肚子。李释堪也被引燃了,舌头短了半截,话也油腻腻的,却心扉大开。"兄弟,现在我和她暂无夫妻之名,但我想娶她,真的想娶她。我半生入土了,要说乞怜,就乞怜她会好起来。"

"那就明媒正娶呀。"

李释堪展展手,唏嘘说:"兄弟,奈何造化弄人啊。徐心香不是自由身,她是个有丈夫的人,苦主。她丈夫在柴油机厂工作,天车司机。前不久,从十几米高的天棚上摔下来,截了肢,屎尿不能自理。再加上,她还有屋里这么一个患精神病的哥哥,又生养过两个小娃娃,苦愁异于常人。我,不能落井下石。"

"她很年轻,也漂亮。"

"呵呵,你还没见过她少女时候的漂亮劲,可以称得上兰州城里的一朵牡丹花,一指头会弹出水来。"李释堪自己也很受用,阴霾净扫地忆想说,"兄弟,我可有这个眼福。当年,我从二中来洮水湾插队,恰巧就落脚在徐心香家的大队里。那时候她还小,她家的门我串过,她家的饭也蹭过,她的爹娘老子也熟。恼火的是,洮水湾一带的人算农村户口,比不得城里。否则,依了徐心香的冰雪灵气,一准能考进大学,现在说不定也能做上教授。唉,我后来考上学走了,一去经年。很多年后,我前妻将徐心香从钟点工市场领回家里来,才认出了她。那时候她穷途末路,没辙了,才去做那份工。但我前妻很信任她,背后一直在夸她。"

杜怀丁问:"那个嫂子呢?"

"死了,癌。"

"可惜。"

"我想,我得帮徐心香一下。兄弟,少年时的情义,等于是人身上的一件夹袄,越旧越贴心,越暖人。"李释堪指着偌大的庭院,如释重负地说,"喏,本来是她家里的地,一直撂荒着,她也嫁进了兰州城里。幸好,这一带开发成了郊外红火的消费场所,我就拿出了一些钱,托了关系,才修建成这个样子。她主外,我抄经,困在深山大壑中,一所悬命。山人不识韵,千年古藤便是琴,呵呵。兄弟你一来说道说道,我就不觉得自己形影相吊啦。"

杜怀丁:"这是'六度分离'理论。"

"什么?"

"哦,世上最陌生的两个人,通过中间的六点六个人的概率,就可以相识一场,结上这一世的情义。"杜怀丁记忆力强,栩栩如生地说,"比如,负责洞水湾的投递员病了,站长让我来试投这一路,我刚好碰见了红卫兵哥哥,被他押解到了坡地上,又邂逅了徐姐姐,现在和你在月夜下对饮。整五个。"

"另一个半呢?"

杜怀丁趄了趄,取出兜里的那本抄经,晃了晃,深信不疑地说:"李老师,再碰上第六个人的话,说不定,我也会结识佛的。佛离得不远。"

"你真是个善心人,兄弟。"

杜怀丁碰了一杯，抹抹嘴角，口气深邃地说："李老师，这本手写的《金刚经》，不送我母亲了。我要送给另外一人，他现在危险，病很深。"

"随缘，也随你。"

"他对我好，我怕他会死掉。他要是死了，这一条六个人的链子就会断，我也就不会再认识你们，喝不了你们的酒。我馋病犯的话，也没个医生来诊。"一滴泪，掉进了杯中，杜怀丁浑然不知。

"我为你的话，真的害羞。"李释堪道。

"怎么？"

李释堪说："先断的一定是我，不会是其他人。我有业报。"

"这么好的秋月，你？"

"嘿嘿，不说伤感的话了，兄弟。世上的人有很多种结局，我知道，我适宜一种最难堪的死法，就是羞——死——拉倒。来来来，当浮一大白。"

月亮像一块冰，挂在天上，慢慢融化。

陈亭妃做完了今夜的功课，从桥上踱过来，四下里寻望了一圈，却没看见杜怀丁，心里不免有了点失望。心想，杜怀丁或许来过了，夜寒，等不及自己，又悄没声地回家去了。也或者，杜怀丁迟到了，正在路上往来赶。一念及此，陈亭妃便摸出烟卷和打火机，坐在桥栏上，静静地抽烟。

上游的甘南草原已经入了冬，所以河水越来越瘦，在河谷里逼仄成了一个病人的样子。月辉落下，被河堤上的灯光一搅扰，四处纷飞。纷飞时，月亮也掉在了河水里，仿佛天上的谁用完餐，扔下的一只银碟子。陈亭妃连吸了三支，舌头上苦麻麻的。最近一段时间，舌头变了味，似乎隐含着身体中的某种信号，但陈亭妃顾不上细究。刚结束了例假，量挺多，去给学生们演示大小跳时，每一组关节都咔咔咔作响，好像生了锈的机器。还好，现在肚腹里发烫，有一股力量在秘密地蓄积。究竟这股力量从何而来，陈亭妃也懒得追究。

月亮一化，周遭便静寂了许多。唯一能听见的嗡嗡声，是来自半空中的那几根无轨电车的线缆，带着电流，仿佛竞技似的，非要将河水拉直。

放眼望去，一辆无轨电车，从黑暗的树荫中驶过，踩着一地的月斑滑行。

陈亭妃瞧见，车身上是两幅巨大的彩喷广告。左侧是无痛人流，只打针吃药，不动器械，68元，三分钟就可以下地行走，云云。右侧是一家彩棉内衣的模特广告，代言人是两个三流影星。女星一身妖娆，凸凹有致，曲线毕露。陈亭妃觉得唯一的遗憾，是她的肚脐眼太难看，不是玲珑的涡旋，没有小巧的酒窝，真像是当初接生婆一剪子使错了方向，又像修鞋师傅的锥子潦草敷衍的作品。陈亭妃有点儿失笑，坏坏地一乐。男星是个奶油小生，裸了身，作肌肉男的姿势，却没有一点点施瓦辛格的暴力感。男星代言的是平脚内裤，正面迎人，紧绷绷地贴在耻骨上，一大包雄性动物的家什把它塞得满满当当。心想，家里的衣橱满了，一拉柜门，就会排山倒海地泻下来。这家伙，怕是也兜不住了。

上学时，一遇上节庆日，班上总要排几个芭蕾的小节目，震一震其他的系科。陈亭妃一般会担纲女角，跟她搭班子的男角频频换人，说她太独，难配合。后来有了固定的舞伴，藏族小伙子，叫仁青，天生跳舞的料，两个人挣回来了不少的奖项，风光一时。陈亭妃犹记得，仁青每次排练前，总在空中先做几个燕子跳，演出服束身，裆里也是憋得满满的，一副青春勃发的劲头，害得陈亭妃不敢看他，怕被别人笑话。眼神躲远了，嗅觉却躲不了，陈亭妃总会闻见仁青身上散发出的荷尔蒙的气息,让鼻子里很幸福。舞蹈时,身体不经意地擦刮中,陈亭妃被那一包东西弄得痒酥酥的。赶回宿舍后,一般会洗一个冷水澡,才将心里的跳突和莽撞压下去。毕业后,仁青回到了州民族歌舞团,一次醉酒后,竟从马背上摔了下来,自废前程。而今,仁青的面孔已然模糊了许多,但陈亭妃仍记得他身上山高水长的挂件,比如今夜里。

在家里,一到了夏天,李释堪也是这等样子,腴着肚腩,只用一小片布遮住要害,在陈亭妃跟前晃悠,不以为然。妈妈几次给李释堪交涉,叫他注意影响,毕竟女儿大了,有碍观瞻。李释堪听后,只改正过一次,接着又旧病复发,还讥讽妈妈太封建。陈亭妃只字不语,私下里却劝妈妈,说没什么了不起的。晚上一家人看电视,李释堪将裸腿支在茶几上,一腿的毛,像穿了一双黑色的长筒袜。陈亭妃斜觑过,目光一搭上去,就有一种恶心之感。李释堪的身上,青春早已荡然无存,而他偶尔爆发出来的一些激奋和喜悦,在陈亭妃看来,也不过是回光返照罢了。平时,陈亭妃会买一两本健美或舞蹈类杂志,随便翻翻。在其中的插页上,也总能看见肌肉男和暴力男身上的起起伏伏,陈亭妃将这种嗜好当作了一种私癖,不与外人道。今夜里,陈亭妃盯着车身上的那一包物件,一方面觉得自己很骚;另一方面,又感觉受到了挑衅。

无轨电车仿佛一枚红苹果,滚远了。陈亭妃起身,追着它,往西而去。

陈亭妃和无轨电车之间,是一排排冷杉和枞树,也唯有它们,耐得了黑铁似的秋夜,仿佛一格格影像,在眼前放映。车厢里空旷寂寥,连一个观光的乘客都不见,司机却打开了全部的灯,亮若厅堂。或许是为了打发长夜,车子驶得很慢,比蜗牛快一些,但比乌龟迟钝许多。说不上追,也谈不上"撵"这个词,陈亭妃只加快了脚步,与无轨电车并行向西。一忽儿,车子就驶过了白马浪。扭头望时,陈亭妃瞧见唐僧的身上披了一件外套,铅灰的风衣,不很合身,许是哪一位信徒发了慈悲,供养师父的。古怪的是孙悟空,手里擎了一把伞,正压下云头,眺望着惴惴的人间。伞是花色的,撑开,上头喷了保险公司的徽标。

有点儿气喘,陈亭妃刚放慢速度,无轨电车也有了感应似的,慢下来。

女司机恰巧是王幸男。王幸男踩住刹车,回转过身,拿起保温杯,饮了一口茶。茶是傍晚时泡的,温度正好,酽酽地穿肠入肚,提神解乏,会让王幸男精神抖擞地坚持到午夜收车。有时候,王幸男觉得茶真是一位好伙伴,伴着自己,在漫长且单调的风情线上做这份工,挣一口食粮,还将橡皮拉扯大,不知不觉中,儿子已到了上学的年纪。苦愁久了,茶也会是一个男人,在王幸男的身体里漾荡,说一些醉话,撒一点野欢。喝光时,王幸男喜欢将茶梗含在嘴里,细嚼慢咽,直到撕碎它,嚼烂它,彻底消化它,解恨一般。比如,今晚上王幸男泡的是铁观音,茶中的菩萨,热性,有一股子知心知肺的通透感。

所以发热,头上的丝绸戴不住了。

陈亭妃相跟着,见女司机再次放缓了车速,腾出两只手来,在解脖颈下的疙瘩扣。心猜,或许是绾得太紧了,女司机解了半天,却没能解下来。女司机一气之下,干脆抹下来,像一只红色的项圈,拢在脖颈里,煞是别致。陈亭妃又猜,女司机一准是杜怀丁的姐姐,从大模样上便可以甄别,一母所生的血亲,连姿势都像。杜怀丁曾亲口告诉过陈亭妃,他夜夜来桥头闲晃,值守大半夜,只不过是暗中助一份力,怕姐姐有个什么意外。而且,姐姐并不晓得他的这一桩苦心,浑然无觉,坐在驾驶楼中,明眸皓齿,差不多以为四十里风情线就是自己的领地,骄傲得如一位女王。一思想,陈亭妃便有些艳羡起了女司机，真觉得她是幸福的，幸福得像秋夜里的一盏茶，漾着丝丝缕缕的热气，弥漫在眼前体内，含了一份秘密的滋养，不为人知。

车子刚拐过一个弯，陈亭妃吓了一大跳。

堤岸旁的树丛里，"噌"地跃起一个人，先尾随了几步，而后攀住车身后的维修梯，迅速登上了车顶。陈亭妃心里尖叫了一声，浑身起一层鸡皮疙瘩，脚步也顿了顿。车顶上，几扇天窗敞开着，并不像其他的玻璃窗，闭得严丝合缝。拐了弯，两根集电杆跳了跳，顺利地挂在了线缆上，"哐啷"一声，擦出来一蓬火花，钢蓝色，比弧光短促，却比一声叹息要久长，仿佛一个哑孩子在说话，提醒女司机一般。

那个人在车顶上晃几晃，很快站稳了，又俯下了腰，试探着往天窗里望了几眼。王幸男浑然不知，依旧喝了一口茶，匹手解着脖颈下的红丝绸。路灯闪逝的一瞬，陈亭妃惊讶地发现，车顶的男人是蒙了面的。

拐弯时，王幸男太凝神，不曾听见车顶上紊乱的脚步声。待王幸男开进了端直的大路上时，"哗"地一声，左侧的后视镜里亮了亮，犹如一只嗓子说完话，迅即掩逝无踪。每次都是如此，那一蓬钢蓝色的火花，报告着平安。要是它不闪烁，说明掉了杆，车就会瘫痪在路上。王幸男可不想那样子。掉了线，人得费劲地爬上去，挂好几次牵引绳，才能接上电，而且满手油腻腻的，一身臭汗。王幸男小小得意了一下子，忽然被一只手捂住了脸。

王幸男骇然地一"哦"，身体被扼死了，徒然地握住方向盘。车子并没有失控，哽咽着往前驶。从驾驶楼的后视镜里，王幸男看见了蒙面男人，一头的青皮，眉骨突出，颊上的丝巾一呼一吸，逼出了他的轮廓。免费观光车，又不曾带了现金，王幸男只猜出一点，歹徒是来劫人的，女人。歹徒换了手，攥住了王幸男脖颈里的丝绸项圈，几乎让王幸男窒息过去。王幸男拼命把住方向盘，蒙面男人忽然揽住了她的乳房，箍得恶狠狠。

"是我，我乔如山。"

歹徒摘下了丝巾，一嘴恶臭地说。

"你咋？"后视镜里，数年不见的丈夫露了面，瘦削削地笑。

"老婆，我在这里等了好几天了，你们线路检修，没等着你。今天可好，远远看见了你。"乔如山贴在王幸男脊心里，俯压在她的肩胛上，情不自禁地卖弄，"我逃出来了，从青海昼伏夜行，走了三个来月。"

"你越狱了？"

乔如山急吼吼的，忘了车厢内灯火如昼，也无视偶尔擦过的夜行货车，一只手狼亢地上去，抓住了王幸男的乳房，揉来搓去，说："逃出来了，佛爷保佑，还能活着见到你。老婆，我想你跟儿子，把肝花都想烂了。我去你家里和学校附近，看了几眼儿子，儿子高了，活脱脱一个小乔如山嘛。"王幸男并不想停车，冥想中最坏的事情，终于在眼前发生了。冤家呀，大路通天，却又偏偏这么顶头碰见。王幸男的胸挣脱着，但乔如山的手如挂钩，钉在上面，试图唤醒她。久了许久，差不多快忘了这种感觉，王幸男面红心躁，狠踩了电门，车子顺着一条坡道，急驰而下，晃得乔如山跌坐在椅子上。

"知不知道，你这一越狱，会罪加一等的。"

"让判，再判上十年，枪毙也可以，只要能见上你跟儿子，我认罪伏法。"乔如山咆哮不止，对妻子的冷漠异常恼火，又抓住扶手，追过来。王幸男在奔行中，快要收不住泪水了，觉得窗前成吨的黑暗，此刻全部砸在了身上，不堪重负，说："乔如山，你知道嘛，再过几年，你就会获释的。现在，你即便去自首，也是前功尽弃，我和橡皮还有什么指望，我还得守你的活寡嘛。"

"停车！就现在。"

"不!"

"就在这里做,做完,抓了我也行,我厌倦了逃亡。"

"乔如山,你别当我是妓女。"

"我想疯了。你个婊子,还不停下来嘛。我要动粗了。"

"你去跳黄河吧。"王幸男吼道。

"婊子,停下来,带我到一个安全的地方去,伺候我。"

乔如山扼住王幸男的喉咙。无轨电车忽然打起了摆子,跌跌撞撞,若一匹痉挛的野马,一骑绝尘。车顶上的集电杆,也在通过铰接点时,擦出来一蓬又一蓬的火花。在陈亭妃的眼里,它们真像一只火狐狸的尾巴,在燃烧,在报警。陈亭妃落下了一大截,但窗内的一切,都被尽收眼底,心知发生了一场不测,杜怀丁的姐姐命在旦夕。一发足,陈亭妃撵上去,抓住了车后的维修梯,忐忑地爬了上去。幸运的是,这一切都不难,在陈亭妃的心念下,一气呵成。

河风吹拂,正巧对准了上游的峡口,陈亭妃被吹得瑟瑟发抖,半蹲在车顶上,稳住重心。待陈亭妃稍作适应后,终于看见了风中飘荡的两根牵引绳,遂拽在手里,沉沉地往下拉。一拉,绷紧的集电杆终于脱了钩,离开了电缆线,像一只戏曲演员的冠子被踢飞,一对翎子在夜空里萧索地震响,却无人喝彩。

车猛地一刹,顿住,断了电。

疯狂不止的乔如山,被一阵突然的惯性摔倒,结结实实地啃在玻璃上,撞花了脸,几近晕死。陈亭妃站在车顶,踩住天窗,一脚一个,将它们全都关闭,怕歹徒再跳出来。陈亭妃觉得自己真英雄,关门打狗,还有一种飞檐走壁的本事。陈亭妃不由得一笑,心想,好事做到底,送佛送到西,紧着掏出挎包里的手机,拨打了110。

警察很快就到了,包围了这辆无轨电车。

猩红色的警灯闪烁一片。警笛嘶喊得令人揪心,在长长的秋夜里,一准会惊扰了菊花的安歇。陈亭妃早蹩到了路边,和一帮子夜行司机,站在道边上,凑这份热闹。警察更老练,将牵引绳拉起,挂上了集电杆,无轨电车内又雪雪地亮了。王幸男正抱着丈夫的头,哭得天塌地陷,一把眼泪、一把鼻涕,沾满了乔如山的鲜血。显见,他被撞开了花。

门打开的瞬间,乔如山突地跃起,想夺门而逃,却被三个警察撂翻在地,死死地压住,砸了钢铐。

押解下车时,陈亭妃听见王幸男抱住警察的腿,哀哀地说:"他是自首的,我是他的家属,我可以做证,他越完狱就后悔了,一心要自首的。"

"我可以证明。"王幸男道。

陈亭妃的目光落在了王幸男的脖子里。一块红丝绸箍在上头,绾出了一记旗花形的扣子,挺别致。心想,这个旗花扣子,怕是个简易的中国结吧。

事情的诡谲,却远远超出了人的预想。

因了打抱不平、行侠仗义之举,陈亭妃觉得豪气陡增,筋骨灼热,竟连车也不打,踏着长街上的月斑,径直步行到了家里,几乎穿过了半个兰州城。类似的感觉,让陈亭妃多日来郁结的阴霾和哀苦,暂且避远了,此时心气浩荡,目空一切。当然,也不能辜负了杜怀丁小弟,这个残疾的投递员,在一个个秋夜里,陪她做夜课,还将她载到了繁华地段,看护着她安全上车。杜怀丁人老实,不打问,不生疑,像一个知情人那样,谨守着秘密。李释堪出事后,陈亭妃一直秘不外泄,沉重不堪的心事,只在杜怀丁的面前,才有些许的放肆,真的难为小弟了。今晚上也算一桩快事,而且跟杜怀丁有关,便勇施援手,一击中的。陈亭妃心说,我用这样子的方式,报答了杜怀丁的殷勤,且不为人知，不亦快哉。

快乐是独享的。进了小区，在楼下的夜店里，陈亭妃挑了两瓶紫轩葡萄酒。明早是周五，放了羊，不上课。因为社区要给"红舞鞋"灭蟑灭蚁，投放毒药，所以早早贴了通知，给孩子们放假。

将家里所有的灯都打亮，连卫生间、阴台、阳台的射灯也打开，四壁间亮若正午。尚未供暖，或许灯光才会让人温暖，不至于在寒夜里瑟瑟心寒。陈亭妃泡了个热水澡，裹上一件绵厚的长睡衣，坐在沙发上，开始独饮。茶几上摆满了零食，电影频道刚开始播一部美国片，《汹涌的河》，梅丽尔·斯特里普主演。墙面的一只挂钟上，分针和时针正剪切着岁月，差不多快入零点，新的一天要揭幕了。紫轩不错，酒温适度，在舌面的两翼里忽上忽下，漾出了一丝麻酥酥的味觉，撞击着双颊。想象中，秋夜里就该有这样一滴神秘的葡萄汁，衔在心头，再抚摸一下生命的过往。陈亭妃平时不嗜酒，但也应对裕如，一点儿也不怵。

上一次喝紫轩时，还是米小挥推荐的。

在酒吧，彭绍荷诡兮兮地将陈亭妃介绍给米小挥，借口忙，一推三六地走掉了。陈亭妃想，红娘怕都是如此，嘴上功夫罢了，两头讨好。米小挥煞是热烈，西装革履，配了一条果绿色的领带，头发后梳，油光可鉴，滑得站不住一只苍蝇。陈亭妃说随意，就开始喝起了紫轩，先象征性地抿一抿，淑女一般。米小挥做了个很威风的自我介绍，边喝，边解下了西装，摘下了一只硕大的金表，故意磕在茶几上。凭了窗，宽大的落地玻璃外，是一个雾蒙蒙的雨天，街上斑斓的雨披，幻化出恍惚而又虚空的色彩来。当时，陈亭妃偶然想起一位女诗人的话：街上流动的一切，就叫"生活"，可我没将"它"过好，谁也没过好。闪逝而去的行人脸上，陈亭妃竟没发现哪怕一丝笑容，他们肃穆、隐忍，方向不明。这么一唏嘘，酒就下得快了，几乎是杯杯吞了下去，骇得米小挥大惊小叫的,一点儿怜香惜玉的表现都不见,又恶意地鼓动初次见面的陈亭妃。陈亭妃便有了警觉,表情上佯装二三,其奈我何。那是妈妈病重期间,病房里的死亡之气,如影随形地跟在脚后跟上,挥之不去。妈妈在弥留之际,一直唠叨着女儿的终身大事,害得陈亭妃就想随意找一个人,男的就行,拉到病床前,给妈妈瞧上一眼算了。米小挥充当了这个角色,却不知天高地厚,一个劲地吹嘘他们的公司,如何如何了得。

半天后,米小挥也自觉无趣,关公似的盯着陈亭妃,一脸的色眯眯。陈亭妃支颐望着窗外,忽听米小挥指着一辆奥迪车,兴奋地说:"那是牛副市长的车,没错。"陈亭妃顿时来了气,问:"领导的车牌,你是不是都会背?"米小挥睥睨群雄地说:"当然,从省上到市府,头头脑脑的车牌号码,以及司机叫什么,我都烂熟于心。"于是,米小挥开始了表演,从书记到一溜儿的副职,四大班子,统统背诵了出来。陈亭妃挺好奇,深信不疑地认为,米小挥就是一个漏网的李咏,大马脸,真该上那个"幸运52"的节目了。诵毕,米小挥等着夸赞。陈亭妃奖给他一杯紫轩,冷不丁地问:"你妈妈生日是哪一天?"

米小挥愣怔一番,没反应过来,忙拨了电话,现场问自己母亲。米小挥涎了脸说:"你想去我家里认亲吗?""不!"陈亭妃声色不佳,淡下了脸,敷衍说,"随便聊聊,我挺替你妈妈骄傲的,你这么出息。"

米小挥得了鼓励,从对面的桌子上绕过来,坐在陈亭妃一旁,手就不听话了。陈亭妃拗不过,拽起挎包,说我去方便一下。起身时,陈亭妃才察觉,原先米小挥穿了一双白皮鞋,女里女气的,西裤下还是一双白丝袜。雨也没有眼色,在米小挥的白皮鞋上画了花,质地太劣,表皮像起了皱。记忆稀薄,陈亭妃好像从哪本杂志,或者好莱坞片子里听说,只有那种职业的人,才穿白皮鞋,比如鸭。但不确凿,只是觉得怪,不舒服。酒吧里客人攒动,陈亭妃忽然问:"对了,你哪单位?"米小挥实话说:"哦,刚说了三遍了,开了几家4S店,专营汽车。"陈亭妃说:"真喝晕了,我还听成你是马戏团的了。"

溜出了酒吧后门,陈亭妃给彭绍荷挂去电话,揶揄说:"彭姐,拜托,能不能以后介绍一个穿黑皮鞋或草鞋的帅哥,我晕菜了。"说完,即刻关了机。可一回到妈妈的病房,陈亭妃就在挎包里发现了一个小礼盒,打开一瞧,简直吓了一跳,是一枚钻戒,拴了标签,有五克拉。陈亭妃塞进包里,斥道:"脑子是有病,初次见面就烧包,你以为你谁呀。"

抽了空,约米小挥出来,老地方。陈亭妃提前点了紫轩,张网以待,心里揣了恶作剧的念想。米小挥鹰隼一般飞落,好像知道有戏,一坐下,就急不可耐地叼住了陈亭妃的手,说了一大堆肉麻话,比诗人还湿,比孔雀开屏还鲜亮。陈亭妃将五克拉完璧奉还,悄悄塞进了他兜里,又拎起包,说去方便。

女洗手间的门楣上挂着"凹"字,空无一人。陈亭妃净完手,略略补了一下妆。这时,门忽然碰开了,米小挥冲进来,一把搂住了陈亭妃,嘴也压了上来。陈亭妃闪避着,却躲不开米小挥牛一般的体重,被压倒在水磨石的盥洗台上,动弹不得。"亭妃,你不能故技重演,再从我眼前跑掉哟,我这次可学乖了。"米小挥喘息地进逼着。陈亭妃怕被人堵住,影响不好,刚要呵斥时,米小挥的舌头塞进来,噎住了她的咆哮和怒火。身下冰冰凉的,水浸了一脊背,陈亭妃几欲窒息。米小挥却蹬鼻子上脸,手伸进了领口里,握住乳房,又贼胆包天地往下游里摸去。陈亭妃急了,抓起盥洗台上的一瓶洗手液,浇在了米小挥头上。

当时,要是没了那一杯紫轩垫底,怒火中烧,还敢不敢痛下杀手?陈亭妃的答案是肯定的。

倏忽间，一瓶已然见了底。陈亭妃醉眼蒙眬，又拧开了另一瓶。越喝，越觉得身上的这件妈妈留下来的绵睡衣，像一只温暖的胚胎，将自己包容进去，给予了秘密的喂养。念及妈妈，陈亭妃的鼻子酸了，觉得这个漆黑无边、空空荡荡的人世上，再也不会有人踱来，像妈妈一样惜疼自己一番了。陈亭妃跑进了小卧室，抱出妈妈的遗像，支在身畔。整个身心，渐渐迷离地醉了，醉得若一只青瓷的空碗，搁在月夜下，竟盛不起一滴寒露。

电话响了，很怪的声音，好像午夜凶铃。

躺在沙发上，拿起听筒，陈亭妃喂喂了几声，却听不到回话。一骨碌翻起身，惊出了一身冷汗，陈亭妃问："谁？请讲话。再不吱声，我可就挂了。"冥思中，陈亭妃只听见了对方的喘气声，均匀、舒展、气定神闲的。陈亭妃咔嚓挂了。隔不了几秒，又肆虐地鸣叫，声声断，比木器厂里的电锯还刺耳，且钻骨入髓。陈亭妃耐下性子，屏声静气地问：

"米小挥，是你吗？"

喘息声中，夹杂着一股子脉脉的电流，犹如一只玩具型无轨电车，驶远。

"老莫，是不是把彭姐又丢了，彭姐不在我这儿。"

犹是一阵哑默。

"你是杜……"话到了嘴边，陈亭妃才蓦地想起，投递员是不知道家里电话的。思来想去，就那么寥寥几个熟人，其他的人不会在深夜来电倾诉的。——寥寥，仿佛枝柯间的一面蛛网，横陈了一生，亦无一个知心者粘挂其上，令人牵怀。一想，陈亭妃便肩胛抖瑟，猜想自己是何等孤寂，连一个自投罗网者也戏耍如此，不吭不哈，拿自己取乐。

"哦，是李叔！你是李叔，对不对？"

惊叫,尖喊,连天花板也沉沉一堕。

"……我知道你是李叔,你没死。你使了障眼法给我瞧,你还活着,在兰州。"陈亭妃颊上生冷,心也湿塌塌地哀告说,"李叔,我知道是你,不会是别的人。我求求你,这里是你的家,我是你的女儿。以前的那些事,都是误会,也有我的不是。你别再自责了,我早就原谅了你,彻底原谅你了。"

"求求你,跟我说一句话吧。"

挂线的声音很低,——砰,好比风吹过了玻璃,窗子晃了一晃。

本地人讲,白酒伤肝,啤酒伤肾,红酒伤胆,但顶顶不堪的是,没有酒会伤心。陈亭妃控出了最后一滴紫轩,倒进了肚腹内,再抓起瓶子时,才恍惚觉得挥霍得可以,断了粮。一个午夜的电话,仿若一根钉子,将陈亭妃钉在了虚空里,身下是万丈深渊。阒寂中,又偶尔会听见豺狼虎豹以及鹰隼的啸叫,萦回不绝。酒像世上的安眠药一般,睡不了人,却使人越发觉得无助。陈亭妃邋里邋遢地站起,在宽阔明亮的客厅里走了几遭,也寻不出一个解脱的法子来。屏幕上,梅丽尔·斯特里普也被人追逐着,在山涧里惶惶奔命,如一只丧家的母狗。一气恼,陈亭妃关了电视,灭了全部的灯,抱起妈妈的遗像,拧开了大卧室的门。心想,刚才的电话若真是李释堪的,兴许,他的良心发现了。

但,这最后的一丝冀望,也迅速破灭了。

——缘故是那件叠放在床头的呢子夹克不见了,不见了!陈亭妃脚步迟疑,打开床头柜,又拉开衣橱,连枕头下和床铺下都找遍了,却没发现它。记忆明晰,彭绍荷来的那晚,是自己亲手叠整齐的,想找一个做夜课的晚上,去将呢子夹克扔在桥下,再喊几声,交给李释堪,假如李释堪真的跳了河。一直忘了这一茬。平时,大卧室的门像一座冰窖,催逼得陈亭妃不敢去瞧,不敢去想,禁区一般。思前想后,事发以来,家里也只有阿姨和自己两个人,但第三枚钥匙,挂在李释堪的屁股上，他随时有可能故地重游。此刻，陈亭妃有一种强烈的预感，李释堪一准在不远处，偷窥着自己的一举一动，如夜的眼，不死不灭。

心想，或许也该问问阿姨，试探一下，是否阿姨太殷勤了，将呢子夹克送进了干洗店，尚未收回来。但拿起分机，拨了阿姨的小灵通后，却是关机。阿姨家里没座机，就连便宜的小灵通，也是当初妈妈给阿姨配的。一时间，陈亭妃魂不守舍起来，眼睛里几欲要喷出火舌。

——等等，还有一件更要命的东西。

陈亭妃心弦一跳，忙扔下遗像，趴在床上，将两只枕头打开，撕下枕套，掏出了棉芯，翻来覆去地找。枕芯微微发黄，在揉搓中，有一股子奇异的气息，漾荡在陈亭妃的鼻孔里。枕芯也薄，几乎快被撕碎了，陈亭妃也没发现那一张拃宽的字条。不知谁的手，让它失踪无迹，像李释堪一样，生不见人，死不见尸。新疆的彩棉，内瓤是一包羽绒，陈亭妃又撕又扬，像雪花纷飞一般，在漠漠的天花板下飘飘洒洒，带着无助的衰弱之相。陈亭妃失望透顶了，一泄气，身体如一座悬崖般垮塌下来，仰八叉地躺在宽阔的床上，有一种咸带鱼似的僵死表情。

拃宽的字条，本是一件证据，或者说，也是李释堪的遗书，痛心疾首的字迹，犹在陈亭妃的脑海里映现。现在，却被李释堪摸走了。陈亭妃笃信。

它本来也是一次了断，决绝的。抽刀断水，眼睁睁的，黄河又从天上来。

其实，陈亭妃已然彻底醉了。在醉之上，再覆压了铅一般沉重的失败感。失败仿佛一把图钉，在陈亭妃的体内游走，使她辗转难安，忽明忽暗。陈亭妃蜷缩起来，抱住自己，又抱住了狼藉的枕芯，贴在鼻孔上，一遍遍地嗅着，直到闻见了妈妈的体香，轻，略涩，羊脂味，混杂了咯咯的笑声。陈亭妃顺着这一丝残存的遗迹，越滑越深、越远，渐渐地堕进了羽绒色的黎明。

在梦里，陈亭妃一再将自己丢失，攥不住妈妈的手，哭得很痛。

其实，李释堪是陈亭妃的继父，别样的继父。年深日久，相互间，又有一种界限不明的暧昧。这么讲，是需要证据的，好在楼上楼下的邻居就是证人，也大多对此见怪不怪，暗地里，还挺歆羡这一家人的融融和睦。

李释堪走进这个家时，陈亭妃才念高二，妈妈却已守了五六年的寡。对生父的终局，妈妈一直语焉不详，对女儿绝少提及。偶尔念叨时，也只是以"死鬼"相称，好像害了她一辈子似的。小时候，家还住在一座筒子楼上，冷清不说，每月的吃喝用度，都是一分钱掰成两半花，陈亭妃的衣服是晚上洗，早上穿，还打过补丁。清贫的快乐，或许最真。自小，陈亭妃就跟在妈妈的屁股后边，寸步不离。长大了上街，也是母女俩手挽手的，被街坊们看成是双姐妹。就算后来李释堪有了资格，母女俩也将他抛在身后，如同跟班一个，爱答不理。

妈妈是个喜兴人，化学专业，却一辈子爱好文艺，痴迷不辍，还上过师大音乐系的夜校。从陈亭妃懂事起，妈妈就调到了一家啤酒厂，在化验室工作。在妈妈的眼里，那些高低不一、错杂凌乱的玻璃器皿，或许就是弦索和琴键，天天敲打，哼唱不断。工余，妈妈还去参加街道居委会的文艺表演，慰问过当地驻军，给重刑犯唱奋进曲，与劳模代表联欢，等等。实事求是讲，妈妈的音质一般般，潜力不足，但她火一样的热情与投入，又能一白遮千丑，使人忘情。妈妈还是个与时俱进分子，街上流行什么，嘴里就会哼唱什么，跟原唱无异，中规中矩得像一张正版磁带。后来，啤酒厂大规模改制，产品风行西部诸省，又在香港上了市，于是成立了配合营销宣传的厂艺术团，妈妈扔下玻璃器皿，专事演艺。

念到初三后，陈亭妃的个子与妈妈一般高了，两个人的衣服可以互换展示。陈亭妃一跃而起，出挑惹眼，在学校里煞是醒目。其中部分的功劳，当是妈妈走南闯北买来的各式衣裙。晚饭后，妈妈总要拉上陈亭妃，衣着鲜亮地去黄河边散步，搂肩搭背，让路人纷纷侧目。不妙的是，陈亭妃的功课一落千丈，成绩在中下游徘徊。妈妈却不急不躁，老早就打定了主意，因地制宜，剑走偏锋地让陈亭妃业余时间学了芭蕾，考上了音舞系。

后来，厂里的艺术团基本瘫痪，妈妈提前办了退休手续，早早地加入了中老年无伴奏合唱团，异军突起地做了骨干，还每每担纲领唱一职。该团体挂在民政部门，一半义务，另一半费用，由该场晚会的承办单位具体负担。凑巧，寡居经年的妈妈，就在某一次演出后，认识了李释堪。

当时，李释堪在一家银行做高管，临近春节时，想置办一台晚会，银企联欢。在本地，中老年合唱团经过数年的打磨，已是声名鹊起，什么场合也落不下，而且总是压轴的大戏。妈妈在团里年纪最小，刚四十八，虽不是一言九鼎的人，但外联统统归她打理。李释堪在开锅羊肉订了一桌饭，假手电视台的台长，邀约了妈妈来谈。酒过三巡，李释堪就醉眼迷离地拍板定夺了，一应百应。李释堪后来也承认，本来以为中老年嘛，大多是涎水收不住、昏头花眼的家伙，唱什么唱，去含饴弄孙还差不多。岂料，妈妈在酒桌上现场表演的几支民谣，却是如百灵鸟一般的婉转动听，风情万种，顾盼有姿。李释堪动了心，假公济私，忙前忙后了大半个月，演出终于盛大结束。当晚，在全体演职人员的庆功宴上，李释堪单独塞给妈妈一个大红包，表情诡秘。妈妈也从旁人的嘴里探听出，李释堪的妻小，早已移民到了加拿大，与李释堪办了离异手续。

李释堪是活着的唐僧，面嫩，不显老，比妈妈还小了三岁半。他们之间眉目传情、暗通款曲的细节，陈亭妃并不很明晰，只记得，第一次见李释堪时，也是在一家酒店里。偌大的包厢，金银餐具，一对一的服务，让陈亭妃觉得很不自在。妈妈嘻嘻哈哈惯了，一向是没心没肺的样子，除了对女儿。但那个夜晚，妈妈却拿捏着一份罕见的羞涩，双颊彤云，语声娇滴，一双丹凤眼格外招人。学校里的伙食差，一见大餐，陈亭妃没顾上留心，兀自大快朵颐，来者不拒。妈妈和李释堪双双给陈亭妃搛菜，看护得紧，谄笑连连。餐毕，男方借故出门，妈妈终于拽住女儿的胳膊，嗫嚅出了那句话：

"亭妃，你觉得李叔这人咋样？"

"像我哥！"

"嚼舌头，你哪来的哥嘛。"

陈亭妃回说："赞美的话也听不懂，真郁闷。"

按当地的习惯，二婚在晚上办。妈妈在兰州无亲无故，只拉来了几位旧时同学，衣着也随便，不戴胸花，无堂可拜，吃喝一顿就算是晓谕天下。倒是李释堪大方，其他三桌皆是他的狐朋狗友，闹腾得像头婚。陈亭妃告了假，从头至尾，充当了伴娘的角色。因次日考试，陈亭妃早早出门还校，李释堪拿出一张单据来，交在陈亭妃手里说："听你妈妈讲，你需要一台跑步机，喏，款已付，你抽空去挑挑颜色，我叫人搬回家里，但愿你喜欢。"

时至今日，跑步机还在阳台上，运转也正常，但陈亭妃已鲜有兴致去蹦蹦跳跳的，弄得挥汗如雨了。以前却不是，刚搬回来后，陈亭妃周末一回家，三个人便在跑步机上比试耐力，既做裁判，亦当运动员，还设有小小的奖励，一练就是一两个钟头，累得快趴在了地上。毕业后，陈亭妃常住在家里，有单独的小卧室，不再像先前那么懒散随意，时时谨慎自守，偶有莫名的怒气时，跑步机也充当过一阵子家庭和睦的引擎。应了那句老话，花无百日红，人无千日好，李释堪更不堪。不久，李释堪就被免了职，涉嫌违规放贷，大约有上亿的资金无法回笼，等于是一幕"无间道"遭曝光。李释堪遭罢官贬逐，听候调查，撂荒在了家里。除了妈妈的护短宽慰外，李释堪很快求得了另一条解脱之径：抄佛经。

陈亭妃无碍，谁也不知那个肇事的银行高管，其实是她的继父。李释堪的背景也深，人脉广，查来查去，等于监视居住在了家里，却又奈何不得他。几年后，案子不了了之，装订存档，连个结论也没有。李释堪不被起用，依旧款款赋闲，领着每月的高薪，成了挂起来的人。用李释堪抄来的一句诗说，凭栏一片风云意，来做袖手神州人。他可谓最恰当的人选。那些年，陈亭妃奔波在外，早出晚归的，家里剩下了妈妈和李释堪，双双养得白胖红润，自然人，便将多余的精力，尽皆发泄在了床上，仿佛各自都想将过去的损失补回来，不依不饶的。

陈亭妃心里透亮，碍于身份，又不好去干涉妈妈这一份隐秘的欢愉。

本来真的没什么，连上帝都坦承，他不知道如下的四件幽冥之事，比如，鹰在天上飞行的轨迹，旗在风中飘动的方向，蛇在青苔上滑行的路径，以及男女之间的交合之道。陈亭妃又能说些什么呢。况且，陈亭妃的身心也已发育完备，早到了谈婚论嫁的阶段。加上毕业后，陈亭妃在社会上历练的几年，气质和性情超拔不少，楚楚可人，追求者不乏其人，多如河鲫。恰在妈妈和李释堪大胆夸张的床笫之事上，陈亭妃心生厌倦，打了退堂鼓，一直免战牌高悬。

妈妈对这一桩递补婚姻的满意度，常常表现在不分场合和时间上。

一家三口看电视时，妈妈总会缩进李释堪怀里，忘了年龄，也忘了女儿在侧。吃饭时，先夹给女儿几筷子菜，又骄蛮地让李释堪喂她菜，一筷子不少，两筷子不多，挑三拣四的。夏日的傍晚，陈亭妃在灯下看闲书，或是听音乐时，总听见妈妈和李释堪双双钻进了浴室，一个给一个搓背,一个给一个挠痒,打情骂俏的,比孩子还孩子,闹哄哄的,害得陈亭妃一晚上静不下心来。也许,在他们的眼里,浴室是一面沙滩,不是普吉岛,就是亚龙湾。

夏夜里,小小的盆地内酷暑难耐,和蒸笼一般。家里一拖三的空调,恒温,冷气充裕。但陈亭妃起夜时,常常看见卧室的门大敞,妈妈和李释堪从床上转移下来,睡在地板上的一块凉席上,姿势夸张,样子生猛。那一刻,陈亭妃的蹄子里像藏了鬼,生怕吵醒了他们,坐在马桶上很久,始终也解不下来。有时,妈妈和李释堪也会在客厅里将就一夜,熬个通宵,茶几上往往杯盘狼藉,果壳酒瓶遍地。不经意间,陈亭妃会在家里的隐秘处,发现一两张毛片,西欧的,一见封皮上的图片,就让陈亭妃流下鼻血来,偷偷地给扔掉。

有天早上,妈妈在厨房里做早餐,雷打不动的酒酿,泼了鸡蛋花。陈亭妃坐在垃圾盆边,在削一个苹果。陈亭妃眼前一恶,竟在垃圾堆里发现了一只避孕套,使完的,里头包裹着一团罪孽的浆液。陈亭妃忙跑进了卫生间,吐天哇地,连眼泪都挤了出来。妈妈以为女儿病了,敲着陈亭妃的背,忙喊醒李释堪,叫他赶紧叫车,往医院里送女儿。恶心过去了,陈亭妃对妈妈说:"想在外边租一间房子单独住,一室一厅就可以,也不贵。"闻听此话,倒是轮到妈妈号啕大哭了,究诘因由,追问陈亭妃说:"你是不是有了男朋友,嫌家里不方便。"再问:"妈妈是不是亏待了你,让你这么狠心。"

自然,陈亭妃乖乖闭上了嘴,做无声的抗议。那以后,陈亭妃走得早,回得迟,半夜进家时,甚至连洗漱也免了,径直钻进卧室,锁了门。

平心而论,在其他层面上,陈亭妃对妈妈的这桩婚姻是认可的。那时,案子未了,家里时常布满了一种警觉的气氛,仿佛头顶悬着一把剑,吹弹可下。走廊里一有了咳嗽声,三个人都会停下来,仔细耳食一番,然后相视一笑,你知我知。街上人言可畏,李释堪被无形地禁锢了,遂从城隍庙里买来一摞空白的簿册,墨汁、墨水,以及一套毛笔和蘸水笔,又从玛尼寺里请来一本《金刚经》,照猫画虎地抄写,聊以自慰。不承想,李释堪越抄越上瘾,竟将其当成了后半生的职业,乐此不疲。困局中,妈妈也减少了演出,常陪侍在李释堪身畔。偶尔催丈夫下楼,在河边潦草地散步,一对夕阳红的典范,故意给街坊瞧。抽了空,陈亭妃也陪他们去散过步,遇上熟人打问,李释堪便摸着陈亭妃的脑袋,骄傲地说:

"哈哈,这我女儿,芭蕾舞演员。"

陈亭妃眼乖,左母右父地搂紧,脸上抹了蜂蜜似的,笑得甜,私下里嗔怪说:"李叔,真便宜你了。"

"呵呵,我人小,骨头老嘛,沾了你妈妈的光,不劳而获。"

事情的转折,或许在那个春夜里。陈亭妃记忆明晰,想起,总觉得那个春夜里的一条路轨,被不知名的力量,扳到了另一个道岔上,渐渐远离,继而有了或大或小的罅隙。那晚,西伯利亚寒流南下,倾泻下一场罕见的大雪,罡风劲吹,树木折断,城里的交通也瘫痪了。家里暖如花房,像一朵花蕊中的天堂。李释堪开了台灯,在书桌上耐心抄经,书页沙沙,空气里弥漫着淡淡的墨香。妈妈在缝陈亭妃的裤脚,边补,边压下嗓子,在哼"半个月亮爬上来"。一连数天,陈亭妃锁定在"舞动中国"节目上,对选手们的表演评头论足,乐不可支。冷不丁的,妈妈扎了手,一股血淌了出来,哎哟一疼。

"流血好,流一点儿没关系。"李释堪坐如老僧,冷语嘲讽道。

"你咋不流?"

"流一些血,其实说明你心虔诚,在供养菩萨。"

"屁话!"妈妈一恼。

"怪了,今晚上真的很怪。"李释堪起了身,用笔尖蘸了蘸妈妈手上的血,在簿册上写下了一个红字。"我的右眼皮一直在跳,总觉得台灯下,站着一尊菩萨。不信,不信你们过来看看,还在灯下。"

幻觉!

话音未落,电话就响了。妈妈吮着指头接听了,喏的一声,交给李释堪。李释堪很久未接过电话了,与世隔绝,愣怔地接起,哦哦哦地应对。陈亭妃斜觑时,瞧见李释堪如一台加满油的引擎,发动开,浑身激颤起来,肉都在发抖,不可遏止的样子。这个时间长达三分钟,却慢得像一场马拉松比赛。搁下电话,李释堪蓦地双手合十,窃窃念叨了一阵子,指天盟誓说:"案子结了,案子刚结了,跟我什么事也没有啊。"说着话,李释堪腾身跳起,若一匹猎豹,将一对母女扑倒在沙发上,左一口,右一口,亲个不停。妈妈也被感染了,抱住李释堪和女儿,滚落在地,翻了几个个儿,左右逢源地贴脸,拱嘴。陈亭妃被压在身下,一时局促难安,又挣脱不出,讷讷地承受着。

等三个人站起,陈亭妃盯向李释堪时,李释堪窘迫地红了红脸,揩了嘴,将一只手按在陈亭妃肩膀上,摩挲不止,指头上净是悄声暗语。妈妈潦草,泪眼婆娑地说:"老李,你终于清白了,解放了。"

"今夜结了,工作组存了档,不查了。"

"电话说的?"

"哼哼,我也有人呀。"李释堪机深如海地说。

"那好,明天我就去唱歌了,我快憋死了,骨头都生锈。"妈妈道。

从一位家长那里,陈亭妃侧面打听过,所谓的案子结了,只是几个当事人潜逃的潜逃,自杀的自杀,又没新的证据出现,先挂了起来。果然,李释堪的期待落了空,并没官复原职,余热也无从发挥,继续抄写他的经书。这是一条单行线上的欢乐。妈妈去了合唱团,有时下地县几天,有时去邻省交流,像一尾放了生的鱼,找见了大海。妈妈一出差,家里就剩下了李释堪和陈亭妃,刚开始的拘束,渐渐变作了一种默契。李释堪居然穿上了围裙，照着菜谱上的规程，烧几样小菜，再开一瓶红酒，与陈亭妃对饮几杯。终究是高管出身，李释堪口才绝佳，变着法子讲一些秘闻趣事，逗陈亭妃开心。但陈亭妃心里有分寸，清楚自己断断不能碰那一根高压线，表面上迎合，私下里警笛长鸣。有一次，李释堪酒壮尿人胆，塞给陈亭妃一张品牌内衣店的购物卡，让她去挑。几天后，当着李释堪的面，陈亭妃送给了妈妈，谎称是单位发的。

妈妈不在，家里便显得万般空寂，犹如一座古墓。陈亭妃睡在小卧室里，总觉得李释堪徘徊门外，不是拖鞋在动，就是一声声咳嗽声传来，折磨神经。

云南歌舞节时，陈亭妃陪彭绍荷的参赛队去了一趟昆明，第一轮就被刷下来。但两个人结伴逛了一次丽江，花了半个月。等回到家时，妈妈已进了医院做化疗，瘦成了一副骨头架子。病来如山倒，原先像喜鹊一样欢蹦乱跳的妈妈，一次次伸出枯干的手，攥住女儿的胳膊，泣不成声。陪床的那一段时间，妈妈心事很重，要么无因由地发火，要么盯着天花板，一望一整天。李释堪想替换陈亭妃，妈妈不许，尤其是夜里，害得陈亭妃往往旷课，稀里糊涂地分不清几点几分，饥饱寒热，邋遢成了一个月婆。妈妈总催促陈亭妃，说要看看她的男朋友，见上一面，才能宽心吃药。无奈中，陈亭妃去见了米小挥，结果对方穿了一双白皮鞋，不靠谱。

临咽气前，妈妈有一段回光返照，让陈亭妃给自己梳头。陈亭妃动作很轻，妈妈却直喊疼，说把她的头发拔光了，几成姑子。陈亭妃遂蘸了清水，掌心抚过，妈妈才觉得满意。妈妈问："半个月亮爬上来，爬上来干什么？"陈亭妃回说："半个月亮爬上来，快把你那玫瑰摘一朵，轻轻地，扔下来。"

妈妈闭目含笑，走了。

料理完后事，又忙了一阵子"红舞鞋"，陈亭妃本想给李释堪说说，想在外赁一间屋子，离学校近一点的。但"百日"未竟，李释堪似乎仍浸淫在哀伤中，夜以继日地抄着经文，说等抄写完毕后，在忌日里焚化给妈妈。陈亭妃心一软，一直挨着，不想伤口上撒盐。念在妈妈的情分上，陈亭妃一日三餐，刻意照顾着李释堪。李释堪也瘦多了，双颊深陷，嘴里神神道道的，一会儿在家里设香案，一会儿自己做道场，真是瘆得慌。这越发坚定了陈亭妃的心念，庙阔人微，想搬出去，至少躲他个清净，还老和尚一个自在。

有天夜里，陈亭妃起夜，刚站在卫生间门口时，骇然瞧见李释堪坐在马桶上，正热烈地自慰，哟哟哟地哀叫。陈亭妃悄然退了出来，头皮发麻。噩梦中，总觉得家里钻进了一只老鼠，在啮咬，在撕裂，在吞咽。为这事，陈亭妃借口说要去外地演出，会有一段时间不在家，请李释堪保重。李释堪亲见陈亭妃收拾了行李，还送下了楼。

偏偏东窗事发，让陈亭妃堵了个正着。

那天，碰上一年一度的资格年检，恰巧学位证搁在家里。下午时，陈亭妃借了自行车，匆匆回家去取。开了门，换了拖鞋，趿到客厅里时，陈亭妃见饭桌上留着一堆菜，酒痕烟迹，像是客人刚刚离席的样子。陈亭妃没多想，肚子也饿，拾起一双筷子，就开始风卷残云起来。心猜，李叔也不是一个简单人，现在有旧友故交来家里看望，一准开心死了。人与植物一样，是需要一个适宜的生态环境的。至少，这样一来，李叔也会从妈妈的伤逝里解脱出来，自己也省劲。一份短暂的安慰，却很快被打破了，陈亭妃听见卧室里有人。除了李释堪，另有一个女人在叫床，喊声夸张，鏖战正酣。

上前，陈亭妃敲了门，喊了声李叔。

接下来的场面，好比是皮影戏的后台。人们一般光盯着那一块硕大的帐子，却对后台里的嘈杂喧闹充耳不闻。其实后台最热闹，吹拉弹唱，锣鼓铙钹，各式人等的嘴脸和表情夸张万分，一派起火时的动静。隔了门板，李释堪应答了，声气里带着绝望和不满。半晌后，陈亭妃卸下了看客的角色，抱着臂，对李释堪说：

"让她走，别叫我看见她。"

"亭妃，你快走吧。"李释堪催促道。

"我哪也不去，这是我的家。"

"求求你，亭妃。"

隔了门板，陈亭妃也能猜出李释堪失败的嘴脸。他准保跺着脚，合十作揖，屁股上着了火。陈亭妃其实不想抓这个现行，当面揭丑，便寡欢透顶地踅到了阳台上，留下了一条通道。大卧室的房门启开，李释堪掩护着那个女人，匆匆逃离。在陈亭妃的耳眼里，那个未名的女人，踩出了一地无辜且狼狈的脚音。家，已经像一座被祸害的花园，感染了病菌和霉斑，令人窒息。大铁门碰上了，李释堪慌不择词地蹒跚过来，站在陈亭妃跟前，用拳头敲打着太阳穴，以示罪过。

"亭妃，我现在说什么，都等于白说。"

"她是谁？"

李释堪斩钉截铁地说："我不能告诉你，亭妃，你知道又有什么用。"

"是鸡？"

"不是，她不是。她是一个规矩人。"

"你找女人可以，你的权利，但你不能在我妈妈的床上龌龊，虽说她死了。"

"她死了，我最痛心。"

"所以你就控制不了，这么告慰她？"

"我孤独，才犯了病。"

"那她是你的药，一苟且，能治你的良心吗？"

"她只是个女人。"

陈亭妃冰冷地盯视着李释堪，有一丝陌生，甚而觉得此刻，他才像一个男人，有担当、有保护的企图。即便陈亭妃拿了刀子，去将他千刀万剐，李释堪也有一种绝不后悔的慨然相。陈亭妃先自垮了下来，收不住泪，鼻子里一酸，往自己的卧室里跑去。路过大卧室时，果真瞥见了刚刚硝烟已逝的战场，四壁间，空有一片背叛和负心的狼藉。

一时间情难自禁，为妈妈，也为她自己，陈亭妃头昏脑涨地躺在床上，被子蒙了头，隐隐地啜泣。

李释堪追撵了过来，脚步踉跄，嘴里喷出了恶劣不堪的酒气，使人晕厥。陈亭妃不想睬他，蜷缩起，抱住了自己。孰料，李释堪竟得寸进尺，揽起了陈亭妃的脚，迅速剥掉了袜子，将陈亭妃的脚趾头含进了嘴里，吮吸、摩挲，玩弄不止。李释堪还在深醉中，醉其实是另一种中毒。

陈亭妃腾地坐起来，被眼前的一幕惊呆了。

李释堪早就脱光了睡衣，赤条条地跪在地上，宁死不屈地抱着陈亭妃的脚趾，顺着脚踝吻了上来，径直吻到了膝弯里。李释堪的舌头，犹如一根青蛇的信子，带了电击般的能量，犯境而至。陈亭妃目瞪口呆地望着，忽然察觉出墙上的妈妈，也在一旁瞩望着。妈妈的笑意，比她身后的那一树牡丹花还脆弱，还致命。

李释堪边放肆，边咆哮说："亭妃，我喜欢你，我从没拿你当女儿看，你是一个成熟的女人，我心仪许久了，却开不了口。"说着话，李释堪赤条条地站起，欲扑而来。

一记耳光，烙在了李释堪颊上。陈亭妃尖喊了起来，连嗓子都喊劈了。

喊毕，陈亭妃倒在了床上，不知东西。李释堪却醒转了过来，捂住脸，仓皇地抓起地上的睡衣，掩了门，钻进了对过的卧室。等陈亭

妃被一阵噩梦惊醒,如墓中丽人似的重见天日后,才在客厅的桌上,看见李释堪留下的一张拃宽的字条。李释堪说:

"无颜再见亭妃,我去跳河,去见你妈妈,当面赎罪。"

他真的去死了。

掐指一算,李释堪走了整整四十多天,生不见人,死不见尸。光阴,是世上最慢的东西,比蜗牛还迟钝,比乌龟更麻木。陈亭妃的心里,揣着家里巨大的秘密,几乎快撑不住了。仿佛一场政变刚刚平息,但收拾残局的人,却是覆巢之下最无助的一枚卵。每晚去做夜课,也只不过是陈亭妃麻痹自己的一个法子,就连这,也快要无疾而终,一再地失效。陈亭妃打定了主意,要是过了"七七"日,李释堪仍音信皆无的话,就去报警,让家里的这个秘密,曝于光天化日之下,以求解脱。

这天早上,陈亭妃是被一阵嘤嘤的哭声吵醒的。

醒时,陈亭妃忽地发觉,自己竟如一具木乃伊,坐在衣橱里,抱着一只干瘪的枕头,遍体冰凉。思想不出,究竟咋了,何以从宽大的床上,钻进了逼仄的衣橱里,别扭地坐了一夜?或许是冷吧。陈亭妃推开了拉门,从缝隙间,见天光黯淡,寒风吹打着玻璃窗,像有一个隐身人在试探,想破门而入似的。哭声时起时伏,哽咽在空气里,从小卧室里传出。陈亭妃宿醉未净,身体硬了硬,鼓起一丝气力,慢慢地爬出来,一闪一摇地走过去。

是阿姨。

阿姨脊背迎人,穿着那件米黄色的运动衣,边哭,边用一块洁白的巾帕,擦拭着妈妈的遗像。妈妈的笑被拭亮了,富态、动人、沉醉,仿佛她从不曾离开过一样。陈亭妃扶了门框,缓缓踱过去,一把搂住了阿姨的后背。

阿姨惊叫一声,手里的相框落了地,摔出一地的玻璃荆棘。

待回转过头，阿姨见是陈亭妃，突地抱住了。阿姨矮小，此刻趴在陈亭妃怀里，号啕大哭，打湿了陈亭妃的胸。陈亭妃也抱住阿姨，将她的头箍在肩胛里，觉得她很烫，烫得像一块烧红的炭，这么迟才送来，给自己取暖。地板上，玻璃碎了，妈妈活色生香地笑着，比刚才更鲜亮。

"亭妃，我还以为你出了事呢，家里进了贼一样，吓死我了。"

"我在，我一直在。"

阿姨哭噎着说："好妹妹，你在就好，千万别有一点点闪失。你要是出麻烦，我怎么给你妈妈交代呢。你妈妈往生前，心里最担心你。"

"心香姐，我好好的。"

"你当然会好，亭妃，好人有好报。"

差不多快午夜时，杜怀丁才悻悻地站起。

姐姐的那辆车，刚驶过桥头。挂线时，又擦出了一蓬火花，在漆黑的空中闪烁，迅即熄灭。最后一趟了，驶到了终点站，姐姐也该收车交班，安安稳稳地家里去。杜怀丁摸出打火机，打了几下，火石喷了喷，却跳不出火苗来。一想，或许是坏的，手一扔，丢在了河堤下。

礼拜日早上，杜怀丁送完报，又从鲜花店里领了花束，登门投递。

陈亭妃打开门，见是穿着黑马甲的杜怀丁，登时愣在了地上。杜怀丁也僵住了，狐疑地望了望门牌号码。笃定无疑后，杜怀丁影痴痴地一笑，老相识，不需要多余的话。杜怀丁将怀里的鲜花递过去，陈亭妃却不接。

"咦，什么风把你吹来的，小弟。"

杜怀丁很职业地说："生日快乐！瞧，卡片上写着呢。"

"你咋？"

"不是我。是一个匿名的订户下的单，陈亭妃，是你吧？"

陈亭妃也坏坏地笑，伸了手，一把攥住杜怀丁的领口，拽进了家门。铁门哐啷碰上了。陈亭妃将杜怀丁揉在门板上，扳住他的肩，很认真地说：

"小弟，今天我生日，你要送我一样东西。"

"我妈说，过生日的人都是佛。"

不假犹豫，陈亭妃捧住投递员的脸，深吻了下去。

萨达姆之死

一床旧棉絮盖在天上，空气滞重，飘着黑乎乎的煤灰粉，迎头呛人，比邮局的黑邮戳还黑，是冬日的兰州城最脏的几天。

　　换了拖鞋，卸下书包，小修站在门厅的水银镜子前，看见嘴巴上有一块黑圈。其实，下午的运动课上，小修就发现大家嘴上都盖着这枚戳，深浅不一，像戴了一只黑纱布的口罩，脸也暗了下来。小修没上运动课，跑步热身后，她便告了假，站在操场边的一棵树下，盯着女生们跳绳操。圣诞节夜里，下过一场肥雪，操场被扫出来后，雪就脏兮兮地砌在树坑里。不知是谁，在雪身上踩出肩膀和脑袋，又安了鼻子和眼睛，还插了两把破笤帚，像一对招风耳。雪都会变脏，人的嘴巴上被盖了戳，当然不稀奇了。小修抬头望了一眼天空，云朵像医院里的一床旧棉絮，被款款地铺开。棉絮里头，有飞机驶过的一阵轰鸣声。

　　请假时，体育老师拍了拍小修的脸蛋，又揪揪她的辫子，抿上嘴笑了，意味有点儿深长。小修瞬时不好意思，觉得心思被看穿了，红了脸，却并不走远。天冷得出奇，对过男生们踢的足球也像被冻瓷实了，停在半空里，老半天也坠不下来。这么想时，就有一个男生喊小修，手箍成喇叭状，声音粗粗的，砂纸打过的一样。小修被吓了一跳，她记得那个男生先前说话细声细气的，还喜欢走路扭腰。私下里，大家都喊他丫丫子。小修正愣怔时，男生火急火燎地奔过来，想拾足球。小修看见他脖颈上跳突着一团凸出物，颊上嵌着几粒粉刺，红墨水染过似的。足球滑了过来，小修走前几步，伸脚回敲一下。

球软绵绵地吃着地，往老路上走。

谁知，那个男生一记大脚开回来。球像一块苏醒的石头，抖擞一下，端直地砸在小修的肚腹上。小修心里一花，惨惨地抱着肚子，弯成个直角。

体育老师赳赳然地奔过来，边跑，边叱骂肇事者。那个男生吓得直吐舌头，进不是，退也不是，脸上的黑戳更深了一层。女老师半蹲着，拍完小修的后背，捋了捋气息，待小修顺畅多了，才唤几个女生搀着小修，扶到了她的教研室。小修趴在桌沿上，早忘了刚才的一记偷袭，也不去听身后女生义愤填膺地喳喳叫。相反，小修心里有一朵花摇曳着，秘密绽开了。她觉得女老师今天特亲切，连她身上的汗腥气都特别好闻，比花香差不到哪里去。平时里，小修的运动课成绩一般般，老师连她的名字怕也叫不出。

"来，快喝口红糖水。"

小修在女生们的殷殷瞩望下，带着有气无力的样子，端住了玻璃杯。水是浑浊的，比墨汁亮，但有一股子醋酸味。小修紧紧嗓音，问老师：

"糖也有红的呀？"

"呵呵，别说红的，连黑的都有，小时候，我们吃的古巴糖就是黑的。"女老师边在门后洗手，边催促说，"快趁热喝了，红糖热性的，对女孩子好。"

小修记下了，糖不仅有红颜色的，还有黑的。

其实，那种糖是没有味道的，舌头不麻，嗓子不齁，牙齿缝里也没有黏糊糊的感觉。放学时，惹事的男生站在校门口，一脸无辜相，吞吞吐吐地给小修道歉。小修玩笑说:"瞧,你咋戴了个黑口罩呢?"男生狐疑地抹着嘴,左右张望。趁此,小修早跳上回家的公交车,差一点笑出声来。

先前,小修听李鸿章讲过,说卖镜子的人,脸上其实最脏。李鸿章是给小修讲一篇作文时说的这句格言,大致意思是正人先正己,别老挑旁人的刺,忘了自个儿眼睛里横着一根破梁,硌得慌。小修想起这句话,便钻进卫生间,打了香皂,洗出一脸的笑。

年尾的最后一天。翻过这夜,连放三天长假。

小修打开电视,电影频道,停在周董的《头文字D》上,有一搭没一搭地看。隔会儿,她又跑进厨房,抱来一只铁盒,取了几块蛋黄派吃。隔着老远,门口的鞋子焊住了她的目光。暖气足,刚才沾在鞋底的雪化了,洇下一摊污水来,在地板上蚕蠕一般。小修惊了一下,干咽着,拿起一块抹布,跪下擦。污水里有沙子,啃得地板呲来呲去,像马丽艳在大惊小叫。马丽艳最喜欢干净了,干净到了神经质的地步。屋里的犄角旮旯稍有一丝灰尘,就跟揪了她的肉一样,电锯似的吼。想到马丽艳的神经会痛,小修还是起了身,趸进卫生间,淘洗抹布。

哎哟,水冰得不像水,倒像是猝然抓住了一把图钉,每一个针头都咬着牙,渗进皮肤,又滤过肌肉,把骨头扼住了,往碎里捏。淘洗几下,小修举起十指,在灯光下细看,竟红肿起来。

这一举不要紧,那一把图钉忽然散开,噼里啪啦掉下来,顺着胳膊和血管,淌进了身体里。图钉没有组织纪律性,撒了一路,彻骨的寒冷笼罩全身,激得小修忍不住牙齿打架,激灵起来。小修泥塑了一阵子,听见身体里的图钉,从悬崖,从树梢,从骨头缝里挤出来,沉了底。也说不上是底,图钉终于胜利会合了,就聚集在肚腹一带,像一小股土匪,尖锐起来。

从下午开始,肚腹一带就不舒服,先是发胀,皮肤紧绷,清亮得像一张血管的地图，蛛网勾连，历历可数。运动课上，跑步热身后，小修又觉得有一种燥，心里慌慌的，上下都不踏实，仿佛养了一大窝的蚂蚁，在忙着搬家，忙着偷窃。现在，小修再次找回了那种感觉，蚂蚁吃饱睡足后，纷纷探出头来，在身体里散步、打太极拳、吊嗓子。待小修收拾完污水后，先前的寒冷竟奇迹般康复了，取而代之的是一丝沉重的燥，接着是烙铁样的热。

小修打开窗子，迎面吹风。

这样，她望见了刚跨进小区大门的马丽艳。马丽艳推着单车，车龙头上挂着菜、鱼、羊肉片和冻豆腐，臃肿不堪。这么湿的路，地上都是冻硬的冰雪，也不知道马丽艳是怎么推回来的。鞋子上沾着雪，脚像两根弹簧，迈向高空。夜色似铁，但小区的街灯次第燃放，衬得马丽艳很妖娆。她存了车，昂起下巴，拎着一堆东西，径直往楼门走来。小修一时找不见一个形容词，去比喻马丽艳的风度——她的鞋跟敲在冰层上，笃笃笃的，像一块彩色玻璃，在暗夜里碎了。

酷毙。

结果，小修用了这个词，暂时去敷衍自己。待马丽艳走近时，仰头望了望家里的窗户。她看见了女儿，蓦地一笑，肩胛像鹰那样一耸。小修终于找见了答案：原来，马丽艳今天系了一条新围巾。肩胛耸起时，围巾像敦煌壁画上的飞天那样飘起来，万端妩媚，比香音神还美丽许多。

"呵呵，没见过三米长的围巾哦。"小修对自己说。

李鸿章是个说话机器。

一进门，他就喊小修，叫女儿去接手里的东西。马丽艳正忙着擦饭桌，惊叫一下，跑在门厅前，卸下一堆热腾腾的外卖，递给李鸿章两只塑料袋，令他将鞋子套好，不许闹脏。李鸿章习惯了，乖乖从命，

边脱大衣边问:"公主回来没有?这么滑的地,街上净是交通事故,揪心死我了。"马丽艳监督完,又顺手擦完地板,没好声气地说:

"别动宝贝公主,叫她在沙发上歇歇。一进家,我就发现公主的脸红彤彤的,别是着凉了。快考试了,不能病的。"

小修躺在沙发上,怀里抱着那条新围巾,看不够。围巾是粗针织下的,一拃宽,大色块,重叠勾连,像粉蝶翅上的色斑,毛茸茸一片,够夸张。刚才,当小修从马丽艳脖颈里卸下它时,胳膊上缠了一大圈,色彩绚烂,简直像浸了几桶油漆似的。马丽艳挺骄傲,眯缝眼睛问:"咋样?刚才从街上走过,回头率绝对一流。"小修回说:"我看也是,戴上它,你就跟一只仙鹤似的。"

"别忘了,你妈不单单是个校对员,对生活也巨有品位哪。"

"你织的?"

"宝贝,你脸咋了?"

马丽艳刹那间变色,顾不上脱了一半的靴子,瘸着腿扑上前,一下子捧住小修的脸蛋,摸出了烫烧。小修没找见答案,只忙着听吩咐,吐舌头,叫马丽艳察看喉咙眼儿。末了,马丽艳又端来水杯,盯着小修吃下板蓝根冲剂和几枚药片,按她在沙发上歇下。马丽艳接着跪下擦地板时,小修又问了一句:

"是你织的吗?"

马丽艳撇了撇嘴,把一根指头竖在唇上,很没意思地回答:

"保密。"

现在,李鸿章也一惊一乍的,偎在沙发边,捂住小修的额头,查体温。这还不算,他又将凉森森的手摸进毯子下,翻开小修的毛衣,隔着一层,摸了摸腋下和后心。小修皱皱眉,身子忸怩,躲闪着李鸿章。但李鸿章的另一只手压住她,叫她像一条离岸的鱼,任人摆布。李鸿章没查出什么来,但仍不踏实,手往纵深里摸去。小修忽地坐起来，嘶哑地说：

"李鸿章，有完没完呀？"

"喊，烧成这样了，火气不小嘛。"

"你别骚扰我，该干嘛干嘛去。"小修踢了几脚，险些将李鸿章踹下去。李鸿章犹有不甘，上手要摸小修的脸蛋。小修嗔怒地说："喂喂喂，李鸿章，你这可算是性骚扰啊。"

"什么话？我是你老子，你是我公主。"

"喂，别动手动脚哦，我又不是马丽艳。"小修阴郁地道。

李鸿章碰了壁，自说自话："当然喽，你是总统，你妈是国务卿，我是你们派到伊拉克的傻大兵，还得听你们的喔。"

这时，马丽艳擦洗完毕，过完了瘾，才撑起折叠饭桌，又将李鸿章带来的外卖一一摆好。听了小修的话，马丽艳也责怪说："李鸿章，你别打扰公主行不行？叫她吃了饭，赶紧去睡觉吧。刚才吃了药，药劲快发出来了。"李鸿章气馁地站起，冲小修做了一个刮鼻子的手势，去了卫生间。打开的菜盒上蒸腾着一股股白雾，诱人的香味袭面而至，缭绕不绝。小修厌恶地蹙紧鼻子，不想去吸。中午在小饭桌时，阿姨做的也是这个味，又辣又麻，搁了太多的豆瓣酱，吃不出青菜的味道来。不用说，李鸿章提来的，也不外乎是宫保鸡丁、干煸带鱼、炝菠菜、水煮鱼之类的。那家餐厅就在小区外，门庭冷落，鲜有人气，可见味道能吃晕人的舌头，除了李鸿章乐意捧场，图方便，常去叫外卖。现在小修没了胃口，肚腹间的烧烫开始像融化的雪，一直迁延到了胃上。

三把椅子，围着闪烁的电视机。

马丽艳将一碗白饭搁在小修的位置上，摘下围裙，和李鸿章双双落座。小修闭了眼，闷闷地说："你们吃吧，别管我，我刚才吃了蛋黄派，还饱。""这孩子！"马丽艳和李鸿章不约而同地说了这么一句，相视一笑，然后拿起筷子往嘴里填饭。饭吃得很顺利。马丽艳搛起一块带鱼，择了刺，颤巍巍地递过去，叫李鸿章张嘴。李鸿章递的是碗，马丽艳眼神嗔了一下，李鸿章乖乖地张了嘴，吞下去。李鸿章也夹了一根菠菜，喂给马丽艳。马丽艳吃了几嘴，忽然皱起鼻子，从牙缝里剔出一粒花椒来，亮给李鸿章瞧。

过会儿，马丽艳又择好一块带鱼，搛起来。李鸿章顺从地递出嘴巴，想去接。马丽艳却半途而废，将带鱼搁在小修的碗口。李鸿章脸红了红，埋下头，赶着填了一口饭，掩饰自己。腮帮子鼓鼓的，李鸿章含混地说："公主最近胃口欠佳，一顿饭吃不下一碗米饭。中午我给小饭桌的阿姨挂电话了，阿姨也揪心。你明天去买点山楂片啥的，给公主开开胃。瞧她脸上清汤寡水的，倒像做父母的是一对贼公婆，饿着她了。"马丽艳不接话茬儿，停箸不语，目光在小修的身上逗留了很长时间，才哀叹说：

"要不是我这个破校对的工作，也犯不着将公主寄养在小饭桌上。"

"咋了？"

李鸿章撑直了腰，脸露油光地说："别人家的孩子吃得，我家公主就吃不得了？照我看，阿姨挺操心的，天天一样菜谱，轮礼拜一换，比你我中午赶回来忙死忙活地做饭要好。再说了，公主也不用挤公交车赶路，还能在阿姨家睡午觉。街对过是校门，打铃起床也不怕迟到嘛。"这话，算是将马丽艳的哀叹堵了回去，半路打劫嘛。马丽艳伸手，掖了掖小修脊背里的被角，眼角一挑说："李鸿章，你说得怪轻巧的？那种饭，叫你连吃三顿，你也能把肠子吐出来。"李鸿章嘻嘻一笑，做了个鬼脸，用唇语说："没睡着，别给她惯出毛病，得鼓励鼓励公主。"说着，指指小修。马丽艳读不明白，照旧将话题深入下去，白他一眼说："对了，到月底了。这个月给阿姨的食宿费该你掏了。"李鸿章挠着太阳穴说："不对吧，你别老惦记我的钱包。我记得上月就是我掏的银子，整两百五，连阿姨的暖气费都交了。"马丽艳虎下脸说:"看看,一提钱的事儿,就跟割你的肉似的。公主又不是我一个人的,你别只精神不物质。这年头,唉……"话里有话,李鸿章听出了动静,忙就坡下驴说:"不忙!我单位台历上记着呢,回头我查查。该我的,我岂能拿你动刀子哦。"马丽艳沉吟片刻,聊赖地说:"按理讲,你单位近,可以就近给公主做一碗热的,正成长发育呢,绝对不能亏欠下的。咱宝贝公主,一定不能输在起跑线上,对不对?可你倒好,天天忙着斗地主,白天斗完不说,晚上还加夜班,不闻不问。说说看,咱家还有没有男人啊?"话带着刺,迎面袭来。李鸿章不敢硬碰硬,只得避实就虚地说:"唉,'楚王好细腰,宫中多饿死。'我们那个死主任,老婆死得早,没个一男半女等着送终,就怕落单。老家伙一不喝酒,二不抽烟,三不包二奶,真不是个玩意儿,就好斗地主这一口了。"马丽艳捏着牙签,单掌遮掩,声音从一侧逸出来,说:"坦白交代,今天中午是不是又输了,上供了?"李鸿章呵呵笑,摸着后脑勺回说:"恰恰相反。这桌热乎乎的佳肴,是我中午的手气。"

"咦,你下午给我电话,不是说晚上有应酬吗?"

李鸿章鄙夷地说:"哎,招待兄弟单位的人,订在了海鲜鲍翅馆,完了还去东方夜总会高歌几曲,潇洒一把哪。那家夜总会,乖乖,小姐都是从五湖四海空运来的,一礼拜一茬儿,都是上好的肥料喂的,乳丰臀肥。不过,老子今天赢了,再不撤的话,死主任非拉着我在K房里现场开斗不可。这叫见好就收。我呀,我才懒得去给他们出台当三陪,我又不是变性人妖。"

"你出台?笑掉牙了,你出台有人要吗?"

"小看我?"

李鸿章的机灵劲,终于派上了用场。他做了个挥刀自宫的霹雳手势,梗了梗脖颈,耸耸胯,妖冶地一挺胸,一切尽在不言中。马丽艳笑得喷出了牙签,忙在地板上逡寻。李鸿章的手变成了一小股地主武装,从桌下伸出,骚扰过来,趁势摸了一把马丽艳的乳房。意犹未尽,再要顽固下去时,马丽艳捏着牙签,钉在了李鸿章肉里。

"哎哟!"李鸿章一叫。

小修在沙发上翻了个身,又沉沉睡下。马丽艳探手,试了试她的鼻息。还好,气息清凉均匀,额前的一缕刘海儿暗暗拂飞着。

"玩不起哦,我毛遂自荐都不行了?"

马丽艳沉脸说:"我最瞧不起二尾子了。是个男人,裆里有三两肉,就做得挺拔一些,磊落正大一些,别恶心死我了。你要再这样,我看你把名字改回去,还叫以前那个李红璋算了。"

"不!"李鸿章否决说,"我非得叫李混账,让你和宝贝公主在家里叫。"

"疼不疼?"

显见,一场虚火塌灭了,没再燎原起来。假如叫他们登台说相声,李鸿章一准是捧哏,非叫你笑麻了舌头,乐断了筋。或许,这也是家庭和睦的秘诀之一。恋爱时,马丽艳就对他的名字有意见,觉得歧义丛生。每次喊他时,四声标准得像少女时节的邢质斌。结了婚,说给李鸿章听时,他竟然还恼过几次,也分床冷战过。但等女儿小修上了初中,从历史课本里摘出这个老古董,安在父亲身上时,李鸿章不以为怒,反倒眉开眼笑,随顺妻女叫来叫去。马丽艳拽过李鸿章的手,察看刚才戳的那一下。李鸿章抽回去,又捧住第二碗饭,浑然不痛。他还虚空地抓了几把,动作自如优美,好像钢铁就是那样炼成的,天生好坯子。

马丽艳侧身,跷起二郎腿,冲着电视屏幕,调了台。汾酒集团报完时,《新闻联播》片头闪过,出现了祖国各地欢庆元旦的画面。主持人穿着耀眼的红衣,似乎提醒人们,翻过今夜,就是来年。

"千门万户曈曈日,总把新桃换旧符。"

愣怔中，马丽艳脑海里跑出了这么两行诗，对应了画面里的狮子戏、旱船、秧歌、鲜花、气球和舞龙大军。但马丽艳的脸冷下来，表情渐渐浇薄，一直哑然不语。她明白，自己是被这两行诗给闹的，兜头撒了一把生石灰似的，眼底里水汪汪起来。她从乱哄哄的画面中，掘出了一阵寒意、一片萧索感。马丽艳浑身僵硬起来，雕塑般坐着，心里厌倦死了。

"再吃点儿？"

马丽艳纹丝不动。

"看你，就吃那么几嘴，跟猫似的。"

"别烦我，瘦身都来不及哪。"

李鸿章不甘寂寞，滔滔地说："其实，我还是喜欢你丰腴一点，耐看，能撑衣服。再说了，你还是我的女骑手嘛，别一拽缰绳，就给风掀翻哦。骨感？骨感那都是西方的肥佬们玩的把戏，各个都像解剖室里的人体标本，光看看就会做噩梦的。对了，人家国际模特理事会的纪委书记说了，以后不兴骨感美了。"

"德行！人家不是纪委，那叫纠风办。"

"干什么你，咋哭了？"

李鸿章撂下饭碗，移驾过来，拨拉开马丽艳的手，果真瞧见一片湿泪挂着，鼻翼抽搭搭的。"我没说重话呀，咋惹得你跟全国人民较劲儿，不好好过元旦呢？"马丽艳是一堆干柴，禁不住劝。李鸿章摸了摸她的腮，倒像刨毁了水库大坝似的，哗哗哗淌下来，肩胛骨也抽动开，一副情难自禁的架势。李鸿章后果前因地想想，自打进门后，家里就荡漾着一股子温情，自己紧着谄媚，小修也免战牌高悬。猜到头，李鸿章都抓耳挠腮，猜不透这一声哭。

"要不，咱俩开瓶红酒，喝几杯？"

马丽艳蹙了鼻子说："没心情。"

"猜出来了。你一准是感时伤怀。年关将近时,想起流逝的岁月、跑远的青春和未遂的梦想,就一肚子的窝囊和委屈。对不对?"李鸿章揪住她的双耳,想近身贴一贴,但嘴里扯天漫地胡诌,想使妻子活泛一下,换换念想。"其实,每个女人都跟你一样,都是拴在时间这根麻绳上的一窝蚂蚱,逃不出宿命的打击和蹂躏。眼不见为净,砍头只当风吹帽,踏实过咱的小日子。比上不足,比下有余嘛,好歹,咱也算一中产阶级家庭吧?"

"我犯了错。"

"错?谁不犯错,上帝那老家伙也有打盹的时候呢。"

李鸿章头皮一麻。

"今早报纸出来,督导员叫我过去,训了一个来钟头。丢死人了,犯啥错不行,偏偏校错了那个字,可恶。罚了二百不说,还通报批评。"

闻听此言,李鸿章释然不少,直身起立,说:"黄河里扔石头,多大的事儿呀?不就校错了一个字嘛,一字值千金,你只当给督导员捐了吃药钱。"

"哼,说得倒轻巧喔。今天我成了全报社的笑料。"

"哪个字?"

马丽艳不再顽固了,泪眼婆娑地诉苦说:"你会背那首诗吗,'远上寒山石径斜,白云深处有人家'?"

"……'停车坐爱枫林晚',什么什么'霜叶红于二月花'来着?"

"就那个动词!"

"'红'?"

马丽艳摇头。

"'坐'?"

"对!我错了,校成了那个'做'。"

李鸿章瞬时反应过来,下巴扬起,冲着天花板呵呵狂笑起来。泪花被笑逼了回去，马丽艳懵懂地盯着看，不明白李鸿章神经什么。但她转瞬忆起了同事们背后的戳戳点点，想起了大家嘴角上神秘的笑纹，不由得心生火起，拿起一根筷子，出手如梦，掷在李鸿章嘴上。李鸿章乐完了，气还岔着，喘息说：

"嘿嘿，这是潜意识作祟。"

"少碰我！"

"我说呢，一本'现汉'你都能校出来，干嘛栽在这个熟字上。话说回来，不就是一首破口水诗嘛，还有梨花体的嫌疑，压根儿犯不上瞎愁，也别跟你单位那帮小知识分子较劲儿。"

"通报贴墙上了，大家看我的眼神有点儿那个。色！你懂吗？"

"这诗谁写的？"

"干吗？"

"能干吗？我找这老匹夫算账去呀。"

李鸿章绾起袖子。

马丽艳破涕为笑，将粉拳落在李鸿章肩上，又推了一把。李鸿章就势坐在地板上，抱着膝，定睛瞧起马丽艳，很多意味在眼神里头。马丽艳明白，但佯装糊涂，开始收拾饭局。李鸿章画龙点睛地说：

"喂，多久没骑马了？"

马丽艳来气说：

"问问你，天天去斗破地主，晚上拿这儿当客栈。"

"想不想潜规则我？"

"潜啥？"

"看看，白当校对员了。"李鸿章卖弄说，"你们报纸上天天登着呢。潜规则，八卦得很嘛。饶颖说叫赵忠祥给潜规则了，一个叫张钰的小戏子说被黄什么的导演给'潜'了。人心不古，世风日下喽。"

马丽艳拢着剩菜，不屑地说："我校对的副刊，昨天就碰上了那首破诗,结果……哎,按你的说法,我被一首死人的歪诗给潜规则了,对不对?"

"反正就那意思,上床陪睡,主题是打炮。"

"我可不就是当了一回炮灰嘛,娘的。"

马丽艳嗔怒道。

恰此时,小修忽地坐起身,揉着眼,脚在地上摸拖鞋。马丽艳使眼神"扇"了一耳光,李鸿章紧着闭了嘴。空气静默,似有一层不明不白的物质,飘在空气里。马丽艳停下手,帮小修穿上鞋,叉起她。小修跌跌撞撞地往卫生间去。门一碰,挤出一声空洞的响,像人的情绪已败坏。李鸿章为刚才的话羞愧,谄了笑,做一个自责的动作。马丽艳不睬他,偎依在门边,听小修拉响马桶。水冲卷着,将一些秘密流入外边的暗夜中,不知所终。

小修坐上沙发时,仍抱起那条围巾,迷茫地说:

"你们明早替我买一张漂亮的贺年卡,我要寄给老师。"

"土!"李鸿章说,"拨个电话,啥都搞定了。"

"乖,听你爸的,不是舍不得花钱,电话多方便哦。再说了,两千张贺卡就能毁了一棵树。树毁了,白雪公主和七个小矮人去哪儿睡觉呀?"

"拜托!我都十二岁了,还童话呢。"

"乖,公主,你做梦还能看见七个小矮人的。"

一席话,让小修噤了声,哑默如石。

其实刚说完,李鸿章和马丽艳就有了悔意,再想去收泼出去的水,明摆着枉然。马丽艳将遥控器递给小修,随便她看什么节目。小修不接。李鸿章坐在沙发沿上,攥着指骨,脑海里翻箱倒柜地找手段,却一计不出。

"明天廖望过生日,他爸请我们去吃饭。"

马丽艳警惕了,问:"廖望,就那个不三不四给你递条子的臭小子?家长请你也不行,谁知道唱的是哪门子的《鸿门宴》。"

"再说,肯德基什么的,都是垃圾食品嘛。"李鸿章添油加醋道。

"是火锅!"

电视里滚过一颗蔚蓝色的星球,到了国际新闻的时段。李鸿章想起了什么,取过遥控器,将音量调高。他将食指横在唇上,叫了安静,鬼兮兮地说:

"喂,萨达姆被杀了。"

"绞了?"

"不是播了嘛,就昨天。"

"妈的,太简单啦。"李鸿章拍腿。

马丽艳侧脸,瞧见小修雏鸡样发呆,瑟着肩胛,盯视着屏幕,一副木偶相。她心下一凛,忙伸出手,捂住小修的眼睛,催促李鸿章赶紧换台。但画面停留在了萨达姆的脖颈里,粗大的绳套野蛮性感,纹丝不动,横亘在身,足足定格了三秒钟。马丽艳催了几声。李鸿章不为所动,咬筋也凸了出来。

"没事儿,叫公主看看。这是个历史性的时刻。说不定,她们政治考试会出这道题的——十二月三十日,萨达姆·侯赛因被吊死了,在巴格达。"

"别,萨达姆会吓着公主的。"

李鸿章留恋地看完了《联播》,拍着大腿,扭身仰首,高谈阔论地说:"马丽艳你忘了,'9·11'发生的那天晚上(北京时间),你正在军区游泳馆里学游泳,是我打电话催你回来的,对不对?"

"是哦!我差点儿没被呛死,也没学会狗刨儿。"

"对呀,那是多大的事件哪!后来的事实证明,那几架飞机真就改变了全世界。妈的，你拿美国人民开练，人家的导弹和航母又不是吃素的。阿富汗的塔利班被打掉了，伊拉克被拿下，萨达姆也在一个老鼠洞里被活捉。你赶回家时，飞机已经撞进了大楼，火光冲天。美国人哭爹喊娘的，脚上的鞋子都跑丢了，一地的钱包和手机，美元从楼上哗哗哗地飘下来，跟圣诞节的彩纸一样。那是直播哇，不是好莱坞梦工场的大片，弄虚作假不得。还好，你将好看上尾巴了，不是那两幢楼塌了嘛。"

小修在他们脸上来回逡寻。除了兴奋，她真没发现别的。

"这就是历史。真的，历史就是这么写成的，一笔一画，被记录在案了。我们真幸运啊，眼福也好，能目睹历史上如此重要的时刻。公主，我敢打保票，政治考试绝对出这道题。信不信？"

"你别幸灾乐祸了，这毕竟是杀人嘛。"无奈，马丽艳松开手。

"哼，妇人之仁。"

马丽艳嘟囔说："没叫错你，你可真是个不折不扣的李鸿章，忘了你挨打那会儿了？怎么世上的人一遭难，你就活蹦乱跳的像一只青蛙呢。"

"嘁，夏虫不可以语冰。"

李鸿章笑曰。

又跳到凤凰卫视，长达数小时的直播，一会儿是专家解读，一会儿是萨氏的生平资料，一会儿是绞刑过程。李鸿章陷在历史大势里，不可自拔，不是攥拳义愤，就是狂拍大腿，仿佛手里举着清朝的惊堂木，呵斥三军。马丽艳侧倚在沙发扶手上，一条胳膊圈住小修的脖子，时不时蹭蹭女儿的脸。马丽艳没摸出那一层烧烫来，只觉得她体温如常。其实，她永远不会知道，小修的身体里，有一堆星星虚火，已开始了燎原之势。现在，马丽艳也指给小修看，嘴里解读起了萨达姆其人，并顺便说了说两河流域的过去，以及一本《汉谟拉比法典》。

受了李鸿章的熏染,马丽艳遂深信不疑地相信:这是个历史性的伟大事件,一家三口,得以有幸共度此刻,平安如素。有一瞬,马丽艳瞥向窗外,看见和平的夜色像一辆重型推土机驶来,淹没了兰州。白昼时的污染,被一笔勾销。

"我觉得挺可怜的。"

李鸿章说:"可怜?你是菩萨,也得省下这个词。这么心疼的词,用在谁身上都成,偏不能形容老萨这鬼。他令人发指着哪,暴君、杀人狂、恐怖分子,几十年来一直骑在库尔德人和什叶派头上,拉屎撒尿,作威作福的。这下,这鬼彻底玩完了,连命也搭上了。"

"搞不懂你们雄性,牙齿上嗜血。"

"哼!这鬼还抵不上他儿子和孙子,人家好歹敢拿起 AK—47,跟大兵瑞恩们干上一仗,死就死呗了,也算是醉卧沙场,马革裹尸,不枉裆里的那三两瘦肉。老萨就疲软多了,一点儿不硬邦,给人从耗子窝里提溜出来。腰里的金手枪是干嘛的,橡皮泥呀?自己抹脖子还不会呀?希特勒还知道不受胯下之辱,自个儿寻短见,报销自己呢。"

"李鸿章,你别斗嘴,你上去试试看。"

马丽艳抢白道。

"那,那我也得替天行道,亲手将绞索系在老萨脖子里,打上死结。我双手沉重哦,肩上的负担也不轻,受伊拉克人民的殷殷嘱托,我会成全老萨的心愿,让他当一名烈士和硬汉。我还会听他的临终忏悔,告诉他,他被世界人民抛弃了,他将孤独地走进坟墓和地狱,把肠子彻底悔青。"李鸿章油光四射,伶牙俐齿,像德云社里刚爆得大名的郭德纲,粉嘴一张,没一点儿轻重,仿佛全地球的江湖都是他的。马丽艳瞧不起他信口雌黄,满嘴跑车轱辘,在女儿面前也不知分寸。她搂了搂小修。小修挣脱了,仍抱着那一团围巾,垫在肚腹上,似乎这样就舒坦,也能将那一堆渐渐燎原开来的虚火挤灭。

凤凰台又定格了套上绞索的几格画面，专家们道貌岸然地坐在厨房般的客厅里，磨刀霍霍，庖丁们肢解着一具老萨。马丽艳搓着手说："李鸿章，我见过绞刑，信不信？"李鸿章怔了怔，抬看妻子一眼说："别乱讲话哦，咱生活在和平年代，股票牛气冲天，外汇多得花不完，还当美国的债权人，现在又构建和谐社会呢。咱家也得和谐一下，要吓着公主，罪可不轻，杀无赦，我可绝不答应你。"马丽艳不罢休，磕着牙齿说："不信拉倒！还真以为你们这类动物操控地球呀，武则天时候干吗去了？慈禧太后当权时，你们雄性还不是装孙子，当奴才，脑袋夹在裤裆里过日子呀？说给你听，和平这东西，一般都是我们女人带来的，和平都有一种母性的光辉。"李鸿章扑哧一笑，说："太阳呢？太阳咋从西边出来了？我可偏不信这邪，你能从哪儿偷得这种薄福，见上一场绞刑呢。"马丽艳卖个关子，杏眼盯着，话堆在舌尖上，只想挤对一下李鸿章。李鸿章却满腹经纶地说："咱国家，一般使枪决，后来人道主义多了，对罪大恶极、十恶不赦者，也普遍使针毙，好歹给人家属留下一条全尸是吧？对了，从明天起，死刑的核准权收回去了，得中央点头才行，一般慎杀、少杀为是。像铁瓦殿那孙子邱兴华，背着十条人命，就赶不上天下大赦这一茬儿了。"马丽艳是校对员，报纸快读恶心了，对这些发黄的旧闻不感兴趣。她舔舔舌头说："忘了？你跟我一块儿看过的那部清宫戏，斯琴高娃演的，孝庄皇太后是咋死的？想想，还不是被你们一帮子臭雄性给绞杀的。"李鸿章讶异地问："孝庄娘娘是被绞杀的，谁通知我了？"马丽艳伸出脚，踢了李鸿章几下，笑得岔气说："李鸿章呀李鸿章，你连你的祖奶奶都给忘了。你不是她的孝子贤孙，把她老人家和清朝的那点儿家底全折腾光了吗？"李鸿章回说："哼！你这是戏说，替历史翻案。"马丽艳笃定地说："用的是一把硬弓，把孝庄给绞杀了。"

"唉，我替她老人家默哀。"

"……所以说,和平一般是我们女性带来的,真有一股子母性的光辉,比乳汁还甜,比日光更酥软。"

李鸿章赞美说:"恭喜你,答对了!你该上李咏的那档子节目试试,练练嘴。"

"在咱家里,我和公主就是和平,照耀你。"

"你真像诗人。"

"缺德!别恶搞诗歌,也别难为我,我不是梨花教母,也吐不出那种口水来。一提诗,我就恶心,跟霜打的一个德行。"

李鸿章忽然想起什么,在大脑沟回里捞了几下说:"可别说,萨达姆就是一真诗人,像男人一样战斗过,还写了好几本书,谈古论今,纵横捭阖,泄露过一点点情感小隐私,痛并快乐过。结果火透了,本本都是高版税,连开几场作品研讨会,批评家和媒体记者们海了去,往死里追捧。他还在伊拉克的百姓讲堂开过坛,作过法。在两河流域的书店里签售过,手都签抽筋了。伊拉克人民人手一册,焚香沐浴,规规矩矩学习,老老实实写心得体会。后来,形成了一门独特的'萨学',推出了好几个伊拉克的钱锺书、俞平伯之辈,敲边鼓,拿红包,推波助澜,打造软实力。"

"吹吧你。你好像是萨达姆的私生子来着。"

"骗你?骗你我李字倒着写。他遗书上写了,他将以自己的光辉诗作,被世界的文学史写下隆重的一笔,堪比但丁,气死歌德。"

马丽艳不去纠缠,却指着电视笑,问小修说:

"公主,你看萨达姆像谁?仔细想想。"

小修的指尖上缠着围巾的一头,不停地绕来绕去。粗针织下的,网眼开阔,纲举目张。看似蓬松一堆,但捏进手里时,却绵软细密得像一根丝线,也不知是什么神奇材料。小修还记得"五一"长假时,李鸿章和马丽艳邀了几个同学,各家开着车(李鸿章借的),游玩了一趟青海湖。离开橡皮山，路过一片草滩时，小修望见了车窗外惊恐逃命的藏羚羊。

那时，恰逢产羔的季节，一只肚腹臃肿的母羊跌跌绊绊，掉了群，终于栽倒在公路旁。小修还摸过那只母羊。水一般光滑的皮毛，摸进手里时，又从指缝里渗光了。李鸿章当时说，三只母羊的绒毛，就能织一件女人的披巾。在西方市场上，能卖五千欧元哦。李鸿章还说，这样一件藏羚羊的披巾，能从一枚针眼里穿过，是贵族女人们追捧的奢侈品。

这么念想时，小修便有点儿厌恶它，觉得闹不好，马丽艳的这件围巾，真是用几只可怜的藏羚羊的命换来的。她的手开始冷，听着嘈杂的电视声，望着马丽艳跟李鸿章一来一往的攻讦，像是斗嘴，又像是两只腻腻歪歪的七星瓢虫，反正不太正常。小修攥住围巾，一截一截地开始打结，绾成死扣，约莫一拃长一个。小修想，有了这么一长串死结，叫你马丽艳去给人炫耀吧，看它究竟能不能钻过一个小针眼？

暗中使了劲，小修抬起身来，心里咯咯地发笑。蓦地，先前掉进身体里的那一把图钉，却仿佛从一座洞穴里醒了过来似的，在烫烫的肚腹间遽然散开，跑得遍地皆是。图钉像来到了下午的操场上，有的玩绳操，有的大脚开球，有的扔铅球，有的在奋力掷标枪。分散的痛点，渐渐如一张密不透风的蛛网，挂在身体里，火辣辣地烧起来，烧透时，又有一层麻酥酥的蚁痒，跑遍了皮肤。

"再想想公主，你看萨达姆像谁？"

马丽艳催问。

"爱谁谁，别碰我！"小修挡回去。

马丽艳怔了怔，狐疑地盯一眼小修，又紧着堆满了笑，自己先乐和地说："这孩子，快仔细认认，萨达姆像不像你爷爷呀？"

"我爷爷？"

小修觉得这是个有趣的问题。

"瞧瞧，除了他脖子下的那根绞绳，萨达姆跟你爷爷真像一个模子里倒出来的不是？一样的大胡须，一样高的发际线，鼻梁也那么挺。"

"真像！"

小修道。

"我就觉得面熟，跟在哪儿见过似的，原来像你爷爷喔。"

小修忽然抓起茶几上的电话，指头够着按键，去拨号码。马丽艳被吓了一下，瞪着眼睛问。小修怪兮兮地说：

"给爷爷打个电话，叫他赶紧看嘛。"

"别！你爷爷刚出院，激动不得。你去医院看过的，他太虚弱。"

小修悻悻地扔下电话，攥紧围巾，下意识地动作着，绾着死结。目光却逼视着屏幕，像一把牛角梳子，从定格的萨达姆的五官长相上捋过，渐渐浇薄，直看成了一张简简单单的相片。小修被爷爷疼爱惯了，拔过他胡子，揪过他耳朵，捏过他鼻子，小时候还当马骑过。一提爷爷，小修便有一股子强烈的亲近感，巴望得不得了。这时，小修嗫嚅说：

"其实，更像爷爷他爸。"

马丽艳脸色一重，说："你太爷爷？"

"对呀！爷爷叫我看过他爸的老相片，锁在柜子里的。爷爷说是他爸解放前当会计时，在上海照的，穿个西装，留了个三七开，胡须也这么浓。我觉得爷爷他爸更像，比爷爷更像这个萨老头嘛。"小修说。

"我没见过。你爷爷就疼你。"

马丽艳口气失落。

"这叫遗传，对不对？"

马丽艳搂了搂小修，笑谈说："当然喽，有其父必有其子嘛，咋能长相上不带呢。俗话说，龙生龙，凤生凤，老鼠的儿子会打洞。"

211

"像绝了,跟克隆的一样,能当特型演员。"小修赞美道。

"问问你爸!"

不待两个人去问话,李鸿章早就黑成了一座铁塔,怒目金刚地虎视着,先前还嬉皮笑脸好端端的,也不知吃错了什么枪药,端着双臂,要迎头砸过来似的。马丽艳和小修环视一遭,又在各自的脸上瞧瞧,竟一无所获。电视也没犯什么错,正播放萨达姆生前风风光光的画面资料:检阅三军仪仗队,他还举了枪,一扣一扣地放天上射;接着,又是一群老百姓围着他,跳一种甩胯的小步舞,皮鞋锃亮。一旁的粉丝们热泪盈眶,山呼万岁。末了,画面出现了杜杰勒村惨案,坦克冲进了一座民房,地上丢满了血淋淋的尸首,血腥刺眼。马丽艳扪心自问一下,再细细打量了一番李鸿章,竟是一头疑惑。

"咋了?真替萨达姆默哀呀?"

小修插话说:

"我知道,李鸿章见我爷爷就这样,怕惯了。"

"是不是还三鞠躬呢?"

话未落地,李鸿章突然跳脚站起来,抄起饭桌上的一只菜碟,恶狠狠地掼在地板上。菜碟惊叫了一声,好像一只幼兽被衔在敌人嘴里,来不及喊话,即被吞了下去。碎得很夸张,分崩离析地散裂开,溅上墙,钻进了沙发底部,剩下的瘫痪一堆,哆嗦地吃住地板,被抽了脊梁的小狗似的。这还不算什么,甩溅出去的剩菜冷汤,仿佛菜碟身体里的血,爆炸开,在客厅里画过墙、天花板和光亮的地板,成了命案的第一现场。

"马、丽、艳,我操你!"

李鸿章堂皇地站在一堆碎瓷中,跺着脚,冲妻子咆哮道。犹不解恨,他攥住拳,砸在饭桌上,跟一个被逼进死胡同里的凶犯一般。马丽艳眼睛湿了,委屈地擦了擦颊上的菜汤,搂紧小修,不明白这一切缘何而起。她吞声说：

"我们娘俩咋的了，犯得着你发这么大脾气吗？"

"马丽艳，你刚才说什么了？"

"不就是几句玩笑话吗？你开得，我们娘俩就开不得，非要顺着你的脾性来呀？该过节了，人家屋里和和暖暖，楼上楼下笑声不断，有谁像你，砸碟子摔碗的，吃错药了吗？看看，把家里搞成这么肮脏的猪窝，叫我们咋落脚，咋有过年的心情？你这么发疯，公主都看在眼里，记在心里了，李鸿章。"

"对！我就让你们难受，不能过年。"

马丽艳迷蒙起眼，婆娑地说：

"你身上都是仇恨，恨谁呀？"

"问问你自己，你一张臭嘴，跟吃了粪似的。我连地主都不斗了，撇下顶头上司，来跟你们过年的。我本来还想三天假期里，带你和公主去郊外，呼吸呼吸新鲜空气，去兴隆山滑滑雪。但你马丽艳一张臭大粪嘴，管不住自己，挑拨我和公主的关系，离间我们父女亲情。你究竟安的什么心，揣了什么虎狼心肠？"李鸿章磕着牙，血雨腥风地泼将过来。

"我怎么了你？"

李鸿章早就备好了答案，一股脑儿地端在台面上，扳住指头，一五一十地控诉说："怎么了？你说这可恶的萨达姆像我爹，像公主她爷爷。你红嘴白牙的一说不要紧，可你这是下药引子，别有用心，指桑骂槐。"马丽艳一听这理由，轻薄得站不住脚，猜想李鸿章一准是没去泡K房，没跟领导斗地主，故意找碴儿，在借题发挥来着。萨达姆咋了？八竿子打不着的一个死人，和这个家有屁关系，值得你火冒三丈，冲着妻女吼吗？她也梗了梗脖子，顶头迎上去，口气不屑地说："嗨哟，我只当你李鸿章是个男人，记得自己身上有那么三两肉挂着，还是个雄性呢。没承想,你的心眼太小,比针尖还小哟。我不过说了一声萨达姆像公主他爷爷,看你恼的,跟一匹上了炸药的狗似的,狂犬病犯了,咬谁呀?"李鸿章举起巴掌,叉开五指遮过来,叫阵说:"马丽艳,你再敢重复一遍你试试,你再说一遍,老子的耳光是不认人的,非扇死不可。"李鸿章做了针尖,马丽艳一般会扮演麦芒的。她伸出脸去,递在李鸿章的军事禁区内,挑衅说:"扇呀,有本事你扇啊,我还一直想找这么个雇主,能让我躺下吃饭,再也不去干那个破校对员呢。求你了,你是我的上家,成全我吧,快扇呀。"李鸿章继续举着,酝酿着战争气氛,嘴里喋喋地说:"臭娘们儿,你嫁鸡随鸡、嫁狗随狗,你嫁进了我们家的门,却数典忘祖,拿老一辈开涮。你不是故意的,又怎么解释?"马丽艳抬望了一眼,清楚了李鸿章的把戏,鄙夷地说:"你们家咋了?天下哪一家的法律里,写着不许开玩笑、不许用一个比喻的条文?你说给我听。"李鸿章撤下右手,左手又像一只鹞式战斗机样地盘旋而起,停在空中,凭栏远眺。李鸿章驳斥说:"你用啥比喻都成,但你不许用刚才的那个比喻。"马丽艳冰雪聪明,立刻明白李鸿章话里有话,遂退却地说:

"好啦好啦,别拗气了,我收回刚才的话。"

"当着公主的面,你再说一遍。"

李鸿章叱道。

马丽艳措词一下,当着家庭成员的面,虚心地说:"我错了,真的。其实不光我一人错了,全世界都错了。大家都把问题推到了萨达姆一人的身上,叫他一人背了黑锅。现在他走了,我不该若有所失,如丧考妣。他该死,他是个杀人狂、暴君、恐怖分子。他该下地狱,断子绝孙。"

"你别打擦边球了,说你个人的。"

"还有啥可说的?我都站在了你的立场上,嫁狗随狗的,你还叫我怎么着？总不是犯了杀身之祸吧，你还这么逼我。"马丽艳本就吃软了，但李鸿章仍不依不饶的，软处来取土，这是她没料到的。"李鸿章，你别蹬鼻子上脸了，给你个台阶，还没完没了呀？"

"臭娘们儿，要再说一声萨达姆像谁谁的，我真抽你。"

"李、鸿、章，宝贝公主就在这儿，我把话撂下。我不过说了一声萨达姆像你爹，又没刨你家的祖坟，干吗对我这么恶毒？你来硬的，我也不是吃软饭的。世上的人多了去，谁谁的是一个模子里倒出来的，有啥错？古月和唐国强还当过特型呢，他们会被观众的唾沫星子淹死吗？我是说了，我说萨达姆的长相像你爹，就像你爹。"

鹞式战斗机俯冲下来，撞在马丽艳的脸颊上，又拉起机头，停在半空。

马丽艳矮下身，捂住半边脸，脑海里掠过一片金星，登时空白。小修木然地坐着，痴呆呆地盯着眼前的一幕，将手里的一个个死扣抻直，用力拽紧。马丽艳窝在沙发上，半天才缓过气来，嘴角上渗出一丝血水。马丽艳恨恨地望了李鸿章一眼，忽然搂住小修的头，委屈地说：

"公主，公主你都看清了吧？他居然敢对我下手，他敢打我。"

李鸿章说：

"妈的，嘴犟，揍还是轻的。"

"打我？！哼，你还能有啥本事，你让我们母女住洋房了吗？你让我们天天吃香喝辣的了吗？你让我们沾啥光了？一出门，你就在社会上变成个缩头乌龟，像个太监样伺候上司，陪他开心，给他出台，恶心得像一个下三烂的三陪小姐。你顾过这个家，添过一袋醋，买过一双筷子吗？把公主扔在小饭桌上，饿得面黄肌瘦，你倒天天去做甩手掌柜的。你问过我们母女的饥寒，照顾过我们的心情吗？好呀，你现在还敢对我动粗，甩我一个大耳光子。你等着，李鸿章，有你好看的一天，这笔债我迟早要你还。"

"还！你不是有个当警察的哥嘛，叫他来，铐走我，或者一枪把我崩了。"

"走就走！公主，咱们走，死了也不回来。"

"滚吧！"

李鸿章在一旁欢呼着，如释重负地说："通通滚蛋，夹着尾巴滚远一点，别在我跟前碍事儿。我眼不见为净。"

马丽艳气绝心伤，叉起小修，拽住她的袖子，一前一后踅出客厅，昂然地丢下李鸿章。她先是钻进了小修的卧室，拉开衣柜，整理出几摞女儿的东西，胡乱塞进了一只拉杆箱。接着，马丽艳又站在大人们的卧室里，撬着衣柜门。

衣柜是嵌入式的。当初装修时，巧妙地利用了一堵凹陷进去的墙，打了立板，才壁立成一面。不知是因为激动，还是衣柜受了潮，门却始终打不开。马丽艳踢了好几脚，门板却纹丝不动，冰冷地站立着，严丝合缝。像地球上剩下的最后一对男女，抱成了团。无奈，马丽艳取出一把改锥，戳了两下，直接掀起了一扇门板。衣物层层叠叠地码着，像中秋节里蒸好的千层饼。马丽艳不辨季节，只管气急败坏地扯出来，冬装夏服地塞满了拉杆箱，一折身，拽住小修，往门厅里奔去。

"我不想去。"

小修说。

马丽艳遭了电击似的，僵在地上，泪水哗哗地淌出来，瞠目结舌地问："咋了公主？你自己看看，这里还有你立足的地儿吗？这不是你我母女的家了，这里是独夫民贼的猪圈狗窝，是吃独食的人待的地方。我们走，别给人家碍眼，人家早就谋算着要换一个新的女主人了。"她上前要扯小修的袖子。小修甩脱了，退后几步，紧紧贴住了墙。

"明天廖望的生日，我要去。"

"有没有出息你？"马丽艳扔下拉杆箱，趋前几米，矮下身子，拍了拍小修的脸蛋，循循善诱地说："乖，听话公主。我们不凑这个热闹了，我们回姥姥、姥爷家里去，去跟你舅舅过新年吧。这里不是家了，是个灵堂。有人在给萨达姆披麻戴孝，当一个杀人犯的孝子贤孙。我们走吧。"

小修急得满脸通红，抱紧怀里的那条围巾，瑟瑟着。马丽艳暗中揪了几把，又像是命令，又像是一种口头警告，叫她赶紧幡然醒转，给自己搭台唱戏。小修被逼急了，揩着颊面上的泪，坚持说：

"我答应廖望了，我不能反悔。"

说话的空隙里，李鸿章就倚在客厅门框边，哑哑不已，嘴角还抽出一丝怪笑，冷嘲热讽地盯着。马丽艳从李鸿章的眼神里读出了冷漠，也读出了一种落井下石的快意来。她强忍着，催促小修说：

"宝贝公主，这是个大是大非的时刻，你不站在妈妈的一边，难道要助纣为虐吗？"

"反正，我不去。"

小修断然道。

呵呵，李鸿章终于笑出了声，夜猫子的笑，一阵比一阵冷，鞭子样地烙在马丽艳的脊梁上。笑得她浑身发怵，骨骼都缩成一堆，嘎巴作响，仿佛手里的一把筷子被折断了。忽然，小修抬看了一眼李鸿章，轻蔑地说：

"你也别得意，李鸿章。"

"公主你？"

小修慨然地说："萨达姆就像我爷爷，萨达姆更像我爷爷他爸。有本事，你扇我一个耳光，对我使暴力呀？我见过爷爷他爸的相片，跟萨达姆一个坏$\downarrow$，像得跟一对双胞胎似的。怎么了？"

"咳，你个小杂碎，你这不是犯上作乱吗？"

小修的身子紧躲着，指着说："李鸿章，你别耀武扬威了，你就是个卖国贼,你还是个不折不扣的软骨头。有本事,你在清朝那会儿干吗去了?你跟外国鬼子干啊,你把八国联军赶出去呀,你把圆明园好好留下来呀?你在我们历史课本上写着呢,清清楚楚的。李鸿章,你就是个反面教材。"

"他娘的,你敢对老子这样说话?"

李鸿章的头皮一下子炸了,将手里的一团餐巾纸扔过来,砸在小修额上。犹不甘心,李鸿章趿摸着门厅地上的一只拖鞋,虎虎地欺过来。马丽艳心花怒放。小修的一席话,登时扭转了风向,让她不再孤独,不再形单影只了。她知道自己该怎么做,咋样去维护刚刚建立起来的、脆弱的统一战线。联盟的力量是伟大的。马丽艳忽地起身,横在二人之间。

趁着李鸿章俯身时,马丽艳揉了一把,将小修推进孩子的卧室里,吩咐她锁了门,便只身迎上来。马丽艳最后通牒说:

"李鸿章,你敢对公主动粗的话,我死给你看。"

"闪开!"

马丽艳嘶哑地说:"好!我闪开,我看你能做什么。我再声明一下,公主要是有个三长两短,我发誓,我会跳楼的,叫你一辈子都后悔死。"

马丽艳真闪开了,留出一条路来。

却出乎她的意料。李鸿章举着拖鞋的手,定定地停在半空里,像一尊捏了一半的雕塑,毛糙糙的,一座未完成的作品。马丽艳环住臂,静等着事态的进一步发展,心里七上八下的。忽然,李鸿章丢下拖鞋,扑腾坐下,一把抱住马丽艳的腿,埋着头哭起来,嘴里哽咽地说:

"哼,你们都在欺负我,合伙哦。"

门厅里灯光刺眼。

马丽艳浑然地站着,不理不睬,一任李鸿章抱住自己,掏心挖肺地倾诉,嘴里含混不清。凑巧,马丽艳发现门后的天花板一角上,居然挂着巴掌大小的一块蛛网,缓缓飘动着。她心里搁不得龌龊东西,一股自责涌上来,恨不得即刻扑上去,撕烂它,还家里一个清洁。但祸不单行,一只小米粒大的蚊子,又循着地角线慢吞吞地飘起,像墙面上滴下的一点墨汁。冬天,咋会有蚊子呢,还是反季节的?马丽艳百思不得其解,想得脑仁儿生疼。后来,她归咎为家里的暖气太热,竟让蚊子成了一条漏网之鱼。

李鸿章箍住妻子的腿,哭得不亦乐乎,念念有词,像一张剐坏的碟片。

腿站麻了,气血不顺,马丽艳拍了拍李鸿章的背,叫他赶紧起身,别再哭天喊地的了。这一哄,李鸿章受了更大的委屈似的,嗓眼里淤着一口痰,遍体哆嗦。马丽艳挣了几挣,但甩不脱,只得硬挺着。

"你们欺负我。"

"谁欺你了?是你自己玩不起的喔。"

马丽艳纠正道。

李鸿章泪眼迷离地抬脸,冲着妻子说:"不就是一个萨达姆被绞了吗?绞了也就绞了,顶多死了一个独裁者。可你们偏偏要说萨达姆像我爹,凭什么?"

"也就那么一说嘛,开不起玩笑呀?"

"你一说萨达姆像我爹,你这就下了药引子,逗引公主也说话。公主说啥了,她那个鬼脑筋聪明着哪,她说萨达姆像我爷爷。她说得没错,她见过我爷爷的相片,真的是一模一样,眼角眉梢像死了啊。"

李鸿章承认了。

"谁都不是绝版,世上人没绝版的。像就像呗,值得你这么一哭呀?"

"马丽艳,我现在告诉你,这是我们家里的一个秘密,好多年了,我都忍着。自从你嫁进这个门，我爹就对我下了封口令，那张相片也一直秘不示人。现在我想通了，对你没啥秘密可守了，我就说给你听。"

李鸿章退后，一屁股坐在拉杆箱上，抱住头。

"咦！李鸿章啊李鸿章，你可城府太深了，竟然对我保密。说吧，坦白从宽，那张相片到底咋回事儿？你爷爷怎么了，叫你这么怀念他，护着他。"

听话听声，锣鼓听音。马丽艳的职业敏感登时尖锐起来，觉得有一篇很重要的文章，等着自己去校对一番。

"我爷爷早死了。"

马丽艳差点儿喷出来。

"你别笑！我爷爷死得很窝囊，死得罪有应得。他被人民政府给枪毙了，在刚解放时，我爹去收的尸。那以后，我爹离开了上海，跑到了大西北来，一直低头活着做人，心里短下了一口气。这也是我们家里的秘密，讳莫如深。"

"人民政府咋跟你爷爷过不去呢，不会吧？"

马丽艳不知轻重地问。

李鸿章握住拳，一记一记地敲在太阳穴上，惆怅地说："他在上海学会计出身，分到了银行。在那个青黄不接的年代，他为了养活一家老小，就把银行的钱当成自己的了，往腰包里塞。后来，事发了。"

"他是个贪……"

马丽艳忙捂住嘴，止住话，像一本发黄的档案被粗暴地合上。

"对！你说得对，他就是个贪官，是个见钱起意的人，十恶不赦，死有余辜。可他用一条命做了赔偿，又过去了这么多年，总该结束了吧。"李鸿章再次颓坐在地，抱住马丽艳的腿，像个犯了错误的孩子，请求宽恕。

"对不起,我不知道这一码事儿。"

李鸿章说:"求求你了,别在宝贝公主面前提起我爷爷,也别再提家里这个天大的秘密。你是我家的媳妇,你也该从善如流,从一而终吧?"

"我答应你。"

他的手扳住马丽艳,抬脸盯着妻子。

"……往事不堪回首哦。过去的,就让它过去吧,以后咱们谁也不准提起,就当没这么一码事儿。好不好?"

马丽艳快人快语地说。

不待马丽艳说完,李鸿章像听见了一声冲锋号似的,猛地跃起,扛起马丽艳,架上了肩膀。马丽艳在半空里挣扎着,四肢乱舞,想跳下来。无奈,李鸿章吃了大力丸一般,膂人过人。李鸿章踢开地上的拉杆箱,又撞开卧室的门,笃笃笃地来到了床前。肩膀一抖,便将马丽艳卸在了花团锦簇的卧床上。

与每一次战争的尾声一样,他们的肉体和心灵又得到了一次洗礼,双双升华,袅娜轻盈,扶摇直上。不多久,他们便眉飞色舞地说笑起来,仿佛不曾发生过什么。

门厅对过,小修上了门,卧室被锁死了。

她呆呆地塑立在黑暗中,手心里渗出了一层汗。马丽艳和李鸿章正斗着嘴,咆哮的声音中犹如埋着一排排利齿,咀嚼着,从暗夜里凶狠地驶来。

而肚腹间的那一把图钉,散开了,明晃晃地奔跑着,也在呼应着凶狠驶近的一排排利齿,往肉里、骨缝里、皮肤表层里钻。一阵焦躁的热浪从脚心里涌上来,渐渐控制住了小修。小修燠热难捺,她忽然抛开了手里的那条围巾,急急地抓住了头发,想躲闪开那一阵袭面而至的锥刺。

小修嗓子里拼命喊了一声，却一点儿声音也不见。

借着窗外的余亮，小修看见那条围巾在空中打了个旋，款款地飘落下来。悠长的织品划过时，仿佛一尾黝黑的鲸鳍，一闪而逝。衣柜的门空荡荡地错开着，张起了双臂。小修不假思索，一步跨了进去，蹲在衣柜里，合上了门。

后来，小修沉沉地睡着了，像一册假期的课本。

黑暗惬意，天光遥远。

睡梦中，小修觉得自己正躺在一片银色的沙滩上，日光夺目，云朵轻轻地覆在身上，薄如絮羽。十二月三十一日。在这个漫长的冬夜里，小修竟不知道，她一生中的第一次初潮，悄然来到。

元旦，兰州的天空仍旧雾霾笼罩，暗若日食。

早上八点一刻左右，马丽艳和李鸿章才回到家里。进家后，夫妻二人在门厅里低头换拖鞋时，还在辩论最后一把牌的大小。昨晚，当一场战争被他们艺术且友好地化解后，李鸿章接到了顶头上司的电话，令他即刻赴东方夜总会去斗地主。李鸿章慨然应约，并携马丽艳同行。

换了一半，马丽艳诧异地盯了李鸿章一眼，一星火苗在眼底腾起。李鸿章也被家里一片沉沉的阒寂给吓住了。马丽艳的眼神告诉了他，却意思不太准确。李鸿章瘸着一条腿，拍了拍小修的卧室，竟是无人应答。马丽艳拿来了改锥。李鸿章一把推开她，抬起脚来，一下子踢开了门。

天花板的枝型吊灯下，一袭围巾漫长地挂着，每一个彩色的绳结，均匀地垂下来，被门外的气浪吹拂着。李鸿章攥紧拳头，问天打卦。

马丽艳突然一惊，忙扶住门框。

原来，楼上扔下来一串闪光鞭，在薄薄的窗玻璃上炸响。

汝今能持否

尽形寿，不杀生，汝今能持否？

"会死吗？"

"呵呵，不会。还没死过，这算头一次。"

王旗按住了陈丙君，将他摁在枕头上，抚了抚脸，令其闭眼。这还不算，王旗又拍了他的胸口，让他放缓呼吸，别那么七上八下的。另一侧的牛富田抖开了一块白床单，哗地一下，苫住了陈丙君。后者脚上发凉，有人在替他穿袜子，从动作上猜，陈丙君知道是马五七，这跟他出牌的节奏吻合，有些颠颃。现在，陈丙君算是死了，离这个花花浮世虽咫尺之距，却仿若天涯。他安心地关上了全部的窗子，心里昏暝一片。

死就要有死的样子，不敢马虎的。安顿完了陈丙君，大家消停下来，才有心气对付功夫茶。茶具是牛富田带来的，便携式，一共四只茶盅，东西南北，摆在几案上。目前暂时死了一个，牛富田便没收了一只，装回兜里。茶要趁烫，马五七吹着气说："生旦净末丑，干啥就要像啥，要入戏。记得有一年夏天，轮到我值班，天热得跟澡堂子一样，我就在厂区楼下的阴凉地里丢盹儿。动力车间的那个二流子在跑步，他经常在跑步，冬练三九，夏练三伏。但那天开始他有些怪，他张开胳臂，一步一挪，身体像个十字，我以为他在做扩胸运动，也没在意。连着半个月，他天天如此。科长找了我，说产品丢得厉害，肯定出了内贼，让我多加提防。这不，我的瞌睡打消了，猫一样警觉。出事那天下午，他又在做扩胸运动，一步一挪，十字状。恰巧，天上飘过了一朵黑云，把日头遮住了，这才泄露了秘密。狗日的，原来他的怀里抱着一整块玻璃，正要往大门外偷运。先前日光那么强，玻璃干嘛不反光，我想了几十年了，也没想明白。他做得真好，他入戏了，他找见了窍门。所以嘛，陈丙君今天要死得像那么一回事，千万别露马脚。"牛富田停下喝茶，唏嘘说："刚才上楼时真冷，天色不好，恐怕要下雪的。"他的话无人应和，只好萧索地捂住嘴，整理了一下假牙。王旗说："在玻璃厂工作了几十年，奇的怪的都见识过，但最有一件事令我困惑，一直折磨了我几十年了。我不敢说，怕我是不是有反动的苗头。不管了，我豁出去了，说出来你们听听。七六年，丙辰龙年，那一年真是流年不利，先是周总理走了，又走了朱总司令，中间有一个唐山大地震，死了那么多人，活生生的一座人间地狱。到了九月，毛主席也没了，痛煞人也。那天下午集中听广播，晚上人们都去了反修馆吊唁，只安排我一人在仓库里值班。值班有啥了不起的，我没当一回事，可到了后半夜时，我就被吓呆了。为吗？原先仓库里成箱成捆的玻璃，开始一块接一块地炸裂。不是碎，注意听，是炸裂，炸成了指甲皮大小的碴子，没一块完整的。那是二季度的产品，没有一百吨，少说也有四五十吨吧，就那么炸了。第二天我汇报了上去，但无人在意，国丧期间，谁也懒得操心玻璃的事。后来有了各种传闻，说玻璃也悲伤过度，那么一炸，当然是心碎的结果。我揣摩了许久，难道玻璃也有心，万物也有灵，像人一个样子？我后半辈子做的梦，基本上和玻璃有关。一闭上眼，我就能看见那些尖锐的玻璃碴子，明晃晃的，像一把刺那样。哦，说出来我就轻松了，不需要你们安慰。

总之一句话,陈丙君今天要死,但他心里有刺,一根大刺,咱们得帮他拔出来才是。"照例没人应和,王旗也不难为情,吹着汤面上的茶叶。假牙是新植的,磨合不太成功,总得适应一段时间。上一副假牙好,用了差不多九年,牛富田在露水市场买菜时,不小心打了一个喷嚏,假牙飞了出去,掉在了下水道的井箅下,着实生了一礼拜的闷气。牛富田瘪着腮帮子,絮叨说:"外面的天阴得厉害,风也大,估计不是中雪,就是暴雪。"马五七剜了他一眼,面呈不悦,沏茶时走偏了,水漾在了几案上。马五七想让气氛愉悦一些,便说:

"陈丙君这一死,咱们三缺一,凑不成一桌了,咋办?"

问题太尖锐了。自从退下来之后,天天打牌,打了这么多年,谁也没想起这个难题。三缺一,等于此刻的茶桌,缺了一位,总感觉别扭极了。你跟我碰杯,另一个追了过来,究竟该跟谁先碰?打牌却不一样,形成了有效的上下级关系,上家防你如贼,你视下家像草寇,玩的就是一个瘾头。沉吟片刻,牛富田兀自笑了:

"三个人也可以呀,最适合掀牛九了。"说着,掏出一副陌生的牌叶子,扔在几案上。

王旗问:"啥是掀牛九?"

"河西走廊一带的土麻将,只能三个人玩。"牛富田介绍说。

马五七今天跟牛富田戗上了,怎么看都过不了眼。马五七没接话茬,继续献疑说:"嗬,那万一再死一个,剩下两个人咋办?

"这简单,剩下两个的话,就下棋嘛。"王旗道。

"那再折掉一个呢?"

"哦,谁落在最后面,谁就真的悲苦了,一个人孤零零的,没人跟他玩了。"王旗郁闷地泼掉了杯中的残茶,续了一水烫的,哑巴说,"如此看来,谁死在前头,谁就有福报啊。"

"对,福报都是平时积攒下的、修来的。"牛富田附和道。

一群笨蛋！陈丙君眯了片刻，醒来时，恰好听见了工友们的谈议，心里厌倦地嗔骂了一句，笨蛋加蠢蛋，再加一窝混蛋。这么便宜的问题，居然让他们想破了脑壳，唉声叹气的。但因为现在死了，陈丙君不好突兀地坐起来，给他们上上课。躺在苫布下，陈丙君尽量让自己僵硬下来，不动，也不能插话，死就要有死的样子，必须入戏。但人有三急，尿脬慢慢地鼓胀了起来，像一枚定时炸弹，由不得他。陈丙君暗中动了动，找见了一个惬意的姿势，遂安定了许多。这时，附近八中的报时钟响了，北京时间十四点整。声音里有一种金属味，破窗而入。阳台的门不严，凭着脚上的凉意，陈丙君知道下雪了，一定不小。

完了，完了完了，计划又泡汤了。

既然天气糟糕，陈丙君便宁愿陈燕子不来，哪怕自己这么白死一回，也别让她一路上顶风冒雪。陈燕子在科技街的一家小公司当会计，原先的单位改制后效益太差，还是托了关系，到了这个岗位的。专业丢了，一切都得从头学习。女儿没讲关系是谁，但陈丙君不用猜，就知道肯定是左军。公司朝九晚五，中午只有一小时的吃饭时间，现在没来，肯定还在怨恨当中，气性太大。一年前，父女俩失和，陈丙君几乎是被女儿逐出了她家的门，连春节也没回过娘家。其间，陈丙君发过短信，打过电话，但都泥牛入海，没了音讯。到了孙女生日的那天，陈丙君买了巧克力和水果篮，让同城快递送到女儿家的小区，却被收件人退了货。一来二去，双方冷战至今，居然未曾谋过任何一面。用王旗的话讲，这他妈就是一桩人间奇迹。马五七则用了委婉的说法，说这父女俩果然是一对超级奇葩呀。

陈丙君是见过死的，还不止一次。当初他响应国家的号召，从河北易县到了大西北，在黄河岸边的玻璃厂里当技工。接到了父亲病危的电报，他一路号哭地到了老家，父亲却早已停灵五日，只等他这个孝子回去。母亲亦是,只不过停灵七日,原因是天兰线塌方了,火车耽误了几天。陈丙君后来悟出,电报里所谓的"病危"二字,实则是已经咽了气的意思。到了二十七八,本厂的一个兰州姑娘看上了他,托了妇女主任从中说媒。姑娘是天车司机,体态端方,浓眉大眼,脸蛋上镌着两坨红晕,高原紫外线晒过的痕迹。陈丙君糊里糊涂地结了婚,很快就有了一个女儿。陈燕子读五年级时,陈丙君负责押运一个车队,去了青海的格尔木送玻璃。这回他没接到电报,却是长途电话,说他妻子得了急症,目前病危。待陈丙君跟跄地回到了家里时,一切都为时晚矣,没见上最后一面。妻子并非急症,而是从天车上摔下来的。陈丙君一直捂着这个秘密,只怕给女儿的心里留下恐怖的阴影。前天晚上,陈丙君出了病房,还在走廊上认识了隔壁的一个病友,年龄相仿,一说开,话题也多,迅速亲热了起来。次日,两个人又聊了半小时。孰料,今早上病友的病情迅速恶化,呜呼哀哉,一下子被推走了。陈丙君站在阳台上,看见殡仪馆的车子来了,突然受了刺激。

入冬后,陈丙君就思忖,与其守株待兔地等女儿来,不如主动出击。他在电话里哀告了半天,王旗说他最近三高,牛富田自称染了风寒,光佛慈的枇杷露就吃了六瓶。更绝的是马五七,发来了图片,说他在郊区的水库里冰钓,分身无术。三个老伙不仅回绝了他,且讥诮说,病胎子没事,你平时病病歪歪的,还没见你死过一回。这话等于施咒,让陈丙君失望了一夜,又心悸了一天。终于,他捂住心口窝,躺在了沙发上,叱令保姆呼来了急救车,动静很大,广而告之。检查了一番,也无大碍,都是一些老年性的小病小灾,但陈丙君坚决申请住院。住了三日,同病室的那位刚出院,陈丙君正觉得人情如纸、世间寒凉时,伙计们杀了进来。陈氏父女的失和,也像一块磨盘似的,让他们长期不爽。虽说家务事难断,一定有鲜为人知的因素,但陈燕子毕竟是叔伯们看着长大的,绝不至于如此的铁石心肠。三个人剑走偏锋，拿出了一份紧急预案，决定让陈丙君立刻死掉。

死之前，大家征求了陈丙君的意见，让他掏掏心窝子，把该说的话先交代一下，别留遗憾。陈丙君哀恳说，拜托了，等一下给陈燕子挂电话时，千万别讲病危什么的，就说我处于弥留之际吧，别吓着了我女儿，让她心碎。弥留是什么境界，大家并不追究，反正中心意思就是喊陈燕子来医院，站在父亲的病床前，最好有一个拥抱，泯灭恩怨，重归于好。叔伯们的号码都是陌生的，陈燕子乖巧地接听了。王旗口头通知了她。马五七和牛富田还追发了短信，以强调病情的严重性，不啻下了十二道金牌。这以后，陈燕子那边就哑巴了，但陈丙君这边不得不做出逼真的样子，把戏演下去。

尿脬一旦鼓胀，陈丙君便开始后悔了。死不是那么容易的，尤其保持住一个姿势，任人摆布，每一个骨缝与关节里的酸楚和难过，像酵过的面团发了出来，不堪其累。什么福报，什么谁先谁后的去死，那都是活着的人杜撰的。这一刻，陈丙君宁愿女儿不来。医院坐北，女儿位南，少说也有十几公里，拉倒吧。这么想时，忽然听见马五七暴怒了，质问说：

"老牛，你干吗一直在说这该死的天气？"

"真下暴雪了。"

"天哪，闭嘴吧！下雪就不能死人了，陈丙君就能把魂儿拾回来吗？"

牛富田嘿嘿一笑："我担心陈燕子，这天气，不来也好。"

"嗯，堡垒最容易从内部攻破。"王旗总结道。

叶鹤是咋进来的，谁也没看见。一帮人乱作一团，嘴上逞能时，叶鹤就站在门口吃吃地发笑。叶鹤是陈丙君家的保姆，小个子，五官精致，肤色质朴，连上帝见了心情也会好转的，遑论这帮老家伙了。等他们住嘴后，叶鹤才将保温饭盒搁在几案上，一揭盖子，一股饭香缭绕不散。陈丙君年轻时娶了本地姑娘,几十年间,口味被逐渐修正了过来,偏向于面食。此前,陈丙君答应女儿雇保姆,唯一的要求就是会做面食。叶鹤的茶饭好,在玻璃厂的家属院里人尽皆知。这不,一闻味道,大家才明白午饭没吃,开始咽唾沫。叶鹤盛了一小碗,用小匙舀起,慢慢吹凉。陈丙君继续躺在苫布下,耳食着外面的动静,有一丝激动,亦有一种忐忑。陈丙君心说,一定是叶鹤来了,但万一是陈燕子呢?

果然,叶鹤笑说:"瞌睡装死呀,起来吧,起来吃饭饭。我可只有几分钟的时间,炉子上坐着一壶水,我忘了。"

"他死了!"王旗说。

"我呀,今早上买了一斤扁豆,撒了碱,炖在火上炖烂了。这雀舌面是我手擀的,撒在扁豆汤里,起锅后用葱花一炝。啊啧啧。"进门时,叶鹤的头上敷了一层雪花,现在开始消化了,眉眼上罩着一团雾气,又说:"我可警告你,过了三分钟了。"

陈丙君刚要开口,却听马五七说:"肃静些!刚死不久,正准备联系你和陈燕子呢。"

"死了,真的!"牛富田也确认。

"叔!"小匙晃了晃,汤洒了出来,溅在脚面上。叶鹤熟悉这帮人,平时嘻嘻哈哈的,一小撮老顽童,从没这么正经说过话。窗外天色凝重,暴雪袭来,似乎死当其时,死必须恰如其分。叶鹤真信了,陈丙君一早上都没来电话,现在挺尸了,她不得不信。叶鹤忽然扔下碗,后退了几步,哭噎说:"昨晚上还好好的呀。燕子姐呢,燕子姐来了吗?"

"已经通知了她。"马五七再次坐实了。

"节哀顺变吧。"王旗补刀。

不承想,叶鹤瞥见了真相,陈丙君的脚趾动了一动,怕凉似的。

叶鹤扭头便跑了，跑到了门外，哇地一声，号哭了出来。叶鹤走了，跟她刚来时一样迅疾，容不得旁人思考。王旗他们慌了，追了出去，但叶鹤并没坐电梯，顺着应急楼梯没了人影儿。三个人互觑着，明白这下玩笑开大了，但覆水难收，一时语塞。待他们返回病房，打算跟陈丙君讨一个补救良策时，却遇见了一个后生。也算活该，他们不由分说，将一肚子的怨怼和愤懑，发泄在了这个替死鬼的身上。

那一刻，陈丙君听见喊叔的声音，又知道叶鹤见了死的他，绝对受了惊吓。但陈丙君挣了挣，始终锁不住全身的骨骼和肌肉，没力气起来。唉，陈丙君心说，死真的是一件很窝囊的事，一盘散沙，却又僵硬如石。人活一口气，力气又慢慢回来了，先醒了指尖，醒了腿脚，接着浑身的窗子都打开了。陈丙君揭掉了苫布——白色的被单，上面有医院的名称。这时，他发现几案前坐着一个小伙子，正端着饭盒，认真地吃着那一碗叶鹤做的扁豆葱花面。

奇了怪了，什么世道，这简直算是跟死人抢饭吃嘛。陈丙君坐着不动，心里失笑极了，看着这个后生狼吞虎咽的样子，不免悲悯。也难怪，后生穿了件松松垮垮的工装，脚旁是一个巨大的帆布口袋，帽檐很低，浑身上下镌满了快递公司的大红标识。十指皴了，冻得裂开了口子。鞋底的积雪化了，地板上洇满了污迹。陈丙君抱膝看着，后生不像在吃饭，因为他没有咀嚼，而是直接吸进了喉咙，长鲸饮水似的。吃毕了，后生将舌头卷起来，将散落在饭盒上的几粒小扁豆抿在舌尖上，忽地松开了气息。后生也看见了陈丙君，没丝毫的惊讶，亦无夺人饭食后的惭愧。相反，他收拾好了饭盒，用袖子拭了拭嘴巴，腼腆一笑。

"味道好吗？"

后生说："饭甜了，再搁一撮盐就合适了。"

"清汤寡水的，你一定没吃饱。"

恰在此时,去追叶鹤的三个人折身返回,样子怏怏的。马五七进了门,蓦地盯住了那个后生,盯得后者慢慢站起来,敛住了笑,内心发毛。马五七本来长相凶,此刻金刚怒目,把一碗水也能烧开。他们瞥见了刚才吃喝的那一幕,只觉得酥油被叫花子糟蹋了,焉能不怒。后生怯生生地退后,退到了门背后,被堵在了死角里。马五七突然伸手,一下子擒住了后生的喉咙,将他压在了墙根里。当然,马五七自有他的一番道理,医院的走廊和电梯里贴满了告示,告诫病员和陪护人员,最近年关将至,小偷猖獗,千万要防范自己的贵重物品丢失,否则医院概不担责。即便如此,每天都有大大小小的失窃事件发生,院方的保卫科也徒唤奈何,简单登记一下就走人了。陈丙君清楚,昨天傍晚,同病室的那个老头就丢了一个肥肥的红包。红包是侄儿来孝敬的,刚压在枕头下,转瞬就没了,害得老头给自己打耳光,还挂了一瓶水。陈丙君为刚才的善心自责了几下,好歹只损失了一碗面,危害不大。其他人也没吱声,任由马五七独自处置这一桩突发案情。他们知道,马五七身板硬朗,一直在练拳,还会气功,手上的确有两下子的。

"我认得你,你早上就来过一趟。对吗?"

后生点头。

"当时你是便装,就坐在那张床上玩手机。嗬,现在你化装来送快递,三只手呀?"马五七逼问。

被识破了,后生登时泄了气,不再抵抗。

陈丙君的确入了戏,觉得沉疴在身,加之剧情陡变,世上的事情与自己关系不大。他痴痴地笑看着,牛富田堵在了门上,王旗拿着手机,打算报警。马五七松开了姿势,却见后生从墙壁上滑了下来,瘫坐在地。也不知他使了什么擒拿手段,后生搓着喉咙,找刚才的那一口活气,脸像紫茄子,呼哧呼哧的。马五七聪明,知道擒贼抓赃,有了具体的物证，便是铁板钉钉。马五七打开了帆布袋子，一股脑地倾在了地板上，花花绿绿的。果然，这都是快递公司的寄件品，真实无误，与后生的口径一致。这一瞬，一个毫无包装壳的相框吸引了大家。王旗拿在手里，用袖子擦掉了灰尘，突然哑了。牛富田接过一瞧，也哑了，递给了马五七。马五七只瞄了一眼，便审问说：

"哪来的？"

后生嗫嚅："同城快递。交寄的时候就这样，没包装。"

"人都不来，干吗送这个？"

"寄件人走得急，说去机场，怕误了飞机。"后生起身，将帆布袋子整理完，背在身上，冲着病床上的陈丙君鞠了一躬："谢谢你的一饭之恩。喏，雪太大了，我还得去忙了。"

现在，相框递在了陈丙君的手里。他不用仔细端详，便知道那是自己和女儿最好的一张合影。那一年，陈燕子放了暑假，他恰好去德令哈送玻璃，便将女儿塞进了驾驶室。路过青海湖时，还特意去了一趟鸟岛。宽阔的海面，像一块无垠的深蓝色的玻璃，鸥鸟翔集，天开地阔。他将女儿肩在身上，陈燕子双臂舒张，犹如一只展翅的小鸟。出嫁时，女儿带走了这个课本大小的相框，这么多年过去了，居然还簇然一新。陈丙君环望了一眼老伙计们，忽然说："抱歉，辜负你们了，我决定不死了。"

"乌鸦嘴，你本来就没死。"王旗说。

"哦，接你们刚才的话。如果你们仨先走了，抢完了福报，只留下我一个人的话，那时候我孤零零的，干不了别的，我就一个人去摆摊，去算命。"话已至此，陈丙君蓦地热泪扑面，哽咽说："可是，我给别人去算命了，谁又能把我的命给算出来呀。"

无人释解。

陈丙君又说："她始终就没原谅我，一直没有。"

尽形寿，不淫欲，汝今能持否？

左军不在状态，陈燕子瞧得很准。

不是别了其他车，就是骑在双黄线上，还连闯了两个红灯。这不，刚进了滨河大道，交警的摩托车贴上来，示意停车。人倒霉，鬼吹灯，放屁都砸脚后跟。左军这么嘟囔时，陈燕子却打开了车门，去跟警察交涉了。左军看见，陈燕子解开了围巾和口罩，还有鼻梁上的墨镜，跟对方嘀咕了几句，警察便开恩放行了。"还是女的好使，你给他许了什么诺？"左军发动了车子，调侃道。陈燕子不回答，只说："二子哥，咱去对岸的滩涂上说话吧，你今天不在状态，怕你开车。"左军依言，将沃尔沃驶停在了黄河边的芦苇旁，摸出烟，慢慢点着。

风雪盎然，犹如天空飘下的大片芦花，落在了大河两岸。

车里开着暖风，左军脱了外套，但陈燕子仍旧缠裹着围巾，戴了口罩，臃肿不堪。更让左军郁闷的是，这么冷的天，陈燕子居然扮酷，戴着墨镜，一改她往日的清纯路线，像个前来接头的女间谍。中午时，左军接到了她的电话，要求立刻见面，一秒钟都不能拖延。丫头片子，口气很冲，左军还是头一回听见。左军刚要揶揄几句，却见大片的泪水涌出了墨镜框，敷在陈燕子的脸颊上，脖子也一梗一梗的，开始抽噎。左军知道事情不妙，忙掐了烟，将窗子关上了，递上纸巾。陈燕子稍事平静后，方说：

"二子哥，你对我不好了，不像从前那样了。"

左军微笑。

"我急死了，从昨晚上听见这个消息，我就一夜没睡。早上打你电话，中午才打通。"陈燕子拭着泪，握住拳，愤恨地说，"你告诉我老实话，你是不是快破产了？"

"对呀，没告诉过你呀。唉，我这个破脑子。"左军凿了自己一个栗子。

闻听此话，陈燕子的泪又汹涌起来，难以自持。恍惚中，她觉得左军的头发狼藉不堪，又白了许多，眼袋下来了，皱纹深了。这不，就连脱下的西装上也丢了一粒纽扣，半个月没熨烫的样子。以前的左军可不是这样。他注重仪表，衣着得体，江湖人脉广，无论钱财还是言谈，慷慨得一如及时雨宋江。要知己短长，须听背后言。昨天临下班前，陈燕子去找经理签字，冷不丁听见他们在谈论左军，说他投资的几个矿被查封了，血本无归；说他的资金链断了，他哥大子也不愿替他输血了；说他在城里开的几家4S店要低价打掉，才能补上这个窟窿。陈燕子当时就发急了，推门进去，却见经理等人纷纷住嘴，改口聊起了马云和阿里巴巴。她是左军介绍进公司的，左军当时还红火，说一不二，但现在却成了他们私下里的笑料。陈燕子没质问经理，即便质问也轮不到这几个搓毛票的小老板。整整一夜，陈燕子辗转难眠，半夜里偷偷钻进了卫生间，给左军写了几条信息。不承想，后来就出了事，糟践了自己。

左军也是玻璃厂的子弟，跟陈燕子在一个大院里长大的。左民、左军是双胞胎，刚落地时，左民多重一两，叫大子，后者便屈居二子。这兄弟俩性格迥异，一个安静，一个闹腾；一个捉了博士笔，开了一家高科技企业，另一个三教九流，哪里火旺，就在哪里取金。左军比陈燕子大四岁，到他上高二时，他爸因为工伤，夫妻俩返回原籍休养去了。于是，左军就成了一只散养的狐狼，在学校里打架斗殴，跋扈异常。左军最为玻璃厂的职工们称道的一点，在于他从不欺负一个大院里的同伴，相反还罩着他们，在外绝不吃亏。高考在即，左军清楚自己没戏，也未告知家长和大子，自己报名参了军，应了他的名字。部队真是一个大熔炉，左军在临潼的军营里锻炼了几年，等回来时，整个人都变了,还带回来一枚闪亮的勋章。左军没服从安排,自己当起了老板,小打小闹了一阵子,后来在哥哥的襄助下,盘子忽地做大了,在业界也是响当当的一个人物。成人后,脱离了大院,左军只和陈燕子一人来往。这倒不是因为他阔了,有了头脸,而是一段宿怨、一个诺言。左军对陈燕子的好是无条件的,彻头彻尾的,不光当她是一个妹妹,甚至还当公主一般对待,言听计从,绝无二话。陈燕子这么一问,左军心里趔趄一下,见她快哭了,忙破涕一笑说:

"傻瓜,哄你哪。哥我会破产呀,这种屁话你也信,白疼你了。"

"你骗过我。以前你说跟嫂子还好,后来不是离了嘛,鬼话连篇的,连眉头都不皱一下。"陈燕子抢白。陈燕子又说:"你这个邋遢相,跟张国立去演《1942》都不用化装。"

左军说:"瞧这个车,我刚买的,最新款。"

"嗯,你没事就好,我揪心了一夜,肉都在跳,心慌死了。"陈燕子笑得很模糊,捂着口罩,只能从眉宇间看见。她又说:"我还欠你几十万,我怀疑自己拖垮了你,我答应五年之内还你的,我保证。"

"哼,那点儿毛票是我当初送你的,让你首付,别瞎想了。"

陈燕子说:"为了那钱,我把我爸轰出了家门。今早上,几个叔叔打电话,说他弥留了。"

"别提你爸!"左军呵斥道。

"他可能真的快不行了,我想去陪陪他,又怕惹他生气。"

窗外,暴雪依然猖獗,落在挡风玻璃上,雾腾腾一片,一定是车内燥热的暖风所致。左军心生不祥,逼视着陈燕子,忽然伸手,扯掉了后者的口罩和围巾,也将墨镜打落了。此刻,呈现在左军眼前的,不是那一张清纯的面庞,却是一只吹胀了的气球,鼻青脸肿,淤血斑斑,带着夜晚暴力的痕迹。左军的指尖抚在陈燕子的脸颊上,拭掉一滴泪,却有更多的泪水扑了下来,如泣如诉。左军的脑子里虚构了如下的情节，陈燕子走上前去，解开了围巾和口罩，用自己受虐的脸，求得了交警的谅解，交警没准儿还以为她去急诊呢。真的，谁见了这一张触目惊心的脸，谁就会相信，这世上所有的庙宇，其实都不是替苍生做主的。左军的心里腾起了一团火，火光肆虐，杀人的心都有了。陈燕子忽然擦了泪，咧嘴一笑，将左军的手攥在了怀里，怕他动怒。但怕啥来啥，左军怒火中烧，对着仪表盘一顿铁拳，犹不解气，抄起一只钢化杯，砸在了挡风玻璃上。玻璃花了，比外面的雪花更显狰狞。陈燕子哀号起来，喊了一声二子哥。左军不管不顾，将额头撞在方向盘上，喇叭也凄叫了几下。左军知道凶手是谁，却又束手无策，眼睛里充了血，大骂自己无能。

半夜时，陈燕子乱极了，偷偷跑进了卫生间，给左军写信息，询问他究竟发生了什么事。一条发出去，又追了几条，却始终没有回复。买这套三居室时，虽说是月供，但首付比例高，陈燕子短好几十万。没别的，因为是学区房，考虑女儿从寄宿小学毕业后，明年升初中，她才咬牙签的字。陈燕子第一次开了口，左军当即转了账，还声称这些毛票是馈赠的，一点小意思，不用还了，简直一副土豪的口吻。五年之内，陈燕子设定了还款的期限，但左军破产的传言袭来，令她立刻怀疑自己的任性与颠顶，觉得罪孽不已。丈夫在一家旅行社工作，副总，时常不着家。最近几年，为了接一些大单，常常把自己喝瘫在酒桌上，对妻子也疑神疑鬼的，慢慢开始了家暴。陈燕子心有余悸，提前防了一手，针对这笔首付款的来历，她谎称是借父亲的。百密一疏，也或者是对父亲早有戒备吧，陈燕子居然忘了沟通。入住的那天，陈燕子做了一桌饭，请父亲过来暖房。吃喝到了半途中，陈燕子在厨房里忙，女婿给丈人敬酒，说感谢他的借款。丈人一头雾水，不明就里，信口说，我那点退休金还不够塞牙缝的，钱一定是左军的，陈燕子只信赖那家伙。丈夫在外是条虫，在家却是一位山大王，问左军是何方神圣。丈人千刀万剐地说，还能谁呀，一个二流子、小流氓，原先一个厂的子弟，纠缠我家燕子多年了，要不是我这个法海呀……刚走出厨房，陈燕子闻听此话，一条清蒸鳜鱼从碟子里滑脱了。陈燕子面色平静，打开门，对父亲下了逐客令。

这不是真的，他给我栽赃，在抹黑我，我发誓。在丈夫频次越来越高的拳头下，陈燕子一遍遍地哀告。丈夫却说，他是你爸，他怎么会栽赃你，抹黑你，你以前肯定很浪。浪是本地的一个淫词，佛头泼粪，让陈燕子一下子掉进了泥淖，无力辩解。此后，只要双方稍有不快，这个奇怪的逻辑便会重演，而左军这个名字就是一枚磷火头，一擦即燃。等不来回信，陈燕子就睡在了女儿的卧房里，忘了插门。傍晚醉归的丈夫起夜时，冷不丁闯了进去，拿起妻子的手机输了密码（女儿的生日），发现了给左军的信息。丈夫掀掉了被子，陈燕子赤裸裸地横陈眼前，无遮无拦，任由拳头和皮带山崩似的落下，她几乎昏厥了过去。现在，左军也仿佛从昏厥里抬起了头，将全部的怒火积攒在脸上，咬牙说："我卸了他一条腿，我保证。"陈燕子抬手，摸了摸左军胡子拉碴的下巴。不承想，左军蓦地张开嘴，一口叼住了她的手。舌头是湿的，舌头在说话，一直在掌心里吮来吮去。陈燕子听懂了他的意思，却抽回了手。

"二子哥，不行。我要听了你的话，就坐实了我爸当年的。"

左军说："他那个咒，跟了你我半辈子。"

"他在弥留之际，我却这个样子。我不能去医院，不忍心他看见我。"

"他的确该死。"

"哥，你没事就好，我也安心了。"陈燕子打开车门，站在弥天的风雪中，墨镜上映现出左军沮丧的脸，又说："二子哥，你小心点儿，我散散步，自己走回去了。对了，你给电影室打个电话，我顺道去坐坐,现在还早。"

言毕,门被碰上了。

左军枯坐了许久,车窗大开,任罡风和暴雪灌了进来,直到遍体冰凉,成了一根冰棍似的。后来左军打了三个电话,第一个断喝说,找一帮人来,带家伙。接着又说,算了,拉倒吧。第二个说,抱歉,玻璃碎了,来取你的车吧。最后一个打给了电影室,温和地说,哦,我妹妹等下去一趟,记得把空调开开,别省钱。

一小时后,陈燕子坐在了黑暗中,才觉得安全。黑暗真是一种好东西,让人目中昏暝,抹平了身上的伤痕、惊悸与恐惧,不再畏葸。电影室不大,顶多摆放了三十几张凳子,另有麻将桌和棋牌席,临窗有几个健身器械,煞是寥落。这个空间属二楼,毗邻紧急通道,但出口靠着河道,怕出什么危险,后来砌墙堵住了,成了死角。好几年前,社区领导很热心,想给附近一带的老人寻一个集体活动的场所,便去找了社区所辖的最大的4S店的老板左军,开口央求。左军没二话,掏钱装修了这里,不仅铺设了轮椅车道,还购置了全部的娱乐设备。说是电影室,其实就是墙上挂了一块幕布,播放一下投射影像而已,但老人们怕独处,总爱往这里扎堆。电影室保存了成百上千的碟片,除了老电影外,大多以京剧、秦腔、道情和昆曲为主,满足了各种胃口。虽说现在是互联网时代,全球同步,拿着一个手机也可以边走边看,但电影室始终没被裁撤,一个礼拜总会播放一两次。报章上多次宣传过这里,墙上的奖状和锦旗可以为证。陈燕子来过几次,本来是找左军的,又怕去店里惹人注意,左军便带她来此,一边瓜子茶水,一边看部片子,顺便把闲章也就说完了。电影室的钥匙挂在一个中年妇女身上,左军的电话很管用,她对陈燕子也客气。这不,等电影开始了,她便坐在窗下,边打毛衣,边嗑瓜子。

陈燕子挑了一部老电影,李连杰的《少林寺》,老得没牙了。空调

239

很热,她脱了外套,解下围巾,忽地有了一种释然和轻松。在黑暗中,没人会窥视你的累累伤痕,也无人操心你的遭际。但暖风也带来了另一个麻烦,疼痛慢慢苏醒了,犹如无数只蚂蚁,在噬咬,在撕扯。刚才在外面,伤口冬眠了,现在却浑身游走,酸痛无比。陈燕子尽量专注起来,不去悲苦,尤其当少林寺的钟声传来时,感觉有一种清凉、一份熨帖。怎么说呢,之所以挑了这部片子,就因为当年的左军跟电影里的小和尚觉远长相一样,不仅骁勇英武,还顽劣不堪,简直称得上一个混世魔王。

刚上初二,陈燕子就被选拔出来,代表子弟学校去了区少年宫,进行强化培训,参加秋季的一场舞蹈大赛。百里挑一,陈丙君的脸上天天灿烂,特意奖给陈燕子一辆女式单车。有半个月的时间,大院的人们看见在灯光球场上,女儿骑在车上,父亲在后面稳舵,温馨无比。但佛脚不是随便可以抱的,车技太烂,有一次在回家的途中,陈燕子便闯了祸。

祸不大,但足以引发后来的一系列事端。

那一阵,附近几个大厂的子弟们流行弹玻璃球,一个个趴在地上,从这个洞,射向那个洞。练完舞蹈,陈燕子绕近道回家,刚穿过飞控厂的院区时,撞在了几个小子的身上,连人带车摔倒在地。小子们太横,撕扯住陈燕子,不依不饶。一个塌鼻子认出她是玻璃厂的子弟,便提出了交换条件。这时,陈燕子才发现单车不见了,哭了一路的鼻子。

彩色的玻璃球是厂里的坯料,入库和出库均有严格的手续。陈燕子没敢回家,躲在楼角的阴影里抹眼泪,恰好被阳台上的左军看见了。问完了原因,左军乐了,喊陈燕子上了楼,从床下拽出了一个麻袋,居然都是。球体里缤纷无比,有的是拉丝,有的是云絮,还有五角星、动植物以及灵动的水滴什么的。陈燕子的难题破解了,嘴很甜,第一次喊了二子哥。但左军并不领情,让她去通知飞控厂的小子们,带着单车来,在黄河半岛上交换。

半岛一带蒿草遮天,灌木丛生,鲜有人迹。约好的那天,飞控厂的小子们果然带着单车,前来索取战利品。孰料,左军换了装扮,一身短靠,手执梭镖,腰间系着一根链条锁,就像电影里走下来的觉远和尚。事实上,左军跟他们早有旧怨,陈燕子被欺负只是一个导火索罢了。一个回合下来,飞控厂的大多数青皮少年都跑了,但左军圈禁了为首的几个。左军带了一书包玻璃球,让他们随便拿,但不能用手和脚。在左军的淫威下,几个小子只好张开嘴,往肚子里吞,和吃葡萄一样,挺滑溜的,还不吐葡萄皮。擒贼擒王,左军对那个塌鼻子没客气,让他吃的是黄河岸边的石子。这一切,陈燕子一概不知,她先骑着单车走了,事后左军显摆时,她骇然不已。左军却轻描淡写地说,没事儿,从肛门里拉出来洗一洗,照旧能玩。结果,那个塌鼻子胃穿孔,送进医院后捡了一条命。厂保卫科和辖区派出所开始缉拿左军,去他家扑了个空,只缴获了半麻袋玻璃球。

其实,左军哪儿也没去,就躲在玻璃厂最僻静的一座仓库里,昼伏夜出,饿不了肚子。最先发现异常的是陈丙君,因为家里先丢了一条褥子,又丢了一只枕头。夏夜的一天,当陈燕子带了吃剩的馒头、榨菜,说去灯光球场背诵课本时,陈丙君留了心。他跟踪女儿,摸准了目标,而后马不停蹄地去告了密。这还不算,当厂里的军代表和警察围住了仓库,破门而入时,陈丙君居然当着众人的面,声嘶力竭地喊:"流氓窝点就在那儿,他拐骗了我女儿,他该死,枪毙他。"在成箱的玻璃制品上,的确铺着褥子,搁着枕头,陈燕子和左军正在说笑。见此情状,陈丙君扑了上去,抱住了女儿,左军却跑了,猴子似的站在了天车上。在上下对峙中,左军申辩说:"瞧我这个样子,就是一个和尚,我没动她一个指头。"陈丙君叫骂说:"你最好去刑场,你欺负了我家的燕子。"左军赌咒说："听着,我这辈子如果动她一根指头的话,那我去死。"言毕,左军居然跳了下来,在众目睽睽之下。

一声脆响,成箱的玻璃碎了,分崩离析。

幸亏木质箱体间的缓冲力,左军没有大碍,狼狈地爬了出来,被砸上了手铐。众人离开后,陈丙君犹不解恨,一把火烧了被褥,一边烧,一边往火中啐唾沫,撇清了自己。这以后,左军的案子不了了之,两个厂之间各自护短,互相扯皮,所以没在他的档案里填上这一笔。回了家,陈丙君再没发作,女儿也不哭闹。陈燕子清晰地记得,就在那天晚上,她发现自己身上流了血。她不知道那是少女的初潮,血的突然袭来,压倒了其他任何的恐惧。

等血走了以后,陈燕子看人的态度变了,仿佛她心中有一块透明的玻璃,已然碎了。

悲催了一夜,又折腾了半天,陈燕子昏昏欲睡的。片子早就烂熟于心了,多一遍,少一遍,对记忆也没什么裨益。但这天下午,陈燕子仿佛专来做梦的,梦很暖和,也短暂,短得像一声哈欠。在梦中,她和二子哥趴在地上,正在玩玻璃球。她眯缝着眼,瞄准了对方的那一颗,看见球心中镶着一颗五角星。她越是焦急,指尖上却越无力,始终将自己的那一颗射不出去。恰在她快哭的一刻,片子播到了尾声。幕布上,方丈在佛龛前询问小和尚:

"尽形寿,不杀生,汝今能持否?"

身后传来答案："那干嘛呀!"

"尽形寿,不淫欲,汝今能持否?"

"No!"

陈燕子腾地站了起来,昏暗中,看见电影室的那个中年女人站在身后,一边嗑瓜子,一边在配音。虚笑了一下,说了谢谢,陈燕子抱起外套,簌簌簌地出了门。天已经黑了,但雪花让天空泛滥出一层飞絮般的微光，犹如一块更为巨大的电影幕布。马路对过是公交车站，想了想，她攥住了口袋里的 IC 卡，踏实地向前走去。七公里外，那里有一家市级医院，住院部三楼四十二床，一个老人正处于弥留之际。

岂料，刚过马路时，脚下一滑，陈燕子整个人被掀翻在地。倒下去的一刹，陈燕子看见一辆车子从狂雪后面冲了出来，刹车声让耳朵彻底聋了。

尽形寿，不偷盗，汝今能持否？

下午的雪如果是白熊，那现在的雪一定是恐龙，来自侏罗纪。

听见门外的脚声，王跌果肃静下来，倚在沙发上，面色平淡。门开了，一团寒风闯进来，女人的脸冻得发紫，一直在搓手。"老媳，回来了！"王跌果喜欢这么称呼媳妇，觉得有历史感，也有共度时艰的沧桑意味。女人伸出脚，王跌果忙替她拔下了靴子，立在门后。鞋底里的积雪开始融化，冒出一些污水来。女人搓热了手，解下臃肿的外套，忽地俏丽了许多。王跌果觉得，这才像自己的女人嘛。女人都是狗鼻子，她亦不例外，问："什么味道呀？"王跌果也在空气里嗅了几下，说："哦，狗皮膏药，我今天摔了一跤。"女人问："摔哪儿了，要紧吗？"王跌果慨然回答："男人不摔跤，那还能叫男人嘛，放心吧。"女人惜疼地在王跌果的脸上掐了一下，打开包，从里头拎出来一袋子吃食。不用问，又是番瓜包子，王跌果立时想吐。连着吃了三天的番瓜包子，胃里肃杀极了，打出的嗝都酸不拉唧的，但他没当场反对。待女人在炉子上坐了锅，将包子馏了进去后，王跌果方说：

"老媳，我就想吃一顿你手擀的雀舌面，葱花一炝，再来一小碟腌韭菜。"

女人说："早打电话呀。"

"嗯,如果下一点儿扁豆,那就再美不过了。"

"哎哟,你不知道我今天忙疯了,骨头架子快散了。"女人爱干净,淘了抹布,开始上天入地的擦拭。女人又讲:"幼儿园快放假了,但一些家长走后门,先把娃娃送进来,说适应适应,下学期再正式上课。一下子进来了七个哟,我得多做一锅饭,多弄几个菜。园长对我不错,我不好驳她的面子。"擦完了,女人又蹲在地上,擦那双靴子。靴子是入冬前刚买的,他送给她的生日礼物。女人说:"我现在先练习一下,等我怀上了,生下来后,我就知道给娃娃咋搭配营养,咋拉扯了,我等于偷偷学艺吧。对了,园长说放假前要发年终奖,这两个月的房租不用发愁了。"靴子很难伺候,越擦越花。女人又唠叨:"去年过年跟你回的家,今年回我娘家吧,我妈的眼睛麻了,可能是白内障。"见没有响应,女人生疑地抬头,看见王跌果讳莫如深地笑着。包子馏热了,女人盛在碟子里,让王跌果先吃。掰开一个,那种熟悉的番瓜味寡淡极了,但王跌果仍旧塞进嘴里,腮帮子浑圆。夫妻俩每天回家,总要唠一唠各自的工作,像规定的课业一样。现在该轮到王跌果了,便说:"我今天把店长搞定了。他以前一直给我穿小鞋,横竖看我不顺眼,我的电动车老坏,一坏,业务量就上不去,没挣头。他丈母娘死了,大家都凑份子,我多给了一百,他脸色立马好了,答应给我修车。我赚了,一百块看透一个人,我真小看他。"女人做了一个蘸碟,醋和辣椒,摆在桌上。王跌果又说:"没征求你的意见,我给你爸寄了一个护膝,治治他的老寒腿。今天路过一个药店,搞促销的说是高科技产品,二百五一套。"女人噘嘴,对这个数字不感冒。王跌果又掰开一个,继续:"检讨一下,我今天犯了两个错,我不是故意的。先拣小的说吧,中午去市第一医院,我居然……"闻听此话,女人唰地一下变了色。王跌果看在了眼里,却不动声色,忽然转换了话题,哀恳道:"老媳,跟你结婚以来吧,在你的英明领导下,我修理了自己的很多毛病。我以前脚太臭,我现在天天洗。我以前爱耍赌博,耍得不大,但毕竟不是好德行,现在就算他们喊我亲爹,我也手不痒,心不贪。我后来也不吹牛了,吹得天花乱坠,兜里没有一个钢镚,那就不是吹牛,是放屁对吧。"女人偎了过来,王跌果将另一半包子塞进了她嘴里。女人投桃报李地说:"也不能全怪你,有时候我也不对,真的。比如身上的这件大衣,我撒谎说是我表姐穿剩的,其实呢,我买了两块钱的彩票,中了八百,我就奖励一下自己。薛红从老家来,非要见我,没办法,毕竟同学一场吧,我就请她去食凹火锅吃了一顿,心疼死我了。我弟弟那个不争气的货,在烧烤摊子上跟老板争执,把人家的头打破了,要么赔偿,要么拘留,央求了好几遍,我给他卡上打了一千,限他今年还给我。我也不好,我这么偷偷做主,还不是怕你生气嘛。"王跌果发现以退为进真是一步好棋,先自黑,挖下一个坑,由不得女人不跳,全盘招供。于是,王跌果进一步说:"中午时候,我去了一趟市第一医院,我居然当了一回间谍,当了特务。"

"特务?你干啥了?"女人瞪大了眼睛。

"说来话长。"

王跌果在快递公司当小哥,腿脚勤快,有眼色,天天和客户们打头碰面的,算得上陌生的熟悉人。这天早上,他刚送完了所辖小区的快件,买了两根油条,躲在门洞里咀嚼,忽然被一个打算出门的女人叫住了。女人裹得很严,这么冷的天,她还戴着墨镜,急吼吼的。听声辨音,王跌果知道了她也是自己的客户,一嘴一个小王的。女人请王跌果到了家,在微波炉里烧了一杯牛奶,让他暖和暖和,别干吃了。吃毕,王跌果意欲出门,另有一家写字楼的大堆快件等着他呢。这时,女人开口问,能不能请他帮一个忙?王跌果一时血勇,拍了胸脯,当即就答应了。女人这才交代说,请他去一趟市第一医院的住院部三楼,查看一下四十二床那个叫谁谁谁的患者如何了。当时,王跌果不解其意，如何是啥意思，我可不懂医学呀，我胜任不了。女人打消了他的顾虑，说你只需要去看看是死是活，回来告诉我一声就可以了。王跌果惦记着时间，说我看完后给你一个电话吧，快下雪了。女人却很坚决，非要他当面来汇报一下病房的情况，嫌电话里讲不清晰。王跌果便装进了病房时，恰巧碰上查房刚结束，大夫们刚离开，进来了三个老头，大呼小叫的，跟目标人物玩笑不断。一个问，还没死呀，早死早托生呗。一个伸手，给目标人物一个抽脖子，比兄弟还亲。另一个长相凶，盯着王跌果，究问他是干吗的。王跌果声称在等病人，旁边的这张空床已经登记使用了，这个借口在理，所以多坐了一会儿。当他回来，把这些话原原本本描述出来时，女人问："你看他是不是插了氧，处于弥留之际，过不了今天？"王跌果用了乡下人的比喻，不辱使命地回答："暂时死不了的，他就像一只青蛙，活蹦乱跳的。"

事实上，王跌果的话有所保留。

那一阵儿，他在病房里翻看手机时，耳食了他们的计划，也大致了解了父女之间的这一段宿怨。王跌果掂量，一个人决定去死的话，阎王也拦不住。王跌果想起她叫陈燕子，坦承道："可万一是回光返照呢，我爹死前就是这么活蹦乱跳的，我错失了机会，结果没见上他老人家最后一面。"陈燕子犹豫着，徘徊着，突然就哭了，说："我不能去探视他，他看见我这一副模样的话，死得会更快的。"陈燕子解开了围巾，王跌果当场吓了一跳，那简直不是一张人的脸，而是一副乡下傩戏的面具，疙里疙瘩，鼻青脸肿。后来，王跌果知道该咋办了，他擅自做了主。

趁着陈燕子去擦泪的一刻，王跌果将茶几上的一只相框带走了，也顺便将陈燕子赠予他的辛苦费，起码有五百块吧，压在了茶壶下。王跌果不想让一位老人失望，一个女儿的相框，可能会带给他一丝慰藉吧，所以他送完了写字楼的快件后，径自去了医院。这些事，王跌果自然不会和盘托出,他有他的目的。

"我做了贼,偷了人家的相框,心里一直不安。"

女人说:"那么多钱,你都不要呀?"

"后来我还撞了她。她现在就在咱楼下的小诊所里输液,我扶她回来的。"王跌果撸起衣襟,龇牙说,"我的腰闪了,刚回家贴了狗皮膏药。等吃完了这一口,我去请她。"

"那个爷爷呢,他最后死没死?"女人问。

王跌果狡黠一笑:"你不知道呀?"

"笑话,我咋会知道。"

"嗯,他没死,他在演戏呢。"王跌果慢慢亮出了底牌,又说:"我带去了那张相片,他高兴坏了,他赏了我一碗饭,扁豆雀舌面,葱花炝的,我吃舒坦了。"

女人借故离开了,背对着他。王跌果心猜,她的脸一定红了,比红辣子还红。

"老媳,那碗饭真的太香了,绝对输不给你的茶饭手艺。"

"就是我做的。"

"什么?"王跌果故意一叫。

女人蹒跚过来:"我在医院里看见你了,我躲着你,上楼送完饭就慌忙走了。你肯定也发现我了,对吧?"女人伸手,揉搓着王跌果的腰,哀怨起来:"我一直在给你撒谎,我主要不想让你担心。其实,我早就被幼儿园辞退了,连做饭婆都当不了了。我不想在家吃白饭,让你养着,后来我就去陈爷爷家里当了保姆。他对我很好,当女儿一样看待,给的工资也不错。"女人累了,停了手,莞尔一笑:"这算虚荣吧?反正也瞒不住了,你要怪就怪我。"

"呵呵,我吃了第一口,就断定是老媳你做的。"

"你怪我几句吧!"

王跌果双手抚在了女人的肩上，坦然说："你没偷没抢，靠自己的本事吃饭，我怪你做什么？再说了，干保姆有啥丢人的，老人小孩，小孩老人，跟干幼儿园没什么区别。"

女人的眼泪下来了，敷在脸颊上。王跌果凑上前去，用舌头舔干净了。

恰在此时，楼下传来了一声接一声的喊叫，叶鹤，叶鹤你在家吗？女人赶忙起来，打开了窗户，看见陈丙君站在风雪中，朝自己招手。叶鹤慌了，问陈丙君怎么了，赶紧上来吧，别冻着了。陈丙君瑟瑟地回答，他出院了，他完全康复了，他没病。不远处，停着一辆出租车，频打喇叭，似乎在催促客人抓紧时间。陈丙君扯着嗓子喊，你把家里的钥匙扔下来，我的钥匙不见了，所以才来找你的。叶鹤翻了翻包，找出来一串钥匙，让王跌果先送下去，她自己开始穿靴子。王跌果也认出了楼下的人，遂衔命而去，好在是二楼，距离不远。

但王跌果并没有去交钥匙，拐下楼梯后，先去了小诊所。

到了夜里，雪并不是碎花的形状，而是一粒粒子弹，抽着冷子，让脸颊分外刺痛。陈丙君的一只胳膊护着脸，另一只胳膊抱在怀里，怀里是那一个课本大小的相框。叶鹤比较肉，一直在磨蹭，好半天也没下来。出租车不叫了，叫也没用，陈丙君押了一百元，让司机消停了下来。这时，陈丙君讶异地看见女儿从对面走了过来，立时僵住了。陈燕子一瘸一拐的，王跌果扶着她，另一只手耸然高举，握着一瓶液体。陈丙君刚要张口喊一声燕子时，怀里的相框啪地落地，磕在了路肩上，玻璃碎了。陈丙君慌了，俯下身，伸手去雪地里拾相片。陈燕子喊说："爸爸，别碰！"陈丙君直起腰，在空气中摊开了手指，灿烂地说："瞧瞧，已经破了。"陈丙君忍着痛，盯看着陈燕子那一张狼狈的脸，惜疼地说："看把你摔的，咋摔成这样了。"陈燕子回说："嗯，怪我，我下次注意。"

在热烈的掌声中

真的，这些事与奇迹无关，睁开你的狗眼吧！

查房是例行手续，走过场罢了，哪怕是礼拜一早上的大检查。科室主任的身后簇拥着乌泱泱的一帮实习生，高矮错落，不发一语。病人像一具尸体停在床上，鼻脸和胳膊上插满了各种塑料管子，仿佛不同型号的充电器，怕他随时会断电死机。主任拨开了病人的眼皮，用一束手电筒的微光照了照，随后关闭了。一个护士取出了体温计，读完数字，一直在甩手。另一个护士换完了两瓶液体，掖住了被角，冲着主任点了点下巴。刚开始，朵芸就发现这个头发打卷的主任身上有一丝夜场的阴影，红眼睛像兔子，即便隔着口罩，一种宿醉的酒气令人作呕。少顷，待朵芸折转身子去瞧时，病房里已经冷清下来，恢复了常态。

朵芸打开苹果普拉斯，写了一条微信，第一时间送了出去：新的一天开始了，陛下！

在感叹号之后，朵芸追加了一个"叩首"和三个"亲吻"的表情符号，方觉得新的一天真正开始了。连下了一周的阴雨，病房的墙上都霉出了水渍，但气温仍旧居高不下，应该是入伏的天气了吧。朵芸拉开窗帘，打开了阳台门，蓦地闭上了眼睛。此刻，日光跌落下来，跟一场严重的雪崩似的,浑身的骨骼却霎时一轻,龟缩于骨缝和关节里的斑斑锈迹应声而落,每一个细胞都醒来了,明眸皓齿的样子。花园对面也是一座住院部大楼,朵芸看见不少的陪员在晾晒被子和床单。眯眼一瞧,仿佛一幅巨型的拼贴画,煞是抽象。朵芸也打算这么干,趁着好天气消消毒,万一"陛下"突然驾临,丧失了一次表功的机会就不划算了。

吱呀一声,门开了一条缝,一只胳膊伸了进来,手里拎着一份早餐。

朵芸假嗔一句,滚进来吧,别吓人。果真,贾红滚了进来,弥勒佛似的,笑得两只眼睛成了牙签,将早餐递给了对方。老样子,塑料袋子里是一个茶鸡蛋、一个豆沙包子、一份醪糟。朵芸没接,一个空虚的饱嗝在嘴里破了,厌食症一般。朵芸努了努下巴,继续收拾茶几上开败的花篮。贾红搁下其中一个袋子,一屁股坐在了沙发上,一只手照顾嘴巴吃喝,另一只手找见了遥控器。朵芸戏谑说:"你连婆家都没找下,还天天追看《金婚》,我服了你了。"贾红回说:"哎哟,你不知道,我就喜欢看戏里的张国立和蒋雯丽遭罪,他们越扯心,我就越想笑。"朵芸说:"这次你爹好了的话,你回去抓紧解决自己的问题,说不定等你嫁人的那一天,我专门去乡下给你贺喜。"贾红谦逊地说:"老妹子,我要是能减掉五十斤,我就是韩红,要是减掉八十斤的话,我绝对不比蒋雯丽差,可惜我管不住自己的嘴哟。"几个花篮是病人单位上送的,刚来时还枝繁叶茂,馨香四溢,现在却蔫头耷脑的,委屈极了。朵芸这才看见,花篮上别着一张小卡片,上面有一行潦草的字:集团全体员工祈祝赵家俊同志早日康复。这一刹,朵芸忽然蹙住了鼻子,咆哮地说:"死胖子,你吃的韭菜盒子呀。"

朵芸的表情中了毒,忙起身开了门,手势频频,下了驱逐令。

贾红咀嚼着,陷在沙发上,无辜极了。朵芸掐住了她腰里的一坨肥肉,用了吃奶的劲,慢慢掐她站起来,揉出了门。朵芸最后通牒说:

"今天甭想看电视,除非去刷三遍牙,嚼一包口香糖。"这时,《金婚》的片头曲响了,贾红浑身肉颤,拽了一下领口上的乳罩带子,悲愤莫名。朵芸吓唬说:"病人为大,我叔最闻不得这个味道了,你这是谋杀呀,知道吗?"闻听此话,贾红咧嘴一笑,惭愧地抹了一把脸上的汗,说:"老妹子,我刷五遍牙,不刷不是人。"言毕,贾红扶着墙,呼哧呼哧地走了。朵芸相信,这世上的胖子一般都是好人,藏不住心眼的缘故吧。朵芸随手将那一份早餐丢进了垃圾桶,敞开门。风像一个踉跄的家伙,跑了进来。

氧气管滑脱了,被一块胶布挂在脸上,强劲的气流胡乱扫射着。朵芸忙将管子塞进了病人的鼻腔里,又调慢了速度。床头边码着一排仪器,指示灯闪烁着,一根根绿色的波纹线上下浮动,充满韵律,至少说明这一个生命还有指望,没有拉成一根绝望的横线。病人是半个月前突发的脑梗。当天傍晚,他打电话让楼下的满江红餐厅送了外卖,一份红烧肉、一份自制的腊肠。病人还喝了酒,量不大,大概在二三两左右吧。这是他的老习惯了,佐餐一般靠酒和秦腔折子戏。饭毕,他有点心血来潮,将碟子洗干净,提着袋子打算去餐厅还给人家,而平时这是服务员的分内事。他站在电梯里,按了楼层,忽然感觉到天旋地转,一股恶心塞在了嗓眼上,晚上咀嚼下去的内容蓦地喷射了出来,人随即栽倒在地。

朵芸庆幸的是,在赵卡最无助、最煎熬的一刻,自己一直陪在他的身边。

噩耗——如果这算是噩耗的话——是零点过后传来的。在万达影院,一部好莱坞的大片举行全球零点首映,一票难求。朵芸花了三倍的价钱,从黄牛的手里抓了两张,好说歹说,才将赵卡从自己的出租屋里哄了出来。开场十分钟,赵卡便瘫在了椅子里,涎水挂在嘴角上,细微的鼾声时断时续。朵芸心生不悦,但也不忍叫醒他,因为赵卡第二天要去河西走廊一带,一列北京直达敦煌的旅游线路即将开通,赵卡所属的公司买断了列车和沿线上的全部广告位,他是首席设计师,自然不能缺位。身陷黑暗之中,朵芸其实也没咋看进去,当然也看不进去的。赵卡的一只手很从容地搭在了她的小腹上,像一团炭火,让她一直觉得身体里头在涨潮,在沸腾。当天晚上,她给赵卡讲了自己近期的焦虑,说这两个月身上没"挂彩",要是下个月还没动静的话,一定是怀孕了。赵卡本来能吃三碗米饭的,闻听此话,便搁下了碗筷,径自去修改他的设计小样了。朵芸害怕彼此红脸,忙下楼去抓了电影票。赵卡的梦一定很甜吧,因为他的手那么温存,像在验证朵芸的话,在究问答案。朵芸甚至想,多好哇,在我和赵卡的手之间,或许真的挤进来了一个小家伙、小鲜肉、小萌兽,只不过他现在仅仅是一棵芽苗。这么想时,赵卡也心有灵犀地坐了起来,摸出手机一瞧,居然有十几个未接号码和一大堆短信。

噩耗来了,赵卡却没像青蛙那样蹦跳起来,火急火燎地赶往医院。朵芸也看了短信,身体里的潮汐一干二净了,出现了一片焦山渴水,仿佛荒凉的戈壁滩一样,木讷地盯视着赵卡。赵卡的表情像一张用烂了的砂纸,把什么内容都擦掉了。朵芸问:"脑梗是什么病呀?"赵卡说:"就好比街上堵车,血液和氧气输送不及时,交通会瘫痪的。"朵芸央求赵卡说:"这不过是叔叔单位上的信息,说不定没这么严重,不看了,咱们去医院吧。"赵卡发着呆,拼命往喉咙里灌着一瓶脉动。这一瞬,矛盾爆发了。朵芸说:"给你妈妈打个电话吧,不管咋说,都应该让她知道病情的。"孰料,赵卡怒目起来,切齿地说:"你脑子进水了呀,他俩早就离了,我妈都已经改嫁三年了。"声音很响,黑暗中出现了一张张警告的脸。朵芸急了,语态软了下来,玩笑说:"陛下,臣妾听你的就是喽。"赵卡起身,用手机的微光照着脚下,气呼呼地钻进了卫生间。朵芸觉得自己嘴贱,简直贱到家了。

那晚上，赵卡干脆失踪了。

电影散场后，朵芸查了男厕，没他。后来去了出租屋，赵卡的样稿和行李统统不见了。朵芸明白，叔叔自打退下来之后就一直独居，赵卡这一走，自己得有所担当，有所表现。不为别的，只图这一份感情吧。次日一早，待朵芸去了医院，找见了那一间重症监护室时，才从叔叔单位的陪员们嘴里得知，赵卡压根儿就没有现身，也不曾回复过任何信息。陪员们一听朵芸的身份，哦地一声，脸上都晴朗开来。抢救的很及时，36小时后，病人就被转移到了独立病房。叔叔一直享受的是厅局级待遇，他有这个资格，也有这份功绩。

病情一稳定下来，朵芸便察觉出了不祥的苗头，因为她天天接到陪员们的电话，问这问那，每一份单子还需要家属签字。朵芸刚开始也乐得扮演赵家俊同志准儿媳的角色，可渐渐的，她的头上起了火，冒了烟。陪员们由三天打鱼两天晒网，进而变成了公然地离岗。一个偶然的机会，朵芸才知道，现在的集团一把手对病人煞是轻慢。当初在考察继任者时，叔叔推荐了另一名人选，却对这个人评价甚低。透露消息的这名陪员是集团公司车队的一个司机。他说，在谁的勺子下盛饭，就得看谁的脸色，没办法，等待奇迹出现吧。于是，朵芸越来越入戏了，她把积攒了两年的假期写在一张申请单上，开始了休假，从这天起全天候地扑在了病人身上。朵芸感觉自己换了一种职业似的，充满了献媚与讨好。

这一切，朵芸暂且保密，没告诉赵卡。朵芸想给赵卡一个惊喜。朵芸不想让赵卡分心。朵芸天天在微信上汇报一些病情向好的讯息。比如刚才的那一条，新的一天开始了。

对了，还有"陛下"二字，不言而喻。

病人躺着不动，昏迷攫取了他，将他扣在了床上。朵芸绞了毛巾，一寸寸地推进，擦拭完了他的脸。病人很听话，没一句反对的意见。

朵芸讶异地发现，赵卡跟病人有着一样的发际线、一样隆起的额骨、一样优美的鼻梁与深目、一样饱满性感的双唇，简直像一个模子里镌出来的。刚和赵卡确立恋爱关系时，朵芸就赞美说，赵卡有一张丘比特式的脸，现在她终于找见了出处。肯定的，这是一位老丘比特，虽说病魔在身，但仍未丧失那一种弧线和轮廓。这一刹，朵芸的心里又浪花飞卷，泌出了一种湿润的感动。朵芸想到了白头偕老、牵手一生这样的词语，慢慢将冰帽箍在了病人的头上。冰帽有降温的疗效，可以让脑部的毛细血管冷却下来，不至于破裂出血。朵芸做完了这一份早课，长吁一声，从包里拿出了一只玻璃管，转身打开了门后的卫生间。恰在此时，贾红像一堵墙横在了面前，泪水盈盈的。

未及问话，贾红一下子扑了上来，搂住了朵芸。

的确，先前的异味不见了，代之而起的是贾红身上肥腻腻的汗腥气。朵芸被搂得骨折了似的，却发现贾红落泪了，抽抽搭搭的。问了几遍，贾红方说："老妹子，检查结果刚下来了，我爹的瘤子变小了，还良性的。"一席话，令朵芸心生愧疚，悔不该刚才那么颠预，对贾红指手画脚的。朵芸说："死胖子，这是天大的喜讯呀，哭什么哭，走走走，到你爹的病房祝贺一声，把这个花篮送给他吧。"贾红身上火烫，鼻涕眼泪糊在了面颊上，嘀咕说："人就活一口气，真的，我爹一听说瘤子不要命了，蹬上鞋子，去楼下抽他的老旱烟了。"胖子大多是没心没肺的家伙，朵芸再一次确信了。贾红又说："菩萨显灵了，也没枉费了这一个月来我的念叨，我以后就认菩萨当干娘，我发誓。"朵芸扑哧笑了一下说："真是奇迹，好人总归会得好报，菩萨一定会答应你的。"

闪身往卫生间时，贾红生疑地问："你干吗？"

朵芸扬了扬手里的玻璃管说，憋不住了，早上的第一泡尿，我去化验一下。

"哦，这个我帮不上你。"一脸憨笑。

半晌后，朵芸料理完了，捏着卷纸裹紧的玻璃管出了门，忽然钉在了地上。病人赤条条地躺着，像一个蜡黄的"太"字，下面的那一点衰弱地耷拉着，毫无生命的体征。这是朵芸第一次看见病人的裸体。此前他由陪员照料，后来又归一个男护工管辖，但护工不告而辞，也是无可奈何。电视的声音很大，张国立和蒋雯丽在斗嘴。贾红站在病床前，一边看着屏幕，一边将病人的双腿并拢，扣住了脚踝，老鹰捉小鸡地拎了起来。病人的身体打个对折，下半身便悬在了半空。贾红撤掉了旧床单，一只手猛地抖擞，一面干爽的床单便平滑地铺了过去。朵芸的脸红了，一瞬间想起了赵卡。赵卡醉酒时，她也是这么替他脱衣盖被的，所不同的是，自己并不像贾红接下来的动作。贾红喘了几口粗气，扳住了病人的臀部，先左后右，将爽身粉扑了上去。霎时，病人的两坨屁股白了，仿佛戏台上丑角的鼻脸。

"屁股烂了，这大夏天的，没人操心呀。"

贾红盯着电视，像在质问。

"褥疮，都快臭了"。又道。

朵芸悄悄撤了，去了门诊部大楼，挂号，排队，将一瓶尿液放在了化验室的窗口。本想一直待着等结果出来，但走廊里气味恶劣，人满为患，不如去外面的花园里透透气。况且，朵芸发现一双眼睛始终在盯着自己，有点儿芒刺在背。

花园里有一棵庞大的龙爪槐，浓荫四盖，有半个篮球场那么大。朵芸坐下来时，看见头发打卷的男人也慢慢跟了过来，坐在自己身旁，跷起了二郎腿。朵芸终于想起了他，红眼睛、没戴口罩的科室主任，遂歉意地笑了笑。主任说："你是他女儿吧，这年头，人情像一张纸，我听说陪员们都撤了，就你一个人顶着。"朵芸凉了半截儿，心猜，主治大夫一定是来谈病情的，恐怕不妙啊。朵芸说："请你如实告诉我，人都已经昏迷了半个多月了,我们有精神准备的。"孰料,主任摆摆手说:"病情一直稳定着,再观察一下吧,我临时有个会,如果晚上方便的话,我请你去对面的凤栖梧茶楼,聊聊别的。""别的什么?"朵芸追问道。"哦,也没什么,你单身吧,看你一个人天天跑医院,怪辛苦的,一定没有男朋友。"对方妖娆地搔着卷发,有些亢奋。

朵芸笑了,率直地说:"你经常这么干?"

"什么意思?"

"乘人之危,撩妹高手!"

主任窘了窘,尴尬地起身欲走。朵芸伸出一条腿拦住他。朵芸说:"抱歉,请教你一个问题可以吗?"得到首肯后,朵芸坏笑说:"一个女孩儿怀孕了,第一次,那她最应该注意点什么?"主任愣怔一下,敷衍说:"我不是妇科的。""哦,看我这死脑子,你是脑系科的。"朵芸收回了腿,放生了他。临走前,主任撂下话说:"我给你找一本书吧,你可以参考一下的。"鸡同鸭讲,这样明晃晃的暗示都没了效果,朵芸便挥了挥手机说:"不必了,怀孕的是我一朋友,让她问'度娘'吧。"

赵卡回了微信,没有字,只有一张祁连山的照片,雪山皑皑,天远地偏。朵芸的心踏实了下来,一派清凉。陛下不用说别的,朵芸的心已经像一朵雪莲花那般绽放了。

"老妹子,上来,快上来呀!"

贾红站在阳台上,一个劲儿地招手,嗓子很响。朵芸来不及回复赵卡,应命而去。进了病房,朵芸诧异地发现地上扔着一块垫子,单人床大小,足足有一拃厚,色呈暗黄,仿佛一个疲倦的人那么卧着。朵芸捂住了鼻子。朵芸一向对气味敏感,现在犹是。贾红得意地说:"老妹子,算你福气呀,真是瞌睡遇见了枕头,十九床的老太太刚出院,丢下这个糜子垫,我直接给抱过来了,一分钱没花。"朵芸生疑地说:"糜什么?"贾红纠正说:"糜子,就是吃的黄米,这种秸秆做的垫子可以除热,专门治褥疮的,这么大的天气,睡在上面屁股不会烂。"朵芸眼角一湿,乖巧地说:"我喊你红姐吧,我不再说胖这个字了。"贾红爽朗地说:"暂时还不能用,你帮我抬在阳台上去,我得仔细清洗一遍,把老太太的屎尿都刷干净,太阳一晒就没毒没味,用得安心了。"

后来,糜子垫像一个人那般瘫坐着,上半身斜靠着阳台,下半身被贾红手里的一块板子敲来打去。朵芸也没闲着,一趟趟地往返,端着自来水浇在贾红的板子下。水花四溅,朵芸看见一股股水流由浊变清,糜子垫的面目渐渐地清晰了,露出了金黄的色泽。贾红肯用功,说这还不行,还得再继续敲打一番,将藏在缝隙里的寄生虫都抖搂出来,才能晒干了使用。日光雪亮,朵芸回避了一下,站在病床边查看液体的进度。这一刻,朵芸惊呆了。

病人醒了。

或者说,病人的一根指头醒来了。

朵芸一下子僵住了,骇然万分。朵芸不相信自己的眼睛,也不敢伸手去触碰一下。病人的这只手插了管子,但小拇指蠕动着,像一根蚯蚓,也像一截儿冰箱里冻蔫了的葱头,更像一只离了水的小龙虾(朵芸最喜欢麻辣味的)。小拇指蠕动着,忽而停下了,病房里喑哑一片。朵芸激动起来,想喊贾红来瞧,却听见阳台上的板子落了下去,啪地一声。

随着这一声伴唱,病人的小拇指又蠕动了一下。

朵芸灵光突现,捏着嗓子小声喊:"红姐,别停下来,接着打。"阳台上的声音湿漉漉的,带着贾红喘息的节奏,一记一记地砸在了糜子垫上。病人的指尖翘了起来,应和着,一股神秘的力量像竹节虫似的,拱到了每个骨节上,上下耸动着。朵芸喊:"对对对,别停下来,就这么敲。"贾红果真没停,嘴里嘟囔说:"死丫头,你喊我一声甜的,我就听你的话。"朵芸低语说:"我的亲姐姐,我的好姐姐,你继续呀。"

这么着,朵芸看见了生命的迹象。生命也像一个芽苗,先从病人的小拇指上破土了。

但生命不需要拔苗助长。此刻,虽说只是一小截拇指在蠕动,却已经够朵芸惝惶的了。朵芸的眼泪落了下来,敷在面颊上,让她一时间辨不清楚。朵芸斗胆攥住了它,发现它是烫的。它那么亲切,有一张小嘴,在呼应着自己的问候。朵芸不为别的哭,完全是因为赵卡,为了陛下。在病人还没有发病前,朵芸也只见过他两面,一次是以赵卡女友的身份,叔叔给了她一个红包,另一次是病人过寿,她给叔叔订了一个大蛋糕。这一瞬间,朵芸甚至原谅了赵卡对病人的慢待与无礼,似乎他们父子之间的疙瘩一下子冰释了。朵芸打开手机,一只手捧着那一截蠕动的拇指,另一只手开始拍照。孰料,声音停顿了。

贾红汗津津地进来了,一屁股坐在沙发上,脸色若关公一般。

"红姐,求你了!"

贾红愕然地问:"哭啥?嗄,死了?"

朵芸哀告说:"你接着敲吧,你一敲,他的魂儿就回来了。"

不承想,贾红更干脆,削减了一切繁文缛节,拎起板子站在了病床前。贾红摊开肉乎乎的左手,将板子打在掌心里,啪啪啪的,跟打在糜子垫上的节奏相仿,音律一致。朵芸指给她看,脸上都开花了,像一个孩子在报告春天的讯息,充满了感恩。这当口,朵芸连拍了数张,将那一截冬眠之后苏醒的小拇指都记录在案了。贾红呵呵呵地笑了,没心没肺的,左手打累了,又转移在了右手上,两只手简直像传说中的朱砂掌一般。朵芸彻底泪崩了,号啕了起来,身体投进了贾红的怀里。

朵芸说:"醒了,终于。"

贾红撇嘴说:"真是欠揍,我不打,你看他还真不动弹,瞌睡装死呢。"

朵芸也不计较,说:"奇迹发生了,我现在信了。"

闻听此话,贾红一把推开了朵芸,一团鬼脸地问:"这话我爱听,知道为什么呀?"言毕,贾红从病人的枕头下面抽出了一沓纸,三两下就打开了。贾红说:"我爹反正用不上这个了,我就搁在了这里,菩萨显灵,普度众生呗。"

"红姐,这是?"

"笨蛋,这叫《心经》,我自己抄的。"贾红展示了一下正反面,得意极了,又说:"我守着我爹熬夜时,心里乱,没瞌睡,我就趴在床头上抄经书,给菩萨打报告,求她开开眼。"

朵芸也开了眼,瞎子似的凑了上去,简直不敢相信眼前的一切。这是一页旧挂历,纸张挺括,簌簌有声。正面是一个当红女影星的剧照,背面则用铅笔打了无数个网格,每个网格里依次填写了"观自在菩萨,行深般若波罗蜜多时……",井然有序,疏密有致。朵芸不大懂书法,但贾红的字完全配得上娟秀、灵动和飘逸之类的形容词了,与她的形象判若两人。朵芸尽情夸赞了一番,又说,这么珍贵,我有些掠人之美吧。贾红二话不讲,将《心经》款款折叠起来,重新塞在了病人的枕头下。

"瞧吧,有我干娘在,你叔肯定能站起来的,死不了。"

朵芸问:"板子呢?"

"对呀,板子呢,刚还在手边呀,见鬼了。"贾红又开始热汗腾腾了。

搜寻了半天,没找见那一块板子,贾红索性徒手上阵,站在病床前两手互击,啪啪啪的。笃实而诚恳的掌音仿若一声声鸽哨,让天空一下子辽阔起来,让那一根蚯蚓状的小拇指拱破了泥土,蠕动开来。朵芸看见了奇迹,也就不想错失这一个见证的良机,忙俯身过去,举起双手拍起来,配合着贾红的节奏。这一天,整个病室里一扫颓丧和哀情,充溢着一种劫后重生的喜悦。

仔细听来,贾红发出的声音宽厚、饱满、润泽,绕梁三匝,还带有一点点肉感,类似于降央卓玛的女中音。而朵芸葱白的手指间,则有轻盈、简净、直切人心的音效。贾红的声音像雨后的云团,乌泱泱地翻卷而来,令人无可遁逃。但朵芸的却像一只挂在天际的风筝,轻飏、遥远、忽隐忽现。渐渐的,两个人对视一笑,默契极了,连续上演了一幕幕自己发明的打击乐。

真的,病人深陷于昏迷之中,但病人也没辜负这两个"乐手"。

贾红继续拍手。朵芸打开了手机,近距离地瞄准了那一只手。在视频中,病人的小拇指仿若竹节虫一般蠕动着,忽而,无名指也有了感应,轻微地动了动。朵芸逐一扫描着,给了特写,也给了全景,最后虚化在了窗外澎湃的日光中。不巧,门开了,护士们推着轮车进来换药。贾红和朵芸相视一乐,鬼祟地撇了撇嘴,像一对阴谋家似的。

这个秘密一直持续到了傍晚。

晚饭时,贾红抱着一个西瓜进来,切开后,递给朵芸一半,上面插着一把勺子。贾红扬言减肥,但吃起西瓜来却大刀阔斧的,几乎把脸塞进了瓜皮里。贾红支吾说她爹还需要再住院观察一段,这边有事儿的话,朵芸尽可以吩咐。揭开被子查看,病人已经睡在了凉爽的糜子垫上。贾红拨拉了一下病人的臀部,顽劣地说:"白屁股,男人不该长这么白的屁股。"朵芸始终怔忡着,望着窗外的夕光,若有所思。贾红偎过来说:"老妹子,你告诉我一件你的秘密,我也告诉你一件我自己的。"朵芸淡漠地说:"我没秘密,真的。"贾红鄙夷地说:"哼,这世上的人谁没个秘密呀,没秘密还能叫活着嘛。"朵芸凄婉一笑,自从见识了贾红的那一笔俊秀的字后,她就对这个乐天派刮目相看了。贾红催促说:"你一下午都在发呆,抱着手机不放,你肯定有。"朵芸打断她:"你先说吧,红姐。"

果真像谍战片里交换情报似的,贾红打开电视,放大了声音。贾红肉墩墩地俯在朵芸的肩上,耳语一番,说出了自己的秘密。言毕,朵芸惊讶地问:"那么黑的屁股,不会是非洲来的吧?"贾红假嗔一下,象征性地扇了朵芸一耳光,得意地说:"他是矿上的,一下井就黑了,像从墨池子里捞出来的一个样,我用三桶水才能洗白他。"朵芸问:"收入那么高,人那么好,你爹干吗不答应呢?"这一问,令贾红丧起了脸,说:"唉,老板们的矿井,三天两头就塌了,我爹怕我守寡,所以才不答应这门亲事的。""后来呢,你就一直这么拖着?"朵芸问。贾红舔了舔舌头,哀婉地说:"真让我爹说着了,矿井塌方了,他就没了。"朵芸抚了抚对方的额发。这时,贾红笃定地说:"我一辈子不找男人了,我就守寡,我在心里一直披麻戴孝,谁劝我也没用。"朵芸从贾红憨实的笑意里看出了一种决绝、一份哀告,那可能是爱情的另一种表情吧。

"该你了,老妹子。"

朵芸怔了怔,便说:"我目前还没有秘密。"

"哼,那你还吊丧着脸?"

"我怀孕了,算吗?"

朵芸将一张化验单递给了贾红。后者没接,却扑上来捧住了朵芸的脸颊。朵芸的脸骤然变形了。贾红夸张地喊说:"受气包,那你还不知足呀,简直是身在福中不知福,快快快,你给他要生孙子了,他该给你一个大红包的,打他醒来,问他要。"朵芸忙捂住了贾红的嘴,脸都羞红了。两个人静默了一番,却发现病人无动于衷,像贾红说过的那样,瞌睡装死嘛。朵芸的愁云消散了,却又怕病人听见,吓得耸了耸肩膀，使劲攥住了化验单。下午取回来时，朵芸照例拍了照，将这一确凿的结果发送给了赵卡。跟先前的几条微信一样，统统都泥牛入海，没了音讯。贾红央求说："老妹子，你不让我喊，那我给你鼓掌总可以吧？"

"恭喜恭喜呀。"

说着话，贾红响亮地鼓起了掌。掌声像一群广场上的鸽子腾地起飞，缭绕不绝。

恰在此时，电视里也传来了一阵猛烈的掌声。本埠新闻，画面上出现了一座鲜红的主席台，一群西装革履的官员正在授牌，并和身披绶带的领奖者握手、攀谈，合影留念。朵芸和贾红盯着屏幕，看见会场上群情欢呼，掌声雷鸣，经久不绝。这时，播音员兴奋地说，在热烈的掌声中，如何如何的。朵芸拔脚跑了过去，蹲在了病床前，果真看见病人的小拇指在蠕动，无名指也受了莫大的感染似的，出现了一丝针刺的抽搐。贾红一脸恍然地说："哦，我算明白了，这个干部病房，不是有钱就能住的。"

在热烈的掌声中，播音员继续鼓噪着。

朵芸轻轻触碰着那一截儿小拇指，仿佛看着一个蚕豆大的婴儿，母性的一面忽然占据了上风。贾红附和着，游戏般鼓着掌，引蛇出洞一般，逗引着那一截儿小拇指不停地动作。朵芸灿烂地说："生命真的需要鼓励，一旦鼓励了，什么样的坎都能迈过去的。"贾红却说："哟，他喜欢戴高帽子呀，他戴惯了，一抬举他，他就装不住了，非醒来不可的。"朵芸沉浸在自己的心情中，兀自说："掌声就是点赞嘛，一个人没了别人的点赞，要那个朋友圈干什么，还不如潜水看热闹，还不如干脆删掉罢了。"可能是一个专题节目吧，各行各业的先进分子陆续登台，一轮一轮地重复着刚才的议程，但掌声绵密而悠长，似乎能听见一种色彩，一种朱砂掌的颜色。贾红搞笑地说："喂，快起来，别装了，你都已经升格成爷爷了，还在撒娇呀，有出息没出息。"朵芸没受到感染，却说："生命真是一件奇妙的事儿呀，说给谁，谁也不会相信的。"

后来，电视里的掌声慢慢凋零了下来，稀稀拉拉的，进入了尾声。播音员再次亢奋地说，这是一次胜利的大会，成功的大会，鼓劲的大会，在热烈的掌声中，会议宣布闭幕。刹那间，掌声戛然终止，房间里忽然弥漫着一种可怖的死寂。四目望去时，病人的动作也停止了，恢复到了一具尸体的状态中。朵芸嘀咕说：

"在热烈的掌声中，哦，热烈的！"

贾红掰下一根香蕉，剥了皮，塞在了嘴巴里。

"红姐，掌声能下载吗？"

"什么呀？"

朵芸说："下载，把掌声弄在手机里，特热烈的那种。"

贾红摇摇头，不置可否。

夜已经深了，晚间的查房也告毕。朵芸躲在一隅里，始终在倒腾自己的手机。百度了半天，朵芸大为不满，因为一些掌声、呼唤声和赞美声都离现实太远了，显得空洞、机械、言不由衷，与这个静谧的病室太不搭了。比如，一条叫"十亿个掌声的高清下载"，显然是电脑做出来的混响，难不成导演把全国人民都喊醒了，站在广场上冲着他啪啪啪鼓掌。朵芸泄气了，放弃了这个企图，却又心生一计，另觅他途。

贾红正在沙发上看一个真人秀。听见朵芸的说话声，贾红吐了吐舌头，没反对。

朵芸立马订了一个包厢，大包，告诉钱柜 KTV 的前台说，半小时以后到。接着，朵芸在闺蜜群里发布了邀请，声称有重大消息宣布，不得缺席，不得拒绝，且十万火急。这不，追问的电话纷纷打过来了，闺蜜们叽叽喳喳的，每个人都严肃地追问，朵芸你醉了吗？朵芸你神经错乱了呀，这么晚的？朵芸，你没事儿吧？朵芸啊朵芸，明天可以吗？对此，朵芸肃穆地统一答复说，就现在，立刻，马上，赶紧滚过来呀……

临出门前，朵芸又喊了一声红姐，样子献媚，妖精极了。贾红贵妃似的斜靠在沙发上，表情煞是受用。贾红说："有我在，你就放心去吧，我清楚你去干什么，我替你站岗。"朵芸的嘴凑在了贾红的脸上，还没亲上，贾红就躲闪说："恶心，真恶心，你早上都还嫌弃我的嘴巴臭呢。"

零点刚过，朵芸攥着手机，跑出了钱柜KTV的大门，站在停车场里接了电话。朵芸尽量装得平静，听赵卡在唠叨一些鸡毛蒜皮的事儿，却始终没问及病人的情况，没提及她肚子里的孩子，也没有谈谈对那些视频的看法。赵卡的声音很倦怠，不像是喝了酒，仿佛肃杀的秋风刮过了旷野，那种提心吊胆的样子。朵芸问："你干嘛不回复我，我等了那么久了，发生了那么多的事儿，我都一个人扛着。""哦，"赵卡似乎伸了个懒腰，简略地说，"刚从祁连山上下来，我们去看雪豹了，没信号，那里的最高峰是五千八百零八米。"朵芸压抑着说："他的小拇指动了，我的意思是说叔叔有救了，陛下，这需要一个过程，叔叔需要一寸一寸地醒来，这是个好兆头，我第一时间就告诉你了，可你……"停车场的保安蹒跚了过来，见一个女孩儿在啜泣，慢慢蹲在了地上，害怕自己摔倒似的。朵芸哀告说："所有手续都是我签的，替你签的，陪员们都撤走了，但你放心吧，有我在哪，我顶着，我能行。"赵卡回说："朵芸你见过雪豹嘛，你肯定没见过的。夏天一来，雪豹都跑在雪线以上活动了，今天真够劲儿，我看见了一只成年的野兽。"保安见女孩儿一个劲地抹着眼泪，便拿出一小包纸巾，递给了她。朵芸追问说："你从电影院里溜掉了，你干嘛不来医院，他毕竟是你爸爸呀。"这时，赵卡才回到了话题上。赵卡说："我恨他，我高考刚一结束,他跟我妈就离婚了,他俩在我面前装了一辈子,我原本觉得自己是幸福的,但其实不是。"朵芸第一次听闻此事,忙哀恳说:"陛下,你消消气,这么晚了,我不想惹你生气,但如果你能给公司请假脱身的话,还是马上回来一趟,咱俩一起见证奇迹的发生吧,叔叔真的醒来了。"孰料,赵卡暴怒道:"闭嘴,我家的事儿,你别自作多情了。"保安拽起了女孩儿,将她推到了一边,一辆越野驶过时,司机从车窗里探出了头,对着女孩儿吹了一声口哨,还按了喇叭。朵芸顿了顿,说:"化验单也发给你了,已经两个多月了,真抱歉,我知道这不是时候,但我就想问问你,你什么意见?"越野车并没驶远,停在了马路边,司机跳下了车子,站在一个树坑旁,掏出了裆里的东西。边溺尿,司机边吹着口哨,一副挑衅的样子。女孩儿也没客气,捡起一块石头,奋力地扔了过去。赵卡沉默了良久,用一种简单的口吻说:"你知道该咋办,反正你天天在医院里,做掉!"

朵芸嘶哑地喊了一声:"狗屎,臭狗屎!"

捡起另一块石子时,朵芸看见那个司机钻进了车里,狼狈地跑了。

朵芸凄凉地笑说:"赵卡,你从来都没给我点过赞,一次也没有。"

"干吗点赞?"

"哼,不点赞也就算了,我习惯了,可你给我的都是差评。"笑出了声。

"有这个必要吗?"

赵卡依旧温吞水一般,即便滴进去一勺滚油,仍不见他情绪激溅。

朵芸恳切地说:"我也需要掌声,要一个点赞,一个微不足道的好评,虽然我不是叔叔那样的病人。赵卡,知道我在干吗呀?此刻,现在,眼前,我在黑黢黢的夜里收集掌声,不是一个人的那种,是一群人的,是一种热烈的掌声,不能中断,一直要持续下去的那种。"

"嗨，你疯了。"

"是的，我想我真的疯了。"朵芸掉头往钱柜走去，从身上摸出了一张红钞票，塞在了保安的手里。朵芸又说："赵卡，只有在热烈的掌声中，奇迹才能出现，奇迹也不是没有代价的。"

电话里咆哮声起："朵芸，你太过分了。"

"晚安吧，陛下！"

这时，保安横在了朵芸的面前，将红钞票递了过来，腼腆地说："小妹，我没做什么呀，我不能收的。"朵芸笃定地说："小哥，你做了，但你不知道，谢谢你。"

翻过天，照旧是一个烈焰蒸腾的天气。朵芸推开阳台门，便被炽烈的热浪堵住了，犹如一堵高墙似的。朵芸晒完了几条毛巾，忙闪身缩了回来。病室里冷气森森，与窗外相比，显然是两个冰炭迥异的世界。这时，贾红进来了，粗壮的胳膊薅住了一个男人的脖领子，嘟嘟囔囔的，将他按在了凳子上。贾红大咧咧地说："喏，人就在这里，你对着他哭吧，别趴在门口了。"

朵芸用目光询问，贾红却撇撇嘴。

"情况还好，估计死不了的。"贾红介绍道。

凳子上的中年男人瘦得像一根筷子似的，从膝盖上抬起手，慢慢捏住了病人的胳臂。眼泪已经收住了，但喉咙里的哽咽声乱若缠麻，分不清主次。朵芸泥塑着，将这一段时间的控制权交给了他。男人仔细地查看了一下输液管，手心手背地摩挲了一番病人枯涩的皮肤，又揭开了一块胶布，重新将一枚针头稳定了。病人陷落在自己的昏暝世界中，对眼前的一幕熟视无睹，不吭不哈，一条意见也没发表。男人默默地坐了一阵儿，忽而起身，两腿并拢地站在病床前，腰身像一根直角尺那样弯了下去，鞠了三躬。贾红没心没肺地笑了。但对方并不计较她的莽撞，上前来握住了朵芸的手。朵芸感激地说："您来探视，我真的很感谢,请您留下尊姓大名,以后我也好转告我叔。"男人却说:"辛苦你们家属了,医院该办的手续我都已经办完了,你们只管放心。"朵芸说:"您怎么称呼?"

"我是他手下的一个兵,原先是,以后也是。"男人道。

朵芸点头。

男人委婉地说:"我明天和集团公司的干部们要去扶贫点下乡,这一走就是一个月,我怕他有什么意外,所以来看看他的。"顿了顿,又说:"他对我有恩,不管外界有什么说法,他一直赏识我,提携我,我真怕再见不到他了。"

"嗯,我明白。"

朵芸由衷地感激一番,将对方送出了门。

返身进来时,贾红阴阳怪气地问:"你明白啥了,我咋听不懂呀?"

"红姐,我今天对你有了新的认识,真的。"朵芸说。

"我的?"

朵芸笑吟吟地说:"你身材真的恰到好处,你这不叫胖,你这是富态呀。"

于是乎,贾红此后便徜徉在这一句肯定当中,人也越来越随和,越来越嘻嘻哈哈,好像她不是对面病房里的孝子,而是这个病人的陪护,抢着干活,根本不许朵芸插手。下午休息时,朵芸拿出了手机说:"红姐,你把电视弄成静音,我要给病人做操了。"贾红依言关掉了,愣怔地问:"别吓我,他他他,他怎么做操?"朵芸打开了音频,开始播放那些热烈的掌声。贾红这才恍然了。机子里一共存储了十条音频,都是朵芸昨晚上呼朋唤友,在钱柜KTV的一间安静的包厢里录制的,虽说音效各异,但都充满了现场感。朵芸从本埠新闻里得到了启发。朵芸最初的想法是,病人会从那些收集而来的掌声中渐渐苏醒,继而像从前那样腰杆挺拔,奔行如风的。

"的确像体操,掌声一响,我也想跳。"

朵芸回说:"就叫它掌声疗法吧,他习惯了这个。"

"嗯,也不能忘了菩萨。"贾红叮嘱道。

一瞬时,病房的四壁间掌声迭起,高低错落,犹如一股强大的水流栽进了涧底,触底反弹,又激溅起无数的水滴。有的掌声低音,滑出了中心地带,衬托着周围的伙伴。有的却生性强悍,始终站在聚光灯下,引吭不已。播了几条,朵芸渐渐地听出了门道,听出了掌声里的性别、阶级、职业和不同的秉性,忽然觉得自己真的了不起。当时,闺蜜们都被朵芸弄懵了,半夜鸡叫,真的以为朵芸有什么死去活来的事情要发生。朵芸酒过三巡,先让大家热身,等情绪都调整过来时,方按动了录音键,说要采集大家的掌声。朵芸声称,不要某个人孤独的掌声,而是群体性的欢呼,是掏心掏肺的那种。当然还必须整齐划一,有板有眼,仿佛冲着一座高高在上的主席台雀跃不已,那种热泪盈眶的振臂呼喊。朵芸指挥着大家,前三条都作废了,权当是预演,后来的效果逐渐好了起来,遂逐一储存下来了。

朵芸省略了目的性。不过,朵芸也不必陈述。因为狂欢到凌晨三点时,闺蜜们大都醉眼迷离,掌声像兑了水的酒精,再也不亢奋,不激越了。现在,朵芸在病床前播放了六条,很得意地问:"红姐,你听出什么没?"贾红闭着眼睛,听得茫无头绪,扫兴地说:"没啥意思,能有啥意思嘛,就是拍巴掌罢了。"朵芸又播放开来,说:"你听我讲。"

伴着这些缭绕的掌声,朵芸说:"听,这个落在后边的,她叫郭子,大学跟我一个宿舍的。她以前是女足队员,校队的,假小子一个,成天疯疯癫癫的。踢球也没影响她的成绩,每个学期都在前三名的位置上。有天晚上,反正很晚了,她去水房里洗漱。洗着洗着,忽然墙上掉下来一只大花圈，扑在了她的身上，吓出了她一身病。历史系的一个老师死了，第二天早上出殡，女生们买了花圈没处搁，就挂在了水房的墙上，结果被一阵风吹了下来。后来的几年，郭子就变呆了，不仅不踢球了，学业也一塌糊涂的。现在她在三中代课，职称也评不上，还经常被家长们投诉。听听，郭子的掌声就这么三心二意，她不是故意的，还是那时候留下来的阴影吧。"

贾红轻蔑地说："那有什么可怕的，我那个黑屁股从矿坑里抬上来时，头都碎了，还是姑奶奶我包扎好，安顿在坟坑里的。"

朵芸说："那是因为感情，红姐。"

朵芸又开始解说："你听，听见没，这双厚厚的手，声音特闷的这个，她叫关春敏。春敏心宽，吃货一枚，简直是大一号的红姐你。她是我们里头最有福气的一个，人漂亮不说，结婚也早，一毕业就出嫁了，老公是搞IT的，她就在家做全职太太。现在的春敏不那么……不富态了，哦，我没说那个词。她老公有一次说了那个词，春敏就不干了，开始练瑜伽。现在她自己也开了一个瑜伽班，挺红火的。问题是，春敏不管咋练，身材性感死了，但一双手硬是减不下来，肉乎乎的，所以就是这声音，我一下子就能挑出她来。"

贾红趴在病床的护栏上，仔细查看了一番自己的手，似乎挺满意。

朵芸继续说："听，这个这个，最清最脆的这个，声音最响的这个。"见贾红锁定了目标，朵芸便说："她叫牛亚丽，如果说她像谁，你就想想杨幂吧，差不多一个模子里出来的。我敢打赌，在这一帮闺蜜里，她的掌声是最真诚的，她没问我原因，但她一直在配合我，手都拍肿了。"朵芸顿了顿，敞开心扉地说："也不怕你见笑，这牛亚丽以前是赵卡的女朋友，交往了一年多。他俩熄火以后，我才跟了赵卡的，我算是牛亚丽的下一棒吧。"贾红一撇嘴，脸上的肉像握拳一般。

朵芸说："不过吧，这也没影响我和牛亚丽的关系，还是闺蜜一个，要不她也不会那么晚跑来抬举我,掌声也不会这么热烈。其实吧,说毫无芥蒂也是假的,从那以后我和她之间总有一层无形的隔膜,都小心翼翼的,谁也不提这个话题,不提赵卡这个名字,我自然也不能说采集掌声的目的了。"朵芸的思绪沉浸在昨晚的现场上,幽幽地说:"牛亚丽或许猜出了什么吧,因为她最活跃了,脸上是一种心知肚明的表情,但始终也没问我一句话。对了,录音的间隙,她还拿着手机,对着我一直拍,拍了许多哟。"

这时,贾红狐疑地说:"掌声这么响,老家伙的小拇指干脆没动静呀。"

"哦,我问你红姐。"朵芸眉毛一挑,说,"我可能有点儿疑神疑鬼,但牛亚丽一直在拍我,她会不会发送给赵卡呀?"

贾红捉住病人的胳膊说:"不大对劲,瞌睡装死嘛,大家的手都快拍碎了。"

"对了,我想起来了。"朵芸表情一垮,灰败地说,"牛亚丽用的手机壳和赵卡的是情侣版,我买的那一套他没用,他和牛亚丽用的是新版刚发售的那一款。"

"你呀,你个小怨妇。"

朵芸喃喃地说:"我明白了,我让人给现场直播了,妈的。"

贾红搁下了病人的胳膊,努着嘴,掉头出了门。贾红说:"放心吧,死不了的,但你搞的这一套歪门邪道,呵呵,我算是长了见识。"

"这叫点赞,就像人离不开盐一样。"朵芸辩解道。

"哦,我这就去给我爹鼓鼓掌,他还没享受过这种待遇,真的。"

然而,贾红的不屑和讥诮,并不曾浇灭朵芸心中的执拗。朵芸越发笃信,病人的生命力尚在,只不过像十二月的河流,沉潜在冰封之下,冬眠着,蓄积着,等待着新的一缕春风拂过,将再一次怒河春醒,绿遍两岸。因为这一切都是朵芸亲见的。掌声响起时,病人的小拇指应声而舞,接受了她,回应了她。如果这算是一种疗法的话,干嘛不继续呢。念想至此,朵芸便关掉了手机,双手作舞,尽情地鼓了起来。

这一次,朵芸拍得花团锦簇,拍得节奏明晰,也拍得尽情和忘我了起来。渐渐的,两只胳膊轻盈无限,仿佛一对仙鹤,婉转飞升,又驭风而下,潇洒地跳着双人舞。后来,它们便栖落在了一块山石上,做短暂的休憩。

朵芸其实累极了。掌声停止时,朵芸趴在了病床边,陷在了困倦中。

迷蒙中,朵芸有了一种溺水的感觉。朵芸的睡眠一向很浅,心知是汗水敷满了脸颊和手臂,但此刻强烈的溺水的意识攫取了她。朵芸大口大口地喘息着,越挣扎,周遭的水浪越发翻卷而至,将她一次次地覆压了下去。朵芸记不清自己喊没喊赵卡的名字,反正赵卡站在岸上,身边是郭子、关春敏、牛亚丽等一干人。赵卡他们分明看见了在水涡里沉沦的朵芸,但没有一个人施以援手。相反,他们都拿着手机,拍下了照片,拍下了视频,好像在做一场直播节目似的。贾红亦不例外。贾红四仰八叉地坐在滩涂上,将一个西瓜搁在眼前,左瞅右瞧,终于找见了一个满意的角度,遂以掌为刀,将西瓜劈成了两半。那一瞬,朵芸的眼前一片殷红,一股浓烈的血腥气袭面扑来。

"嗨!"

这时,朵芸听见了一小声问候,声含哽咽,也苦涩。朵芸再也憋不住了,挣脱了那一片血腥的水浪,逃离死地,重归了生天。朵芸醒来了,却不敢动,因为病人的一只手抚在了她的脑袋上,但病人仍旧像一具尸体那般横陈着,声息皆无。朵芸慢慢矮下脑袋,捧住了那只手。液体仍在滴答。凸起的青筋枝枝蔓蔓的,潜藏在皮肤之下。朵芸宁愿相信,就是这只手将自己从湍急的水涡里拽了出来,现在它累了,当然需要休息。——嗨!朵芸记得那一声召唤,错不了的,这一定是掌声带来的奇效。

朵芸俯下身，又一次近距离地端详着病人的脸，试图找见刚才那一幕的些许痕迹。病室静谧。渐渐的，赵卡的五官浮现了出来，令朵芸有一些恍惚、一丝不甘。朵芸问："叔，你刚才醒了对吧？你跟我打招呼了，是你吧？"朵芸又说："你再嗨一声，你让我听见的话，我一定会给你掌声，无条件地鼓掌下去的。"这一刻，病人木然着，似乎对全世界的一切事情都退避三舍，充耳不闻。

且慢，一滴眼泪从病人的眼角里渗了出来，停在了眼窝里，那么饱满、那么浑圆，好像一肚子肺腑之言精炼而成。朵芸再一次确认，这同样是掌声带来的奇迹，也是对自己的一次点赞、一番嘉许。

果然，当朵芸再一次开始热烈的掌声时，那一截小拇指闻声蠕动，生意盎然。

礼拜五的傍晚，护士进来换了药，又搁下了几瓶夜间用的。现在，朵芸已经跟她们有了默契，像夜里换液体、量体温之类的活，自己就代劳了，不必去按叫铃。护士推着轮车出门时，蓦地说："哦，差点儿忘了，主任今晚上值班，请你过去一趟。"朵芸比画说："就那个卷毛吧？"护士意味深长地点了点头。朵芸倒也不急，给病人擦洗了身子，扑了粉，拉上了窗帘。临出门时，朵芸给自己抹了口红，很夸张的那种。

什么事呀？朵芸坐在办公桌的对面，见主任举着手机，凝神不已。少顷，主任搔了搔卷发，愣怔地说："我太喜欢明镜这个人了，大姐范儿，有一种母仪天下的味道。"朵芸知道他说的是《伪装者》，演员刘敏涛出演的明镜，便附和道："我也喜欢这个角色，但比起明镜来，我更喜欢靳东。"主任说："不，他还欠那么一点点火候，不够狠。""狠未必就是霸气，就是强词夺理吧。靳东收放自如，他才是整部戏的亮点。"朵芸笃定道。主任起身，笑说："也对，谁都在这个世界上演戏，谁都戴着面具，有的靠本色，有的是演技，就看会不会一辈子顺利演完。"说着话，主任从抽屉里拿出一本书，递在了客人的眼前。

《妊娠期手册》。

朵芸突地一沉，觉得一件快被淡忘了的事立马横刀，猛然截住了自己。这些天，身体没有一丝的异样，又忙于所谓的掌声疗法，疏忽是难免的。主任说："明镜干嘛一辈子没结婚，我觉得她从三个弟弟的身上，完全享受到了男人的那种呵护、尊敬和爱，婚姻对这个大姐来说，已经是多余的。"朵芸诧异地盯看着他，末了说："我同意你的话，你真的太懂女人了。女人其实是经不住赞美的，一条短信、一张笑脸、一个吻，呵呵，哪怕一次掌声就够了。"

"这本书比较专业，比'度娘'强。"

朵芸说："谢谢啦，我替我的闺蜜谢谢你。"

"别掩饰了，是你怀了孕。"

"哦？"

主任嗤笑说："瞧你，手一直搁在肚子上。这叫本能，你本色演出。"

朵芸羞臊起来，忙接过了那本书。

"珍重自己，也恭喜你这个新妈妈。"主任打开了门，相送出来说，"我老听见你一个人在病房里鼓掌，有点儿意思。"

"嗯，我给自己加油呢。"

在走廊里，贾红迎面端着一盆热水过来，眼睛很红。朵芸还没张口问，贾红便哭诉说："我爹这个死脑筋，非要撵我回家去相亲，说他身上的那个瘤子是我气的，我嫁不出去，他就死不瞑目。"这么一讲，贾红便开始抽抽搭搭，蹲在了地上。朵芸劝慰说："你回去一趟吧，你爹这里我守着，红姐你尽管放心。""哼，妹子你不知道的，这回是一个水泥预制板厂的小厂长，金牙，媳妇死了，还有两个拖着鼻涕的娃娃,我能当后妈嘛。"贾红哀告着。朵芸也没了奈何,知道依了贾红的性子,再多的安慰也是无济于事的。末了,贾红端起了水盆往病房里走去,哽咽地说:"我天天这么伺候他,也不落一个好字,我恨不得自己得一场大病,躺在那里享受,让他也试一试这种煎熬,真的。"

朵芸受了感染,靠在这边的门上,心里揣了一团乱麻似的。

令朵芸意外的是,贾红一进了那间普通病房后,像蓦然间换了一个人似的,阳光明媚地嚷嚷说:"爹,快来烫烫脚,等下再给你按摩按摩吧,乖,听话呀爹。"朵芸扑哧笑了,随手将那本《妊娠期手册》丢在了垃圾桶里。

门虚掩着,一个女人居然坐在病床边,捧着病人的一只手。

即便从朵芸这个年纪的女生审美上来看,这位一头白雪的女人也堪称完美,有一种恰到好处的雍容与古典气质。女人身着一袭旗袍,蓬松的白发收束在耳畔,露出一小截羊脂玉般的脖颈,一根珊瑚红的碎链子隐约可见。女人偏坐着,凝神盯着病人的脸,手里却一再抚弄着病人的手,依次是大拇指、食指、中指、无名指和小拇指,而后又循环一遍,仿佛在擦拭一只瓷器。听见朵芸的脚声后,女人回首一望,点了点下巴,继续沉浸在自己的课业中,一副不喜欢被人打扰的样子。朵芸喊了一声阿姨,轻得连自己都没听见,只好提心吊胆地倒了一杯水,搁在了茶几上。

女人搓揉完了病人的手指,又掀起被子查看了一番,指尖弹了弹糜子垫,似乎对此很满意。女人掏出一块巾帕,蜻蜓点水地拭了拭病人鼻翼间的汗液,将冰帽解开,重又箍了一下。末了,女人起身,站在了病床前,长吁一口气,身心登时放松了的样子。朵芸佯装玩手机,很清晰地拍了一张对方的特写,发送给了赵卡。

朵芸写了一句话:这是你妈妈吧,真美啊!

女人高挑地站着，素朴中又有一种典雅的光芒。这种光芒绝非先天带来的，而是一种时间磨砺之后，从不曾破损、不曾惊慌的坚硬质地。朵芸站了起来，心猜会有另外的一幕即将发生，手足无措了一番。女人举步过来，眉开眼笑，轻轻捧住了朵芸的脸颊，眼底里涌过一片艳羡和欣赏的彤云。朵芸有点儿尴尬，忙让出了沙发，想请她坐下说话。女人却不为所动，镇定了一下自己。女人问："一定是朵芸吧？"

"嗯，是我。"

女人说："我替他谢谢你，这些日子你一直照顾他，可他不能开口道谢。"

朵芸局促地说："赵卡不在，我分担一下是应该的。"

"唉，"女人叹息了一下，仰首盯着天花板说，"赵卡这孩子也真是不懂事，这个病床前应该有他的位置，他不能缺席的。"

"阿姨，谢谢您。"

"谢我？"

女人惊诧地问。

这一刻，朵芸终于鼓起了勇气，放肆地说："我知道您跟叔叔离了，您也有了新的家庭，但是您和叔叔毕竟生活了那么多年，还有了赵卡。我愿意替赵卡守在这儿。我保证叔叔会一天天好起来的。您今天来看望叔叔，我想赵卡听见了也会高兴的。我以前无数次地听赵卡讲过自己的妈妈，现在见了您，我知道他的话是真诚的。"

"朵芸，你真是个好姑娘，单纯，也善良。"女人道。

"您相信奇迹吗？"

闻听此话，女人双手合拢，搭在了胸前。女人款然说："活到了我这个岁数，朵芸，你还能让我相信有奇迹吗？不，什么都没有，一切都太晚了。"

"阿姨，您跟我来，我请您亲眼看看。"

朵芸挽住了女人，将她慢慢拽到了病床前。病人仍旧像一具尸体般躺着，对这个静谧的夏夜和人间不发一语。朵芸信心十足，同时又充满了快意，因为这个寂寥的病室冷清了许久，即便是一次次热烈而持久的掌声，也太缺少观众了。现在，朵芸开始鼓掌了，掌声清脆，带着鲜明的韵律和节奏，不绝如缕，上下翻飞。在朵芸的掌声中，女人诧异地看见，病人的那一根小拇指苏醒了，开始了应和，慢慢蠕动起来。这一切都和朵芸的预期完全一致，所以她的掌声更加放肆，也更加热烈了。后来，无名指也有了一种感应，先是抽搐了几下，迅速调整节拍，踩出了与小拇指一样的舞步，轻盈、曼妙，充满了年轻的活力。

"哦。"女人失声喊了一下，捂住了自己的嘴。

朵芸停了下来。

女人呢喃地问："是真的吗？这不会是回光返照吧？"

"阿姨，您能和我一起来吗？我们一起鼓掌？"朵芸哀恳道。

"不，我不会，我也不想。"女人突然慌乱起来，失神地左张右看，似乎想夺路而逃。女人说："我只想来看看他，没别的目的。我可能来错了，我不应该出现在这儿。"

朵芸恼了，横在了女人的面前，截停了她。

女人无辜地盯着朵芸，先前的恬静与光芒一瞬间土崩瓦解，只剩下了惊兔一样的局促。女人的脸上写满了央求，仿佛一条离岸的鱼那样，哀求一条生路。朵芸笃定地说："阿姨，您是赵卡的妈妈，您也和叔叔有过一段美好的回忆。现在请您和我一起，给他鼓鼓劲，把他从昏迷中拉回来吧，刚才您都看见了，奇迹还在。"

"不，你误解了。"

"求你了，我和赵卡一起求你了。"

"好姑娘，你真误解了，我不是赵卡的妈妈，不是。"女人敛住了表情，肃穆地说，"我和他也曾经年轻过，像你和赵卡现在这样，但那是另外的一个故事，旧了，发黄了，不提也罢。"

这一瞬，朵芸木然着，像一个小丑似的，苦笑不堪。

……也不知过了多久，朵芸才从迷幻中挣脱出来，心里空空荡荡的，犹若这一间荒凉而空旷的病室。架子上的液体已经输完了，朵芸拔下针头，插在了另一瓶液体里。病人的手瘫在床上，无名指和小拇指并拢着，离群索居地翘了起来，像一双失家的孤儿。

贾红进来了。

贾红进门后，从朵芸的表情上发现了异常，忙扳住了一台仪器，讶异地喊："拉成一根线了，快喊大夫呀，笨蛋，还愣着干什么？"

又阴了几日，出殡的那天早上，天终于破了，大雨瓢泼。

等着领取骨灰的时候，我看见赵卡撇下了休息室里的亲朋好友，一个人踅了出去，站在一棵阔大的左公柳下。赵卡摸出烟，刚要点烟时，我上前吹灭了打火机。赵卡的脸寡淡得像一张冥币，浑身瑟瑟着。我抱住了赵卡的脑袋，揽进怀里，给了他一个热烈的拥抱。这时，牛亚丽举着伞过来了，娇嗔地说："叔叔快出来了，赵卡，我们去接叔叔吧。"

雨打在脸上，的确很疼。我说：

"我先下山了，不能陪你了。对不起。"

赵卡战栗一下，反问说："去哪儿？"

"回市区去，回医院，我已经预约好了，你不必操心。"我看了一眼阴沉的天空，不明白脸上究竟是雨，还是泪水。我说："今天还有另一个葬礼，不过是我一个人参加的。"

"朵芸，改天吧，改天我陪你去。"

"赵卡，你相信奇迹吗？"

"都是我的错,我会改正的,朵芸你相信我最后一次吧。"

后来,我黯然地说:"真的,这些事与奇迹无关,睁开你的狗眼吧!"

陈小垦的第二幕

朋友们从台阶上走下来，站在树荫下，相互瞧了几眼。

老半天了，谁也不愿吱声，散漫地站着，不大自然，姿势都有点儿颓。树荫像一盏黑色的聚光灯，罩在头顶，身上便凉了下来。咫尺之外，日光仿佛一摊溶化的铅水，在空气里肆虐、咆哮，却奈何不了高大的冷杉、榆槐和大柳树。凉渐渐凝结，生成一丝冷意。或许，冷更多地与心情牵连吧。怎么说呢，在这样的地方，人不由得会变冷，话也就稀了。

抽了空，三个男人终究忍不住，多盯了女人几眼。目光若一张粗砂纸，窥破了什么似的，再相视一笑。5掏出烟来，软中华，想打一梭子。2和1接了。刚递给3时，3适时地咳嗽了一声，忙摆手。烟是道具，也是一番开场白，在缭绕的烟雾里，大家渐渐放松下来，有了开口的欲望。

"昨晚又出镜了？"1问道。

"没有呀。"3咳完，撩了撩额发，清汤寡水的样子，想想说，"咋了，你是不是瞧我特憔悴，脸上的妆还没卸干净呀。"

2抢先说："其实，你不化妆，才最天生丽质。"

"在下同意。"2插嘴。

"呵，这话陈小垒爱听，我倒不太相信，不过挺受用的。"7唏嘘了一下，忆想道，"以前，你们就是这般怂恿陈小垦的。他那个人，耳根子软，经不住你们哄，你们骗。你们别再柿子捡软的捏了。哦?"

"陈小垦来了，我们也死忠你的美貌，顽固到底。"三个男人附和说。

"嘴硬。等他来了，看你们咋说。"

1道："其实，你比上电视还漂亮，电视篡改了你。真的。"

"唉，早知道这么热，我就不该穿这条牛仔裤。我应该穿裙子才对，热晕了。"3的感喟，让男人们的目光变成了插电的熨斗，拂过3修长的大腿、挺翘的臀部、柔美的小腹。3一下子高高挑挑了起来，活色生香，犹如一尊女神像。3说："一宿没睡好。昨晚上，动物园里出了大事。"

"动物园?"2和5追问。

"是呀。昨晚上，动物园里的一只孔雀走失了。"

"骚孔雀。"

3立马呵斥道："喂，别那么难听好不好，嘴上积点儿德。人家孔雀是吉祥鸟，没招你惹你的，你给人家泼脏水。"

"哼，这有什么呀，不就是一只翎子带彩儿的土鸡嘛。"1慨然说，"我们以前在郊外的农家饭庄点过这道菜。野生，八百一只，当场开膛破肚的。你不信?陈小垦也在，他难道没给你汇报呀。其实，味道真不咋地，肉粗，有一点儿酸。"

"它走失了。"

3的语气不舍，喃喃道。

"大惊小怪哟，你们还当突发事件呀?"5很鄙夷。

"问题是，它不是一只简单的孔雀，随便从西双版纳抓来的。它是一个东南亚国家的元首来访时，第一夫人送给孩子们的。"3带着留恋，目光中有一团阴郁飘过，又迅速灿烂起来。"不过还好，凌晨时才找到了它。它就趴在一辆洒水车的车顶上，挺无辜的。"

1说:"落难的凤凰不如鸡,况且孔雀呢。"

"太惨了。"

2道:"没见你这么悲伤过,眼圈也红了。你忍忍吧。"

"唉,孔雀的一只腿断了,估计是骨头吧,至少也扭伤了筋。"3说,"你们不明白,这牵扯到外交关系,外交无小事。万一,万一人家第一夫人再来,孔雀不在了,多伤脸啊。幸好,孔雀找到了,这条新闻也被毙了,不许播。"

"我明白了,它不是孔雀,它是特命全权大使。"2归结道。

"跟复活节的火鸡一样。所以嘛,我说孔雀也是一只鸡。"见大家不明就里,1的话多了起来,絮叨说,"每年的复活节,人美国总统的院子里就会赶来一大堆火鸡。总统先生瞅哪只鸡顺眼、漂亮,就给抱出来放了生,以示仁爱。还要签署一道法令,不得伤害它。对了,这只鸡叫总统鸡,插了跟踪器,一辈子放养在戴维营的丛林里,终老此生。"

"呵呵,这只总统鸡比我强,强八辈子。"2说。

2也说:"我也愿意投胎。瞧,这只鸡级别够高的,让总统又抱又亲,至少是一个美国的上书房行走吧。"

"孔雀丢了,这当然是一条突发新闻。我跟着警察和饲养员们跑了整整一宿,早上才收工,差一点赶不上今天的事儿。我累晕了。"3不愿被打断,兀自道。

5忙问:"警察也出动了?嘻,我咋没接到命令呀。"

"你被孔雀涮了。"

"孔雀真还瞧不上你,怕警察再给人家下黑手。"

"对,给小孔雀五花大绑,塞进号子里,洗脸呀、躲猫猫呀、喝水呀、长粉刺呀、做噩梦呀、发狂呀、从床上摔下来呀,不得善终。人孔雀聪明,才不想呜呼哀哉哪。除了警察,人孔雀也不想见城管。呵呵。"

面对众口讨伐，5的脸腾地红了，只好掏出软中华，又打了一梭子。这回，3接了过去，叼在嘴上。2按开打火机，给3点着。一时间，气氛略微显得别扭。这是个尴尬的话题，哪壶不开提哪壶，5有点儿发窘。

日光下有一座中央花坛，蜂飞蝶乱，鲜花灼灼。喷水器漾起了一层雾霭，被太阳衬托，映出一道弯曲的虹桥，带着稀薄的欢笑，不为人知。会场外人群拥挤，熙熙攘攘，仿佛一个巨大的集市，市声鼎沸。靠近树荫的另一侧，有一道高耸的围墙，红砖绿瓦。墙脊上砌了一队琉璃色的吉兽，匍匐而塑。不能不说，这是一座偌大的园林化的会场，细节都很中国。

停了一会儿，5觉得该解释一下才行。5一向是讯问别人，现在轮到亲口答疑了。5说："呵呵，我那件破事儿，其实早就结了。我估计，局里正给我打印平反昭雪的文件呢，等着瞧。"

2说："清者自清嘛。"

1也道："皎皎者易污。"

"嘻，你们这么一讲，也不枉结交了十几年。兄弟的信任啊，这是。"5的嗓子哽咽起来，眉头紧蹙，"我真没拿那笔钱，我发誓，以我母亲的名誉。当时，我是第一个破门进入命案现场的。谁都知道那晚上的事儿，一家老小被害了，到处是血，乱极了。瞧一眼我就明白过来，流窜作的案，光为图财，连保险柜都撬开了。或许是主人的儿子回来了，车灯惊动了歹徒，才仓皇跑掉的。你们想想，在那样的傻×环境下，我会私自秘钱吗？不，我才不傻。"

1说："那家人太显摆，招摇货，咎由自取吧。"

"喂，有多少钱？"2发问。

"不好说，反正跟开银行差不多，土财主。茶几上、纸箱子、保险柜、床上，都是成捆的钞票吧。"5有些激动，手势频仍，"我带着队上的人,在里头勘验现场。人多,谁都可以给我作证的。妈的,江湖恶,人情薄,后来他们居然都哑巴了,没一个人站出来替我说话。"

3抬起臂,咂了咂烟,一直淡泊地听着,事不关己的样子。5的神态像说书,惹得2和1凑近了一点儿,躲避着周遭的嘈杂,仿佛地下党在接头。3换了一条腿,支住重心,往远处的会场瞭看了一眼。日光很盛,游移的人群像穿行在哈哈镜里,带了虚幻的影迹,画面镶了一层毛边。这时,5开口道:

"妈的,那小子是后来才进来的。一进门,肩上的摄像机就在工作,我没察觉。事后,我想自己可能是接了个电话,完后,绝对是在往口袋里揣手机。"

1问:"他真是陈小垦的手下?"

"我同事,法制栏目的,刚毕业的青皮少年。"3掷下烟蒂,一脚踩灭了,发言人似的说,"回到台里,陈小垦审片时,一眼认出了你。陈小垦什么人呀,他忒仗义,当即就给毙了,不许播。他是总监,他不会出卖朋友。"

"出卖?"5一下子急了,"我本来就干净,何谈出卖。"

"网上说你秘了两万。"1质问。

"那是被害人的儿子瞎估的。丢了,就证明是我秘了,难道不是歹徒逃跑时揣走的呀。"5急出了一头的疙瘩,调门也高了,"妈的,我被停了职,下放在基层派出所。我比窦娥奶奶还冤啊,心里时时装了一泡屎似的。"

3笑了笑,委婉道:"抱歉,我用词不当。"

"问题是,那小子也太没组织观念了,政治上不成熟嘛。"2的恼怒来得恰如其分,松了松领带,将西装脱下来,挂在臂弯里。他一向注重仪表,这和他的身份有关。2道:"千不该,万不该呀,当初陈小垦聪明的话,当机立断就把带子扣下来,也不能让那小子私自上传到网上,祸害你,玷污人民警察的形象。"

"你成网络红人了,点击率特高。恭喜你。"1火上浇油。

5嗔怒道:"妈的,我和没素质的不计较。"

1并不是斤斤计较的人,对5的鄙夷不以为然,权当一阵风。1说:"一挂到网上,就等于泥牛入了海,陈小垦和公安局再怎么围堵,再咋删,整个没戏。现在,网络是一个吸血鬼、魔头、妖怪,成也网络,败也网络。人人都怕挨砖头,打得你满地找牙,鼻青脸肿。你呀,你就是一个警界周久耕,牺牲品。"

"要是我手下,我给他缝一只小鞋,23码的,让他慢慢穿上。"2道。

"开了!"3说。

"开什么开?"2问。

3冷静道:"事儿一闹大,陈小垦把那个摄像给开除了。这号孩子,个个是余则成,指不定哪天,就给你背后一黑枪。现在好了,眼不见为净嘛。"

"你今年不顺,本命年吧?"1问。

5指了指2,喟叹道:"跟他一样,都本命年的人,流年不利。"顿了顿,5想起什么来,恍然道:"怪了,从事发前到现在,我夜夜做梦,总梦见一只癞蛤蟆冲着我叫。叫也就叫了,癞蛤蟆身上的那一层鸡皮疙瘩,居然在发光,刺眼睛。我常被那一片鬼兮兮的光惊醒,一身虚汗,没完没了。我老婆还以为我尿床、梦遗。嘻,没法儿给女人解释。"

2说:"抽了空,你去去麻尼寺,特灵,烧上几炷高香吧。"

"你该穿红裤衩,袜子也要红的。"1附和道。

"过一阵儿,我请客。"5挠了挠头皮,腾起一堆皮屑。头发上的油大,几乎能炒出一盘菜来。3差一点恶心出来,忍了忍,目光瞥向一侧。5慷慨道:"等平反了,我在鲍鱼王子摆一桌。你们都来,聚齐活了，给我消消晦气。我现在算正式下帖子了。诸位老友，赏脸啊。"

"可惜，遍插茱萸少一人呀。" 3 道。

2 说："陈小垦肯定去。"

"他没道理不去。我的面子，他十足会给的。" 5 道。

1 也说："陈小垦要不来，呵呵，那他的酒由你代劳了。谁叫你惊艳绝伦，貌若仙女，还 S 曲线呢。你的写真一上网，什么冰冰呀、周迅呀、子怡呀，全都歇了菜。骗你，骗你我孙子。"话至半程，3 忽然抢上来，伸出脚，踢在 1 的屁股上。1 嘻嘻哈哈跑开，挑衅道："来点儿狠的吧。美眉，求求你，狠一点，我才刺激嘛。"

消停下来后，3 指着 2 说："喂，你陪我去趟洗手间吧。"

"哦？"

"那地儿太远。喏，挺背的，我怪害怕。"

现在，1 和 5 并肩站着，看一男一女慢慢走远。

日光像一道宽大的幕布，唰地拉开，将 2 和 3 曝了光，呈现眼前。3 走得很忸怩。或许是高跟鞋的缘故，3 将手搭在了 2 的肩上，把住平衡。3 性感的线条让 1 和 5 的目光很纠结。看了片刻，两个人相视一眼，会心地笑了。

"挺饱满的。" 1 说。

"石榴。快成熟的大石榴吧，快炸开了。" 5 也说。

"你看像什么？" 1 说。

5 想了一下，道："总统鸡。"

"瞎掰。你的意思，陈小垦是总统了。" 1 不满意对方的结论，甚至有点儿小小的愤怒，纠正道，"他就是一个省级频道的小总监，轮不上给他戴高帽子。在这一点上，一定要实事求是。"

"呵呵，那就总监鸡吧。"

"嘻，咬字清楚一点，别带尾巴音。"

"总监鸡。"

1即刻满意了，又将目光迢递而去，挂在了3的背影上。5也不甘落后，目光拧成了一杆标枪，投掷出去，钉在了标靶上。会场外人影憧憧，总有来去打扰的家伙，影响视线。5和1遂将脖子拔长，眺望军情。看了不多久，目标终于湮没了，5和1才正常下来，各自点了一支烟。这时，1感慨道：

"这妞儿，汁挺多，一指头能掐出水来。"

5道："刚熟好的田。"

"喂，用你们警察的术语，她该算什么？"

"人质。"

"谁绑了她？"

"感情呀。"

"嘿嘿。其实，陈小垒根本不喜欢她，玩呢。"

"后妃一个。"

1惊讶道："嘻，你这个说法挺准确的。对，后宫三千佳丽中的一位。呵呵，在这一点上，陈小垒倒也算是个总统吧。妈的，他今天临幸一个，明日人肉一个，陈小垒怕是连长相和名字都记不住。这个土皇帝，我太羡慕他了。"说着话，1将右拳砸在了左手心里，砰地一声，像惊堂木。1说："昨晚上，我一夜没睡，在心里过了过电影，替陈小垒数了数。你说，咱哥们儿聚会也有上百场了吧，不止。陈小垒带来的各色佳丽，少说也有七八十个，老子都快眼花了。"

"喂，你省省吧。"

"什么话，我可不是酸葡萄心理。"

5努了努嘴，朝着刚才的方向，诡谲地说："上个月，陈小垒打电话来，让我帮他个小忙。你知道，我老婆在区人民医院，搞妇科的。

陈小垦说她那个了，让我领去打掉，他不好出面。嗨，我当然不能说是哥们儿走的婚，下的种，更不能出卖陈小垦呀。我老婆挺怀疑我，审了我几天，才相信是我们所长的安排，她是个线人罢了。手术过程中，我老婆对她盘问得很紧，蛛丝马迹也不放过，回家就汇报了。喊，陈小垦就这么中的阴招，一直蒙在鼓里。傻呀。"

"双面间谍？"1道。

"胎儿太大了，足有三个半月，差一点做引产。"5道。

"接着讲。"1道。

5登时焕发出一种职业态度，条分缕析道："事后，我委婉地问过陈小垦。陈小垦不经意地说，他早就腻了她。半年多了，没跟她妇唱夫随过，见她就特瘆。谁料想，一个月前喝大了，才去耕了一次田。呵呵，时间差，懂了吧？"

"呀，这不跟南非的祖玛待遇一样嘛。"1道。

"可没人谢罪自裁呀。"5道。

1说："内外有别，咱是发展中国家，人口多，底子薄嘛。"

"呵呵，她的脸上却瞧不出来呀。刚才，她还挺正点的，一副忠贞不渝的样子，捍卫陈小垦。其实，她就是一件用坏的器官，该换零件了。喂，你说陈小垦知道的话，该做何反应？"5道。

"别烦领导同志了，芝麻大的破事儿。"1道。

"也对，总监太忙。"5说，"女字旁的奸，肾虚。"

1险些笑喷了出来，忙弯下膝，活动了身体。1对刚才的秘密颇有感慨，唏嘘一番道："我最喜欢一首诗了，念给你听听。诗说，'最是仓皇辞庙日，教坊犹奏别离歌，垂泪对宫娥……'唉，陈小垦听见了，绝对当浮一大白。"5对1的朗诵不感冒，心里别有他念。1恰在兴头上，又重头吟咏了一遍，摇头晃脑的，沉浸其中。5不得不有所响应，又见缝插针道：

"其实，我也挺难的。"

"咋了？"

"那件破事儿闹的呗。现在处境不佳，特郁闷。我觉得还是干刑侦过瘾，在基层做片儿警，憋屈，明珠暗投。老哥们儿了，打开天窗说话吧，调动一下岗位，不使银子能成嘛，使少了，你都没戏的。"5的口腔里，顿显寒冬时的萧瑟，让1感同身受。1打断5，也叹息道：

"唉，现在金融危机，日子太紧巴了。"

5说："不会吧，金融危机远在美国，影响不了你的书城呀。每次经过你的店，总看见红红火火的，像开了一所私立大学一样，人头攒动。"1咳嗽了一声，撩起T恤，揩了揩脸上的汗。1道："我真卖不动书。这年头，兵荒马乱，人心惶惶的，谁还看书呀。要说卖，我也卖的是经，家家都有的那一本难念的经。"

"咦，你也有难念的经呀？"

1说："凡心犹在。"

忽然，一阵紧似一阵的警笛声响起，像铁片刮在了玻璃黑板上。1和5扭头，齐刷刷地向大门口望去，淡下脸来。会场外的人群顿时被犁开了，分列两厢，仿佛一道道波浪，渐渐偃下来。1说：

"大人物。"

"当然，一定是大人物来了，二级保卫嘛。"

"你的领带太素。"3说。

"今天就得素，搁平时，我爱用红底白花的。"

3说："领带也打得不好，特笨，像苏联老大哥的那种，一个蠢疙瘩。你应该打一个英式或美式的，倒三角，像小粽子。"

"呵呵，将就吧。"

2刚从洗手间里出来，瞧见3已站在门口，忙甩了甩手上的残水，继续将西装挂在臂弯里。2并没将3的挑剔放在心上,一团和气。但3不干。3靠过来,从2的脖子上解下领带,捋平,手上使了魔法,迅速绾出了一个小粽子的形状。3将圆圈状的领带套在2的脖子里,道:"以后用时,这么一拽就可以了。瞧,多精神呀。"3像一块镜子,让2顿时感觉到了年轻。2说:

"像绞索嘛。"

3说:"领带是男根的象征。在西方,打领带是一门学问。"

"呵呵,我乐意你绞我。"2道。

这一带,林木更密,花草妖娆。脚下的石子路径,砌成一块块网格状,乃民间的祥瑞图案。2重复了几遍刚才的话,不见响应,遂追撵上去。出拱门时,3猛地跳了起来,够了够头顶的枝条,没够着。2踮起脚,很轻易地拽下了一根枝条,撅折后,递给了3。3搭在鼻尖上嗅了嗅,吸了一口,很陶醉的样子。2说:

"杜鹃花,真漂亮。"

3道:"太香了。好久了,再没闻过这么香的花呀。真好。"

"这花好有一比。"

"咋比?"

"像你。"2越发大胆起来,呼吸急促,表情彤红。"当然,这是个拙劣的比喻,但我想不起更好的。你比鲜花要漂亮,美人中的美人。"

"你特不靠谱。"3驳斥道。

"我的意思你应该明白吧。"2松了松领带,让自己放松下来。在这么酷烈的夏天,或许他是唯一穿西服的人。

"你们想瓜分我。"

"呵呵,你误解我了。"2觉得自己有些蠢,太使劲了,反倒让对方提防,像刘晓庆演戏一样,太过。于是,2开门见山地说:"别往坏处想。我老婆虽然丑,搁在我眼里,却是天字第一号的宝。我刚才的意思，是想请你帮一个忙。这事儿，只有你能。"

3窘了窘："我一个跑出镜的记者，能帮什么呀。"

"等一会儿结束后，你搭我的车吧，别坐那个污点警察和书贩子的。刚才，他们看你的眼神都不对，一个像狼，一个是狐。"2对这个比喻较为满意，顺利地进入了主题。2说："前一阵儿我去了趟法国，没什么可买的，只给你带了一个LV的拎包。你坐我的车，包就在车上，别叫他们看见。"

3说："你想让我坐台吧？"

"嘻，别那么难听。"

"我替你说了。"

2道："哦，只是一个小忙。"

"别说坐台，就是你让我出台，我也愿效犬马之劳。"3开始撕扯手中的花瓣，一片，再一片，又一片，纷扬在脚下，像葬花。3说："不过，我出台不是为了一只他妈的LV，我没那么下贱。考虑到你是陈小垦多年的哥们儿，我才乐意。我不收费，给你全免。"

"一个小心意，你笑纳吧。"

3道："你觉得陈小垦知道的话，他会同意吗？"

"会的。"

"凭什么？你觉得我像一只鸡，见了人就撩翅膀？"显然，3被2刚才明确的回答给激怒了，"你以为陈小垦同意了，我就得乖乖从命呀，去他妈的。你别拿陈小垦吓唬我，我才不吃这一套呢。"3的反复无常令2措手不及。2一再放低了姿态，解释一通，才让3的情绪缓解下来。2说：

"我真不是那个意思。"

"我也不是，你别瞎想啦。"3的脸颊上凸显出一根青筋，咬来咬去。"我答应你，说白了，就是为了报复一下陈小垦。哼，这是最后一次机会。你说吧。"

2道:"我想请副部长吃顿饭,你来作陪吧。"

"干吗是我?"

"明摆着嘛。只有你来,他才肯赴宴。"

本来准备了一肚子的话,事到临头,2却觉得自己理屈词穷,茶壶里煮饺子似的。3忽然俯下身子,吹了吹台阶上的灰,脸色也怏怏的。2赶忙将臂弯里的西装拿下来,垫在上头。3不计较,径直坐了下去,抱住膝盖,不知在沉思什么。2孤立着,在琢磨后面的话。不远处,一只水鸟上下翻飞,尖叫不已,显得四周更加空荒起来。3道:

"我恐怕中暑了,恶心。"

"先凉快一下吧。"

"我熬了整整一夜,为一只破孔雀。"

"哦,你先凉快一下,静一静。反正,陈小垦一时半会儿不会来的。这个臭家伙,干什么事儿都慢腾腾的,一点儿不着急。"

3问:"喂,你咋知道我和副部长熟?"

"陈小垦说的。"

"他就说了这些,没说别的吗?"

2迅速转了弯,尴尬一笑,道:"你知道的,我在副处的位子上一待就是八年,快锈死了。原先的几个小科级都上去了,就我一人还乱张望呢。他妈的,这年头,只有奶油和狗娘养的才浮出水面。我已经后备多年了,组织上一直不来谈话。嘻,头发都愁白了。现在有个机会,处长马上要退了。我寻思,你出面最好,我尽快安排个饭局,请副部长来做客。"

"老头子去疗养了。"

2道:"哦,这不是个问题。北戴河、丽江,还是在三亚?找一个周末,我邀请你双飞一趟,就在疗养地拜码头吧。其实,这样子才方便。陌生场所，副部长也能放得开，什么话都好讲。"

"老头子后天就回来了。"

"就地吧。"

"陈小垦没给你讲吗？"3阴笑了一番，带着幸灾乐祸的表情，"你跟陈小垦快穿一条裤子了，这件事上，他倒一直瞒着你呀。"3的语速很快，像在播报一条现场新闻："老头子回来，就为处理这桩破事儿，十万火急啊。"

"嗯，这的确是个棘手的事儿。"

3迷惘地说："那你先帮我一个忙吧。"

"我知道你要说什么，你不用讲。"2忽然拾回了信心，将胸前的领带捋顺，挺胸，环臂抱在一起。2说："呵呵，不就是一些个人资料嘛。相片呀，视频呀，书信呀，我已经归拢好了。我自己整理的，谁也没让插手。喏，它们都放在车上的LV拎包里，你顺便拿回去吧，完璧归赵。"

"谢谢。"

"那你答应我了？"

"对。这下两讫了，谁也不欠谁的。"

2说："你这样慷慨，让我很感动，有情后补吧。"

"还有一个小问题，请教一下你。"3伸出手，拨开空气里飞来的蜜蜂，又撵走了一只绿头苍蝇。3说："一氧化碳是什么东西？"

"一种化学反应吧。"

"喂，那车上的那个光屁股女人呢？据说，她也是有夫之妇呀。"3笑了笑。在3的笑脸前，一只蝴蝶停在空气中，像一个标本似的。"其实，我不该问这些的，真不该。哦，你权当没听见，好吧。"

2说："你知道冬虫夏草吗？"

"听说过。"

"有时候,它是一条蛆虫,在地下拱来拱去。夏天一到,万物生长,它就会变成一根草。唉,这都是造化弄人。"2揪下花坛里的一茎花枝,演示道,"其实,做一棵花草也挺好的,没有思想,没有名利,多简单。喏,像天上的云。"

3说:"呀,你看那朵云像什么?"

"像大象。"

"不,我觉得它像一张脸,人脸。"

这时,会场门口响起了一阵阵警笛声,惊扰了谈话。3起了身,拍了拍裤子上的灰。2将西装拾起来,继续挂在臂弯里,尾随其后。在路上,2有点儿沾沾自喜地问:"我刚才在会上的发言如何?"

"蛮好。"

2谦虚地说:"嘿嘿,没一个人愿意讲话,我被赶鸭子上架嘛。"

"给你纠正个错别字。"

"什么字?"

3说:"你把陈小垦心宽体胖的胖,念成了 pàng,正确的读音应该是 pán。"

和大家刚一会合,门外的车队便隆重驶入。

朋友们站在树荫下,退后几步,对眼前这个夸张且豪华的大场面隔岸观火,冷眼向洋。警笛声熄了,跳下来一大堆警察,驱开人群,筑起一道人墙,嘴里还骂骂咧咧的,气氛陡然紧张,像好莱坞大片里经常演的,似乎美利坚总统即将莅临会场。5说:

"二级保卫。"

2也说:"绝对大人物。"

"嘻,这下,陈小垦同志又会迟到的。妈的,先来后到,大人物当然是来加塞儿的,他才不乐意排队呢。"1聊赖地说,"不如这样,我请大家去门口的酒吧坐坐。酒吧有空调嘛。这么热的天，鸡蛋都会晒爆的。"

"那敢情好呀，同往，同往。"

大家纷纷附和道。

会场门外的酒吧较有档次，一点儿也不输给北京的后海或上海的新天地。只是，酒吧是夜间的产物，此时门庭冷落，客源寥寥。几个朋友凭窗坐下来，心情蓦地开阔了，像摆脱了一桩烦心事儿。3 点了一杯现榨的橙汁。2 要了一杯极品铁观音。1 和 5 争来争去，遂达成妥协，叫了一捆冰镇的喜力。1 做东，率先拿起高脚杯，招呼上大家，嘴里喊了一声：

"Cheers。"

杯子们麇集在空中，伴随着"Cheers、Cheers"声，玻璃在响。

一小筐奶油爆米花上来了，馨香、酥脆，白得像一捧雪。另有腰果、椒盐大板、香蕉片、果脯、杏仁儿等等。3 在昏蒙之中，忽然被一阵淡淡的背景音乐提醒了，慢慢咂摸了一番，才想起是卡伦·卡朋特兄妹的曲子。3 的目光在男人们的脸上逐一扫过，没发现什么知音，失望是显而易见的。3 跟着哼了一段儿，直到音乐声消失。3 自己说："《昔日重来》。"

1 也说："另有一个翻译，叫《昨日重现》。呵呵，昨日重现，正是这家酒吧的名字。太邪乎了，歪打正着。"

"那时候多好啊。那时候，唉，那时候真的好。"3 道。

"你怀旧了？"1 说。

"嘻，你们说说看，外边那些景物究竟是什么？"3 指着落地的玻璃窗，对着混沌的街景发问。三伏天吧，太阳像一片焊光，花火四射，除了偶尔的车辆驶过，行人杳然。朋友们捉摸不定，相觑一番，知道会有答案的。像往日许多次一样，3 会自己提供，并使大家惊诧一番。

果然，3说：

"那叫生活。"

5有些懵懂，自傲地说："呵呵，我看像一座大玻璃鱼缸，光阴如水，人是鱼，树木是水草。"

"生活！我们在座的，谁也没能把它过好。"3道。

"你伤感了。"2发问。

"才不。"3道。

3兀自沉浸其中，并不理睬其他人，仿佛她的视野里，皆是一片荒原。3支起肘关节，将一把爆米花抛起，再用手接住；再抛起，再接住。一忽儿的工夫，爆米花撒了一桌，狼藉得很。2捧着手机，一直在写短信，对眼前的情形不闻不问。5开始了挑衅，想和1斗酒，言语里充斥着一副巴分分的神情。显然，他还没忘记先前的念想，在寻找时机，旧事重提。1和5猜的小拳。猜一次，5输一次，紧着往口腔里灌液体。稍事停顿时，1来了兴致，忽然说：

"一喝酒，我就想起陈小垦这家伙啦。"

2边写字，边道：

"陈小垦乃酒仙，有太白遗风，不世出的高人。"

"呵呵，呵呵，一想起陈小垦，我的牙快笑掉了。"1咯咯咯地笑了一阵子，眉飞色舞道，"陈小垦家的那个小区里，有一辆奥迪的空壳，烧剩下的，谁知道咋来的，搁了许多年。每次陈小垦喝大了，我半夜给送回去，他都要钻进那只空壳里，美美地开上半小时。不让开？不开，他绝对不回家。"

5说："陈小垦这人呀，一生喜欢车震。"

"喂，说了你们干脆不信。车壳里塞满了一大堆臭垃圾，老鼠、猫、野狗都在里头做窝，垃圾场吧。陈小垦一钻进去，坐在垃圾堆上，就想象自己握着方向盘，嘴里打着喇叭，吆喝上路了。"1举起手，转动着空气，脚下像踩了油门，"像这样儿。对，陈小垒就这个屌样儿，呜呜呜地开。一直开到自己趴下，瘫了，才允许我扛进电梯。"

"其实，他开的是他自己。" 5 道。

2 说："对，我签字。"

"不，他开的是寂寞。寂寞，其实是一辆单行道上的车，永不回头。" 3 判决道。

"寂寞"这个词，仿佛一枚带刺的仙人球，冷不丁丢过来，让在座的朋友们哑默了一会儿，场面显得冷。1 是个热闹人，很快提议大家又"Cheers"了一下，好歹算转阴为晴了。1 说："呵呵，我再讲一个陈小垒醉酒的故事。不，不是那个站在十字路口指挥交通的，也不是陈小垒撒尿时，把皮带系在树上的。我讲的是他练功的那一折子。对了，刚才在会场时，我还看见他家邻居了。"

大家的表情告诉 1，这是个新鲜出炉的段子。

1 道："有一阵儿，陈小垒常做噩梦，人也瘦了一大圈。我陪他去了一趟白云观，烧了符，拈了香，还请回来一把宝剑。道士说，把剑挂在门后，可以避邪。这下好了，每次陈小垒装了一肚子酒回家，就开始练功。半夜三更的，陈小垒就站在对过邻居家的门口，挥舞长剑，闪跳腾挪，乱嚷嚷一气。陈小垒说自己就是太极张三丰，就是郭靖，就是大侠萧峰和西门吹雪。哎呀，可苦了邻居们呀，劝也劝不回去。谁劝他，陈小垒就劈谁，大骂对方是妖孽，是邪教分子，是鞑子。" 1 站起来，跌跌撞撞的，但在醉眼蒙眬中，运步，拈指，甩袖，出剑，砍劈。一系列动作一气呵成，果然像极了陈小垒。

5 和 2 鼓了鼓掌，笑得险些岔了气，前仰后合的。1 仍不罢休，继续投入在角色中，模仿着陈小垒的口气，朗声大叫：

"看剑，飞鸿远音！"

"见月流芳！"

"饮虹天外！枯鹰残木！"

1表演完一套剑法十二式，忽然扼住自己的喉咙，作呕吐状。假装吐完后，又醉里挑灯看剑了一番，才重重地栽倒在沙发上。3躲了躲，但1沉重的身体横在眼前，惟妙惟肖。这时，3推了推1，端起一杯啤酒，劝慰道：

"客官，醒醒吧。"

1揉了揉眼窝，打了一声哈欠，慢慢爬起来。3说：

"客官，这碗醒酒汤，趁热喝了吧。"

端了杯子后，1的另一只手钻入桌子下，抚在3的大腿上。

3登时一凛，怔了怔，脖子一瞬间拔直，好像身体的某个部位摸到了电门，连头发也要竖了起来。附近的几双眼睛浑然不觉，乐得快笑脱了眼珠子，不知南北。这更纵容了那一只手，暗中使劲，想掰开3的大腿，朝纵深里运动。3鼓足了力气，暗中抵御，仿佛嗅见了危险来临的一只蚌，果决地合上自己。恰在此时，5起了身，说想去外边的专卖店里买烟。2也站起来，揣了纸巾，捂住肚子，说去一下洗手间。

手缩回去了，1笑眯眯地盯着3。

3顿了顿，先是收拾了一下桌上的爆米花，拢在小筐里。在1肥腻腻的笑声中，3出手如电，将一记响亮的耳光，烙在了1的脸颊上。饶是如此，3的怒气仍未消，拎起一大杯啤酒，慢慢浇在了1的头顶。

1恨恨地说："活该。"

"公狗。"

"呵呵，我真活该。我错了，我还以为自己是陈小垦呢。"

"去你妈的。"

用了好几块餐布，1才将自己拾掇干净，靠了过去。3始终不吱声，匹手支颐，目光瞥向模糊的窗外。3的心里似乎在唏嘘，在啜泣，惹得两个肩胛一直索索抽搐，不可遏止。1知道自己罪过大了，点头哈腰，说尽了好话。1又靠近了几公分，仿佛能听见3的身体里汹涌的哭声，像垮了坝。1没了别的办法，又自己惩罚，狠狠扇了几个耳光。3扭头觑了一眼，发问说：

"陈小垦在的话，你敢放肆吗？"

"他是老大，自然不敢。"

3说："你刚才吃了豹子胆，还是打了鸡血？"

"哦，我想兑现我的诺言。"1含了含腰，立马肃穆了下来，"要是陈小垦在，我也只想兑现诺言，没别的意思。刚才，我可能得意忘形了吧。你知道的，人狂没好事，狗狂拉稀屎。我真活该。"

"什么诺言？"

"写真集。给你做一本写真集。"

3失笑起来，仔细盯了盯1，见1的头发如一片刈后的衰草，湿耷耷地趴着。1很认真地重复着诺言，时间、地点、当时的情形，一点点地勾起了3的记忆。但3说："写真集？亏你还记得，那是陈小垦哄我的话，你居然会相信。一个饵料罢了。你见过渔夫得手后，还有在钩子上挂饵的吗？"

"人非金石。"

"可我不是一条甘心的鱼。"

"唉，那次朋友们一起去远足，玩得可得劲儿呀，历历在目。"

3道："旧日子让人温暖。"

"真不知道，那条旧铁路拆了没有。"1吭了吭喉咙，自己灌下去一瓶喜力，哑巴道，"记得，那条铁路是三线建设时修的，通到了大山深处。据说那里有一个军事基地，人迹罕至，风景那边独好。两条发光的铁轨，像一架通天的梯子，丛林茂密，鸟也多，还有一些小兽，构图真的特好，特诗意。你一直在枕木上跳方格，我们在林间喝酒唱歌。可惜喽，那时没有带机器，没拍下你的青春。当时，陈小垦交代我，让我将来给你做一本写真集。"

"有火车吗？"

"有。"1笃定地说，"一共两辆。一辆是帆布遮盖的，好像拉的是加农炮。另一辆拉的是水泥和预制板，烧煤的那种，冒着一股股黑烟。"

3道："看我这脑子，不争气。"

"那是个下午，刚下完雨。"

"对了。我好像跳方格时，一下子崴了脚，高跟鞋也断了，插在铁轨缝里拔不出来。"3的表情里又呈现出夜晚的痕迹，一丝倦意游移不定，恍兮惚兮。"我的脚崴了。怎么说呢，就像昨晚上走失的那一只孔雀。"

1怅惘地说："求求你，别谈那一只骚孔雀，好吗？"

"孔雀怎么了。"

"老天，我真不想谈它。"

3说："想起来了，真的，栩栩如在眼前。我的脚崴了，你们和陈小垒，轮番背着我下了山。那时，你们的力气好大呀，不是走，简直是风驰电掣地跑下山去的。我闭上眼，觉得自己在一片浓雾里飘，飘来飞去，跟骑马一个样儿。"

"陈小垒抱你时，我们在一旁喊号子。"

"喊什么？"

"童谣。小燕子，穿花衣，年年春天来这里……"

3忽然咳嗽了起来，揪住胸口，一声比一声激烈。1攥起拳头，在3的后背上捶了几下，却不起作用。3的咳嗽深邃、斑驳、空旷，像沉疴在身的一截枯木。3拿起一块湿巾，咬在嘴上，但阻止不了内心的发言。没了辙，1端起一杯橙汁来，舀了一匙，想喂给3。3摆了摆手，喘息说：

"太甜。"

"润一润吧。"

"我不喜欢甜的。甜的伤感,也太糇嗓子。"

终于歇缓了下来,3的眼角里呛出了一层泪光,衬托着笑。3揩了揩,夺过1手中的半瓶喜力,仰首饮干。一朵酒沫挂在3的唇上。1想去拭干净,但3吹了吹气,酒沫飞落在1的鼻尖上。于是,1和3哈哈失笑了起来,并肩靠在了沙发上,懒怠无比。

"你真的想拍我的写真呀?"

1说:"做个纪念。"

"我呀,我绝对卖不出去。"

"短版印刷,就印个百十来册,做精美一些,可以送给朋友们嘛。"1诚恳地说,"我答应了陈小垦,一定要兑现的。另外,我觉你也该有自己的一本写真了。怎么说,就当它是一份青春的档案。"

3问:"裸吗?"

"随你怎么造型,我洗耳恭听。"

"呵呵,即便我裸得一干二净,我也卖不出去的。我有自知之明。"3说,"你是个书商,你应该明白,像我这人做一本写真的话,没什么市场。其实,我连一只孔雀都不如。孔雀走失了,还有那么多的人记挂着,纷纷去找呢。"

1说:"别谈它。"

"我觉得,我的生肖是一只孔雀。"

"我快崩溃了。"

"唉,我当初开屏时,你们都看见了,不稀罕。"

1说:"求求你,别谈它。"

"喂,你那么有把握呀,你觉得陈小垦会同意吗?"3指了指远处,"他俩呢,他们会袖手旁观,任你把我写真一回吗?"

1慨然道:"甭管那两个家伙,一个污点警察、一个不得志的小官吏,成不了什么气候。喂,我的情况你是知道的,陈小垦说过吧。我太太去加拿大留学,呵呵,竟然勾上了一个德国佬,有七十八岁了,老得可以当她爹。反正,这是迟早的事儿。我不首先诉讼,她当然会给我一笔补偿的。"1将瓶子蹾在桌子上,意气十足地说:"我说这些,掏心掏肺的,你该明白我了吧?"

"你才入港。"

"哦,你别讽刺我。我攒了很久的心思,自打那次去山里玩,我心里就落下了一粒种子,有了这个想法,但我一直没勇气告诉你。"

3道:"你写了一篇坏小说,铺垫太多了。"

"我发誓,我会当面告诉陈小垦的。"

"那最好。"

"我想彻底了。现在,哪怕和陈小垦反目,结仇,决斗,我也不怕。"

3说:"喂,哪天,你能帮我办一件事儿吗?"1蹊跷地盯着3,一脸狐疑,却仍点了点头。3道:"陪我去一趟动物园吧,就最近。"

"动物园?"

"哦,我想去看看那只受伤的孔雀。它怪可怜的。虽说选题被毙了,但它也是我的一个采访对象,我得跟踪它,直到它能站起来,会飞。"

1沮丧地说:"当然。"

两个朋友陆续坐下时,1刚刚咬开了瓶塞,在活动牙齿。2一身轻松,领带摘下了,领口松弛,露出了一层发黄的胸毛。5搁下一盒六块钱的烟,笑里含着一丝歉意,又掏出了两盒扑克牌。1拆开塑封,哗啦哗啦地洗牌,像赌王那样,手上娴熟地一抹,将所有的牌摊成一弯弧形，桃心梅方，夹杂着不同的花色。1若有所思，随便翻着，瞧着。

5将一支烟递给1，表情里浮出了谄媚，按开打火机。1并不接，念念有词地翻牌。先是一张红桃3，又是一张方块4，最后一张是梅花4。1说："妈的，今天手气太差了，要是玩'沙子'的话，我把把输。"

5道："凑合抽吧。我平时只抽这个，软中华是别人孝敬的。"

"敢不敢玩一手？"

"陪你。"

"就一手，猜大小。"1想了想说，"一手一盒软中华，谁输谁立刻去买。"

1重新开始洗牌，洗了很多遍，仍不满意。2隔着桌子，看见3的目光掠向窗外，有些困倦，又有点儿沉思。这个日光澎湃的中午，3脸上遗存的夜晚的痕迹一直未褪，若一片片云影，遮住了内心。2用指关节叩了叩桌面，嘟囔了一串阿拉伯数字，又重复一遍，自言自语说："我的车牌号码，帕萨特，黑的。"3反应了过来，身子一扭，面向大家。1洗着牌，像阿凡提一样唠叨：

"挖沙子，埋金子。"

5也跟着念口诀："沙子一筐子，金子……"

话未毕，2忽然站起来，从1的手中抢过了扑克牌，自己洗了起来。2说："一起玩，一起玩吧。我和女士打对家，你和公安一家。"2的提议，对5是一种彻底的解脱，遂改换频道，连声欢呼。5将桌面上的零食统统收集起来，拢在筐子里，又将喜力和高脚杯撤到隔壁桌上。2看了看3，眼神里充满了怂恿与鼓励。3顿了顿下巴，伸出手，等着揭第一张牌。这时，1愤怒地说：

"陈小垦不来，怎么打？"

2说："缺他一人，咱们可以不玩'沙子'，改打升级嘛。呵呵，牌戏有很多种玩法。难道你是草原上的牦牛，只认自家的那一座帐篷呀。"

"玩升级吧。" 5 附和道。

3 说："我不会升级。"

"妈的，以前打了八辈子牌，陈小垦都在，跟陈小垦玩熟了，我改不掉这个习惯的。" 1 比较顽固，并不去揭牌，骂骂咧咧地说，"你们别猴急了，再等一等。陈小垦来了，咱们再开战也不迟。"

"陈小垦还早呢，先玩起来吧。" 5 催促道。

3 说："我想他快了。"

"嗐，你们想背叛陈小垦呀，别落井下石了。陈小垦不在，我看，这个小圈子也快散摊子了。出了大门，各奔东西吧。" 1 吹起了瓶子，像在浇心头块垒，一解怨怼。"像这种德行，还算不算仗义之人，还是不是裆里吊了三两糟肉的臭男人，还是哥们儿嘛。"

"游戏嘛，你别上纲上线啦。" 2 安抚道。

5 也说："闹着玩呗，千万别伤了咱们珍贵的友谊，多不易呀。"

1 憋屈地说："看看，本来五个人，知根知底的哥们儿，包括女士，风风雨雨走了十几年，没打过、没骂过，也没红过脸。每次打牌，陈小垦都在，玩习惯了，我上了瘾。现在这家伙迟迟不来，我也不想改换戏法，去玩别的。既然你们想玩，就等于我也不在了，你们玩吧。"

"真的算你不在了？" 5 发问。

"对。"

2 及时说："算他不在，现在剩下三个人。那好，三个人玩'掀牛九'吧。"

"我也弃权。" 3 举手报告，像个小学生一般，怯怯的。

"也算你不在了？" 5 问。

3 点头。

仿佛伤了面子似的，2 挂不住，忙扯开了领口，挽起袖子，汗津津地说："呵呵，只剩下我和你了，我们两个人了。两个人的牌戏是什么呢，两个，人。妈的，有两个人的玩法吗？"

"围棋。"

5 给出了答案。

"对，执白守黑，阴阳抱鱼，就下围棋吧。" 2 跑向了吧台，不仅问了围棋，连象棋和军棋都问遍了，统统不备。2 说："既然下不了棋，那好吧，咱俩就猜拳，比比输赢，试试运气。" 2 的主张迅速落了单。5 瞧了一眼 1，见 1 阴沉不语，忙抱拳作揖，退出了阵战。2 自嘲道：

"呵呵，你们都不在了，剩下我一人。"

1 说："瞧吧，世上就剩你一人了，你咋玩？"

"玩我自己。"

3 讥讽道："有一个词特适合你，叫独夫民贼。"

"还有个词，叫匹夫。" 1 说。

"呵呵，我不揣冒昧，再贡献一个词，叫什么来着。" 5 嗫嗫嚅嚅了一番，终于脱口说，"叫孤家寡人吧。现在，你停牌了，你在'单钓'。"

2 说："朕不孤。"

"现在，你玩什么？"

"我算命！"

1 大笑起来，哈哈哈地说："喂，世上就剩下你一人了，你给谁去算命呀。你趁早关张吧，你脸上根本就没有买卖，你的结局就是破产，一破再破。好了，这是我给你算的命，免费。" 1 火炮般批驳，令 2 也虚笑了几声。2 挠着头皮，汗颜地说：

"不讲了。等一下陈小垦来，我征求一下他的意见吧。"

307

1道："喂，陈小垦跟我一个立场。"

"这家伙，这么肉。"2道。

"太肉。"3追加一句。

这时，5终于逮着了机会，露出鸡血般的牙花子，眉飞色舞地说："肉，这么肉还算快的。陈小垦呀，顶多是一只小蜗牛。喂喂，小蜗牛的故事，我以前讲过没有？"5咽了咽唾沫，看见首肯纷纷，遂变了声，用童稚的嗓音说："以前呀，街上有一只小蜗牛，叫陈小垦。傍晚时，妈妈在门口喊，陈小垦，赶紧回家来吃饭。于是，陈小垦慢吞吞地往家里跑。忽然，对面走过来一只乌龟，一不小心呀，一下子把陈小垦给撞翻了，发生了一场严重的车祸。……长话短说吧，等警察赶来时，乌龟早就肇事逃逸了，跑了。小蜗牛在急救中心醒来时，警察讯问，喂，什么车把你给撞了，你告诉警察叔叔，我们要全城追查。喂，你们猜猜，陈小垦说什么了？"

众人摇头。

5来了劲，越发像个孩子似的，娇滴滴地说："警察叔叔，那东西太快了，唰地一下，它就闪过去了，没影儿了……"

此时，3仿佛一只强力弹簧，腾地站起来，指着窗外的天空，面红耳赤起来。大家纷纷引颈翘望，原来是一片云，灰中带黑，慢吞吞地踱步而至。朋友们心中一乐，面露喜色。3结结巴巴地说：

"哇，小垦来了。"

2也道："这下，陈小垦真的出来了。"

"饶他一次吧，这回不罚了。"1道。

少顷，待朋友们跑进那一座林木森森、鲜花锦簇的古典庭院时，会场外响起了一阵电子礼炮的巨大轰鸣，声震云霄，令人目眩神迷。渐渐地，若有若无的哀乐声缭绕而起，伴随着空气里的一群蝴蝶和蜜蜂,上下翻飞,不可一世。朋友们止了步,萧瑟地站在树荫下,被一盏黑色的聚光灯所笼罩,纷纷伸长脖子,一眺再眺。

3道:"陈小垦真轻呀。他儿子才九岁,居然能抱住他的骨灰。"

"他老婆的眼睛肿了。瞧,像水蜜桃。"1吸了一下鼻子。

停顿了一番,2才将领带一拽,一捋,扎严肃了,双手并拢在裤缝左右,行注目礼。2道:"我刚才的致辞,陈小垦一定会满意的。"

"当然,盖棺论定嘛。"

3说:"人来得真少,他太孤独了。"

"他才是朕。"2说。

1道:"陈小垦这家伙,一向无组织无纪律,不打一声招呼,一个人憋着一氧化碳,提前就溜了。老4啊,老4,叫我如何不想你。"

这时,5乖巧地说:"喂,会后去哪里吃饭?哦,牡丹园海鲜餐厅呀,味道不错,挺清淡。今天不能大鱼大肉了,吃点儿素,纪念一下陈小垦吧。"

内陆高迥：在西部的叙述

一

剪羊毛的季节，悄然来临。

草原深处，一座寺庙刚刚砌毕；一只鹰捧着完卵，驰越天庭；一块毡毯将擀完一半；一个黝黑的婴儿才啼出一声。

风起时，一个剪羊毛的季节，落地生根。

——其实，我一直相信，是太阳这个彪形大汉，拎着一把黄金大剪，走过草原。要不，比牛奶还白的羊，比白昼更亮的羊，说明什么？风吹斜表情，天空陡峭，鲜花打开。这个醉酒的糙汉子，踉跄奔行，在星宿上买醉，云朵上长卧不醒。那时，蜜蜂是沉默的，狗也不知所终。

春天了。

终于，他想起剪羊毛的季节到了。

数不清那些秘密的羊只，究竟是从哪一根青草的根部上，悄然挤跳出来，站在这个荒凉人世上的？像晨时的露珠，挂在大地的腰际。像一片片瓦，在地平线上飞行。像一根根燃香，机深如海。经过漫长一季的寒凉和摔打，它们被雪冻伤，被风弹破，被鞭子遗忘。现在，它们是一只只瓷器，蒙了土，覆了尘，漏洞百出，挤满在草原深处，等待探看和修复。

——它们破着，碎着，裂着。在春天，祈望一位热烈的修补匠人，拎来一把黄金大剪，去细查，去慰藉，去剔净身上的疾病和哀痛。

这时，太阳来了。

太阳这个糙汉子，从蛮荒的长醉里，一步步醒转，忆起了荒疏的手艺活。他是一个锔伤补心的工匠，一年一回，赶着春季，来到人间。平素的日子，他则站在天上，翻看手里的账册，记录着世上的爱憎与情仇。

剪羊毛的季节到了。

草原上，脚声恳切，经幡猎动。

这是一个需要举意的时刻。

我知道，我其实也是这么一只羊，一个携伤具裂的瓷器——日光照我，如照着世上所有的好儿女，带了恩情，去怀想下一季的生动和热烈。

二

青海东部，靠近积石山一带，有一场葬礼在行进。

山里积雪盈尺，风寒鸦瘦，枯木遍野。起灵时，一只黄铜的铙钹在前头狂响，一路逐奔，仿佛头羊或领袖，做了引领；十几根清漆的灵杠，抬起龙头寿材，在清冽的日光下狂步紧随。我知道，那座金色的车辇上，坐着一静默之人。这个人的名字，叫"死"。

路经每个院落时，村人必会燃起一堆麦草，焚烟路祭，送君十里。

此刻，在积石山上，一幅版画在秘密地印制：那群缭绕的烟柱，仿佛一架架梯子，直端端地站着，正迎接世上的亡人。

麦草是今年的。

今年的麦子下来了，但亡人却来不及吃上一嘴，就上路了。

在浩瀚的雪原上，一具鲜艳的寿材奔行着，犹如一艘刚刚打造停当的新船，追撵着天上的梯子，去说一句话，去赶一次长脚。

我心里一疼,蓦地想起诗人昌耀写过的那个词——
"慈航"。

三

坐在山顶,拍打灰尘。

仅仅是路经。翻过天山南侧时,一场起自巴音布鲁克草原上的大雾,散了。散也就散了,不过是一阵蜂蜜和牛奶的风。从远处来,又回到了远处,像一个人走掉,再就没了消息。却突然间,云塌陷,天敞开,一个广阔的世界大得无边无际,矗在眼前。人的心,也就断成了游移的悬崖。

鹰若标本,挂在太阳上,一动未动。

这么空荡荡的人世,荒凉到了惆怅,不置一字,也没了那种水落石穿的一粒粒声响。这时,便需要拍拍衣服,抖落灰尘。

拍打灰尘。

——在山脊上,手一抬,其实只听见了自己的空洞。接着,乃是人世上的一粒回声,弹滚而来。"拍打"这个动词,仿佛一个人的乳名,荒疏了许久,现在才被唤醒,跟着前世的脚踪,嗅闻而至。

人的心,其实也是一捧灰尘、一丸泥,在宽阔明亮的人世上浮游。拍打,只那么随意的几巴掌,心的空洞便毕露无疑。

据说,这荒凉的世上,最早是有一架天平的,用来称一称心的重量,再去分配每个人的来路。埃及人这么想过,中国人也这么想过,黑人与白人,富人和穷人,也都如此想,猜着末路上的歧途和光阴。

于是,在上秤前,拍打,便成了宗教的源初,是一种信仰的举念。让心轻下来,再轻下来,比一片羽毛更薄,比天堂还轻。

但现在,人的心都实了,充耳不闻。

那一架世上的老天平，也脚声杳然。

四

有一个人站在云上，揣摩世间。

我觑不见他的表情，听不到他的脚声，也摸不到他的心跳。但我知道，一定，有那么一个人站在云上，放牧着，什么。

要不，风起时，怎么会有大团的云雾，从天空深处挤出来，从日头的库房里癫跑出来，从青草的芽尖上漾荡起身？要不，午后的那一阵子暴雨，干嘛要急慌慌地擦掉地上的污泥，连累了旱獭和地鼠的王宫？要不，夕光砸下来的一瞬，山腰上大金瓦殿的脊顶，怎么会坐着一位观世音？

秋草黄了，在甘南草原。

早起，一个羸弱的阿奶，带着她的朵拉（转经筒）、羊、酥油、茯茶和经版，走进山里。黄昏时，一匹独身经年的獒犬，牙缝里塞满了妖怪、魔鬼、传唱、爱情与失败，在毡房的周遭踱步，雷霆不已。——四姑娘叫卓玛，在今年夏天的转场中，一个人悄悄走掉，再也没了指甲皮大小的消息。

一帮子穷亲戚，坐在草原深处，时常寄信，说明近况。

一定，有那么一个人，站在云上，放牧着什么？

——其实，我知道此刻，秋深了。

秋深的时候，即便一只滚烫的巨鹰，青春也会被吹凉。我的青春也凉下去了。我热爱的穷亲戚们，嘴里吮过的酥油，也越来越淡了。往后的日子，八成是一道窄门，云落下，冬莅临，草原和牛羊也会被冻伤。

只是，那牧云的人，也牧着世上的一切，偏偏悄不作声。

我亦缄口，热泪长流。

五

许多年，在高迥的西北内陆，我抄经，喝茶，歌哭，过小日子，谨守本分。

许多年，西北像一方镇纸，镇住我，命令我隐忍与悲伤。

许多年，我还叫叶舟，和春天走在路上，带着不曾冷的滚烫。

叶 舟

诗人、小说家,现任全国政协委员、甘肃省作家协会副主席、《甘肃日报》主任编辑。

曾获得第六届鲁迅文学奖、《人民文学》小说奖、《人民文学》年度诗人奖、《十月》文学奖、《钟山》文学奖等。

代表作品

诗集
《大敦煌》《边疆诗》
《叶舟诗选》《敦煌诗经》
《引舟如叶》《丝绸之路》
《自己的心经》《诗般若》
《月光照耀甘肃省》

散文集
《漫山遍野的今天》《漫唱》
《西北纪》

小说集
《叶舟小说》《我的帐篷里有平安》
《秦尼巴克》《兄弟我》
《所有的上帝长羽毛》
《汝今能持否》等

汝今能持否

出 品 人	续小强	选题策划	左树涛	责任编辑	左树涛
复 审	席香妮	终 审	贾晋仁	书籍设计	张永文
印装监制	巩 璠	项目运营	有度文化·刘文飞工作室		

投稿邮箱 ｜ liuwenfei0223@163.com 　　微信公众号 ｜ bywycbs1984

微　　博 ｜ http://weibo.com/liuwenfei0223